Unicorn
独角兽书系

作者简介

麟寒 ————————————————

　　本名朱林,男,奇幻作家、游戏策划。初中时接触九州,并一直坚持创作至今。作品磅礴大气,情绪饱满,擅长煽情热血,被视为九州热血派小说的接班人。创作有《极域王图》《孔雀大明》等小说。

画师简介

　　ESC,插画家/漫画家,GGAC全球游戏美术概念大赛专家团荣誉专家,作品《沉醉东风》入选首届全国动漫美术作品展。作品有 "古代名剑拟人系列"《杀鱼集》《菜刀集》;古诗词系列《江城子》《沉醉东风》 等;参与编写《涂鸦王国13周年画集》。

麟寒 著

新九州

荆棘之海

新九州系列长篇巨作

——第一卷——

SEA OF THORNS

重庆出版集团 重庆出版社

图书在版编目(CIP)数据

新九州·荆棘之海.第一卷/麟寒著.—重庆:重庆出版社,2023.5
ISBN 978-7-229-16962-6

Ⅰ.①新… Ⅱ.①麟… Ⅲ.①幻想小说—中国—当代 Ⅳ.①I247.5

中国版本图书馆CIP数据核字(2022)第109842号

新九州·荆棘之海(第一卷)
XIN JIUZHOU · JINGJI ZHI HAI(DIYI JUAN)
麟 寒 著

联合出品:新九州
责任编辑:邹 禾 唐弋淄
装帧设计:谢颖设计工作室
封面插图:ESC
责任校对:陈 琨

重庆出版集团
重庆出版社 出版

重庆市南岸区南滨路162号1幢 邮政编码:400061 http://www.cqph.com
重庆出版社艺术设计有限公司 制版
重庆豪森印务有限公司 印刷
重庆出版集团图书发行有限公司 发行
E-MAIL:fxchu@cqph.com 邮购电话:023-61520646
全国新华书店经销

开本:890mm×1230mm 1/32 印张:11.125 字数:265千
2023年5月第1版 2023年5月第1次印刷
ISBN 978-7-229-16962-6
定价:84.00元

如有印装质量问题,请向本集团图书发行有限公司调换:023-61520678

版权所有 侵权必究

目录

- 〇〇一 楔子
- 〇〇七 第一章 白荆之舵
- 〇二一 第二章 月氏海图
- 〇三一 第三章 归宿之岛
- 〇三九 第四章 暗月之境
- 〇四九 第五章 北海之王
- 〇五七 第六章 铁蔷薇
- 〇六八 第七章 天机
- 〇七四 第八章 海杀
- 〇八一 第九章 黄金与琉璃之逢
- 〇九〇 第十章 狂商与恶武
- 〇九八 第十一章 焚岁木、烹麋鹿
- 一〇七 第十二章 王朝之名
- 一一五 第十三章 武士之约

目录

- 一二四 第十四章　海上昙花
- 一三四 第十五章　无端之盟
- 一四七 第十六章　临渊蛇舞
- 一五九 第十七章　狂龙的咆哮
- 一六九 第十八章　宿命一战
- 一七七 第十九章　流火灼心
- 一九六 第二十章　空无之海
- 二〇九 第二十一章　风起之时
- 二二二 第二十二章　茸山
- 二三四 第二十三章　影龙起
- 二四八 第二十四章　迷雾星火
- 二五八 第二十五章　战花梨
- 二六七 第二十六章　非杀
- 二七九 第二十七章　山雨欲来

- 二九二 　第二十八章　影龙出海
- 三〇二 　第二十九章　圣像之殇
- 三一四 　第三十章　　影龙不死
- 三三〇 　第三十一章　白荆不凋
- 三三九 　尾声

楔子

——翊朝帝恂二十六年，人王万东騋设计篡权，羽皇雪穆恂在天启城外遇弑，随行心腹无一活口。不出一月，万氏铁骑自南往北一路攻略，直袭京都秋叶，秋叶京始料未及布防失当，一时城破，雪氏一脉几乎尽遭屠戮。史称伪月之变。

三百羽骑向北急奔，无月之夜，狂风骤雨。

"离夏阳港还有多远?!"

"黎明之前。"

"太久了。前面岔路分开走，一队跟我走小路，其他所有人走大路。"为首的将军判断着形势，冷静说道，"我们人少，他们会认为是诱饵，不会分太多的追兵。"

"那……我们在哪里会合?"

"无须会合！往北走，越往北越好，摆脱了追兵，你们就都解甲，不要再做白荆花的武士。"年轻的少将军说着，声音低了下去，"避开战争，养一方林田，生儿育女，不要再过朝不保夕的日子。"

"可是……"

"立刻执行!"

孤军随即分开两截,原本的三百残兵只剩几十人。羽沐阳瞥了眼怀中仍在昏迷的女孩,羽家军连夜奔袭数百里,就是为了救她出来。

狼群紧紧咬在后面,他不能让最后的白荆花凋零在这里。

战马喘着粗气,即便在雨幕中马身也浸出了红色的汗,热气挥发出来,带着血的酸臭味。羽沐阳一刻都不能耽搁,再往前赶十几里就能到索桥关,那里是天险之地,水深六十尺,索桥只有一队马可通过,他和身边这些同伴守住索桥关,能为这翊朝公主争取更多的时间赶到夏阳港。他已经安排快马给镇守夏阳的父亲送了消息,公主会在黎明时到达那里。相信接应的人也已在奔袭而来的路上了。

之后的事情,他就没有再想了。他只需守住索桥关。死守。

狂奔之中到达了索桥关,往后看,依稀可见追兵狰狞的影子,羽沐阳把公主交托给一名亲信,随即一掌拍向了马屁股。战马发出一声响彻天际的长啸,如箭一般向夏阳港的方向射了出去。他们的身影被大雨和马啸声淹没,只传来如风的叹息声。

见公主已走远,羽沐阳重重地呼出口气,转过身来看向剩余的几十名部下。

"逃了这么久,也是时候跟天启之狼算笔总账了。"他抽出刀来,看着跟随自己出生入死的战马,心里微微有些不舍。静默了片刻,他俯下身去,把脸贴在马脖上,用手捋了捋它的鬃毛,战马喷着响鼻,无论羽沐阳怎样推它,都不肯向前迈出一步。

"不肯走吗?也好。"羽沐阳叹了口气,咬着牙从怀里抽出红布蒙住了马的眼睛。其他的士兵旋即照做。战场上两军冲锋的时候,为了防止马匹害怕,士兵们往往会用布盖住马头,这样战马便能毫无畏惧地冲刺。

然而，羽家军给自己的爱马蒙上双眼，并非为了让它们冲锋。

羽沐阳抬起刀来，其他的士兵紧跟着，他们手起刀落，马头齐刷刷地从高处坠下，溅开的马血再次染红了血迹斑斑的战袍。士兵们杀了马，脸上涂血，这是要跟人族的骑兵拼命。

就在这索桥关！

羽沐阳命手下将马尸运到桥上，借此挡住骑兵冲锋的势头。但人族骑兵没有给他们多余的时间，他们连马都没有下，迎着关口就冲了上来，但关口的收缩，让他们只能呈一条直线冲入。羽沐阳与其他人藏在隐蔽处，等到骑兵冲近，羽箭刹那间就飞了出去，当头的一人一马甚至连声音都没有发出来，就已经轰然倒地。在第一个骑兵横死之后，后面的骑兵淤积在索桥关前，很快遭遇了同样的结果。人族骑兵意识到不能贸然上前，开始退回。他们有近五百人，面对窄小的索桥关，一时间居然没有人再上前一步。

"下马，佩盾，步行推进！弓箭手齐射压制掩护！"人族骑兵的首领反应过来，快速下达着指令，随即人族步骑兵齐刷刷持盾在手，再次缓慢前行。

和着这瓢泼大雨，人族的脚步显得吃重而又杀气腾腾。在箭雨中看着眼前的一切，羽沐阳眼里恨出了血。羽人骨质中空，从来不擅正面拼杀，而十几人所持的羽箭数量对持盾人族造成的威胁几乎可以忽略不计，再僵持下去，索桥关很快便会不保。

但不能不战，不能退却。能多拖延一刻，公主就多一点时间赶到夏阳，翊王朝的未来就还有希望。

羽沐阳和部下咬牙搭弓，尽力瞄准那些面目可憎的人族，直到箭筒空无一物，直到射光所有箭镞。没有了长箭破空的声音，人族追兵狞笑起来，几乎不假思索地开始快速推进，而饱经杀戮的羽家军，已经弹尽粮绝。

无需再抱任何期望了，羽沐阳清楚地知道。雨落如注，他的身后忽然响起了悲凉的歌声，那熟悉的旋律让羽沐阳目眦欲裂。他转过头去，看到他的同伴们，负伤的羽人们哼唱着军中的战歌，纷纷拔出刀来，面对着数十倍于他们的人族追兵，没有一人脸上有恐惧之色。

"那日我们在白荆花的大旗前面立下誓言，今日便是恪守它的时候，即便羽家军尽数倒在索桥关，我们也决不会让你们前进一步。"战歌越唱越激起武士热血，羽沐阳率领着所有部下从关后现出身形，他瞪视着追兵，背上伤可见骨，但声音依然坚毅如铁。

提着已经刀刃翻卷的刀，羽沐阳向前踏出，身后抱着必死之心的羽家军同样向前踏出，空气中弥漫着血的味道，大雨把弓与刀冲洗得锃亮。

雪凌澜醒过来的时候，她已经身在夏阳了。

"公主醒了，"一个女孩出现在她面前，在公主迷惑的注视中为她端来一杯水，同时指尖拂过她的额头，淡淡的青色光芒一闪而没，没等对方发问，她已经吩咐侍从，"去通知海督，公主身体已无大碍，我们即刻就可出海。"

"出海？"思绪还停留在澜州恶战中的公主愣了一下，她挣扎着想要坐起来，"为什么要出海？羽沐阳将军呢？"

一身白衣的女孩摇了摇头，语气没有什么变化："羽沐阳一部全军覆没，将军坚守铁索桥，已经战死了。"

雪凌澜还想说些什么，但是话到嘴边又咽了下去，她咬了咬牙，强忍着身上的酸痛走下床来。

"你是谁？"雪凌澜问向这个看起来比她年纪略长的女孩。

"我是羽翎，是夏阳港的秘术师。"她回道，"在你昏迷期间，海督羽末省命我来照顾你。"

她说出来的话没有任何感情，像是平板地说着这些话，她的眼睛里也没有波澜，让人无法看出她的情绪。

"你好像认识羽沐阳将军？"雪凌澜却觉得有些奇怪，下意识地问道。

"他是我哥哥。"羽翎说完这句，就把头转了过去，没人能看到她的表情。

听到这里雪凌澜突然有些难过，羽族的土地正在被恶狼大口大口地吞食，军人们在战死……而她，作为最后的王储却只能亡命狂奔，眼睁睁地看着那些鲜活生命倒在刀锋之下。

"夏阳港也快失守了，万氏大军已经逼近到城门之外，羽家军与他们缠斗许久，互有伤损。目前这样防守下去，可以勉强挺过一段时间，但等人族的十几万大军压境的话，我们就拦不住了。"

"你刚才不是说我们要即刻出海吗？好，那我们出海，我们逃到海上去。"雪凌澜皱着眉，知道眼前这个女孩所言不虚。人族的动作太快了，秋叶京第一次城破时，她和孪生哥哥雪正源，包括所有翊朝重臣，都没想到对他们父皇一贯恭顺的人王竟有如此狼子野心，更没想到安分了几十年的人族自治军已经在眼皮底下壮大如斯。再加上接连的判断失误和战术错招，一贯骄傲的王朝军似乎再也无力应对万氏的獠牙。

无疑，眼下除了出海，九州之上已无生机。看着眼前面无表情的羽翎，公主忽然说道："可中州天启城的人族也有战船，海上未必安全，我们还是得一路逃亡。"

"不，公主。"羽翎话说到一半就一把握住公主的手，掌心传来的温热让雪凌澜的疲惫稍缓了些，"跟我来。"羽翎带着公主走出了房门，门刚打开的那一瞬间，刺眼的光从外面射进来，千万道银色的辉芒晃得雪凌澜睁不开眼。

那不是阳光——大雨没有停息，乌云漆黑，万物都臣服于雨幕——那是数千名将士全副武装，暗银色的铠甲反射出的清辉。雨水冲刷着甲上的泥和血，暴露出原本的金属光泽，铁甲与铁甲之间的摩擦声穿透了雨幕，传到很远很远的地方。

厚重的铅云之上堆叠着白荆花的愤怒，雪凌澜望见远处的海，海上停泊着二十四艘战船，那是羽族海军的骄傲，海上没有任何舰队敢于直面这支海军，这支所向披靡的舰队像山岳一般矗立在那里，足以把咆哮的大海镇压下来！

而港口那群将士的中间，有一个人比其他人都要伟岸，他的手里握着利剑，臂膀粗壮无比。他甚至已经说不上是个羽人了，除了高大的身材和灰发棕瞳，他的身上没有任何羽族武士的特点。当他看到雪凌澜被羽翎搀扶着走上前来的时候，那双布满血丝的眼睛里不禁闪过一丝宽慰。

他擎起剑来，校场上的所有羽家军也纷纷拔出武器，数千柄刀锋刺入雨幕。这是武士对君主最崇高的拔剑礼，漫天飞扬的大旗上铭刻着雪氏的白荆花家徽，朱红色的血旗上羽字当头。大雨在怒吼，大海在咆哮，闪电割裂了夏阳上空沸腾的云海，大声呐喊着羽家军的威名！

"夏阳港海督羽末省，与羽家军诸将一起，愿誓死追随公主左右。臣等将恪守诺言，捍卫白荆花的尊严和荣耀，末将一日不死，羽家军守护羽族王朝永不没落！"

他站得笔直，如定军之山，两鬓斑白，但却锋利无比。

第一章 白荆之舵

风暴持续了三天三夜，像是永远没有尽头。

银白色的战舰切入水面，角锥破开沉重的海水，挣扎着想要挣脱漩涡的沉重吸力。庞大的白荆花舰队推山倒海一般齐头并进，直插进黑色巨浪之中，船员们在甲板上穿梭着，修补被海浪击碎的桅杆和船舱，他们的腰上都系着连接主桅杆的粗麻绳，以防自己被巨大的颠簸甩飞出去。

舰队是突然遭遇大风浪的，他们与万氏的海军鏖战，之后短暂停靠在兰沚岛上休憩，再次出发，但击败人族海军时还一片祥和的大海，不过短短数日，就变成雨落狂流的人间地狱。

船员们站在桅杆下，忙不迭地降下绣着白荆花的主帆。大雨中，白荆花在帆上发出暗金色的光芒，它是九州大陆上最具代表性的标志——帝国之主雪氏的徽记。在九州的传说中，白荆花是永不凋零的，它可以盛放在九州的任意土地上，冰与火都无法摧残它的花盘。这种花经常开在战场之上，死去的战士们如果心存希望，那么这些小花就能借着残存的体温，刺破心脏从尸体的胸口处长出来。它是残酷战争的见证者，只有胜利的人才会看见它。

但如今，来自天启的白狼踏在士兵的尸体上，把盛放的白荆花啃了个精光。他们威风凛凛地俯瞰着风中飘摇的白荆花，分崩离析的雪氏王朝迅速陨落后，只剩下了眼下这些伤痕累累的战船。

人员忙碌的甲板上，海督羽末省手扶栏杆一动不动地站在那里，他没有穿戴任何避雨的衣物，站得像锥子一般直。他望着前方的一片黑暗，铁甲在雨水的冲刷下发出静默的光。

"末省，左舷破损，两舱进水，风暴在加剧，继续直行的话，船将侧翻！"副督观察着海情，从旁说道。

"想办法修补进水，维持方向不变，升船尾的后桅帆，把倾斜纠正回来。"他的话语中有一种不容置喙的坚决。

"可是……船的稳定性在变差，而且现在可视条件太差了，水流环境也太乱。"

"雨总会停下来的，船舱裂了还能修，我们的船足以撑过这点风浪。"

羽末省的话给了副督定心丸，他不再犹疑，转身布置前，说道："还有一事，公主召你觐见。"

羽末省摆摆手，示意知道了。他回头又看了一眼越发肆虐的黑色风暴，锐利的剑眉之下是一双宛如猛虎的眼睛。他走了起来，铠甲紧紧贴着他的皮肤，每走一步骨头都像是被刀子剐过。作战期间铠甲不脱，这是他从军多年养成的习惯，他像那群矫健的船员一样，生而为无翼民，没有羽族纯粹的血统，全靠自身的经验和本事才坐到现在这个位置，所以他的部下都非常敬佩他。澜州各大港一直有关于他的传说，只要是他坐镇的港口城市，即便是空港，附近的海盗也没有一个敢靠近。

他推开舱门，瓢泼的大雨立刻就从外面冲了进去。他接近六尺的高大身材在内舱中难以随意活动,只能低着头快步走过狭长的过道,没多久,空间就开阔起来。

他到了两层甲板间靠近船尾的公主舱室,将武器平放在地,一身湿透的铠甲虽不适合行礼,但他还是执拗地单腿半跪下来,左手放于腰背,右手向上张开抬起,那是武士对君主最崇高的礼节,象征武器永远为了君主而存在。

"臣羽末省遵召而来。"他谦逊地低着头,声音雄浑有力。

他的视线尽头出现了一袭干练的白裙,漂亮的小腿下蹬着素色的小皮靴,踩在木制的地板上发出细微的声音。裙子上的花纹是用上等金线勾勒出的白荆花图案,飘动的裙摆之下坠着暗金色的流苏,一身戎装让她看起来格外飒爽。

她走上前,双手扶起半跪在地的羽末省,但她有点不快,羽末省这种刻意的君臣之道让她有些不舒服,同行足足两个月了,她一直希望羽族最后的这位海督将自己视为战友而非君主,但收效甚微。

"外面的情况怎么样?"雪凌澜与他相向而坐,认真地发问。

"舰队正在试着脱离风暴的区域,雨的问题不大,反倒是暗流和漩涡让舰队损失不小,船员们正在赶工修船,但谁都不知道风暴会持续多久。"羽末省汇报着,语速不快不慢。

公主看着羽末省,十指交叉放在桌子上,浅棕色的双眼中凝聚着独有的威严和高贵:"不只是船,我更关心的是我们的船员有没有伤亡?连续劳作了这么长时间,再不休息他们的身体受不住。"

"我的手下们都英勇善战,这样的强度对他们来说……"

"这是我们最后的力量了。"没等羽末省说完,公主就打断了他,"船的维护如果可以用一半的人去做,剩下的人就轮休,这是我的决定。"

雪凌澜瞪着漂亮的眼睛,她的声音虽然温和,但语气却异常坚决。她知道羽末省的严苛，其统领的海军可以连续作战五天以上，让前来进犯的海盗们为之胆寒。但雪凌澜不是他，她有自己的方式对待这支舰队。雪氏在澜州被屠戮殆尽，剩下的每一个人都是她不希望失去的。

"好，我这就去吩咐。"羽末省没有反驳，这两个月，他们从夏阳港出发，与人族海军短兵相接；之后途经兰汭，让那个叫作月信川的小子上船；再到现在——雪凌澜一直在以自己的方式处理着事情，并不容易被人说服，除非对方有足够充分的理由。这一点也让羽末省忧心忡忡，在他心里，温室中长大的雪凌澜并不知道海上环境的险恶，继续这样下去，舰队将被她带上一条不可逆转的绝路。只是，他看着公主，不知道该用什么方法去劝诫。

"苒山那边还没有消息吗？"

"信鸟已经放出去了，按照它的速度，应该是快回来了，一直没有反馈可能是风浪的缘故，但也可能是半路被截了下来。总之，这两种对我们来说都不是什么好消息。"

"苒山的那支海军可以相信吗？"

"苒山易守难攻，不会轻易被人族的海军攻下；是否值得信任，需要抵达之后才能再做判断，但即使苒山军心不稳，整编之后也可堪一用。"

公主点了点头，听他继续说下去。

"如果我们的船不偏离航向，以现在的速度不出半月就能到达苒山，人族的海军若还没有攻到那里，我们可以先入为主。"羽末省的计划很简单，只要暂时依靠苒山，跟万氏的海上战斗就不会处于劣势。

但他这句话刚说完，一个声音突然打断了他的话。

"事情没那么简单！"舱门被重重地推开，一个高挑的人影出现在那里，显然也是淋了雨，头发湿漉漉地往下滴着水。他站在舱门外，脱下衣服来拧干了水，裸露的胸膛在微弱的光下映出好看的弧线。

兰沚月氏的子弟月信川是在几天前登船的，那时雪凌澜的舰队刚刚摆脱了人族海军，来到兰沚维修船只。这位性格飞扬的羽族青年坚持要跟着公主的舰队一起走，丝毫不顾忌如今微妙的海上形势。雪凌澜被他的热诚感动，但在羽末省眼中，这不过是又一个不知海上险恶的孩子。

月信川把衣服甩上肩头走了进来，无视眼前面色凝重的羽末省，向桌子那边微笑的公主打了个招呼，然后随便找个座位就一屁股坐了下来。

"我们得想办法从这里冲出去，继续按照原来的路线走，是永远都出不去的。"月信川指了指舱外，那里有一条耸入天际的巨大龙卷，那是整个暴风雨的中心地带，"那里有两个相邻的漩涡海域，如果你想现在掉转船头朝外开，便会冲进旁边那个更大的漩涡中去，我们就更难逃出来了。"

"我们可以等到船开到漩涡影响小的地方再掉转船头，那样就不会被卷进去了。"羽末省不悦地说道。

"确实是这样，但是，舰队坚持不到那个时候。"月信川的面色显得认真了起来，他看着公主，指着脚下的秋叶号说道，"主舰左翼已经有舱室进水了，稳定性在降低，如果执意坚持现在的方案，秋叶号会翻的。"

"那我们应该怎么做？"雪凌澜轻轻皱着眉，也意识到了这个问题的棘手。

"把舰队的操纵权给我，我来带你们出去。"

月信川不假思索地说出这句话，眼睛里闪烁着狂热的光。

整个天空像是压着一大块厚厚的沉积岩，云层显现出巨大的裂纹，龙卷风搅动着海水，在海上形成数十尺的恐怖漩涡。二十四艘羽族战舰彼此被风暴拉开了一些距离，虽然努力维持着向前，但显然都已经进入了漩涡海流之中，与月信川说的分毫不差。这么长时间了，它们不过是在这巨大的漩涡中一直打转，根本没能逃离这片狂风肆虐的海域。月信川站在甲板上静静看着这一切，羽末省就站在他的身后，他想不出来这位年轻的航海士要如何逃出这片漩涡的囚牢。

　　月信川扶着栏杆，他的视力很好，甚至能够看清远处那个漩涡的中心。他忽然伸出手，指向右方的那个中心，大声命令全体舰队右打满舵。号令一出，整个船队随之全速前进，向着右边那处诡异大漩涡的中心前行。

　　船队往漩涡方向开，那是在去送死！

　　"你疯了！"羽末省意识到了月信川的疯狂，立刻想要擒住他，但却被他一下打开了。月信川猛地回过头来，无比认真地看着他。

　　"我是兰沚岛最出色的航海士，我之所以会追随公主，就是因为我坚信，她是那个今后可以改变海洋的人。你屈服于大海的安排，回避所有可能发生的问题，而不是去正面解决它。但白荆花可不是在温床中生长的娇弱之花，我跟公主一样，生来就是为了改变大海而存在的！"月信川没有理会羽末省，张开双臂像是要拥抱海洋，直接命令道，"右满舵保持不变，不想死的话，任何人都不要更改航向！"

　　旗语迅速打出，所有操船的舵手发出高声应和，舰队像是怒吼的狂狮一般向着漩涡的中心奔袭，那个巨大的漩涡就在眼前，深不见底宛如绝境，准备把一切物体都撕成碎片。

二十四艘大船以极快的速度驶入了漩涡中心，但被来自漩涡的巨大吸引力牢牢束缚着，船只几乎是在垂直的海面上航行，天空都被海水遮蔽了，纷乱的海水灌进了船舱之中，所有人都被迫抓住海绳保持着平衡。

"恢复直行，左转半圈！"月信川又下了奇怪的命令，但是谁也不敢怠慢，立即照着他的要求去做。于是，大海上出现了一幅奇怪的画面——二十四艘大船在漩涡的中心快速地转圈，却不会再往更深的地方开去，而只是简单地在海上画着圈。谁都不知道月信川为什么要这么做，但奇怪的事情发生了，战船们确实正在一点一点地往左掉头却没有倾覆。

月信川的眼中闪着奇妙的光华，思绪无比明晰，明明整支舰队的生死都握在他的手里，他的嘴角却在此时轻轻地扬起来，他望着左边远处同样肆虐的暴风眼，突然喊出一句话：

"看到了吗？大海，变得顺从起来了！"

如果此时有人恰好站在云层之上，就能看见眼下海面上突然涌现了另一处更大的漩涡，那是由二十四艘大船引导出的——一条船不足以改变海洋，但全速启动的二十四条羽族战舰，就像一张大手在不断地搅动着海水，漩涡的腰部是最容易受力的地点，月信川把船开到这里，就是为了营造这样的效果。

他要制造更大的漩涡，要吞没这场风暴，要改变这个大海！

漩涡越来越大，甚至不断地向另一个漩涡靠近着，两处漩涡带动出相反的海水方向，它们的对冲产生了滔天的巨浪，但也极大地降低了漩涡的力量。它们不断地对撞消解，就连风暴也因为巨量海水的移动而减弱，苍铁色的云图炸裂开来，碎成鳞状的片云，像是有一道无形的力量正在控制着这场天灾！

对撞惊起百尺高的巨浪，巨大的海啸铺天盖地一般压来。那是自然的力量，海水发起了比一万根撞角都要可怕的冲锋，那样的场景不亚于万千铁骑横掠荒原，试图践踏开着细小花蕊的白荆花，而那白色小花在风中倔强地晃动着，像是在等待英雄的君临。

月信川看着越发逼近的巨大海啸，即使是白荆花舰队的龙骨似乎也很难经受住这次猛烈的撞击，但是他双眼清明，好像没有什么东西能够真正阻碍他，他的心早已穿过了海洋的大幕，跑到大海以外不知多远的远方。

他咬破了自己的舌头，疼痛让他的思绪更加明晰。

"起帆！右斜四十度。"月信川发出第三道命令！所有人都震惊了，风暴之下降帆是海上生存的最基础法则，现在起帆将有可能瞬间倾覆，信号兵迟疑了，这让月信川十分愤怒，他再一次怒喝，"起帆！右斜四十度！"

"公主，这里危险，你怎么出来了！"

没等信号兵有所动作，身后传来一声惊呼，月信川转过头来，目光对上雪凌澜沉静的双眼。

"是海啸啊。"她说了这么一句，暴雨淋湿了她的银色头发，雨珠挂在她长长的睫毛上。她站在雨幕之中，与三千船员共同面对海洋的怒火，双眼之中毫无惧色。投之亡地而后存，陷之死地而后生。雪凌澜把整支舰队都交给了月信川，就是因为她信这个狂徒！

没有一刻停滞，雪凌澜拔出剑来，指向前方那席卷一切的巨大海啸。雨沿着她的侧脸流淌，银白色的战裙随风而动，她的氅衣上绣着一大片白荆花，在桅杆上塔灯的照耀下发出灿白的光芒。"起帆！"她喊道。

"来啊！跟大海决一死战吧！"听着雪凌澜的话，月信川只觉得自己的整个胸膛要燃烧起来了。帆被升起的同时，他一只手扶住公主,以保证她在接下来的撞击下不会翻倒,另一只手紧紧抓住了护栏。他们两个人的眼睛都亮得犹如星辰一般,背影被无限拉长,不知道消失在了大海的哪一处。

"兰汦月家次子月信川,我雪凌澜在此立下状书,封你为白荆之舵,如果此次我们成功冲出风暴,今后只要海上有白荆花盛放的地方,我雪家的船就任你调度!"

狂热之火点燃了倔强的白荆花,高昂的战意早已成燎原之势!

主舰秋叶号在满帆的风力下,猛地冲入了海幕,随即其他船也立刻跟进,如同骑兵发动冲锋,二十四把钢刀在一瞬间就扎进黑色的海水中,撞角撕裂海水的阻隔,就像骑兵撕碎步兵的盾阵,高傲的战马扬起马蹄,狠狠踏碎士兵的骸骨。

海啸吞没了所有的船只,翻滚的巨浪撞断了木质的桅杆,同样也撕碎了白色的大帆,但船的龙骨却也因为缓冲而没有受损。银白色的大船怒吼着在水中冲锋,船体剧烈的晃动几乎让所有人都倒下来,雪凌澜被海浪撞得倒飞出去,她一把接过月信川扔过来的海绳,做出手势示意自己无碍。

舰队在海水中奔袭,谁都没有经历过这样奇诡的情景,所有人都屏息凝神,生怕一个分神就坠入无底的深渊之中。这是月信川第一次指挥这样庞大的舰队,他的双眼中燃烧着炽热的火焰,他比任何人都要激动,也比任何人都要冷静。

他经历过比这严重得多的局势,他一定可以带着大家逃出这里。

他的双手死死地扣在护栏上,眼睛望向深沉的大海。这里的可视条件太差了,没有任何可以参考的对象,他清楚地知道,即便是舵向不变,随处改变的海流也会不自觉地改变舰队的航向。月信川闭上眼睛,这让他的其他感觉变得灵敏起来。他站在船头,赤裸着上身,在胸口处划出一道长长的伤口,让海水的乱流不断地撕扯着他绽开的血肉。疼痛是最敏锐的，伤口撕扯的疼痛中，他清楚地感知了海水的流向，开始对着舵手不断发号施令。

舰队在巨浪间沉浮，他无法呐喊，只能随着洋流做出调控方向的手势。秋叶号破水而行，这庞然大物如同他手中的玩具一般任他调度，整支舰队开始以最快的方式行驶过这片大海。这绝对是前无古人的伟大畅想，二十四艘翊王朝最顶尖的战船乘着海浪在海中穿行，这是只有疯子才能想出来的事情。

然而长时间的水下憋气正让他承受着前所未有的压力，渐渐地，月信川的视野有些模糊了，大海的威压下他的身体陷入一个非常危险的状态。不仅仅是他，他身后的船员们也大都面临着这样的处境。月信川有点迷乱，眼前的海水似乎永远没有止境，无论他付出多么大的决心和努力，那片浓郁的深蓝都丝毫没有变过。

他突然想起了雪凌澜，在海绳上的她，会被这狂乱的海水冲走吗？因为他的决定，整支舰队都面临着灭顶之灾，如果真的冲不出这片海啸，那么她会因此永远记恨他吗？

"兰沚月家次子月信川，我雪凌澜在此立下状书，封你为白荆之舵，如果此次我们成功冲出风暴，今后只要海上有白荆花盛放的地方，我雪家的船就任你调度！"

月信川想到了雪凌澜在甲板上放出的豪言，脸上不自觉地扬起了一丝笑意。

但窒息而造成的头痛逐渐侵蚀了他的意识，眼中的火焰逐渐褪去，一向热血的他心里竟然泛起了一丝悲悯，他忍不住转头看向那位可怜的公主。

然而，他并没有看到雪凌澜。

他看到的，是光。

无与伦比的光。

比大海还要辽阔的光。

月信川沐浴在那道光之下,濒临涣散的意识忽然清醒了,雪凌澜便是那道光,她的银发在水中四散飘扬,她深深地注视着月信川,给予了他无穷无尽的勇气。她那温暖的明月之力如同流水一般划过他的胸腔,他眼中的那团火重新盛放开来,熊熊的火焰足以将这片海障焚烧殆尽!

恍惚之间,他好像听见了雪凌澜的声音,在这暗无天日的海水之中,那声音无比清晰,如灯塔一般将四周照亮。

"再坚持一下,船很快就要冲出海幕了!"雪凌澜的眼里闪着决绝的光,"月信川,向我汇报船的具体情况!"

之前秋叶号左舱进水,不得不升起后桅帆维持平衡,如今看来那成了拖累,让主舰没法在水里保持平衡。充满暖意的月信川快速做着判断,"降后桅帆!"他发令道,心中忽然一片清明。必须降下它,否则主舰绝对无法冲出去。

随后月信川收束精神,继续挥舞手臂做出清晰的指示,不远处的雪凌澜这才松了一口气。剧烈的颠簸让海绳把她的腰勒伤了,她好不容易才抓住桅杆上的锁链,又发现月信川精神涣散,情急中立即耗费大量精神力向月信川释放了明月祝福术。她不知道月信川感受到了什么,但很显然起到了作用。释放完这个祝福术,长时间无法呼吸的雪凌澜眼睛已经迷离得看不清任何东西。

船员们不敢怠慢,纷纷开始作业,但沉浮中没有人能够攀上桅杆去揭开湿滑的缆绳降帆,数名船员聚集在桅杆下,一筹莫展。船体依旧在倾覆,这面曾维系着主舰平衡的后桅帆如今成了最致命的问题。

羽末省看了看船头上的月信川。

"就现在!"月信川威严的神态传达着迫在眉睫的信号,"要动手就趁现在!"

羽末省点了点头,大步跨向桅杆,他拔出剑来,乱流让他几乎站立不稳,但他还是准确地用力刺向整根桅杆最脆弱的地方。青色的剑锋在海中发出冷色的闪光,快得就像一闪而过的剑鱼。羽末省的剑插进桅杆之中,然后他大喝一声,全身的肌肉都绷了起来,剑气在海底划出一道白色流光,将巨大的桅杆切出一道笔直的剑口。借助着强烈的海底巨浪,桅杆如崩裂的石块一般发生了剧变。

然而,桅杆被羽末省一剑斩断后,并没有坠入海底,而是被后桅帆带着卷入了乱流,不断右倾的船缓下了歪倒的势头,短暂地从水中露出了头,随即剧烈的颠簸从船下而来。

"桅杆击中了舵叶。"前往检查的船员冲过来,他眼中的绝望无比浓郁,船舵损坏,主舰将彻底失去控制。

月信川怔怔看着远方的天空,那里,沉重的海云在裂开,有光洒下来,似乎离他只有一步之遥。他原本可以借用洋流找到风暴的命门,在最合适的一瞬间,用最准确的角度,破开风暴的胸膛,杀出这个海上绝境。但洋流终未如他所愿,混乱的海面之下舵叶受损,这艘主舰再也无法听从他的号令。

他的眼睛第一次布上了沉重如铁的阴霾,他想要告诉雪凌澜这个不幸的事实,迎面却对上了雪凌澜的目光。

望着远方的天空,雪凌澜心里格外平静,她轻轻地对羽末省说:"海督,印池星已经升起,我们,可以开启星流舵了。"

星流舵,羽族海军真正的不传之秘。羽族军舰之所以能以纯帆船纵横近海,胜过人族的桨帆船,靠的就是这秘法之舵,只要印池星当空,羽族的军舰就能以印池为向,精确调控方向。

"开启星流舵,船会立刻被扭转指向北方,这之后才能被操控,"羽末省还有一些犹豫,"我们的船体未必还能经得起这么大幅度的转向，可能会彻底分崩离析。"

"相比弃船，我们更应该做的是尽力一试。"公主断然说道，抓着冰冷的锁链，努力让自己站稳，"如今每一步都是在绝境求生，我不想再逃避了，我决不能放弃我们的三千同伴。"

羽末省深深地看着这个年轻的公主，在她身上看到了无匹的勇气和明主的决断。他不再多说，沉默着离开。紧跟着，雪凌澜脱力地倒了下来，她的身体如同漂荡的浮萍，随着暗流起伏着。精神和肉体上的双重折磨让她丧失了任何的行动能力，粗糙的锁链磨破了她的皮肤，鲜血把战裙染成了嫣红色。又一次撞向桅杆的时候，月信川终于赶来，把她锁扣在自己怀中。

"剩下的事情，就交给我吧。"月信川对着雪凌澜郑重地说道。

说完这句话，舰船的星流舵被彻底打开了。月信川感觉到脚下舰船猛烈旋转，这是来自星辰的指引之力，很快，船头稳稳指向北方，坚定地迎着风暴。月信川难以置信地看着这一幕，他忽然明白羽族的海军为何可以纵横海域，这让他一瞬间豪情纵生。只要冲过这一场绝境，以他的智慧，配合这样一支舰队，白荆花一定可以铺满整片大海！

"左舵十七度！"月信川目不转睛地看着风暴的变化，主舰舵向偏转，海流推动船向着正确的方向行驶，看着越来越亮的前方，月信川嘴角上扬起来。

"很好，白荆之舵的封号，我收下了。"

直到战船从海的幕墙里冲出来，重重地拍击在海面之上，所有人才重新适应了眼下的环境。他们不知道在海里穿行了多久，漫长的窒息感让经验丰富的船员都有些吃不消。昏迷的雪凌澜咳出一大口水，逐渐清醒过来。风暴停止了，月信川带着他们冲出了海幕。

龙卷风再也不见踪迹，天空中厚重的云海像是破开了一个巨大的切口，阳光照下，让原本昏暗的四周变得灿烂明亮起来。

月信川早就已经醒了，他握着一个海贝，伏在栏杆上注视着远方的大海。羽末省看着回归平静的月信川，觉得有些奇怪，这样奇迹般的胜利是绝对值得庆贺的，但是这个年轻人站在阳光下，一言不发，脸上没有喜悦的表情。他那半裸的上身被阳光镀上一层淡金色，瞳孔中不知隐藏着什么情绪。

他的眼角有些潮湿，不知道是海水还是泪水。

第二章 月氏海图

风暴之后,是一片宁静,已经偏航的舰队正在休整,船员们甚至直接在甲板上睡着了。昨夜的经历大大超越了与人族海军或者海盗的任何一场战斗,雪凌澜轻轻地从这些酣睡的船员身边走过,骄傲地看着自己的战友们。经过这一役,她开始坚信自己可以在这片大海上有所作为,有一群值得托付的人这样拱卫着她,这让万氏篡权之后一直在奔逃的她得到了一些安宁。

雪凌澜走下甲板,月信川希望召开一个会议,说明现在的情况。她走进舱室,看见几个人已经等在那里。

月信川已经换了干净清爽的衣服,他好像很喜欢青色,衣服总逃不开这类,尤其喜欢豆青色,脖子上还常常戴着一颗发蓝的碧甸子,不说话的时候看起来还挺斯文。看见雪凌澜进来,他摊开一张陈旧的海图,招呼她过去,借着跳跃的烛光,雪凌澜勉强能看清上面用烫金标注的字。整张海图透出潮湿的气息,有些边缘已经残破不堪。

"这张海图看起来有些年头了。"雪凌澜摸了摸羊皮海图,把手指凑到鼻前嗅了嗅,一种清澈的麝香扑面而来,"这种烫金字已经很久都没人用过了,羽人上次使用它们,还是在二百多年以前。"

"这可是我们月家家族传承的东西。"月信川的嘴角勾了勾,脸上多了一丝骄傲的笑,"不过你居然能认得出来,有点意外。"

"之前读过一些这方面的书籍,羽族的文字演变史也算知道一些。"雪凌澜已经习惯了月信川的骄傲,不以为意,说完之后着手沏了一杯茶。纷扬的白茶叶丝打着漩儿沉到杯底,如同簌簌而下的雪花,浓郁的茶香瞬间就弥漫了出来。她把茶杯递到羽末省的面前,羽末省赶紧双手接过,朝着公主点了点头。

一口茶下肚,那股炽热让心脏都变得温暖起来。

公主的第二杯茶递给了月信川,但是月信川谢绝了。

月信川指着海图说道:"现在不是喝茶的时候,把大家都召集过来,是想说说我们当下的情况。"

"那么,先告诉我,我们的船员有多少伤亡?"雪凌澜看着月信川,瞳孔中闪烁着一丝不安。

"相比起船的受损情况来看,海军的伤亡还是可以接受的,毕竟之前经历了那样大的风浪,大家还能活下来在这里捧着茶杯已经算是万幸了。"月信川看向一言不发的羽末省,话语间带上了一丝戏谑。

"船坏了可以再修,雪家的士兵可是不能重生的。"看到月信川这样的态度,雪凌澜微微有些不高兴,她抿着嘴,像是一朵倔强但脆弱的白荆花。

"但在大海里你又能救多少人呢?"月信川把身体靠向椅背,轻轻地叹了口气。

"还是说说船的事情吧。"羽末省打断了他们的对话,不带情绪地说道,"月信川说得对,这次一共只有五十七名船员死去,这样少的伤亡确实难得。"

跟随了他二十年的副督天青柏点点头，补充道："我们的主船两侧船舷断裂，三艘中型船主桅杆断裂，另有十余艘也受了不同程度的损伤，受损最严重的龙骨被海浪击断，依靠着其他船只拖行才能航行。因为伤到了龙骨，所以那艘船的修补劳作非常繁杂，更糟糕的是，木材也不够。"

"这附近有海岛吗？"雪凌澜皱了皱眉。

"最稳妥的方式是返回我的故乡，兰沚岛。"月信川试着建议，但表情有一些犹豫，"那里有足够的兰槎木，是修补海船最好的木材，而我们月家也有这片大海上最好的船匠。"

"可是……返航能完全避开风暴吗？"雪凌澜不太认同，在她眼中，返航本身也是一种有害士气的行为，她尝试着分辨海图，"舰队偏离了之前的路线，我们好像现在很难确定自己的位置？"

月信川自信地笑了笑，指着海图东南部的一个位置："根据船的速度和海流的流向，我们现在大概在这里。"

"拿一幅通用海图过来。"雪凌澜心里有丝迷惑，"我怎么记得之前的海图不是这样的？"

"不需要，我这里有。"月信川制止侍从，从腰上取下一个卷轴状的小筒，把卷得整整齐齐的海图从里面取了出来，平铺到桌面上。

"这份海图是秋叶号上自带的，是大陆上的航海家们按照自己的经历和测量绘制的。"月信川指着自己之前在这海图上做的一些标记，"但是很可惜，它们并不完全准确，一些海域出于某些自然原因舰队无法接近，比如我们之前遇到的那片'漩涡之海'，这张海图上就没有标注。"

雪凌澜留意了一下，月信川家传的海图上面确实是有一处漩涡状的标识，甚至连那里主要的乱流海域和大型礁石都明确标注了出来，而与之相对的通用海图上则是一抹惨淡的空白。

"难以置信，没想到你们月家的先人在那个时代就有这么丰富的航海经验。"雪凌澜惊叹道，"有了这张海图，我们可以有所依托了。"

"还不能高兴得太早，这份海图也是有问题的。"月信川指着月氏海图上苒山的位置，"我们最终的目的地就是这里，翊朝的海上圣山，国教元极道在海上的据点，但不知出于什么原因，在我们家族这张海图上并没有相应的标注。"

雪凌澜的视线随着月信川所指望去，果然，海图那块位置上，什么标注都没有，那个地方是一片茫茫的大海。

"我并不知道是出于什么原因没有标记，在几百年前，就算是漩涡之海也没能阻挡我们先人的脚步，而苒山作为近海典型的大岛，却没有留下任何记号，无论怎么想，我都想不通。"

"苒山不可能被绘制海图的人忘记，"雪凌澜皱着眉，脑中闪过一些画面，拿过月氏海图仔细看了看，有些犹疑地说道，"它可能是被藏起来了？……"

"藏起来？"

"小的时候，我和哥哥雪正源曾经被送到曾祖长居的青都短暂居住，在那里听闻了我们曾祖雪霄弋的种种事迹，其中一条是关于'龙吟'的。"

"龙吟？龙吟是什么？"月信川看了看羽末省，发现这位戎马一生的海督并不了解这些，在座所有人都好奇地等着雪凌澜进一步解释。

"在羽族一些秘术古卷上，我曾祖发现了一种神奇的符号，这些符号中往往蕴藏着巨大的信息，曾祖洞悉其中奥秘后，称那些符号为龙吟。他一生都坚信传说中的龙族真的存在，并认为那就是龙族的文字。"雪凌澜指着海图边沿的一些线条符号说,"他在笔记中所描述的那些符号,很像这张海图点缀绘制的这些,如果这些符号文字真的是龙吟,那么也许这其中会有什么隐藏的秘密?"

"那你知道这些符号的意义吗?"

"龙吟只有我曾祖才能看懂,这也是他能以永翼王之位建立翊王朝的原因之一——如果雪家世代都有这样的能力,中州的白狼怎么可能窃国!"雪凌澜眼中闪现出沉痛之色,"如果这真的就是传说中的龙吟,那么,或许里面就有苒山没出现在海图上的原因。"

"苒山两百年前就是羽族的驻地,除了易守难攻之外,没什么特殊的,位置尽人皆知,有什么必要被隐藏?"羽末省这个时候提醒道。

"不,苒山还有更特殊的意义。"雪凌澜微微摇头,没再继续说什么。苒山之所以是他们的目的地,不仅仅是因为那里有雪氏的海上驻军,曾祖雪霄弋和他的好友"隐圣"碧温玄也曾在那里滞留多年,此后才有了如今羽族海军军船上的独特机关"星流舵"。其实星流舵并不是简单地根据印池星转向,它转向的奥秘源于印池星与苒山的连线,而这里面一定有什么秘密。

"要看懂这些符号……"雪凌澜的视线被海图周围那圈精密复杂的花纹吸引着,那形制古朴的纹饰就像缠绕复杂的枝叶,密密麻麻交织在一起,却有一种纷乱的美感。

下意识地,雪凌澜用手去触碰了一下那些纹饰,她的手指落在黑色的油墨上,一股清凉之意从指尖传遍全身。抚摸着那些细小的突起,指纹与花纹的摩擦让她有一种近乎愉悦的错觉,那是一种沉浸于未知事物的错觉。

突然间,她感觉指尖一痛,像是被刺了一下,她一下就将手抽了回来,看见殷红的血液从指尖流了下来,羽末省立即站了起来,拔出剑来指向月信川。

"不关他的事，是我不小心，"雪凌澜制止了羽末省，让他把剑收起来，"这张海图有问题，它刚刚好像咬了我一口……"

雪凌澜还没说完话，突然一阵晕眩，无法自控地倒了下来。身旁的羽末省一把托住她，感觉她全身好像一点力气也没有了，眼睛也紧紧地闭了起来，羽末省大喊着公主，可是她并不回应。

这时候雪凌澜脑海中响彻着的，是一声足以震裂苍穹的啸声。

它从脑海的最深处向上涌，跨越了情绪的大海，在气息的吐纳之间，这巨大的吼声如惊雷般炸起，带着极为暴躁的狂气从海面升起。那是上古之音，是任何乐器和生物都模仿不出的伟大声响。

让雪凌澜失去意识的，就是这浑厚深远的声音，她的血接触了那些复杂的纹饰，下一刻那些纹饰所反映出来的东西就如惊涛骇浪般进入了她的脑海。巨量的信息流入让她短暂性地晕厥，而在这短暂的一瞬间她似乎窥见了整个世界。

那居然是，文字！

封存在雪凌澜血统中的记忆如大山般崩裂，那些复杂难懂的标识化作河流般的可辨识文字，在雪凌澜眼前一一划过。她并不知道自己为什么能看懂这些文字，冥冥之中有一种无形的东西侵蚀了她的意识，好像有什么东西正在召唤她。

"山河破碎，诸星震落，崩陷于故土之上，逆转于浩瀚之外。故吾奉上星辰之种，以寻正途。"

巨大的声音还远未结束，除了上面那句，还有无数的信息充盈着雪凌澜的脑海，她头疼得像是要炸开，全身都被那种威压逼得无法动弹，就连动一动手指都无法实现。

"星辰之种……"许久之后，雪凌澜小声嘟囔着这句话，慢慢睁开了眼睛，从漫天沉重的吐息中回过神来。羽末省正关切地看着她，自己突然倒下把他吓得不轻。

"去……去把印池星石取来……"昏昏沉沉的雪凌澜费力地说道，"我好像有办法破解这张图了。"

羽末省把雪凌澜扶回座位上，不多时就有侍从小心翼翼地捧来一块小小的星石。这是天地生成的矿石，被羽人挖掘出来并加工使用，它蕴含纯净的印池之力，虽然只有拇指大小，但星流舵的运作全靠它的力量。

那块星石有着比大海还要纯粹的蓝色，像是雕琢精美的翠蓝色宝石发出夺人心魄的光芒。整块星石摸起来像覆着一层水膜一般，但实际上那并不是水，而是星石本身分泌出来的一种类晶体，像是它本身的保护膜，这使它看起来更加明亮通透。雪凌澜定了定神，轻轻将印池星石放在海图上，将刚刚从那浩大吟诵中学会的口诀念了出来。随着她的口诀声，印池星石上的蓝色辉光开始向海图上蔓延，并融入到了描绘着大海的地方，随后，海图上所有的海水都亮了起来，荧荧的蓝色光芒让整片海洋变得栩栩如生。

无论是雪凌澜，还是月信川、羽末省，他们对接下来看到的一切，都将永生难忘。

首先到来的是声音，湾流的声音，海浪的声音，翻滚着，搅动着，蚕食着岸边的巨大岩体，听着那样的声音，都可以感觉到海浪在劈头盖脸向着他们扑过来！

随即，原本用油墨绘制的线条慢慢地变淡，一片真实的海域在海图中浮现出来。众人透过海图看着这片海，就像此刻正翱翔在它的上空一般，一切历历在目。在他们的战栗注视中，大海渐渐分开，一座巨大岛屿破海而出，无数的战船停靠在它的岸边，岛上的每一个建筑都清晰可见，羽族标志性的白荆花大旗高扬在风中，桀骜的、不屈的花盛放在大海上，久久不见落幕之时。

那是苒山现在的样子！雪凌澜激动地看向羽末省，发现海督早已失神，怔怔地看着面前的一切。而海图之中，苒山逐渐远离，更大的海域在图中展现出来，没过多久，整片海完全地展现在了众人眼中。月信川的脸上既有吃惊又有狂喜，他一动不动地看着眼前的景象，这才明白为什么这张海图会这么准确地描绘出每一处海岸线，因为它就是这片海域最真实的样子，它是活的！

"这……这简直是奇观，我第一次看清苒山的全貌。"羽末省惊得说不出话来。

"这张海图上的符号确实是龙吟！它不可能出自月家。"雪凌澜这时已经冷静下来，她看着一脸狂喜的月信川，"你跟我说实话，这张海图你是怎么得来的？"

月信川用手抚摸着那张海图，具象化的苒山有着冰凉的触感，他甚至能够感受到吹过掌心的海风。他闭上眼睛感受着那股微动的凉意，像是陷入了思绪之中。

兰汃上曾经暴发过一场植物疫病，一种叫做花梨的植物对兰汃造成了毁灭性的灾难，兰汃上繁茂的兰槎木一夜之间全部枯死，这对于造船世家月氏来说无疑是一场巨大的打击。兰槎木是最佳的造船木，没有了能够延续生长的兰槎木，月家就失去了造船的优势。

当时的月家还是造船术与航海术齐名于世的家族，一位曾远渡重洋的先人在这个危急的时刻从东面归来，而被他带回来的，正是珍贵的兰槎木种，甚至比兰汃原有的种子更好，凭借他带回来的种子，兰汃月氏很快重振家业。

但这样的一位英雄，归来之后很快就去世了，最后的时光里，他整个人陷入了疯癫之中，只会反复嘟囔一句话：往东，一直往东，那里是月家的归宿。人们整理他的遗物，发现了那张海图，但无人可以参透其中的奥秘。当时月家的大族长曾多次派人去他所说的东方之地,然而所有离开的人或者一无所获,或者一去不回,最终这张海图被收藏在了月氏的阁楼中,与他们航海世家的名声一起慢慢沉寂,成为了传说,成为了少年月信川的一个梦。

"这张海图中可能有传说中龙族的信息,你的那位先人一定经历了什么。"雪凌澜说道,"我来试试看,能不能在这里找到什么,如果说一直往东,那就是漩涡之海,如今我们已经穿过了它,或许,我们可以找到你先人曾前往的地方。"

"我并不认为我们该这么做。"羽末省说道,"公主,我们不是一支海上探险舰队,现在我们的船舶急需修理,在这样的情况下,不能因为一张来历不明的海图,就去冒这个险。"

雪凌澜轻轻抚摸着海图,那上面的符号依旧震荡着来自上古的吟诵声,她已经开始慢慢习惯它了。"海督,你不明白……"她抬头看着羽末省,神情中有一股巨大的悲痛,"你还不明白龙吟对雪氏,意味着什么吗?"

月信川被雪凌澜的表情震慑住了,也不由得回忆起了那个羽族的盛世,翊王朝的缔造史,"帝弋联盟各族,建立翊王朝,行走九州消弭天灾。"

"那是我们雪氏统率天下的起点,从那之后,我们雪氏之中再也没有人能够看懂龙吟了。曾祖失踪之后,关于雪氏'已失星辰恩泽'的说法就从没中断过……"雪凌澜紧紧咬住自己的下唇,"没有想到,我竟然也可以看懂龙吟……如果早三年,哪怕早一年,是不是一切都会不一样?"她说着,泪水不由自主地落到古老的海图上,月信川与羽末省对视一眼,都不知道该如何是好。羽末省尤其局促,他可以感受雪凌澜沉重的悲痛,但职责所在又让他必须说明现状。

最终还是比雪凌澜略长一些的羽翎走了过去,她搂着雪凌澜的肩膀，尝试着分析道："兰沚以东到底有什么，现在的海图上既然没有标记，那很可能如苒山一般，也是被刻意隐藏起来。既然印池星石能够触发苒山现世，那么我们或许可以试试别的？"羽翎是岁正秘术师，说着她就尝试将岁正之力注入地图，可惜没有什么反应。她又看向雪凌澜。"公主，岁正的力量没有得到响应，你试一试明月？"

雪凌澜的明月系祝福术在之前的风暴中已经有过展示，大家印象很深，雪凌澜点点头，努力平复心情，在指尖凝聚着牵连明月的星辰之力，再次吟诵出那段龙吟中的口诀，当她将手再次靠近海图的时候，变化瞬间发生了。

海图再次复活，大海涌动起来，一条细细的金线出现在海面上，它巧妙地穿过暴风之地的阻隔，往东最终隐没在一片白色的雾气中。

"这难道是航路？"雪凌澜吃惊地看着眼下的这条金线，金线正好穿过他们所在之地，"但最终怎么消失了？"

"那是海雾，金线消失之处是大雾区。"月信川看了看变化之后的海图，判断道。雪凌澜下意识地想拿手去抹，当她的手触碰到海图之后，一种接近雾气的触感瞬间就浸湿了她的皮肤。雪凌澜暗自吃了一惊，经她的手抚过之后，萦绕在海图上的雾气居然消失了。

金线终结之处，一座岛屿出现在众人的眼前。

"岛屿！"月信川激动地大声喊了出来，"这肯定是先人提到的归宿之岛！"

第三章 归宿之岛

大雾散去后，月氏海图上露出一座绿得发黑的岛屿。众人尚未来得及看清那岛屿的细节，海图就快速恢复到了正常的大小。金线依旧明显，但在辽阔的海上，那传说中的归宿之岛只是一小块浓浓的墨绿，静静矗立在漩涡之海的更东方。

"这是响应明月之力的岛，看起来应该是终年大雾覆盖，怪不得一直没人发现它。"雪凌澜的眼睛发亮，心里难掩兴奋。

"公主，我还是有点不放心。"羽末省的表情依旧严峻，"月信川，你说那位先人死于疯癫，原因是什么？"

"我不知道。这只是我们月家的一个传说，已经是二百年前的事情了，长辈们都在回避，醉心于造船事业，只有年轻人还始终热衷于月家的航海历史，我也不例外。"

"我在担心，这座岛看起来并不是那么简单，浓雾里面或许是极其危险的地方。"

"海督，如果我们现在要走一条比我曾祖更艰辛的复国之路，我们理应面对比他当初更大的危险。"雪凌澜抬手制止羽末省，坚定地说,"当我曾祖从一份古老的文献中发现了龙吟,并决定前往一个危险的地方时,他的将军会像你那样劝说他吗?"

"一定会。而且,与帝弋不同的是,我们现在承受不起失败。"羽末省没有回避,依然严肃,"那时的雪家,是羽族最强大的家族,随时有更多的士兵、更精良的武器,去支持帝弋的探险。可是如今,雪家已经被逼进绝路,我们现在拥有的,只有这二十几艘船,和最后的这些士兵。"

"给我五十人就够了,我们去搬足够的兰槎木回来。"月信川咬了咬牙,"那座归宿之岛我是一定要上的,不仅仅是为了修船的材料,更为了我月家航海世家之名!"

"月信川,我给你一百个好手。"雪凌澜避开羽末省沉重的目光,看着另一边这个身姿挺拔跃跃欲试的航海士,"但我要你们活着回来。"

一路往东,黎明的光刚刚穿过舷窗,先锋舰队就发来信号,前方发现浓雾,雾中隐约有绿岛。

雪凌澜站在高高的围栏上,远眺潜藏在海雾中的归宿之岛。海绿色的岛屿宛若一只破海而出的巨龟,随着舰队驶入迷雾,岛上的情况一下变得清晰。与此同时,所有人都倒吸了一口气:海平面覆盖在茫茫的白雾之中,空气里有着厚厚的水汽,被阳光拉扯成摄人心魄的红霞。绿岛带着红霞突然现身,如同巨大海兽身披火焰矗立在舰队面前。

金线终结之处的海岛,月家的归宿之岛,被他们找到了。

月信川走到公主身边,破天荒地右手平贴心脏,恭敬地施礼道:"公主,我走了。如果这次回不来,记得跟我父亲说,那张海图里的一切，月氏祖辈航海的冒险，都是真的。"

"你会平安回来的，我保证。"雪凌澜没有去看月信川，她的手紧紧地扣着栏杆，指关节因为过于用力而有些泛白。

"借你吉言。"

他们离开之后，时间过去很久了，登岛的月信川还没有回来。雪凌澜焦急地在甲板上踱着步，不时看向那座雾岛，希望下一刻月信川就能破雾而出带着士兵凯旋。

然而并没有，海雾中是死寂一般的沉静，只有大海的波涛声传入耳际。

"海督，如果单纯只是收集木材，这个时间应该足够了？"她向羽末省征询着。

"就算时间不够，他也应该在登岛之后派人跟我们报告一下具体的情况。"羽末省皱着眉说道。

"这座岛看起来很奇怪。"雪凌澜心里闪过无数想法，她斟酌着说，"我说不出来这是什么感觉，当它出现在我面前时，我总感觉岛上隐藏着一股非常特殊的力量。这座岛屿太安静了，静得就像里面没有任何生命一样。明明是感受明月星力的岛屿，我却非常排斥它，更糟糕的是我距离那座岛还是太远了，不能确定我感受到的究竟是什么。"

雪凌澜凝视着月信川留下的海图，再次尝试将明月星辰力投入大海之中，那条航路随之更加清晰。她滑动手指，最终抚摸到岛屿所在的位置，但一股排斥的力量瞬间将她的手推开，这令她有些讶异。于是她再次凝神，尝试着用明月之力去激发那座岛屿，却感觉到了更加强大的排斥力。伴随这种排斥，她看见岛屿发生了巨变，原本的深绿色变得更接近黑色,而阴冷的海风开始包裹着岛屿,因明月而显露出的航线开始变得黯淡,整个海面好像都被激怒了。

"明月止步于此……"雪凌澜默念着,她猛地抬起头,一边向外跑去,一边对着羽末省下达指令,"快!召集一群明月感应力最强的战士,我要为他们施加祝福术,然后带他们去救人!"

羽末省紧跟着雪凌澜的步伐:"发生了什么吗?月信川尚未示警……"

"他不会发出任何警示了。"雪凌澜匆匆说道,"这是一座被暗月笼罩的岛屿,代表着仇恨与诅咒的暗月。"

羽末省猛地站定,他看向遥远的如象龟一般的海岛,阴云笼罩在他的脸上,看不清楚究竟是什么表情。

他总感觉,这一切,都有因果。

广阔的森林中岔开无数条小路,每条路的尽头都笼罩在一片未知的浓雾中。树林中的大雾同样也隐匿了闯入其中的羽人的行踪:他们一身戎装,如同猎豹一般潜伏着,眼睛却比豹子还要锐利。

自从登上这座岛,雪氏的士兵就始终保持着绝对的警惕,这里浓厚的大雾中可能潜伏着各种各样的敌人,一旦走神很可能就会付出极为惨重的代价。

此时的月信川看着眼前白茫茫的大雾,不禁皱了皱眉,他示意军队停止前行,原地做好警戒。

他所处的这处绿岛,完全被植被覆盖着,各种参天的树木拔地而起,整座庞大的岛屿就像一个从未有人活动的原始森林一般。这就是月信川怀疑的地方,因为直到现在,除了军队前进发出的窸窣声外,没有其他任何声音存在。好像这座岛上所有的动物都在沉睡，连鸟的叫声都没有。这相对于眼下草木的茂密程度来说，是绝对不可能发生的事情。

"不能再继续深入了。"月信川想了想，对身后的士兵说道，"抓紧时间采集木材。"

说完，他弯腰挖了一把偏黑色的泥土，凑到鼻子前闻了闻。泥土散发出一种特有的腥味，让他心里微微有些感伤。他突然想到，自己的故乡兰沚岛上也有这种黑色的泥土，只有在这样肥沃的土壤下兰槎木才能生长。这种土腥味瞬间唤起了他对故乡的记忆，大片大片的兰槎木被砍伐，随之造就的是兰沚岛造船世家的威名。想到这里他又不自觉地握紧了口袋中那个海贝，他咬了咬牙，眼中的悲伤一闪而过。

大树轰然倒地的声音打破了月信川的回忆，他回过头去，发现士兵们已经砍倒了一棵兰槎木。月信川满意地点点头，但随即有一种不好的感觉——随着大树的倒下，他没有听见任何飞鸟惊空而起的声音。

他记忆里的兰沚岛上，每有一棵树倒下来，都会有数百只飞鸟随之惊起，它们总是悲伤地环绕在树的四周，久久不肯离去。

他几乎可以确认，这里和兰沚是截然不同的，这里，是座死岛。

月信川突然感觉到一丝恐惧，他不自禁地打了一个冷战。他示意众人加快速度，自己则更加深入，想要探查一番，或许可以消除内心无名的恐惧。

但树林好像无止境一般，放眼望去，四方都是高大的兰槎木和浓郁的寂静；月信川四处眺望，终于在一个方向发现了一个黑影倚在树下，他快走几步，靠近那个黑影。当他终于看清，猛地倒吸一口冷气。

那是一具尸体，全身着甲，看甲胄的制式竟是天启城万氏的士兵，那尸体仰着头举着手，好像被无形的绳索捆绑在兰槎木下，正拼命地想要挣脱。怎样的伤害，会让一个人死于这样的姿势？月信川无法想象，但他很清楚，如果不快点离开，他自己可能也会变成这样。

"快，装好兰槎木我们就赶紧撤。我有种不好的预感，我们很可能被某种'东西'盯上了，我不知道是什么东西在雾里，我们快走！"月信川冲回来，对着士兵们大喊了出来，他的头皮一阵发麻，一种毛骨悚然的感觉涌入全身。

士兵快速执行着月信川发出的命令，巨大的树木被他们放置在专门的板车上，随即整支队伍奔跑起来，试图快速离开这片丛林。月信川奔跑在队伍的最后面，感觉背后芒刺一般的感觉越来越强，他疾呼着让众人加速，近乎声嘶力竭。直到冲出树林的尽头，他才松了一口气，准备迎接大海和航船。

"月队，那是……那是什么……"一个士兵喊了出来，但他的话还没有说完，整个人就倒了下去。下一瞬间，月信川的意识被重重地一击，剧烈的头痛让他喘不过气来。

整座岛屿的宁静骤然打破了，空气中传来呼呼的风声，大风中不知道还夹杂着什么，形成了一种怪异的声音，让月信川全身都在颤抖。他在不由自主地害怕，但他却不知道自己在害怕什么。他抬起沉重的头望向四周，身边的士兵与他一样倒在了地上，他们的眼睛里充满恐惧，眼中投射出来的是近乎漆黑的深夜。月信川用尽全力爬到一个士兵的身前，使劲地晃着他，然而那个士兵没有任何回应，只是用力地掐着自己的脖子，直到面部涨红眼睛几乎要突出眼眶。月信川意识到，他竟然也想着要用这样的方式自杀！

月信川强忍着那股让人精神崩溃的恐惧感，努力从地上爬起来，他想看清楚究竟是什么东西让他们全队的人都陷入这样狂乱的状态。但是眼前除了大雾什么都没有,大海不见了,远处的雾中只有斑驳的树影,泥土的腥味传到鼻腔,夹杂着血的气息。

他尝试性地发了信号,但是信号爆裂开来之后就连声音也被吞噬了,四周还是只有呼呼的风声,远在海上的众人好像根本发现不了他的求救。

他的瞳孔逐渐被黑暗浸染,黑色的斑纹布满了他的整双眼睛。他痛苦得喊出了声,意识在逐渐模糊,恐惧像潮水一般一波一波进犯着他最后的心理防线。

他的眼前终于黑了下来,白色的大雾里,他看见所有人横七竖八地躺在地上,只有他自己站着,如麦秸秆般笔直,却如此孤单。

月信川觉得自己被束缚在了那里,周围看不清的锁链把他牢牢地锁在那个地方。他绝望地看着漆黑的四周,无数锋利的刀刃悬停在他的头顶。他的身体早已经被割穿了数个口子,血从伤口流下来,染红了大地。

最近这些日子里的恐惧充斥着他的内心,他好像看见了燃烧在兰沚岛上的大火,大火烧了三天三夜,把一切东西都烧得一干二净:亲人、朋友、遮天蔽日的兰槎林、停泊在港口的白荆花舰队。只有他挣扎着抱着那张绝世的海图,不让火焰把它烧毁,最终他的身体化成黑色的焦炭,但海图却永远留了下来。

不知过了多久,他觉得自己已经死了,但又似乎没有,因为他还有感觉。

在这一片漆黑之中,他唯一能看到的,是一个小到几乎看不见的白色小点。

那是什么?

如雾气一般的小点,如星辰一般的亮光,它宛若飘摇的落叶,风一吹就会掉下来。

但它却没有如落叶般消逝,那亮光越来越大。月信川能感觉到,他的视线也因此变得清晰起来。原本紧紧包裹住他的黑暗,好像正在一点一点地融化裂开。

　　月信川睁开眼,茫然地伸出手来,他能动了。

　　视线的尽头,雾气如同帘子被掀开,有个女孩站在那里,银色的长发像星辰那样耀眼。

　　她浑身散发出明月一般的光亮,是雪家的公主雪凌澜,那个赐予他"白荆之舵"称号的小姑娘。是她驱散了浓雾,带着明月的光芒拯救了所有人。

　　"大家都在等你们,快跟我走。"她说出这句话,把身体僵硬的月信川扶起,雾气将她的头发都打湿了。独特的香气和明月的光辉让月信川完全清醒了过来,眼前的场景同时亮了起来。

　　二十四艘银白色的大船如铁壁般矗立在岸边,白荆花的旗帜盛放着。一批军人抬着还在恐惧中挣扎的同伴,剩余的人扛着木材,向着军舰前进。

　　"我要你们活着回来,我保证过。"

第四章 暗月之境

　　雪凌澜睁开眼睛，眼前是雕琢精美的红木床榻，细腻的丝绸从横木上垂下来，白荆花的刺绣在镏金软箔的映衬下几乎可以以假乱真。公主从床上坐了起来，她穿着一件淡雅的天鹅绒睡衣，柔软的布料垂至脚踝，她赤着脚踩在地上，坚实的红木与她白皙的皮肤形成鲜明的对比。她喊了喊侍女的名字，但是久无人应，就走到一边，随便披了一件挡风用的大氅。

　　她有些奇怪，因为她清楚地记得，自己明明漂泊在大海之上，记忆停留在归宿之岛迎接月信川的那个瞬间。但她的手抚摸着周身的每一件家具，从手指上传来的触感看，她所看到的一切都是真实的，眼下这熟悉的一切，在记忆中早已留下不可磨灭的印象，再次看到它们，雪凌澜的心里微微有些唏嘘。

　　这里，是秋叶京，她回来了。

　　耳中突然传来一阵弓弦绷紧的声音。

　　雪凌澜下意识地抬头，四门紧闭，阳光沿着窗棂投射在地面上，晕开一个个排列整齐的小方格。但在下一刻，这些小方格突然被撕裂，木窗瞬间就被射穿，锋利的箭体贯门而入，数千支大大小小的箭从窗外射了进来。弓箭几乎是擦着她的鼻尖射到了各处，雪凌澜狼狈地躲在桌子下面，突如其来的弓箭擦伤了她的小臂，鲜血立刻流了出来。她强忍着疼痛，一边躲避着袭来的箭雨，一边顶着桌子试图去拿挂在墙上的短剑。她绝对不能在这里死去。

一轮箭雨结束了，雪凌澜松了一口气，她看了看四周，房间中的每一个角落都扎满了箭。箭头轻而易举就贯穿了红木的床榻，大大小小的箭体扎了几百支。她看着钉在地板上的箭，整支都是纯钢制成，分量不轻。这不是来自羽族的箭。

雪凌澜拿上短剑，站在门边透过钢箭射穿的孔洞向外看去，但是外面一个人都没有。没有贴身的侍女，没有拉弓的士兵，她视线所及处，没有任何人存在，偌大的皇宫宛若一座死城。

但当她推开门，一切都变了，浓烈的血腥味扑鼻而来，士兵的尸体横七竖八躺在地上。

是错觉吗？是梦魇吗？还是那段过往的真实面目？

雪凌澜赤着脚走过阵亡的羽族士兵，她心疼地看着一个个冰凉的尸体，这些年轻的面孔睁着空洞的眼睛望着天空，无神的瞳孔倒映出雪凌澜疲惫的面孔。她摘下其中一位士兵的头盔，那个人的年龄甚至看起来比她还要小，他的腿已经被砍断了，胸膛上中了四支箭，他那长长的睫毛下一对曾经发亮的眼睛已然无光。

雪凌澜的眼泪如火一般滚烫，但也无法温暖这些无名的尸体。她失神地跪在那里，无法面对秋叶京沦陷的局面。她抱起少年，握着少年毫无温度的手指，目力所及之处全部都是阵亡的羽族士兵，他们围绕着雄伟的极天城，与天启的人族士兵奋战到最后一刻。

不远处一个少年的身体微微动了一下，雪凌澜抬起头来，像抓住了救命稻草一样看着那个竟然尚未死去的少年。他的胸膛轻微地起伏着，利箭穿透了他的胸口，剧烈的疼痛使他紧紧皱着眉。雪凌澜站起来冲过去检查他的伤口，那个少年朝她伸出手来，他的体温正在不断流失，好像随时都会死去，雪凌澜双手捧着那只手，眼泪沿着漂亮的鼻翼流下来。

"公……主，对不起……我们失败了……"他微微张着嘴，吐出一口气，连呼吸都特别困难。

"不，你们已经做得很好了，"雪凌澜难受得说不出话来，她看着眼下这个垂死的少年，"你坚持住，救援的人马上就到。"

她这样说着，希望可以减轻这个士兵的痛苦。但现实是残酷的，她自己也知道，秋叶京的结局是沦陷，根本不会有什么救援了。

破空而鸣的马啸声响起，军制的马蹄铁踢碎了王城中的水白玉石板，身着重甲的人族骑兵奔踏而来，领头的骑兵显然没有想到能在这里见到雪氏公主雪凌澜，脸上露出贪婪的笑意，提着斩马刀就朝着公主冲了过来。马蹄踏碎了阵亡将士的肋骨，嚣张的骑兵双手握刀，下一刻就要斩下公主的头颅。

刀口横掠而过，雪凌澜拔出自己的短剑，一个侧身，躲过了致命的切斩，反手刺在了马腿上。黑色的战马立刻吃痛翻倒在地，领头骑兵同样失去了平衡，他怎么都没想到看起来如此娇弱的公主居然敢于反击。雪凌澜从地上站了起来，她脱掉了披在身上的大氅，把它盖在那个年轻士兵的身上，然后踏出一步，像个武士一样面对着人族的骑兵。

领头骑兵吐了一口唾沫，从地上捡起刀，轻蔑地看向在他眼里毫无反击能力的雪凌澜。他舔了舔嘴，冷笑着朝雪凌澜挥砍过来，雪凌澜横剑一个阻挡，但很显然对方的力气太大，她瞬间就被撞飞出去，小腿还被散落的兵器划伤。

骑兵的下一次击砍接踵而至，苍白的锋刃穿破气流带来呼啸声,而雪凌澜已无退路。

就在这时,地上一个黑影突然跃起,自杀式地冲向了骑兵迎面而来的刀锋……

白荆花大氅从他的身体上滑落。

"不——"雪凌澜绝望地伸出手去,眼睁睁地看着那把刀从少年的胸前劈过,鲜血喷涌而出,霎时溅满了领头骑兵的脸。骑兵的脸变得有些扭曲,他把刀柄一转,将肋骨尽数斩断,冷哼一声,一脚就把这个年轻的士兵踹开了。

那少年临死之前,从喉咙深处挤出最后一点声音,他看向远处的雪凌澜,像是让她赶紧离开。然而这个声音发出来之后,传到雪凌澜耳中的却不止这一句,远处的公主仿佛失去了灵魂一样,整个人瘫倒下来,短剑从手中坠落。

除了听见少年的声音之外,她还听到了另外一种特殊的声音,一个似乎不属于这个世界的吼声。她不知道那是什么,从何而来,说了什么,但就是被那个声音吸引住了。那声音掩盖在那个音节里,只有短暂的几个间隙,却完完全全占据了雪凌澜的精神,让她一瞬间失去了思考能力。

她仿佛看见了绝境之中一个巨大的生物盘缩在那里,风云变幻,山川变成沧海,它的身体变成这自然中最常见不过的东西。但是它的喘息尚在,如海啸一般的吐气淹没了两军交战的战场,死去的战士们纷纷活了过来。他们带着血肉模糊的肉体继续发动着冲锋,在来来往往的王朝里重复战斗了几千年。

那是多么悲凉的画面,那声音是无数战士厮杀时的呐喊,是死境中的人们抱头痛哭的绝望。几千年过去了,尘归尘,土归土,武器全已腐朽,它们的尸体消失得连灰都不剩,但那些声音却永远保留了下来。

有人记录了它们,让那些人得以永生。

马哨声击碎了雪凌澜眼前的奇景,她回过神来,看见数百个身着重甲的人族骑兵聚集过来,肮脏的战马吐着粗气,突起的血管暴露在后腿肌肉上,铁甲把它们的肩背都磨出血来。狰狞的人族骑兵把雪凌澜里里外外围了三层,他们甚至连马都没下,骑在马上觊觎着雪凌澜。

那个奇怪的声音消失了,雪凌澜虚弱地捡起地上的短剑,缓缓地从地上站起来。

她意识到自己其实并不会什么剑法,也不可能持剑与骑兵交战,但她随即想到自己有更强大的力量。

"我可是不会让你自杀的。"骑兵邪恶地笑着,想要上去夺下雪凌澜手里的短剑,"我们可对尸体没什么兴趣。"他一把抓住雪凌澜的手腕,想要卸掉她的武器,却忽然对上雪凌澜的眼睛。

那是,雷电一样的双眼!

雪凌澜张开嘴,吐出一个复杂的音节,她的声音并不大,但是这个声音一下子就侵入到了骑兵的耳朵里,像弓弦声一般炸裂开来。不仅仅是他,在场的所有人都听到了那个音节,那音节如雷霆一般,以肉眼可见的样子在雪凌澜周围扩散开来,瞬间将所有人都震散了。无论是尸体、战马,还是骑兵,所到之处,全都如怒涛般席卷过去,瞬间就在雪凌澜的周边清出一片诡异的圆形空地。

雪凌澜站在圆心处,她把剑插在地上,站直了身体,风吹起她的长发,传来花瓣的清香。

"白荆花永不凋零。"雪凌澜说了这样一句话,她穿着轻质的睡裙,却偏偏站在满目疮痍的战场之上,阳光映衬下,亡国的公主在绝境中站得笔直,眼睛里没有丝毫畏惧。

"亡者必将东山再起。"

骑兵们猛地看向周围，那些阵亡的羽族将士一个两个从地上爬了起来，像是完全苏醒过来一样，捡起地上的武器，把这些人族骑兵包围了起来。骑兵们被这诡异的景象吓破了胆，忙不迭地争先恐后地往外围跑去，但是显然，无论他们跑到哪里，那些恐怖的死人都会纷纷从地上站起来。

沦陷的秋叶京，又重新活了过来。

骑兵们疯狂地砍倒那些尸体，但是尸体即便被砍掉了头颅，身体还是可以重新站起来继续战斗。最后骑兵们的体力终于不支，逐渐被尸体吞没，只有双手绝望地伸向天空，紧接着被毫不留情地砍掉。死去的将士们在这些人族骑兵的身体上肆意挥砍，那些积攒的仇恨在死去后爆发了惊人的能量。

等到所有的人族骑兵都倒下，那些活过来的尸体也都停止了挥砍，他们将雪凌澜围在中间，像生前那样对雪凌澜致以最崇高的军礼。

有一双手给雪凌澜披上了大氅，她回过头去，看到那个年轻士兵的漂亮眼睛。

雪凌澜欣慰地点点头，正要挥手向士兵致意，却发现一瞬间，年轻士兵漂亮的眼睛淌下鲜血，他的胸腔重新凹陷下去，再次步入死亡。

雪凌澜惊恐地环顾四周，所有羽族的士兵重新倒下，死亡如同面对秋日倒伏的麦田一般收割着生命，雪凌澜拼命去回想脑海中那旷古的吟诵之声，那曾经把雪氏带到帝国巅峰的龙吟，那一刻竟丝毫都想不起来了。

盘缩在虚空中的巨大生物发出一声叹息，就此消失了，就像发现雪凌澜并非那个它在寻找的人，历史的改变只是一场幻梦，她还是那个无力与人族对战，也无法恢复先祖荣光的可怜公主。

被无数尸体簇拥着的公主跪倒在广场上，放声哭泣。

"公主，公主，公主！"雪凌澜在崩溃的哭声中醒转过来，迎面是羽末省关切的脸。

"公主，你终于醒了。"羽末省小心地将她扶了起来，探了探她的额头，松了一口气道，"体温也渐渐回升了。羽翎，公主应该已经脱离暗月的影响了吧？"

"还很难说，我也不能保证她会彻底好过来。"羽翎看着泪痕未干的公主心有余悸，但也松了一口气，她有些心疼地埋怨道，"公主，你太莽撞了，你明知那岛屿上充满暗月的力量，却还亲自闯进去。"

"发生了什么事？"公主还没有从梦境里那鲜活刻骨的恐惧中回过神，她的手贴着自己的脸颊，闭上眼睛缓了许久，这才想起来，"月信川呢，所有人都营救回来了吗？"

"那座岛被暗月诅咒了。"羽末省叹息着，"所有人都回到了船上，兰槎木也运上了船，但参与伐木和救援的人，精神都遭到了侵蚀，月信川的情况尤其严重。"

公主挣扎着从床上下去，差点儿摔一跤，着急地说道："带我去看看他们。"

在船医专门辟出的舱室中，雪凌澜看到了上百名沉睡中的士兵，而月信川躺在最靠里的床上。她强撑着身体，尽力走到月信川的身旁，用手试了试他的额头。

她的手指刚触碰到月信川的皮肤，就一下子缩了回来，月信川的体温已经远远低于正常人的状态。雪凌澜又探了探月信川的鼻息，还有微弱的气息，但他吐出来的气就好像冰凉的海水一样，整个人看起来已经完全丧失了对外界的感知。雪凌澜翻开他的眼皮，发现他的瞳孔空洞地张着，如同结冰了一般寒冷。

"怎么会这样？"公主坐在月信川的床边，"羽翎，我失去意识之后的这段时间发生了什么？"

"你也是刚从这种状态下恢复过来。"一路跟随照拂的羽翎皱着眉头，开始检查月信川的状况，"那座岛覆盖着强大的暗月之力，我们是感应明月而飞翔的明月裔羽族，暗月的力量对我们而言是致命的，而他们在岛上待得太久了。"

雪凌澜想起自己的梦境，失去国家、失去拱卫的人、亲眼见到死亡……自己过往的种种恐惧在梦境中如此清晰，她忽然明白眼前这百来名士兵在遭遇什么。

"他们被困在了暗月诅咒的梦魇里，梦里是他们最恐惧的东西。"雪凌澜的声音透着疲惫，"梦魇将人的恐惧浮现、加剧，所有的一切都太逼真了，把人逼入绝境。"

"那么我知道这些人为什么如此了。"羽翎有些不忍心地说，她将盖在月信川身上的被子掀开，露出了血淋淋的一幕——月信川浑身上下都被绑了起来，但还是不能阻止他伤害自己。他的小臂、胸口、肚子早已经被他抠破，抓烂的床单被染得到处是血。雪凌澜只觉得自己的心一阵阵抽紧，马上询问道，"告诉我，是不是有办法把他们救醒？"

"只有像您这样精神力足够强的至羽，才能勉强战胜暗月之力，但其他人就很难说了。"羽翎叹了一口气，"无翼民的精神力太过脆弱，想要救他们，就必须要借助其他东西。"

"什么东西？"

"当初我在青都城的时候，看到鲛珠研磨成粉制成的药剂，可以帮助秘术师将星辰力导引至精神海深处。月信川伤得最重，因此我冒险尝试了这个方式,将明月之力强行注入了他的身体,比起不用鲛珠,效果好太多了。但我们整支舰队只有这一枚鲛珠……"

公主咬了咬牙:"一枚鲛珠才能救一个人吗?"

羽翎点了点头。

"海督,我们一共有多少个这样的伤员?"

"之前登岛的一百零一人全部受到影响,而救援过程中,另外的五十六名船员也不幸被浸染了。"

"一百五十七枚鲛珠。"雪凌澜看向羽翎,"怎么才能找到这么多鲛珠?"

羽翎看了一眼公主,犹豫地说:"这种东西太稀有了,除了鲛族的王国没有任何地方能找到这么大量的鲛珠。"

"距离我们最近的鲛国在哪里?"

"往北的话,很快就是鲛族藻郁国的境内了,往南行驶三天则是汐洄国。"羽翎又看了一眼羽末省,补充道,"跟雪家的关系都不算很好,也不知道他们是不是已经与万氏勾结了。"

一旁的海督终于忍不住开口了:"公主,你怎么还在执迷不悟?救他们的代价太大了,我们是承担不了的。"

"那你就忍心让他们这样死去吗!"

"公主,我们这是在打仗在逃亡,我们下一步应该前往莴山,那份海图你也看到了,现在莴山还在雪氏手中,但再过几天会怎样呢?如果我们尝试着去和鲛族谈判,再去想办法获得鲛珠,最后我们在这片海上还是毫无立足之地,而我们将面对的是已经得到整片大陆的万东牒!"

"可是也许还没到莴山,这些人就不会再醒来,我们可能拥有一个岛屿,却永远失去了这些人。人族大军在澜州的杀戮都没有杀死他们,最终他们却死于我们的放弃!"雪凌澜有些激动,她的眼中噙着热泪，但没有让它们流下来，"我决不允许这样的情况发生！"

"我知道我们这是在打仗，而且我们步履维艰，时机非常重要。但失国之后，我们还有人，人没有了，我们还有什么？假如没有月信川，也许所有的船早就葬身在那片漩涡之海；如果没有这些士兵义无反顾地踏上那座岛，抱着必死的决心，为雪家的船带来生死攸关的木材，我们也根本开不到莳山。那么，我又有什么理由不去救他们？"

羽末省紧锁眉头，沉默不语，雪凌澜的坚持他可以理解，但作为海督，他无法说服自己支持对方的行为。

"海底下的变数太多，这件事上我不会妥协。"羽末省深吸了一口气，眉头稍稍舒展了些许，"但也许还有一个办法能弄到鲛珠。"

羽末省展开海图，指着涩海南部一个链状的岛屿，那里被他用红线做了重点标注。

"逡巡岛链。"羽末省指着那个红笔反复涂写的"典"字，"救人用的一百五十七枚鲛珠，可以从那里买。相传人们可以在岛上买到任何东西，所以它还有另外一个名字。"

"黑市群岛。"

第五章 北海之王

带有白荆花徽记的舰队破浪而来，风旗上的徽记在阳光下熠熠闪光。它们在海平面上快速地航行，连大海都收敛起它的气焰。海上无雾，即使隔着数海里还是可以看清岛上的景象。

巨大的岛屿群并没有想象中那么严肃，反而透出一种如少女一般的澄澈。空气很湿润，像是刚刚淋过雨，破晓的光芒穿透浓绿色的植被，在半空中抽离出绚烂的长虹。整座岛群上空都覆盖着线状的云絮，相互缠绕交织，唯独中心那座岛的上空无云，黎明的阳光把整个云图都染成淡金色，霓虹裙摆就从那道镏金的空白处奔流而下，洒向岛的深处。

雪凌澜正在眺望着远处的逡巡岛链，她看起来比之前憔悴了，长时间的海上生活让她的身体有些吃不消，但同样，她脸上的坚定也比之前更甚。她的双手伏在船舷上，海风扬起她落在眼帘上的头发，瞳孔中隐藏着一种难以察觉的悲伤。

"公主，前面就是黑市群岛了。"羽末省的声音传过来，他依旧穿着一身铁甲，年过五十，他的半边鬓角已经有些发白了。

"说是无法之地，看起来却很安静，这里真的是海盗的地盘吗？"

"事物不可只看表象，这恰恰说明有典海主坐镇，海盗们不敢造次。他是一个很危险的人，跟他打交道，我们万事都要小心。"

"总要试一试，留给我们的选择不多了，海督。"雪凌澜轻轻说着。

羽末省忽然意识到，比起初见她时，公主变得沉静了很多。苦难洗礼了她，带给了她一些难以名状的变化。

他向公主分析前路："只是典海主虽不是一个世俗意义上的商人，但我们得有能吸引他的东西，而我们现在筹码并不多。"

雪凌澜好像早就想过了，她很快回答道："虽然一颗鲛珠在黑市中至少要五十金铢才能买到，我们需要将近八千金铢才能救下所有人。但典海主想要的未必是钱。雪氏的名，羽族在宁州、澜州的沉淀、人族过分炽烈的野心，都是我们可以一谈的基础，至于筹码，总会有的……"

她的这句话让羽末省心中有些不安，正想商榷，正前方却有一艘小艇快速驶来，飞扬的旗帜上，是典海主的徽记。雪凌澜迎了过去，羽末省只能疾步跟上。

来船隶属于黑市群岛自己的军事部队，船头的军士冷漠地传达了命令："最近的港口刹云港正在整肃之中，所有船只必须前往其他港口停靠，或就地停留等待刹云港开放。"传令人看了看雪凌澜银白的头发，补充了一句，"典海主大人很期待与您见面，雪家公主。"

"那就去另一个港口停靠吧，等我们休整一下，就去拜访你家主人。"雪凌澜对他礼貌地点了点头。对方不再多说，不多时，小艇就又驶远了。

羽末省看着军士远去的方向，感慨道："这个岛上，即使一个传令的人，身上都有浓烈的血腥气，他们是真正的亡命之徒。"

雪凌澜正要回舱室，听到这话，心里掠过一丝苦楚，低声说道："那不是正好？亡国之人去会会亡命之徒。"羽末省再次看到她眼底的悲伤稍纵即逝，留下一个转身远去的背影。

羽末省又一次回头看了看那座如众星捧月的中心岛屿，它依然散发出如同仙境一般的感觉，潮湿的空气中透着清爽，闻起来令人心旷神怡。海风持续不断地拨弄淡金色的云霞，那些流线状的碎云丝绸一般律动着，西来东去，波诡云谲，其中始终有一块诡异的空白暴露在那里。那片空白在孤岛的正上方，未曾移动，也未曾被云所浸染，线云不敢靠近，龟缩在它的四周，那一片天空像云被撕裂时留下的伤口，而彩虹就是从伤口中奔流而出的血液。

刹云港迎来新日第一抹灿烂的光华，阳光被均匀涂抹在水面上，把港口上繁忙的景观镀上了一层绒毛状的轮廓。

港口货运的负责人吏欢伯翘着腿坐在拳头粗细的锁链上监工，胸口上的衣服大敞，海风拂过，给他带来一丝清凉。虽然时下并不是什么炎热的天气，但他的人已经一天一夜没有合眼，高强度的工作让他们的身体热得够呛。水手们连夜作业，把一个个黑色大箱从船舱里抬出来，转扔进港口下方四通八达的水道里。在水下同样会有负责分揽的人，他们把货物投放进不同的入口，这些货物便可以经由地下水道流向群岛的各处。

那些黑色的大箱看起来不大，却比想象中要沉得多，得四个人同时发力才能勉强搬动。就连在这一行干了好几年的吏欢伯，都猜不出这箱子里面究竟装的是什么。这一行有个规矩，就是只负责搬货，绝不能打开箱子验货。因为从这些人手上经过的东西，无一不是极为珍贵的货物，黑市群岛的典海盛会马上就要来了，无数奇珍异宝都会相继被送到典海堂，万一从他这里出了差错，他可是一百个脑袋也赔不起的。

更让吏欢伯忌讳的，是那些黑色大箱左上角雕刻着的一个徽记——那是一面造型轻巧的银白色盾牌，上面雕刻着一个骷髅头，三条蛇从骷髅的双眼和鼻洞中钻出来，脖颈相互缠绕，嚣张地吐出芯子。

岛上的所有人都认识这个特殊的徽记，那是裂空银的标记！黑市群岛上，裂空银这支直接隶属典海主的海卫，历来以冷酷残忍闻名，因裂空银而销声匿迹的海上势力不胜枚举，被那些人盯上绝不是好事。

正在放空的工夫，有人拍了拍他的背。

"吏头儿，来喝点水。"少年把水袋恭敬地递给吏欢伯，把汗湿的毛巾放在水里重新浸洗了一番，他一头纯黑色的短发，细碎的发丝在阳光下亮得耀眼。

"小鬼头，你不累啊？还有空关心我？"吏欢伯一看，是最近刚来的小鬼六才，他不过十五六岁，来得也最晚，在队伍里所有人都叫他小鬼头，不过他可是个努力的孩子，这一天一夜挺过来，一点没有抱怨。

六才把嘴凑到吏欢伯的耳边："吏头儿，我偷偷看过那些箱子里面的东西，你猜是什么？我说怎么那么沉呢……"

吏欢伯拦住了六才，下意识地，他回过头去，曾经在海上的经历让他始终保持着很高的警惕性。身后什么人都没有，但他明显感觉到有一双眼睛正在盯着他们，不知是错觉还是自己的多虑。

他没有让六才说下去，拍了拍他的肩："像我们这种人，能少惹事就少惹，黑市群岛的水太深了，裂空银这种天大的机构是不能碰的，我给你讲过很多先例了……"

"吏头儿你就别跟我开玩笑了,整个刹云港谁不得听你的话,哪个来往的商船不得看你的脸色行事?我以后可是要成为像你这样厉害的人物呢。"六才擦着汗,不以为然地说着。

吏欢伯不禁摇了摇头,轻叹了一口气。

"弱肉强食永远都是这片大海上的规矩,我曾经是一名海盗,见识到了海上那些怪物,才来到这里当一个货运头目。那些怪物,才是这片大海的主人。"

"那些怪物?海上的异兽吗?"

"不,是这个海上最强的海盗们。"

六才饶有兴致地听了起来。

溟海与涩海南部,有两个海盗团,他们才是这片大海上的最强势力。以涩海藻郁国为界,海盗被分成了南北两大派系。北方海盗群雄纷争,大部分各自为战,每一个海盗团都有自己的旗号,但他们所有人都服一个人,那就是影龙海盗团的罗砚伦;而在南方,没有群雄割据你争我斗,所有海盗只为一个人战斗,他近乎统一了南方海盗,整个黑市群岛上,每天都有无数奉着他旗号的海盗来往,而这个人,就是碧海云。

六才听到这里不禁吃惊得张大了嘴。

"那他们两个人谁更强一些呢?"

听到六才说出这句话,原本有些慵懒的吏欢伯,此刻眼中居然充满了兴奋的神色,他看着前方辽阔的刹云港,气息都被带动得有些急促。

"对,谁才是这大海上最强的人呢?几年前我也是抱着这样的心理在问这个问题,不仅仅是我,所有的海盗都在想这个问题。但是很可惜,他们很少相遇,而双王也似乎并不屑于跟对方一决高下。"

"应该是恐惧吧,"六才惋惜地说道,"万一有一方输了,那这大海上就不会存在双王了。"

"不，绝不是恐惧那么简单，他们不起冲突，是不想挑起战争。"吏欢伯解开腰上的酒壶喝了一口，"一旦双王之间爆发战争，势必不死不休，这片大海上的宁静，会因为战争而被打破。最终的得利者，却绝不会是海盗。"

"真没劲，"六才把头转到一边去，看向眼前风平浪静的大海，"看来海上的双王也没什么血性嘛。"

"你还小，"吏欢伯嗤笑了一下，在这个不知天高地厚的孩子身上，他好像看到了三十年前的自己，"他们绝不是没有血性的人，至少北海之王罗砚伦不是。"

"吏头儿见过罗砚伦？"

"何止见过，我还跟他交过手，"吏欢伯有些激动，"所以我知道，他绝不是没有血性的汉子，他也绝不会恐惧。我永远都忘不了那双眼睛，那才是，王的眼睛啊！"

然而还没等吏欢伯说完，他突然就不动了。

有一把剑从他的胸口穿了出来，他一时间大脑空白，下意识地使劲把六才推了出去，剑锋上甩出来的热血溅了六才一脸。六才慌忙向四周看去，发现刹云港上突然出现了数十名全副武装的士兵，他们穿着深蓝色的军服，胸前的暗银盾牌徽章发出残酷的亮光，似闪电划过苍蓝色的天空。

那是无与伦比的压迫感，训练有素的武士杀人时所爆发出来的威压让人根本迈不开腿。六才对上其中一个人的眼睛，那人的眼睛比刀子还要尖锐，只是一个对视，他就感觉自己的后背一阵发麻。六才想要躲开它，却发现自己根本就没法移动分毫。这就是裂空银的海卫，整座岛屿最强大的杀人工具。

"泄露机密者，格杀勿论。"领头的士兵嗓音冰冷，挥手斩向身边的一个工人。这一刀毫无声音，甚至刀锋切开皮肤都没有流出血来，但是下一刻，那人的头就咕噜一下从脖子上滚了下来，爆裂的血花瞬间绽放开来。

六才下意识地一个后仰，刀锋甚至是擦着他的鼻尖过去，他吓得快要哭出来，连忙抱着头跑到一边去。但是慌乱之中偏偏踩到了别的尸体，他一下子摔倒了，跟过来的武士不由分说就是一个下劈，直冲着六才砍了下来。

但刀僵在原地，有人死死地控住了那人的手，野兽的獠牙被人生生卡住。

"快跑！"吏欢伯拼命喊出这句话，发疯似的抱住那个人。六才不忍地又看了吏头儿一眼，才站起来头也不回地向前跑去，瘦小的身材和伶俐的步伐帮助了他，使他得以跑到港口边的货物堆中躲起来，但四周浓重的血腥味顶得他喘不动气。

这是一场屠杀。

他看到远处吏欢伯被裂空银打翻在地上，又接连被踹了几脚，好像在问他什么问题，但是声音被风声掩盖了，根本听不清楚。这一切都发生得太突然，他根本没想到裂空银会突然到来，吏欢伯说得没错，裂空银确实是他们惹不起的组织，他的无知铸成了大错，而他却只能懦弱地躲在这里。

海卫举起刀，锋利的长刀下一刻就破开了吏欢伯的肚子。吏欢伯茫然地向前伸出手去，不多时就垂了下去。然后他们抽出刀，用手指拭去刀锋上的血迹，嗓子中挤出难听的笑声，转过头来望向手无寸铁的六才。

六才远远地看着死去的吏头儿，眼睛红得如同野兽。他不住地摇着头，不敢相信一切都是真的，但浓烈的血腥味却不断地提醒他，这里除了他就全是死人了。

"不，我不会让你们杀死我的。"

他扑通一下跳进了水里，脑子里面一片空白。他想逃出这个地方，他拼命地游着，希望能够逃出裂空银的刀锋。但他没有看到，身后的那个领头人早就已经拉起了弓弦，一支比刀锋还要尖锐的铁箭直冲他而来。

利箭穿胸而过，割裂胸腔的瞬间，他好像看到吏头儿懒洋洋地靠着，伸出手来抚摸他的头。

六才的身体不断地下坠，冰冷的海水吞噬着他的体温，他的手无助地握住那支铁箭，却丝毫用不上任何力气。刹云港水下沉睡着无数的遗骸，它们都是历史的见证者。或许很快，他就将成为这其中的一员，带着那份秘密淹没在这海水之下。

最起码在闭上眼睛之前，他都是这么想的。

直到，有双强力的手臂抱住了他。

他睁开眼来，看到了那双眼睛。

那是六才记忆中，永生难忘的一次注视，那双眼睛里有君王的威严，同样也有凡人的怜悯。六才挣扎了一下，直到看见他衣服上的标记。

影龙，北海之王罗砚伦的标记。

那个人在水下拔出了六才身上的箭，他痛得几乎要昏死过去，但一股力量让他坚持下来。他眼中的泪痕被海水冲淡，身体剧烈地颤抖着，他咬牙切齿拳头攥得发紧，隔着水温都能感受到他的愤怒。

那人的眼睛仿佛会说话："把你知道的告诉我，我会给你复仇。"

第六章　铁蔷薇

大船靠近刹云港，影龙号的大副魏江河命人降下大帆，他看着天空中破碎的线云，不禁皱了皱眉，他从来没有见过这样奇怪的云图，不知凶吉。

影龙号的船长罗砚伦从船舱中走出来，出人意料的是，一贯随性的他今天竟然换了一身笔挺的军服，背上披着的大氅上绣着影龙徽记，就连头发也精心梳理过，温顺地贴在后脑上。这是魏江河第一次见罗砚伦这么认真地修饰自己，他那锋利的眼神比之前更加盛气凌人，有了些名扬天下的大海盗的样子。

"船长，这天空怎么感觉不太对劲。"

罗砚伦抬头看了看天空，一丝鬼魅的笑容从脸上一闪而过，仅仅是一个瞬间，但还是被魏江河看见了，这让他出了一身冷汗。船长喜怒无常，大家都很害怕他发火，但他这样笑出来却也十分可怕。

"是山雨欲来。"罗砚伦接道，仿若文人般说道。

这时，有海卫拦下了他们的船，魏江河隐隐感觉到有些不太对劲，昔日繁忙的刹云港如今死寂一般沉静，海卫全副武装，身上明明布满了血迹，但岸上却看不出任何打斗的痕迹，空气中的肃杀之感和浓烈的血腥气又足以说明，这里刚刚经历过一场惨烈的屠杀。

"让开！我们受典海主之令，奉命搜查影龙号。"领头的海卫大声喊道。

"你们没有权力上我们的船……"魏江河也大声回应，但他话还没说完，一支冷箭就从对面射了过来，直冲面门。魏江河一惊，急忙伸手，抓住了那支飞来的箭。他看着那支羽箭，那是来自九州大陆的工艺，箭头是三棱锥，后面带着血槽，如果被这支箭射中，难有生还的可能。

"抗命者，杀无赦！"海卫拔出剑来，领头的人一跃就跳到了船舷上，还未等站稳，就看到罗砚伦直挺挺地站在他的面前，四目对接，与他相隔还不足一拳。

之后他看到罗砚伦冷冷地一笑，一脚把他从船上踹了出去，那一脚的力量足够大，他整个人如同箭一般砸向港口上的木板，硬生生地砸断好几根木头。这个人在地上缓了好一会儿才站起来，猛地吐出一口血。这是践踏海卫尊严的一脚，他从未受到像这样的屈辱，自尊心让他目眦尽裂，还未站稳就要再发起冲锋。

同时，数十名海卫从海中钻出，银色的片刀闪过，齐刷刷地刺向罗砚伦，魏江河率领部下也都已拔了刀，马上要冲上去跟对方拼命。罗砚伦一伸手拦下了他们，果然，海卫的钢刀刺到他的眼前时已停了下来。

有个人为他挡下了所有的刀。

"顾大人……"领头的海卫看着突然出现在眼前的男人，男人的脸上蒙着一层寒霜，如坚冰一般不可动摇。

"在下顾展图，是裂空银的统帅。"男人一身深蓝色的军服，胸前的暗银盾牌徽章有着残酷的亮光，"北王，请恕在下管教无方，顾某在这里给您道歉。"他回过头来面向罗砚伦,话说得很谦逊,还恭敬地欠身,但脸上却是绝对的冷淡。

罗砚伦看着眼前裂空银的统领,脸上露出轻蔑的笑。

"裂空银一手遮天,居然还会道歉?"

"他们也是奉命行事,刹云港刚刚解禁,您就来了,之前所有等待入港的船只,我们都要彻查,没有及时通知到,是我的过错。"他冷冷地说道。

"我说了,船上什么都没有。"

"罗船长,请不要让我们难堪。"顾展图朝着他鞠了深深的一躬,但是很显然他脸上的杀气已经隐藏不住了。

罗砚伦终于还是让出了一条路,算是默许,魏江河也把刀收起来。他能够看得出顾展图眼中的杀气,那双眼睛写满了对罗砚伦的恨意,好像随时都会爆发出来。

海卫快速地进入了影龙号的内部,他们行走起来无声无息,都是些谨慎而且危险的角色。

"你们在找什么?"罗砚伦问道。

"这是机密,不能跟外人说。"

"我们的船也从不让外人踏足。"罗砚伦那咄咄逼人的气势又展露出来,"我可是卖了你一个面子,你这样,不太好吧?"他的眼睛闪过一道金色的流光,玩味一般说出这句话。

"是在找个孩子。"

"堂堂裂空银,还会跟个孩子过不去?"罗砚伦冷笑道。

顾展图没有再说话,他冷冷地站在那里,等待着搜查结束,有海卫前来汇报,看来没有任何收获。

"打扰了北王,顾某替典海堂在此谢罪。"他转过身去,对着身后的海卫说了一句奇怪的话,"不要把血溅在罗砚伦船长的身上。"

魏江河听到这句话之后忙拔出刀来，但被罗砚伦按住了。

二十名裂空银的海卫站在影龙号的船舷上，他们纷纷拔出刀来，没有任何多余的声音和多余的动作，刀锋快得足以削断钢铁，但却斩在了他们自己的身体里。二十个年轻人在众目睽睽之下自刎而死，他们的身体坠入海水里，再也不会有任何人记住他们的名字。

魏江河倒吸了一口凉气。

"告辞。"

顾展图略一点头，一个后翻同样坠入海中不知去向。海水被海卫的血染红了大片，黏结在船的两侧，影龙号的黄金色龙旗飘扬在空中猎猎作响。四周忽然静了下来，就像什么也没有发生过。

"保住那个孩子的命。"罗砚伦对身后的人说。

"这个孩子这么重要？"魏江河接道。

"裂空银不可能认不出我的旗号，宁愿冒犯我都要铲除的人，肯定知道些什么。"

"看来黑市群岛也要变天了。"罗砚伦抬头重新看了看天空中纷乱不堪的线云，"我得了解一些事情。"

"去烟波酒馆？"

"你安顿好大家，我自己去见铁蔷薇。"

黑市群岛几座最主要的岛屿，分别以风林火山阴雷为名，其中风岛最是鱼龙混杂，无数海盗和黑商在这里行走。风岛的烟波酒馆里人满为患，客人们大口吃着来自大陆的牛羊肉和浆果，手里还死抓着酒杯不愿意放下。这个地方虽然昏暗，却破天荒地非常干净，显然这里的主人是一个井井有条的人。每当有客人醉倒在桌上，就会有侍从把这些人抬出去扔在大街上，毫不留情。

酒馆里虽然嘈杂，但却没有人敢在这里闹事。因为，谁也惹不起这里的老板葛方岑。

葛方岑慵懒地坐着，手放在桌子上，手指无聊地敲击着桌面。她的手指白皙修长，精致的妆容就跟她的身材一样姣好。葛方岑可是这个无法地带出了名的美人，这里来往停留的凶恶之人无不觊觎她的美色。他们在喝醉的时候就开始打量那个孤独的女人，想象着她会怎样像只羔羊一样融化在自己火热的胸膛里。

但他们也只敢远远地臆想，这里没有人不知道铁蔷薇葛方岑那可怕的一面。她能够轻易地看出人的心思，你任何的想法都逃不过她的眼睛。要是有人真敢试图霸占她，不仅会被这里动作利落的侍从第一时间制伏，第二天名字还会出现在"海杀令"上，标注一铜锱。贱命一条，但是必死。

海杀令与海市、天机，并称黑市群岛三奇，没有海市上买不到的东西，没有天机不知道的事情，没有海杀令杀不了的人。

海杀令上，你可以悬赏任何人，只要你开出了配得上的价格，就会有人揭榜。揭榜人被称为鬼面，钱已经存在了黑市群岛，纵使天涯海角，鬼面也会去杀了目标，鬼面带着人头，就可以拿到对应的赏金。

出现在海杀令上的名字，包罗万象，其中穷凶极恶或盛名远播之徒，往往标注的赏金也高得吓人，正因此越来越多的人自发成为鬼面，去追杀海杀令上的那些名字。但像一铜锱这样低到让人发笑的赏金，根本没有人会乐意为了它冒着风险去杀一个人。可出人意料的是，每当葛方岑在海杀令上写下一个人的名字，以一铜锱的贱命发布出去，那么第二天被悬赏的人头就会被挂在海杀榜上。

没有人知道是哪个鬼面做的，但这种无形的威慑让整片无法之地的人都长了记性，那个烟波酒馆里看起来风情万种的老板，是惹不起的。

但没有人知道,葛方岑悬赏的一枚铜锱,并非普通的钱币。

铁蔷薇直到现在都还记得那个场景,那个人把酒钱拍到桌子上,五枚铜锱在昏暗的灯光下发出微微的闪光,他说身上就只有这些钱,剩下的酒钱,算他欠的,用他自己的方式来还。

"五次海杀令,每次一铜子儿。五条贱命换你这壶酒。"他懒懒地笑着,越说越对自己这个想法很满意。杀五个人,换一场酒,多么公平的交易,他好像丝毫不在意这意味着他要去杀谁,所有人在他眼里,都不过是一条命而已。

葛方岑看着手中那仅剩的一枚铜锱,这钱币第一次放在她手里的时候,上面还是油腻腻的,甚至有斑斑的血渍。但她是个爱干净的人,用从大陆带来的上等鹿皮把这些钱币擦得铮亮,因为长期带着,钱币上还残留着葛方岑身上独有的香味。这样的钱币她已经用了四次,她一直在想最后一次会用在谁的身上,也许是……她摇摇头,打消了自己的念头。

其实,在她得知那个人是谁之后,她就决定,最后一枚绝对不要用出去。

北海之王罗砚伦的钱币,还是很值得珍惜的。

侍从过来俯身耳语,葛方岑听着,好奇地扬了扬眉,然后起身从酒馆的后门出去了。

酒馆背后是个院子,正对面是一间不算大的形制朴实的土木房子,那里有人在等着见铁蔷薇。即使是黑市群岛上,也只有很少的人知道,拿着典海主发放的天机函,就可以来到这里,向天机这个情报机构,买自己想要了解的消息。

葛方岑推门走了进去,看见房间里坐着一个女孩,另有一男一女站在她身后。男的是名中年将军,而女的则年纪不大。

房间里摆着一张长桌,那女孩坐在客位,背对着大门,听到葛方岑推门的声音,站起身回头。她穿着银白色的战裙,护肩上缀着暗金色的花饰,脸上带着温和的笑意,看起来一点都不令人反感。

"生面孔,第一次来?"葛方岑把漆门重新关上,走过女孩身边,坐到她的对面。她倒了一杯酒推到那女孩面前,玩味地看着她。"酒随便喝,但我未必能帮你什么,尊贵的公主殿下。"

"看来,我们找对人了。"雪凌澜一路看着葛方岑走进来,心里评估着,正想透露来意,抬头堪堪对上她的那双眼睛,葛方岑的意识就已经探知了她的内心世界。雪凌澜感觉后背一凉,陷入了短暂的恍惚,还没来得及做任何防御的举动,神志就恢复了常态。

窥探到雪凌澜内心后,葛方岑深吸一口气,重新审视起她面前的女孩。她有些不敢相信自己刚刚在公主的精神海中所见到的那些,她眼中露出淡淡的怜悯之情,对这位公主有些刮目相看:"小姑娘,你认真告诉我,你现在害怕吗?"

"我不害怕。"雪凌澜不明白铁蔷薇为什么这么问,但还是认真地说道。

"你的眼睛告诉我你在说谎。"葛方岑按着桌子站起来,盯着雪凌澜的眼睛,那双眼睛里明明有着溢于言表的悲伤,但是她却毫不提及,"雪家都已经覆灭了,你在海上一个盟友都没有,舰队正在被万氏慢慢消耗,还有无数人想杀你,顶着这么大的压力,你为什么不害怕?"

雪凌澜闭上眼睛,脑海中的无数负面情绪突然涌上心头。悲伤、愤懑、无助、畏惧,她置身于这样的泥沼中,无法自拔。在她的精神海中,葛方岑就是看到了这些。华丽的衣衫背后,藏着无数道伤痕，她的精神世界早已被那些情绪侵蚀得不成样子，一片满目疮痍的荒凉土壤中，一个伤痕累累的小女孩站在城墙上。

"我早就置身于绝境之中了，不会再找任何借口来粉饰自己的失败。"雪凌澜握着杯子，看着杯中暗色的酒汤，嘴上勾起看破一切的笑，"我很弱小，但想让我的人都能活下去，若我的死能换来他们的生，那我为什么要害怕？"

"我现在就可以成全你，让典海主收编你的部队，你们的人都会得到他的庇护。"铁蔷薇看着雪凌澜，说着忽然抽出随身的短刀劈向雪凌澜，但雪凌澜连躲都没躲。

"你不会杀了我的。"公主站起来，迎着刀刃说，"你的眼睛也告诉我，你不会那么做的。"

"在这里，是不能杀人的。"铁蔷薇笑了笑，"我有点喜欢你的表现，小公主，不妨送你个消息——你心心念念的那座岛屿——苒山，早已经在一个月前，被人族海军攻下来了。"

听到这个消息，在场的所有人都愣住了。

"一派胡言！"羽末省站起来，双眼圆瞪，"苒山是雪氏的海上军事重镇，有重兵把守，怎么可能这么快就被人族打下来！"

"怎么，不信吗？你们不是有张海图吗，不妨拿出来认真看看？"葛方岑并没有任何生气的反应，慵懒地靠在桌子上，晃了晃手中的酒杯。

雪凌澜倒吸了一口冷气，月氏海图的事情，除了几个核心成员外，她从未在其他人面前展示过。但眼前这个她初次见面的人，为什么会知道海图的事情？

雪凌澜突然感觉很恐慌，在她看不见的地方，似乎有无数个眼睛正直勾勾地盯着她。

她只得大大方方地将海图拿出来，用以往的方法鸟瞰苒山，虽然一开始并不相信,但通过对海图多次审视后,她发现羽族舰船的停放方式以及来往船只确实有问题——苒山的确已经沦陷。

这是个绝对重磅的消息,但葛方岑那漠不关心的态度,让人不禁心里发毛。

这个可怕的女人,世上还有什么是她不知道的?

"什么都不知道的话,在大海上可是寸步难行……至少,在这里是这样。你本是个天真的小姑娘啊,流落到这里让人觉得可怜。这里,可是狼窝啊。"

雪凌澜抿着嘴没有做声,她的淡定让葛方岑对她的印象有些改观,这个小公主好像已经清楚了苒山的情况。好在她想知道的,并不是什么不可说的事情。

葛方岑对这个强忍着悲伤的公主莫名地有了一些好感,她带着微醺的酒意,又看了雪凌澜几眼,这个流落海外的羽族公主,像极了多年前的自己。在见识到雪凌澜那千疮百孔的记忆之后,她不禁对这个羽族女孩产生了些许怜悯。她想帮她,却深知自己不能帮太多,便把大海上三个最传奇的人物认真给她讲了一遍。

"第一个人,是典海主。

"典海主是整个黑市群岛的主人,同样也是群岛上身份最神秘的人。几乎没有任何一个人曾见过他真正的样子,他虽然不露面,但他说的话极有威信,在黑市群岛上的所有人都知道他的大名,乃至这个以贸易闻名海上的地带,就是由他一手构建的。

"整个黑市群岛是法外之地,没有任何法律维护这里的秩序。在典海主的理念里,天下无不可典卖之物,不外乎价格够与不够,他建立海杀令供人买卖人命、建立天机供人买卖消息、建立海市供人自由贸易,而一年一次的典海盛会,更是一场拍卖的盛会,供人买尽世间奇珍至宝,所有的一切,只看你出不出得起配得上的价格。"

说到这里，葛方岑竟露出了一些调皮，她亲切地拍拍雪凌澜的肩膀，说："不过你放心，我铁蔷薇治下的天机，卖的都是惊天动地的大消息，给你讲讲这些事情，不收你钱。"

雪凌澜回以笑容："那这片无法之地，没有什么必须遵守的规则吗？"

"有几个最简单的规则，有些对公主有利，有些恐怕会让公主失望。"

"那是什么？"

"首先，不可强买强卖。比如刚才，即使你富有万金，若天机不想告诉任何消息，你身后那个一直紧绷着的海督胆敢强逼，海卫就会立刻介入；"葛方岑挑眉看了一眼羽末省，换来对方一声冷哼，"其次，岛上不可杀人。打斗随意，如果杀死了人，那就一命换一命。黑市群岛上命无贵贱，这对你可是好消息，小公主，没有这一条，以群岛上鱼龙混杂的情况，你没有走到这里，就已经死了。"

雪凌澜没有否认，黑市群岛之上不可杀人，她是有所了解的。"那对我不利的是什么呢？"

"是最后一条，黑市群岛永远中立。"葛方岑盯着雪凌澜，"不要指望获得典海主的支持，小公主。典海主永远没有立场，他不会帮助万东瞭杀了你，但也绝对不会帮你复国。"

房间中陷入了沉默，雪凌澜没有说什么，葛方岑等了一会儿，继续讲了下去。

"第二个需要注意的人，是南部海盗之王碧海云。

"传说碧海云是被鲛人养大的羽人，凭借一己之力，收编了近乎所有的南海海盗团，与混乱的北海形成了鲜明的对比。在他的带领下，南海的海盗如摧枯拉朽一般迅速扩张，其麾下的海盗无不为之痴迷、为之疯狂，他也被称为南海之王。

"由于黑市群岛就坐落在涩海的南部,所以碧海云的海盗团常常经过群岛,但很少有人见过他本人。近年来还有一个传说,一旦群岛的上空开始聚集起金色的线云,那么就代表他回来了。"

雪凌澜想起邻近港口时天空的异象,说:"所以今天他也抵达了群岛?"

"也该来了。碧海云很少错过典海盛会,"葛方岑似笑非笑,"如果公主殿下有什么想要卖的,或许南海之王碧海云是最好的买家。"

"那第三个人是谁?"雪凌澜显然不想接这个话题,继续问道。

说到最后一个人,葛方岑的脸色突然变了,她好像有点生气,又好像是在回避,就说了一句话草草解释。

"这人没什么好说的,罗砚伦,北部海盗之王,混迹溟海,几乎不来黑市群岛。他就是个疯子,你如果有机会见到他,躲远点就好了。"

"啧啧,真可惜,我还想听你夸我几句呢。"

门"呼"的一下被推开,金色的夕阳笔直地沿着门缝扩散开来,灿烂的云霞渲染出一个人影。他懒懒地斜倚着门,惬意地看向屋内。

"铁蔷薇,好久不见了。"

他说完这句话,眼睛里闪过一道金色的流光。

第七章 天机

面对这位突然闯入的不速之客，房间里突然陷入长时间的静默。

葛方岑的表情有点凝固，她没有想到罗砚伦居然也来到了黑市群岛，裂空银那群废物没有第一时间把登岛记录发回来吗？或者他是自己偷偷潜入的？如今葛方岑毫无头绪，也不敢探查。当年在烟波酒馆，葛方岑与隐姓埋名的罗砚伦第一次相遇时，曾试图探究罗砚伦的内心，然而一股庞大的精神力把她吞食了进去，要不是罗砚伦及时闭上眼睛，精神力的反噬足以让她丢了性命。

雪凌澜也皱着眉，不用猜她也知道，眼前这个男人到底是谁。她听说过罗砚伦的名号，溟海距离羽族的故土更近，羽人对这位北海之王更加熟悉，他是大海上十足的恶人，飞扬跋扈不服教化。据说他曾多次探查和偷袭苒山，虽然海督羽末省率领的羽族最强海军不至于输给他，但也没能战胜他，溟海和涩海的北部就像他自家的院落，他在那里来去自如。她回头看去，但夕阳从罗砚伦背后投来，模糊了他的面容。

羽末省和羽翎同时跨前一步，以掎角之势护住雪凌澜，多年征战的经验让他们感受到了强大的危机感,羽翎甚至已经开始准备秘术。

所有人同时陷入了沉默,一片死寂中,罗砚伦大步从外面跨了进来,走过雪凌澜时,他瞥了公主一眼。

压迫感,这是雪凌澜最强的感受,一种强大的震慑力通过那一瞥传达过来,让雪凌澜几乎要坐回到椅子上。但奇怪的是,她又觉得那双眼睛给她一种熟悉的感觉,并不是之前见过面,而是更深层的亲切感,四目相对的时候,她甚至还在意识中听到一声发自遥远空旷之处的吼声。

罗砚伦也奇怪地"咦"了一下,好像发现了什么,但他没有停留,而是径直走向葛方岑。他身上的大氅是用上等狐裘织成的,散发出淡淡的香味。要不是因为背部的半面影龙正威严地注视着雪凌澜,她甚至会觉得这是一位来自天启的人族贵公子。

罗砚伦将一把纯钢打造的长刀掷到桌上,那武器精良无比,看起来锋利得连铁质的铠甲都能轻易捅穿。

"我南下的路上被鲛族袭击了,鲛族为何会来攻击我的船?"

"三十金铢。"葛方岑恢复心神,很快报了一个价格,看到罗砚伦没有反对之后继续说道,"藻郁国鲛族不希望你南下与雪家的人会合,因为你和碧海国鲛族之主碧温如有旧,他们担心你受其所托扶持公主。"

葛方岑说这些的时候,瞥了雪凌澜一眼,天机售卖消息时其他人是不应该在场的,或者雪凌澜离开,或者罗砚伦在外面等候。但既然罗砚伦没有驱赶雪凌澜,她也就顺水推舟,把一些事情告诉了这位她并不讨厌的小公主。

"这么说,藻郁国的鲛族已经跟万氏结盟了。"罗砚伦满意地在葛方岑左手边不远处坐了下来,倚着长桌的一侧。他又扫视了一下左手边保持戒备的三名羽人，嗤笑了一下。

"小姑娘，刚才的消息，对你恐怕也有用啊，不如三十枚金铢，咱们平摊？"罗砚伦戏谑地看着站在公主身后的两人，"还是你的管家太吝啬，没给你零用钱？"

"他们不是我的管家，他们是我的伙伴。"

"哈。我认得你的伙伴。"罗砚伦喝了一大口酒，指着羽末省说道，"羽末省，应该是羽族最后一位海督了，万东牒都杀不死的海军将领，是条汉子。"

"至于那个秘术师，别白费力气了，想杀我的话，你的本事还不太够。"罗砚伦忽然瞪了羽翎一眼，让正在准备咒术的羽翎不自觉地后退了一步。

"别动什么歪心思。"羽末省拔出剑来，所有人中他离罗砚伦最近，如今再进一步，一瞬间屋子里就变成了剑拔弩张的局面。

罗砚伦不为所动，他对雪凌澜说："小姑娘，我本想看看你是如何坚持到现在还没有死，现在看来你也没什么本事，要不是有人护着你，你早就死了。"

"我确实没什么本事，我很弱小，丢在这片大海上一瞬间就会被撕碎，没有他们的保护，我根本活不下去。"雪凌澜并不看他，一面说着这些话，一面拿出三十枚金铢，递到葛方岑面前，"北海之王的消息，由白荆花支付吧，感谢他和铁蔷薇让我了解了一些北海的消息。"

这个举动让罗砚伦有些不爽，他站起身，打开葛方岑伸出的手，随即拍出了十五枚金铢："说对半就对半，亡国之徒，充什么门面？"

这话刺痛了雪凌澜，也激怒了羽末省，他仗剑前冲，意欲刺死眼前这个海上狂徒。但他没想到罗砚伦竟直接伸出左手，握住了他的剑锋，牢牢地钳住了这柄剑。血沿着剑锋滴下来，羽末省发现自己没法将长剑挪动分毫，而罗砚伦眼中金色流光闪现："海督，这里不适合打架，你想毁了天机的接口吗？我们早晚有一场，何必着急呢？"

雪凌澜过去挡在了二人之间，罗砚伦冷笑着松开了手，而羽末省收回长剑后想上前一步护住公主，却发现公主已经抢先站在了他身前，拦下了他。

"罗砚伦，我们无意与你为敌，你说得对，亡国之辈，不应该再有更多敌人了，"雪凌澜自嘲地笑着，"您来自北方，不知道有没有我兄长雪正源的消息，或者宁州羽族的情况？"

罗砚伦看着雪凌澜努力保持仪态的样子，不禁觉得有些好笑。他忽然伸出手，把雪凌澜拉了过来，发出爽朗的笑声，如同多年未见的好友相逢一般，搂着公主的肩头坐下。

羽末省和羽翎第一时间冲上前去，却被罗砚伦嬉笑中的冷眼所威慑，一时没有妄动。罗砚伦这种亲昵的姿态让雪凌澜窘迫不安，满脸通红，但他随即说出的话，让公主立刻忘记了当前。

"宁州那群软骨头，现在正惴惴不安地猜测万东牒会怎么对待自己呢，也有一些，比如你们最信任的经家，据说已经做好了准备成为新的羽族永翼王，统领没有雪家的羽族。"

雪凌澜难以置信："经家与雪家世代交好，这不可能，我哥哥呢？之前有传他去了霍北。"

罗砚伦耸耸肩："至少我南下的时候，没有他的消息，最后的消息是他被困在了端舟港。如果当时有雪家的船去接他，或许他不会死，可惜……"罗砚伦低下头，似笑非笑地看着被他揽到身边的雪凌澜。

听到他最后一句话，雪凌澜的面色变得苍白起来，怔怔地想了许久，最终眼睛红了起来。

"可我真的没法赶回去……风暴阻断了路程……"她难过地轻声说着，罗砚伦感觉到女孩内心的崩溃，他依旧冷笑着，但眼睛深处多了一些别的情绪。

忽然，随着"砰"的一声，罗砚伦那高大的身躯在雪凌澜身边晃了晃，就倒了下来。

公主吓了一跳，回头望去，看到手中拿着半截凳子的月信川，大病初愈的他醒来后就立刻赶了过来。他脸色灰败，即使刚刚打晕了北海之王，也没有露出一贯的自信笑容，而是轻微地发着抖。雪凌澜立刻想起暗月的诅咒，看来每一个被救醒的人，都会持续遭受着暗月的煎熬。

羽末省和羽翎聚拢过来，雪凌澜扶着年轻的航海士，关心地问："月信川，你怎么来了？现在感觉怎样？"

月信川扯出笑，却没有意识到这笑并不比哭丧着脸好多少："在梦里见到了很多人，失去了很多人，所以醒来等不及想见到你们。"

羽末省看着躺倒在地的罗砚伦，紧紧攥着手中的剑，葛方岑见状急忙制止："这里不能杀人，你们还是赶快离开。我能告诉你们的，就是刚才那些。"

雪凌澜转身向她致谢，葛方岑微笑地看着她，雪凌澜迟疑了一下，终于还是开口："其实我还想问罗砚伦，是否真的接受了碧温如爷爷的某个托付？"碧海国的鲛族与雪氏世代故交，如果罗砚伦是碧温如的朋友，或许她能得到一个强大的盟友。

羽末省冷哼一声："他如果是朋友，就不会说那些话了，只是一个趋利避害的狂徒罢了，公主，我们还是快点离开吧。"

葛方岑看着陷入昏迷中的罗砚伦，跟公主说道："别问了，我劝你要么就此离开，要么直接去见我的主人，典海主。不要在是非之地久留,虽然黑市群岛严禁杀人,但你不要冒险。"

雪凌澜不再多说,再次致谢之后,与其他三人一起快速离开。

等到公主一行人的身影彻底消失之后,屋里重新恢复了平静。

与此同时,罗砚伦也马上从地上爬起来,看着眼前笑意盈盈的葛方岑。

"我在雪凌澜这里吃亏的事情,一定要散播出去。"

"嗯,不久后全天下的海盗都会知道雪凌澜得罪了罗砚伦。"

"我问你最后一个问题,为什么裂空银杀死了刹云港上的所有人?"

然而葛方岑几乎是不假思索:"我不知道。"

"这天底下,还有你铁蔷薇不知道的事?"

"我知道,但是我不能说,至少现在不能告诉你。"葛方岑对上罗砚伦的威慑,不卑不亢,"但你放心,总有一天,我会亲口告诉你。"

"铁蔷薇,你这么配合我,想要的是什么?"他问道。

"四枚铜镏。"葛方岑露出迷人的笑容,"还有自由。"

她给罗砚伦倒了一杯酒,两人碰了杯,仰起头来一饮而尽。

第八章 海杀

　　大副魏江河抱着武器在前面开路，一脸神气。对于他从未到过的地方，他总是充满了一种孩子般的好奇心，他的嘴里不住地发出惊叹，黑市群岛上居然有如此发达的市井和街道。

　　罗砚伦慢悠悠地走在后面，端详着两侧各式各样的店面，大街上没有什么人，偶尔几个路人匆忙穿梭于此，见到他也只是远远地避开，似乎没有谁敢轻易挡他的路。他的视线扫过空旷的大街，偶尔停留在藏匿于建筑中的各种形迹可疑的人身上。罗砚伦到这里之前，就有人获知了他的行踪，罗砚伦在风岛的遭遇早已传遍了整座黑市群岛，所有人都知道，现在的罗砚伦正在气头上，如果这个时候惹到了他，那可是要吃不了兜着走的。所以大家干脆都躲了起来，谁都不想触这个霉头。

　　虽然这些人都如此谨慎，但罗砚伦还是一一看出了他们的身份，酒肆里的店小二是绝顶的杀手，他的袖口里就藏着一把剔骨的尖刀；楼顶上不经意打开窗口的看客是北海出名的海盗头目，死在他手里的人数不胜数；而刚刚从他身边走过的行人，脸上黥了一行字，那是因为杀人太多被通缉扣押，又从层层包围的监狱中逃出来的要犯。这周围的每个人都不是简单的看客，整个街道上满是肃杀之气，空气中凝结的血腥味经年萦绕在这个岛上，即便是大雨都无法冲干净它所背负的戾气。

这里是火岛，海杀之岛，鬼面的大营。

一阵凉风吹来，魏江河打了一个冷战，他回头看向身后的罗砚伦，见他依然是一副怒气冲天的样子。自从在烟波酒馆被人偷袭之后，他就像背负着莫大的屈辱。风岛上是留不住秘密的，像他这样的人，吃亏是所有人都想看到的事情。海盗们在茶余饭后经常大肆谈论某个话题，自大的罗砚伦被雪氏的公主用板凳打晕在了烟波酒馆，这段时间将会被海盗们津津乐道。

火岛是边缘之岛，是黑市群岛中最小的一个岛，但同时，它也是整座岛链最复杂的一个岛。数不清的神秘杀手隐藏在岛上的每一个角落里，而他们聚集在这里的原因，就是海杀榜。

火岛的街道四通八达，但是如果在半空中鸟瞰就会发现，所有的道路最终都会汇集到一起，街道的尽头是整座岛的核心，八条主干道从八个方向连通着一个庞大的建筑——八角楼。在那里面，是整个九州外海最杀机四伏的地方。

"老大，这里是什么地方？"魏江河打量着这栋八角楼。

高高的台阶直通向八角楼的顶端，连接着八个方向，不断向更高的地方蔓延过去，魏江河不知道这楼究竟有多高，在八角楼之外就能领教到它的宏伟。

"海杀令就存在这里。"罗砚伦的语气风轻云淡，"跟上来。"

魏江河连忙快步跟了上去。

一直走到楼梯的尽头，罗砚伦才停下脚步。八角楼一共有十层，呈一个高耸的塔状，越往上走则路越狭窄。十层塔楼以悬赏金额为分野，越往上赏金越高。魏江河跟在罗砚伦身后，一层层地爬上去，到了第四层时，墙壁上贴着的海杀令就已经是闻名大海的各色枭雄了，其中不乏魏江河曾面对过的敌人，他非常清楚这些人的实力，但他们也仅仅在第四层而已。每一个被悬赏的人都会有一幅画像贴在墙上，任何人都可以为这幅画像提升悬赏金额，如果有一个人，被数十万人憎恨，即使每人只出一枚金铢，也足够让他的头像登上高层。魏江河抬头怔怔望着八角楼的顶层，他坚信自己的船长一定在那里。"老大实在太遭人恨了。"他没敢把这话说出来。

但罗砚伦的头像只悬挂在了第八层，魏江河忍不住抱怨了一声："老大，你怎么只在第八层？"说完他就后悔了，对于正在气头上的船长而言，这句话无异于火上浇油。

罗砚伦却并没有生气，他似笑非笑地说："可能之前我杀了那些揭榜的鬼面后，又把悬赏的人也杀了，导致没人敢继续搞事了？"

这句话说得魏江河一缩脖子，不敢再搭话。

罗砚伦没有继续往上，而是沿着第八层慢悠悠地走了一圈。魏江河得以见到许多人的名字——南海之王碧海云、人族海军统帅陆擎、人王万东牒最为倚重的几大心腹都一一在列，看着这些名字魏江河又不由得骄傲起来，自己的船长和这些人并列于第八层，也算是十分强悍了。

这让他更加好奇最后两层都会是谁，看着魏江河不时地抬头巴望，罗砚伦嫌弃地说："魏江河，别跟个第一次出海的雏儿似的，一点世面都没见过吗？"

大副干笑着挠挠头："老大，我就是好奇，谁能有资格在你的上面？"

"还能是谁，那群坐在大殿中间的家伙呗。"罗砚伦瞥了一眼楼上，不屑地说，"七州各郡的主人基本都在九楼了，还有一些已经消弭于天下的老家伙,苒山上那个巨大的鲛人雕像还记得吧?那是他们鲛族的圣人碧温玄,他的悬赏也在九层,而且是九层最高的悬赏金,如果他没有出海消失,或许可以上十层。"

"至于十层,是各族的王。"罗砚伦抬头看着顶层,眼神锐利,"那是所有鬼面最高的荣誉,刺杀一族之王,已经不是简单用金钱可以衡量的了。"

魏江河跟着他抬头望向顶层,悠然神往,耳边传来罗砚伦的感慨:"上面两层,很多年没有变化了,没人敢揭榜,也没人成功刺杀,直到上个月。"

魏江河心中一凛,他忽然有些恐惧:"您是说,帝恂的死……"

罗砚伦"嗤"地一笑,恢复了玩世不恭:"我可什么都没说,我只知道,去年有人揭了顶层帝恂的榜,而今年伪月之变后,有人领走了帝恂的悬赏金,宁州经氏来查过是谁领的,但那怎么可能查得到?再之后,人王万东牒悬赏金翻番,成为海杀榜最贵的人头,立在了顶层中间。"

天下大势,就这样在海杀的顶层几张画像的更迭间,徐徐展开。

罗砚伦带着魏江河边走边说,最后停在了八层一面墙壁旁。

"这里的人都死光了吗?"罗砚伦大喊了一声,他的声音回荡在整个八角楼中,把八角楼上的八处定风铃震得乱响,听起来有些毛骨悚然。

"罗船长,您这一来,可是把我的客人们都吓跑了。"一个干哑的声音从背后响起,魏江河慌忙回过头来,看到一个矮瘦的小老头儿站在他的面前,还不到他的胸膛高,"北海之王前来揭榜,不知道老朽这里谁入了您的眼?"

"别废话,"罗砚伦冷冷地说,"这张,我要揭红榜。"

魏江河看着罗砚伦指着的画像,那是公主雪凌澜的庇护者,翊朝最后一名海督,羽末省。

"你揭红榜?"那人不可置信地看着罗砚伦,"你可想好了,这红榜一出……"

罗砚伦朝着小老头儿瞪去,那双眼睛像是要杀人,把他接下来想说的都挡下去了。

"不错,老子就是要揭羽末省的红榜。"罗砚伦的脸上露出残酷的笑容来,"三月为期,不死不休。他若不死,我死。"

黑市群岛的主人,住在最中心的无忧岛上。从风岛到无忧岛,中间要经过一段水路,雪凌澜一行人赶到港口的时候,已经有船在等着他们了。

船夫朝着他们挥挥手,三角小眼睛里闪着狡黠的光,这是风岛人共有的特征。他看起来像一个左右逢源的店小二,但羽末省从他身边经过的时候,看到了他藏在袖子里的弯刀。

"你是谁,你怎么知道我们会来这儿?"羽翎警惕地问道。

"我们'风信子'无名无姓,只是等在这里,主人说你们要来,那你们一定会来。"那人拿出藏在袖间的刀,一下子插在木船上,表示自己没有恶意,"奉铁蔷薇之命,我在此等候多时了。"

公主没说什么,披着白荆花大氅直接进了船舱,其他人随即跟上,羽末省走在最后,一直对那"风信子"保持着戒备之心。登上群岛之后,羽末省始终是紧绷着的,甚至连他自己都不清楚这种状态是因何而来。

"月信川,走了这么远,你没事吧?"船行之中,雪凌澜关切地问道。

"能有什么事?"月信川毫不在意,目光掠过雪凌澜,看向船窗之外,"倒是公主你,真的要去寻求典海主的帮助吗?如果实在困难,可以先回兰汕,月家尚有些积蓄,能帮上一些忙。"说罢他晃了晃手里的海贝。自从离开兰汕,月信川身上就一直带着它,这枚小小的海贝里留藏着兰汕岛上的海风,月氏独特的秘术可以让他听到故乡传给他的只言片语。夜幕降临的时候,这个年轻人偶尔会拿出它端详一下,而每次看向海贝的时候,他的眼中都有一种难以觉察的悲伤。

这时,船停下来,羽末省掀开帘子进来,他高大的身躯几乎把整个船舱都填满了,让他不得不把头低下来,压抑的环境让他有些喘不过气。

"公主,无忧岛到了。"

雪凌澜走出船舱,看到了眼前豁然开朗的一幕。

很难想到,鱼龙混杂的黑市群岛上,居然还有这样安静祥和的氛围。从船上下来,踩在石板路上,道路很宽阔,两侧是雕刻精美的百兽石雕,一直蔓延到道路的尽头。两边是鳞次栉比的房屋,苍翠的大树包围着它们,大片大片如浓墨状的绿意坠落进巷弄之间。这里没有像风岛那样紧张的气氛和若有若无的监视感,一切都是平和的。有风迎面吹过来,空气里面弥漫着好闻的花香。

道路的尽头是一片看不到边界的巨大森林,跨过云层的虹光就落在那里面,从远处隐隐能够看见冒出林海的巨大高塔。塔的四周有飞鸟环绕,整座高塔如宫殿一般肃穆宏伟。要不是因为他们的对面林立着面色狠厉的海卫,还有一个顾展图面露凶光,雪凌澜还会再欣赏片刻眼前的风光。

"在下顾展图,是典海主的贴身护卫,也是典海堂裂空银的统领,奉典海主之命,接驾雪凌澜公主入岛稍作歇息。"顾展图尽量恭敬地说道,但却做得很失败,他似乎很难控制自己的情绪,愤怒好像随时都要从身体里爆发出来。

雪凌澜不为所动,微微点头表达了谢意:"我有事情想要劳烦典海主,麻烦顾统领带一下路。"

"今晚典海主会有一场晚宴,届时尊贵的客人们都会出席,公主可以先去住的地方休整一下。"说罢顾展图让出一个位置,他身后的裂空银也快速让出一条小道,刚好允许一人通过。他们之间并无交流,动作却如行云流水一般,鞋子在地上摩擦的声音像是有大蛇在草丛间快速游过。

"这帮海卫明显不是什么泛泛之辈。"羽末省小声地提醒公主。雪凌澜点了点头,抬起头来远眺那座深林中的行宫。高塔像是笔直刺破天空的锐利长枪,它的上空有数百只飞鸟在盘旋,而天空中那抹惨淡的蓝色苍穹像一块巨大的伤疤,把弥散在整个黑市群岛之上的线云都驱散,诸云皆散,不敢进犯。

她心里清楚,自己已经不能回头了。

第九章 黄金与琉璃之逢

当雪凌澜踏入那座如塔一般的建筑时,已经夜幕降临。

无忧岛的主人安排了晚餐,邀请公主一行人共宴。顾展图搜了所有人的身,把羽末省的武器全都卸了下来,此举遭到了羽末省的强烈反对,但裂空银的老大并不买他的账。两人都流露出强烈的杀气,在意识里把对方杀了个片甲不留。

雪凌澜这次没有穿战裙,而是换了一身贴身礼服,鹿皮制成的束胸上面绣着大片的白荆花,她的身上散发出夏阳港特有香料的味道,裙摆张开,像一朵绽放的百合花。

羽末省一如既往穿着甲胄,他的神经时刻处于紧绷的状态。他看到裂空银把守着大门,个个全副武装,表情严肃。虽然顾展图美其名曰保护典海主,但谁都能看得出这里面所隐藏的剑拔弩张,在羽末省看来,这次会晤显然有别样的意味。

雪凌澜看起来像只待宰的小羊一般闯进了虎狼的猎场中,但她似乎并不紧张,简直称得上是处乱不惊,这让羽末省觉得不可思议。四周明明杀机四起,难道公主看不出来吗?

月信川也是一副随性的样子,他双手插着口袋,丝毫不避讳身边的海卫,还悠闲地吹起了口哨,要不是羽翎阻止,他可能还会从花园里随便扯一片叶子叼在嘴里。他甚至时不时地逗逗身后紧紧抿着嘴的羽翎,虽然看起来并不太合时宜。

走进大厅之后,雪凌澜感受到这殿堂的宏伟,高高的屋顶上那些繁复的灯饰晃得人眼花缭乱,数百颗大小相同的各色宝石镶嵌在铂金灯架上,无数萤光飘摇在宝石上空,没有任何底座支持。这里没有明火,点亮殿堂的好像就是伟大天幕中摇曳的星图。

一行人步行了许久才终于抵达用餐的地方,他们停在一扇巨大的门前,侍从推开门,雪凌澜第一次见到了这场晚宴的组织者,传说中黑市群岛幕后的主人。

典海主早已就位,他的脸上戴着一个面具,大半张脸都被面具覆盖,不知阴晴。他隐藏在宽大的黑袍里,向雪凌澜点头致意,却没有站起来迎接。雪凌澜被侍从安排到上宾的位置,那里安置了一个座位,上面雕画着白荆花。羽末省、月信川与羽翎在公主落座之后,站在了她身后。

典海主身后同样站着数人,雪凌澜在其中看到了一个熟人,她微笑地看着雪凌澜,眼睛里是如风一般的妩媚。

作为风岛的主事、天机的掌管者,葛方岑也被邀请参加了这场晚宴。

"尊贵的公主,容我介绍。"这时候有个好听的女声响了起来,说话的不是葛方岑,而是站在典海主身侧的另一个女人,她的声音很温和,让人如沐春风,"正对您而坐的正是黑市群岛的主人,典海堂的创始者,大海上最富有的人,典海主大人。"

女人说完长长的名号,有意停顿了一下,她看向雪凌澜,眼里有些居高临下的意味,但并不让人讨厌。

雪凌澜向典海主点了点头，而典海主牵动了一下嘴角，像是在微笑。

女人刚想继续说话，却被另一个声音打断了。

月信川不屑的眼神扫过桌子对面站着的几位，又看向一言不发的典海主，他的脸上露出不羁的笑容，把手撑在桌子上。

"正对典海主大人坐着的是九州之主，白荆花王朝的遗孤，秋叶城的明月之魂，大海上势不可当的新生之光，翊王朝公主雪凌澜。"月信川看向典海主，同样也像那女人一样停顿了下。

月信川的溢美之词让雪凌澜略有些脸红，但她最终没有阻止他说下去。今晚注定不会是一场欢宴，与人针锋相对或许显得不合礼数，但也好过一开始就被压制。

顾展图脸上明显露出怒意，太阳穴上的青筋根根暴起，但月信川似乎毫不顾忌，依然表情轻松地看着典海主。

典海主嘴角的牵动没有散去，相反越发浓重，他抬头示意顾展图冷静，再无更多表示。

月信川这才退了回去。

江琉华收起了之前的轻视，又换了一种语气来说话，她说起话来自有一种气派，丝毫没有被月信川的言辞所影响。

"我，江琉华，是林岛上的主事，其余几位您或许认识，他们分别是雷岛的海卫统领顾展图，风岛的天机阁主葛方岑，以及火岛的八角楼主祁风泽，阴岛的吏欢伯可能得过一会才能来。"

"他今晚不会来。"葛方岑冷冷地说道，"再也不会来了。"

雪凌澜隐隐地注意到，在面对典海堂的这些高层时，葛方岑一改在烟波酒馆时的神态，她现在的语气如冰雪一般冷淡。

葛方岑看向身旁的顾展图，后者把脸转到一边，他知道自己心里的想法逃不过她的眼睛，只有回避。不过他并不准备对这个女人解释，他所做的一切都是奉命行事。

"公主远道而来，请恕我事务缠身，没能第一时间请见。"典海主终于开口，他的声音黏稠得像海油一般，让人听起来极为不舒服，"照顾不周，我作为这里的主人，只能设宴向公主请罪。"

"多亏典海主大人的照顾，同时也谢谢您为我的那些伤病的海员提供住处，您的善意雪氏将铭记。"雪凌澜衷心地回道，同时向典海主举杯致意。

"尽一些地主之谊而已。"典海主也举起杯，"在这片大海上，所有人都应该互相关照。你是我的客人，这是我应尽的绵薄之力。"

这时，一名侍从径直走到典海主的身边，对他耳语了几句，典海主点了点头，瞥向一旁。

雪凌澜注意到，除了他们之外，长桌两侧还有几个空着的座位。

"看来还有其他客人？"

典海主点了点头，面具覆盖下看不出任何表情："也都是些值得招待的贵客，而且其中一位，已经来了。"

羽末省看着那几个座位，那上面同样雕画着特殊的徽记，他注意到典海主正瞥向一个座位，那里画着渊蛇的徽记。

"看样子是碧海云？"羽末省问典海主，"他可从不失时。"

"南海海盗之王碧海云？海督跟他打过交道吗？"听到羽末省这么说，雪凌澜也不禁吃了一惊。

"跟其他海盗比起来，他倒是不令人反感的一个。"羽末省点头说道，"碧海云曾向我借了艘私船，五年之后如约还了回来，还连带赠送了十艘大船给羽族海军，那时他已经是名镇一方的大海盗了。我没有收下那些船，他便从不骚扰夏阳港周边，以此作为对我的回报。"

"确实是海云到了。"典海主说，"他早已抵达，但未得到公主许可，便一直候在门外。"

"南海之王原来是如此谦逊之人，请他进来吧。"雪凌澜从座位上站起来以示尊敬，之后门被人轻轻推开，一个男人从外面走进来。

他的身材并不高大，相反看起来还有点瘦弱，他束着头发，长发如天幕一般浅白。雪凌澜发现，这个男人出现之后，周围竟起了微弱的风，灯饰上悬挂着的小风铃如迎接般叮当响着。在雪凌澜看来，碧海云跟之前见过的罗砚伦完全是两种极端的风格，如果把罗砚伦比作是烈火的话，那么这个人就好似一股清风。

你从这个人身上完全找不到一丝暴戾的气质，他的外表也没有任何一处让人讨厌的地方，甚至作为一个男人，他漂亮得有点过分。他抿着嘴，嘴角扬着好看的弧度，睫毛柔软得如小鸟初生的绒毛。他始终低着头，似乎不愿意对上别人的目光，直到入座之后，他才缓缓抬起头来。羽翎不自觉地看向那个人，在夏阳长大的她当然听说过碧海云的名号，但真正见面这还是第一次。

那是多么绝顶漂亮的造物，那双琉璃色的瞳孔里像是掩藏着莫大的悲伤，只要看上一眼就能被那种巨大的悲伤所同化，内心的情绪瞬间被带动起来。你会记起所有痛苦的瞬间，不甘、愤懑、软弱，消沉的情绪如海一般控制着你，唯一不变的只有一个，就是他那恒久凄美的眼睛。这让羽翎的心里涌现出一种错觉，一种狂烈的炽热感情充盈在她的意识海中，崇拜他，仰慕他，为他而狂热，为他而痴迷，这些琐碎而又直接的情绪让她一瞬间几乎要爱上这个人……

羽末省观察到了这一切，他立即略微侧身，挡在羽翎与碧海云之间，羽翎这才从那虚妄的情绪中回过神，那些情感是如此快速地退散，让羽翎甚至有些怀念它曾带来的热意。

"羽翎，不要被碧海云的魅惑之术影响。"羽末省那沉着的声音传来。

意识到自己的失态，羽翎咬了咬牙，勉强振作，但同为秘术师的她心里清楚那绝不是什么秘术。她在心里默默记住了这位南海之王。

此时碧海云已向公主致意，随后再次低下头去。一个照面中，只能看出他有些谨慎，但丝毫看不出他的情绪。他永远都是一副怀着莫大悲伤的表情，像是一片轻柔温润的海。

碧海云开始说话了，他的声音很轻，轻得丝毫不像一个海盗之王该有的样子："在下碧氏海云，感谢典海主的盛情邀请，十分荣幸，能与雪氏的公主共宴。"

"碧先生太谦虚了，海督刚才还在称颂你的信誉，夏阳港多年的宁静，得益于你的约束。"雪凌澜洁白的脸上露出好看的笑容，朝着碧海云轻轻点了点头以示感谢。

"海云本就是羽人，没有必要侵扰同族谋利，况且养父碧温玄与雪氏相交颇深，海云不应失礼。"

这句话说出，所有人都是一惊。世传碧海云本为云氏子弟，被碧国鲛人贵族收养抚育长大，于是将本姓后置，自称碧海云。但他的养父到底是谁，却没有人知道。没有想到，一直对于自己身世守口如瓶的碧海云，却在这里将此事轻描淡写地带了出来。

碧温玄，鲛族隐圣，在碧国分裂之后，以一己之力维系大陆王朝与鲛族各王国的关系。他也是最有可能知道苒山蕴藏怎样秘密的人物，当他泛舟东去，再之后，苒山不再是鲛族圣山，只剩下羽族元极道海上据点的身份。

雪凌澜心里清楚，碧海云忽然说出自己的身世，绝非无意。如今这片大海上，唯一坚定地支持雪氏的，只剩下原本由碧国贵族建立的碧海国，由碧温玄养大的南海之王，是否想要成为白荆花的盟友？

"岂敢，海云在这片大海上，只是一个小辈。天下大势，不敢染指。"碧海云始终都是很小声地讲话，在这个关系错综复杂的晚宴上，更显得像是夏阳港柔柔的海风，"海云不像海督这样，是翊王朝不可多得的良将。自夏阳一别，已经很长时间没有与海督一叙，只是在海上听闻着羽家军的神勇。今日再见，海督果然仍是十年前的气概。"

"都只是传言罢了，夏阳失陷后，我等只能亡命天涯，从此再也没有夏阳港海督一说了。"羽末省心里微微感动，看向宴席上的各位，他们没有叹息也没有愤慨，就好像他在说一件再寻常不过的事情。此情此景下，羽末省神情一肃，正色说着。"但如果有人对公主有图，羽某仍有一战之力。"

羽末省的语气中，没有一丝儿戏。跟公主的想法相反，从对碧海云身世的震惊中走出后，他并没有产生雪凌澜那样的希冀。在他看来，即使是碧温玄的养子，也并不意味着碧海云和雪凌澜之间会有多少恩情可言。

"海云铭记养父教诲，绝不敢对雪氏抱有歹意。"碧海云平静地说，"但鲛国的孩子，心中只有大海，不会插手陆上的局势。"

这句话一出，雪凌澜燃起的希望霍然冷却下来。南海之王是一个足够冷静的人，他恪守承诺、遵循养父教诲，但他并没有上一代之间的那种情谊。是的，归根结底，他只是一名海盗之王，并不是王朝的守卫者。

况且，碧温玄已经是她祖父那一辈的事了。她并没有亲眼见过这位传说中的隐圣。

"现在大家都是在大海上漂泊之人，所以才有机会共同坐在这里。"典海主这时候说道，"在这张桌子上，无关国家大势与各族纷争，也无关甚嚣尘上的流言蜚语。诸位坐在这里，都只是我的客人，而不是我的敌人，大家不必拘谨。"

这时候门突然被一脚踹开，有个人大大咧咧地走了进来，他丝毫不看在座的各位，而是径直走到属于自己的座位上，拿起了桌上备好的酒，一仰头一直喝到了杯见底。

喝完之后，他还满意地大喘了一气。

"碧海云，你怎么过了这么多年还是那副老样子，就喜欢假惺惺地做事情。"他把身后的影龙大氅脱下来随手扔到跟进来的魏江河怀里，丝毫不顾忌一旁脸色难看的裂空银，甚至没忘记让自己的大副搬了个凳子坐在自己的身边。

魏江河开开心心地挨着罗砚伦坐下，环顾四周，却看见整个大厅内只有五个人坐着，他们分别是翊王朝最后的公主、黑市群岛幕后的主人、南北双王，和自己……一时间变得局促起来，但看着老大一副坦然的样子，他也只能心一横，就这么坐着了。

毕竟，坐着，只是接受众人的怪异眼神；不坐，可有近在咫尺的切实危险。

羽末省看到罗砚伦，立刻紧绷起来，他的武器在进来之前就已经被卸掉，但反观罗砚伦却还是全副武装，三尺长的佩刀被魏江河握在手里，随时都有可能出鞘。看来裂空银并没有挡住他，这个嚣张的海盗压根就不听别人定下的规矩！

碧海云没有说话，他只是抬起头来，看向罗砚伦的眼睛，琉璃色的瞳孔暴露在那双金色眼瞳之下，好像空气中随时会迸发出火星。双王齐聚，赴这场杀气腾腾的宴席，大风和火焰交织，在整个大厅中蔓延，灯饰上的定风铃拼命摇晃着，空气中竟有了风火之势。

雪凌澜终于目睹双王相遇，在距离他们最近的地方。没有刀戈相击，没有鲜血四溅，硝烟却笼罩在这个华贵的大厅里，双目的对视之中，一场气势恢宏的大幕拉开。在她的意识里，影龙撕咬着巨大的海蛇，黄金色的龙旗与琉璃色的风旗交错在一起，罗砚伦的攻击汹涌地倾泻在碧海云的身上，然而后者却是灵活的海蛇，不管罗砚伦用怎样的手段出击，碧海云总是可以恰好避开，每次攻击都只差那么一点，两人直至最后一刻都没有分出胜负。

宴会上的人都没有机会看到，如今的黑市群岛上空，线云似怒涛一般翻滚，整片天空中的云图都被炽热的霞光所点燃，破碎的苍穹上燃起了熊熊大火。滚滚云层在碰撞，发出如雷声般的沉吟，两股巨大洪流撕扯在一起，一方翩若惊鸿，一方矫若游龙。碎裂的云絮从天空中坠下，像是下了一场八月的梅雨。所有人都被那天空中的巨响所吸引，纷纷停下来观望天空中的盛景。

他们因此知道，双王汇聚，山雨已经来了。

第十章 狂商与恶武

宴会厅中，典海主轻轻用茶盖击打了一下琉璃盏，短促而清脆的敲击声让公主的思绪回到现实。发现羽末省护在公主身前，罗砚伦笑了笑，不再瞪视碧海云，而是转向海督。

"管家，你对我没必要这么紧张，我要杀的人是你，不是你主子。"罗砚伦大剌剌地说，"大海上飞不了金丝雀，有些人根本不必我亲自动手。"

羽末省沉声道："罗砚伦，我会比你活得更久一些。"

罗砚伦显然没有露出面对碧海云时的腾腾杀气，他懒散地靠在椅子上，抱着手臂，敷衍地回答："有志气，祝福你吧。"

然后罗砚伦左顾右盼，看到对面靠近典海主的位置还空着，那上面刻着蝎尾狮，不由得"咦"了一声。

碧海云随着罗砚伦的目光看过去，轻声说："宛州江家也会有人赴宴？"

典海主点点头："跟诸位都有一些渊源。"

听到这话，碧海云难得地抬起了头，神色并不好看。而罗砚伦更加直接,一脸厌恶地说:"我说为什么总觉得你这大房子里有一股讨厌的味道。典海主,你宴请我的时候,可没有说会有这个人。"

"是不是典海主说了,你就躲在家里不敢出门了?"罗砚伦的话刚说完,就有声音从身后传来,大门再次打开,一个人从外面走了进来。这个人脸上洋溢着一种孩童般天真的笑容,坐到了蝎尾狮座上,声音里也充满了欢快。"典海主盛情邀请,我江家怎么能不派人来?只可惜他们一个个都俗事缠身,只有我是个闲人。"

公主忽然感觉到羽末省整个人换了一副神态,这位一直稳如磐石地护在她身边的海督,不再是面对罗砚伦时的紧绷,此时的他就像已经做好战斗准备的猛虎。这位高大的海督往前迈了一步,站到了雪凌澜前方一点儿,瞪视着那位来客。即使只能看到他的侧脸,雪凌澜也感受到了自与他会合以来从未看到过的可怕神情,羽末省的腮帮子鼓了起来,紧握的拳头骨节咯咯作响。

"我记得这个徽记,蝎尾狮是宛州出名的财阀,常做些海上的生意,雪氏也与其交好,如今江家也是敌人了吗?"雪凌澜觉得海督似乎有些小题大做了,她试图缓和气氛,微微侧头对羽末省问道。

"天启的海上双子星之一,蝎尾狮江暮燃。"不等羽末省回答,典海主已经缓缓报出他的名号,丝毫不避讳这凝重的气氛,"伪月之变后,凭借宛南海域的海军而蹿升的将领,能够光临寒舍,真是不胜荣幸。"

近海的头号势力,竟然纷纷聚集在此——这间不大不小的大厅。无论是影龙、渊蛇、蝎尾狮还是白荆花,都被这位神秘的典海主请来。此时晚宴中的局势,如同暗流涌动的江河,奔腾不息,而典海主居中巍峨不动。他始终是那样不动声色,没有任何真正的情绪,也没有表露任何偏好,就好像他并不是晚宴的主人,而是一个旁观者。

谁都没有注意到，在江暮燃进来之后，雪凌澜身旁的月信川脸色忽然变得难看起来，一向骄傲的他竟低下了头，藏在一片阴暗之后，似乎是怕被那个人认出来一样。当他冷静下来重新抬起头，却不巧对上了葛方岑那双咄咄逼人的眼睛。那一瞬间，月信川觉得那个眼神寒气逼人，就像刀子抵在他的脖子上。

"不敢当，在座各位才是真正的大人物，在这外海，我说的话可没什么分量。"江暮燃坦然地坐着，全身非常松弛，好像参加的只是一次好友聚会一样。他面向不发一言的碧海云和飞扬跋扈的罗砚伦，脸上的笑容依然没有散去。"江家的生意遍及东陆，宛越两州的贸易往来需要有人照应，我这个不成器的子弟，因此去了海军，仅此而已。不像双王，哪一家的贸易，敢不看海盗南北双王的脸色？"

"你们要再这么互相吹下去，那我找个清静一点的地方待着好了。"罗砚伦身体往后一仰，靠坐在暗金色的椅背上，不耐烦地看着江暮燃，"我要是想听人夸我，何必在这里浪费时间？港口的舞娘说得可比你好。"

"那些给点钱就能脱衣服的女人，看来没少受北王的指点。"江暮燃回道。

"你要是多被我指点一下的话，肯定能说得比她们还好。"罗砚伦乜着眼睛看向江暮燃，而后者用笑容回应了他。

"属于人族的海军，却出现在这里，想必不是带着恶意来的。"雪凌澜心里轻轻叹息着，看了看典海主，又回头看向江暮燃，决定坦诚相待，"但天启城若知道江大人与会，万氏恐怕不会开心。不知道是什么，让将军哪怕引起万东牒的猜疑，也要前来？"

"您想多了，公主殿下。"江暮燃的表情正经了一些，不紧不慢地说道，"光是大陆上的事情就够老万忙活了，哪还有空操海军的心？我只是代表家族而来，诸位可以视我为商人，而非军人。"

"被这样的货色夺走了天下,雪家还真是……"罗砚伦没由来地插了一嘴,他本来已经几乎要横躺在舒适的椅子中,此时用眼睛扫了一下雪凌澜。雪凌澜咬了咬牙,不知为何,罗砚伦总是喜欢抓住各种机会撕开她的伤口,但她很快平复了情绪。

"天下大势,谁又说得准呢?"她礼貌地笑了笑,眼帘微微垂了下来,长睫毛投下了一片阴影,"但背弃之徒,终究不会有好下场。"

"公主殿下说笑了,这乱世之中,有谁是铁了心守护谁的?"江暮燃说着,眼睛突然看向沉默的月信川,之前他那孩童般的笑容在他脸上已经完全看不到了,黑色瞳孔中灼人的目光刺得人生疼。

"但公义自在人心,世道再乱,这样的人或许会少,但不会消失。"羽末省盯视着江暮燃,高大的身躯如磐石一般站在那里,"羽家军一定会恪守誓言,守护雪氏到最后一刻。如果江家想要左右逢源,恐怕难以成为白荆花的朋友。"

"倒真是个老顽固,就是不知道,你的属下会不会也跟你有一样的想法?羽将军,人心是可以被收买的。我在宛州长大,虽不齿于财,但多少也明白了一些道理。这天底下,不能被钱解决的事情变得越来越少了,倒是不知道羽将军你,能接受的数额是多少呢?又或者,你有武士的坚持,那么我是不是可以用什么代价,换来与你主上的合作呢?"

江暮燃刚说完这句话,突然一把刀就插在了他面前的桌子上。逼人的刀势在刀锋扎进厚重的木桌之后,竟没有立刻停住,整个刀刃前倾,最后稳稳停在了江暮燃眼前。刀光锐利,激得江暮燃猛一抬头站起身,随即看到罗砚伦那杀人的目光。

"商人谈钱,无可厚非。但你要是想贬低一个武士所坚守的信仰,那我就先用你的血淬这把刀。"不知何时坐了起来的罗砚伦笑得有些冷,"预告一下,我揭了羽末省的红榜,杀了他之后,我会把这个羞辱信仰的人也顺便做了,算作对一个武士的祭礼。"

"北王,把刀收起来吧。"典海主缓缓说道,风轻云淡,"今天大家来,都是想做买卖的,真沾上血,可就不吉利了。"

罗砚伦嗤笑了一声,一跃而起跳上桌子,半蹲在江暮燃的面前,逼视着他,一面拔刀。此时江暮燃已经恢复了神色,他没有任何畏惧,又恢复了那天真的笑容,迎着罗砚伦。罗砚伦冷哼一声,利刀回鞘,下一瞬间,他已经又懒散地躺回自己的座位中。

"典海主不说我还忘记了,我们来这里是来做生意的。那么小姑娘,你又是来干吗的?"罗砚伦看向雪凌澜,露出嘲讽的笑容,"你可要多给在座的这些人敬点酒,搞不好天下就又夺回来了,哈哈哈。"

罗砚伦说着,顺手拿起酒壶,却发现里面已经没有酒了。典海主抬了抬手,很快酒又摆上了桌子,典海主用他独特的黏稠嗓音说:"既然贵客都已到齐,我想不如开席吧,生意有的是时间谈,夜还很长。诸位可以先选择自己的酒,我们的主菜很快就会呈上。"

自江暮燃到来之后,一直未置一词的碧海云,此时欠身感谢典海主的招待,先行选了一坛三寐秋水。"海云毕竟是羽人,喝不惯烈酒,宁州三寐河口出产的秋水正合适。三色土做底,三色水酿制,秋天树叶纷纷扬扬落下时开坛,里面是故土的味道。"

听他说起宁州,雪凌澜也有些神情黯然,她振作精神,选了一壶天河酿,那是澜州出名的果酒,她举杯遥向碧海云,两位远离故乡的羽人,各自喝起了故乡的酒。

江暮燃选了葡萄酒,那酒色泽如血般鲜红,他尝了一口,笑了起来。"典海主真是有心了,我们江家刚刚开始涉足酒业,第一批葡萄酒刚刚出仓,竟已经出现在了您的餐桌上。"

罗砚伦则捧起一个巨大的青铜盏,仰头灌了一大口,他把酒含在嘴里，闭着眼睛回味了一会，然后"咕咚"一口咽下。

"白蟒魄，北陆人酿的酒，据说要去瀚州北部的圣山，杀白蟒取血才能酿成。这酒的味道够锐利，喝起来就像吞剑。"

"白蟒魄酒性极烈，为了初入口时那股如火般的灼烧感，无数酒徒前往北陆，并把他们的酿造技法带了回来，从此，白蟒魄闻名天下。"典海主微微笑着，娓娓道来，"但是很可惜，白蟒魄的酿法自打传回东陆，其口感便也失去了它原有的锋利，就像失去了魂魄一样，再也无法勾起人心中的那股火热了。"

"无根之酒，总会失其锐利；那么无根之人，又是失去了什么呢？"碧海云叹了一口气，他目光中浓郁的忧伤始终未能化开。

听到这里，雪凌澜的瞳孔微微一缩，想起自己和风雨飘摇的故国，心中不免再度涌上悲伤之感。

"久闻北王喜欢烈酒，便托人从北陆带来最纯粹的白蟒魄，北王若是喜欢，我便送几箱去影龙号，让你的手下也都尝尝。"典海主平静地说着这些话，像是两个老朋友促膝长谈。

"酒是好酒，但也不过如此。"罗砚伦说，"我生平喝过最好的酒，是来自碧海国的绡藏金，跟它比起来，这世上所有的美酒都不过是水而已。"

"哦？在下见识短，未曾听说，不知这是一种怎样的美酒？"典海主应和着。

"长期生活在海里的鲛人，会把海薄荷挤压出来的汁水收集起来，用他们特有的工艺酿造成美酒，然后储存在海底深处永无天日的地方几十年，每年料理，才能酿成。但出人意料的是，人们却能够从酒中品出阳光的味道，你知道是为什么吗？"罗砚伦自顾自地说着，眼睛里闪着微妙的光。

"鲛绡。"碧海云接口道，碧氏的酿酒法，他自然也很清楚。

"对，是鲛绡，九州最珍贵的布料。鲛族制作鲛绡的过程中最重要的一道工序叫作光染，未成型的鲛绡在一瞬间会吸收太阳光的热度，随即像流水一样聚集起来，时间多一点少一点都会让它失光消散。鲛绡是自然的产物，跟鲛珠一样，都是神赐予鲛族最珍贵的东西。他们用这种东西当作存酒的容器，所酿成的酒里自然就有太阳的味道了。"

"居然是用鲛绡贮藏的……"雪凌澜也有一些惊叹，众人不由得又想起影龙号上那一面巨大的主帆。海上的人都知道，罗砚伦的主帆就是鲛绡所制。价值连城的鲛绡，被用来给罗砚伦做旗帜、被用来酿酒送给罗砚伦，想到这里，典海主忽然话锋一转："这酒如此珍贵，不是一般人能喝到的吧。不知公主可知北王说的绡藏金？"

典海主话中试探之意明显，雪凌澜也据实回答："碧温如爷爷是雪氏的好友，若是父皇喜欢，或许我也可以有机会见到。可惜父皇偏爱素食，宫中很少藏酒。"

"真是个天真的小姑娘，"罗砚伦撇了撇嘴，"由于独特的存储方式，绡藏金一般五十年出一批，最新的几十坛出海不足两月，正巧是帝恂没命喝到的时节。"

"碧海国跟雪家世代交好，他们国主又是罗船长你的至交，你这么跟雪家公主说话，也不怕没了朋友？"江暮燃插嘴道。

"在这桌子上的，谁又跟碧温如没点关系呢？"罗砚伦玩味似的看着一旁不动声色的碧海云，又看向被群狼环伺的雪凌澜，"但朋友的朋友，未必就是朋友。你们做生意的商人讲究左右逢源，但武士之间，可不这样。"

"北王看得透彻，我也不敢揣测船长与碧温如爷爷的关系，更不敢在乱世中妄图朋友二字。"雪凌澜叹口气，心中没有悲喜，"您刚才问我，雪家来这里做什么。雪家也就是想来这里，斗胆与天下群雄谈一笔买卖。"

罗砚伦撇嘴，看也不看雪凌澜："羽人，不要可笑。我前面的话，你会错了意。今天来到这里的人……"他的视线扫过其他几人，"都不是为了和你谈生意的，你自己，就是我们要谈的生意。"

雪凌澜望着这些海上的狂徒，发现他们或者和善地笑着，或者并不说话，无一人反驳。这一幕让雪凌澜一时间说不出话来，眼前的群狼戴着善意的面具，面具底下却是一张张贪婪的嘴脸，他们围绕着脆弱的白荆花，獠牙上的涎液让人心寒。他们并不准备和自己谈生意，他们来之前就已经想好了要瓜分掉自己。

但白荆花岂容人僭越，雪凌澜咬牙仰起头，倔强地与罗砚伦对视。她不准备有丝毫的退缩。王朝的公主再如何落魄，总是不能束手就擒的。

"酒过之后，总该有点下酒菜，典某准备了一桌好宴，希望海上的英雄们不会取笑。"此时是典海主说话了，他总是在气氛陷入僵局时适当出声。

不过当主菜呈上，上面的银盖被掀开，晚宴主人的野心也随之揭开。伴随着扑面而来的香气，典海主精心准备的主菜终于露出了它的真面目，镇住了所有人。雪凌澜猛地站起身，就连桀骜的罗砚伦，此时也看了好一阵子，才哈哈大笑起来。

一直戴着面具的典海主此时才真正地轻笑起来，他环视众人，几乎是轻快地说道："这道菜，我给它起了一个名字，叫作天下。"

第十一章 焚岁木、烹麋鹿

众人首先看到的是一对树杈般的鹿角，角上雕刻着复杂华丽的花纹，像是古老的羽族文字。角的下面是一副威严无比的兽脸，如锥般的长喙下缀着尖锐的牙齿，颗颗如宝剑般锋利。它金色的外皮上闪着油嫩的光泽，其上覆盖着铜钱状的鳞片，仔细看去，原来是切成薄片的鹿茸。鹿的骨骼被摆成蛇状，从桌子的这头一直蔓延到另一边，有力的四爪朝天挥舞着，凶猛异常。但这些都不是最令人惊叹的，最让雪凌澜吃惊的，是那双眼睛，那眼睛直勾勾地盯着她，眼神中充满愤怒。雪凌澜好像看见徘徊在云雾之中的巨大之影，它用火焰点燃了羽族的丛林，燃烧的殿堂在半空中塌毁，高耸的岁木被那双爪子生生撕碎，它站在秋叶京的遗骸上，在漫天的火焰中冲天而起，万物都能听到它那愤怒的吼声。

就在那火焰将要席卷雪凌澜的时候，她忽然看到一双金色的巨瞳在虚空中注视着她，那眼神锐利无比，穿越层层云雾，瞬间刺痛了雪凌澜，她这才如遭雷击，从幻想中醒过来。

雪凌澜剧烈地喘息着，全身都浮起一层虚汗。但当她环顾左右，忽然发现被幻境震慑的不止她一人，几乎所有人都呆坐在自己的位置上，每个人的表情各不相同，江暮燃脸上是狂喜，碧海云脸上的悲戚则变得更加浓郁，而自己身边的月信川，竟然在不自觉地恐惧颤抖。

只有两个人没有受到影响，那是典海主与罗砚伦。他们同时盯着雪凌澜，发现雪凌澜率先从幻境中摆脱出来，典海主似乎是有些赞许地点了点头，而罗砚伦则沉默着。雪凌澜此时再看那鹿头，发现它已不再愤怒，眼神里只有悲悯。

随着典海主手中茶盏敲击声再次响起，所有人都从幻境中走出，纷纷如大梦初醒。雪凌澜看见葛方岑泪流满面，匆匆退后一步整理仪容。她转头确认自己属下的状况，羽末省和羽翎都还好，但月信川被巨大的恐惧笼罩，可以看出他在努力控制自己，他轻摆着颤抖的手，示意雪凌澜不必担心。

"烹鹿……"首先打破沉默的是江暮燃，他略有一点恼火，好像意识到了自己的失态，"典海主真是滔天的气魄，竟能拿到天启鹿苑里的麋鹿。"

麋鹿自古以来都是人族王权的象征，逐鹿天下、鹿死谁手，都在传达这个象征。人族历代王朝都将鹿视为尊贵之物，只有皇室贵族才能在天启鹿苑欣赏到最纯种的麋鹿，平民私闯鹿苑多会被直接赐死，更别提偷走一只。如今典海主不知用什么方法，得到了一只天启鹿苑的麋鹿，而且不为观赏，竟直接烹了它。即使是在白荆花统率天下的时代，人族衰微时，也从没有人敢如此藐视人族尊严。典海主此举，近乎于要向万氏宣战示威了。

但典海主反应平淡，不紧不慢地回应。"你们人族最近在海上动作不断，被称为海上双子星的另一位将领陆擎，不久前已经拿下苒山，他向我送上了一份大礼，那份大礼让我着实有些为难，不知如何处置。后来我想到了一个好主意，就是以它炙烤一只天启鹿苑的麋鹿，宴请海上群雄。"

江暮燃不屑地哼了一声："陆擎那个蠢货好大喜功，拿下了雪氏在海上最大的军事据点，就迫不及待地开始炫耀自己的战功了？"

"陆擎砍断了苒山神木园中最高的一棵岁木，将其中一段寄送给了在下，其他部分，想必已经送到了万东牒和各方势力那里吧。"典海主指着托盘四周还在散发着炽热之气的炭火，那一小块一小块摆放考究的木炭，竟是羽族的岁木。

听到这话，雪凌澜与羽末省脸色瞬间变得极差。神木园是羽族国教元极道的传教所在，其中的岁木更是被所有羽人视为"神木"，砍伐岁木，没有什么能比这更践踏羽族尊严的了。羽末省难掩愤怒，声音如擂鼓从胸腹之中喷薄而出："我羽家军立誓夺回苒山，将陆擎宵小碎尸万段！"

反倒是罗砚伦大笑起来，他毫无顾虑地指着典海主。"你这家伙还真是狡诈啊！收了陆擎的岁木，等于是站在了人族那边。陆擎想借此替万东牒震慑各方，结果你却拿它来，哈哈哈，拿它来烹了一只天启鹿苑的麋鹿！"

罗砚伦这话说完，雪凌澜与江暮燃对视一眼，互相都无话可说。确实，这样一来，这件事情变成了无论人、羽都不愿提起的事情，而天启万东牒知道之后，可不会把怒气发泄在典海主身上。江暮燃想象了一下陆擎的表情，甚至忍不住大笑了出来。

"好一道名为'天下'的菜。"碧海云轻声说道，"妙啊，天下，不就是这么被分而食之的吗？"

羽族治下风雨飘摇的翊王朝，不就是那只走投无路的麋鹿吗？贪婪的猎人们围剿它，黑市里的商人想要分割它身上的宝物。它的角不再是权力的象征，而是所有人趋之若鹜的货品。最后，它被做成了一道菜，海上群雄在审视着它，想着怎样吃得优雅。

雪凌澜忽然看懂了那麋鹿眼中的悲悯，她与那麋鹿，谁又能怜悯谁呢？

"只不过是一道菜而已，公主无须多虑。"典海主换了种关切的语调，"若是这道菜让公主不适，我立刻就下令撤下。"

"无妨。"雪凌澜强忍着内心的难受，看向典海主摇头，但她的目光却被罗砚伦截住，那双黑色的眼睛里，一丝诡异的金光一闪而过。那金色与方才从幻境中惊醒雪凌澜的双目中的光芒十分相似，但这双眼睛的主人满脸只有嘲讽。

"一只鹿就把公主殿下吓成这样，若是在大海上遇上了海兽，想必会被吓哭吧？"罗砚伦毫不怜惜地道，"就这样，还想着在海上有所作为、扎根发芽？"

"是的，我很胆怯，但我必须拿下苒山。"雪凌澜不想把时间浪费在唇枪舌剑上，她感觉自己已经在这个宴会上浪费了太多时间，而她的船员们还等着她去救治。她不再犹豫，语气坚决。"这也是我今天来到这里，想与典海主谈的事情。"

但她说完这句话之后，大厅陷入一份难得的寂静，在座的所有人都看向雪凌澜，表情里有嘲弄，有怜悯，有谜一样的宽容，也有自始至终的冷漠。

之后，罗砚伦便哈哈大笑起来。

"就凭你？"他丝毫不留情面，还顺便指了指她身后的那些人，"还是凭你们几个？"

"正因为我一个人不行，我才来参加这场晚宴。"雪凌澜顿了顿，环顾宴会上群魔一般的众人，"在座的每一个人，都有能力帮我解苒山的困局。"

"我欣赏你的勇敢,可是公主殿下,我们为什么要帮你?"江暮燃说道。

"所以我来这里,也是来跟大家谈生意的。"雪凌澜镇静地说了起来,不再看任何一个人。

"苒山对于大家来说并不是个多大的问题,但对于我雪氏,却是一个举足轻重的岛。我们需要在苒山站稳,之后凭借羽家军的底子和雪氏的名,足以镇守那里。万东牒窃取了雪氏的王朝,他们的铁骑踩在我们的故土上,如屠夫对待牲畜一般对待我们的臣民,但暴力可以摧毁一个国家,却不能巩固它。万东牒的统治让无数羽人流离失所,这份怒火是绝对不可能熄灭的。过去百年,羽族已经明白了王朝沉淀的意义,各家族不会轻易低头,成为人族王朝的附庸。我们雪氏有足够多的耐心经营这场战争,而最终战争胜利时,对雪氏提供了帮助的诸位想要得到什么,这是我今天想要询问的。"

她的心里很清楚,海上的群雄绝不会拘泥于眼前的蝇头小利,更何况如今的自己连蝇头小利都拿不出来。想要说服他们,势必要涉及天下大势的分割。

"没想到温室里长大的白荆花也开始说起了一嘴的空话。"罗砚伦已经开始从那头鹿身上剔下鲜嫩的肉条,胃口很好地吃了起来,也没忘了给出自己的评价。

"其实公主说得也不错,就凭宛州内部来看,即便是万东牒明面上统一了各郡,但真心为他奔劳的家族并不多,倒是雪氏还仍与几大家族关系暧昧。当年雪霄弋立国的时候,宛州的几大家族和越州的河络都受过雪氏的恩惠,尽管雪氏家破,若是战争继续打下去,这些背后的大势力帮谁还是个未知数。"江暮燃拿起刀来一刀斩去鹿的一条腿,整个如蛇般的怪物顿时就失去平衡翻倒。他指着这菜,像个军师一般分析着。"战争是劳民伤财的事情,只是宛州的那些大姓可巴不得战争持续得久一点，他们并不希望当下式微的雪氏快速输掉战争，那样势必会……"

说到这里，他停止了讲话。

"到那个时候江氏一族会帮哪一边呢？"雪凌澜有心地问道。

"公主，橄榄枝不要抛得这么快，稳着点儿，否则没人会去接的。"江暮燃微笑着站起身，把眼前鹿身上的鳞片剔下，送到公主的盘中，"在江家，我只是个小人物，怎么可能知道那帮老油条心里想什么呢？要合理利用自己的资源，消息可不会自己跑到别人耳朵里去的。"

看到眼前讳莫如深的江暮燃，雪凌澜不自觉地咬了咬牙。这位人族统领不慌不忙，像是洞悉了一切一般在这场宴会上游刃有余地与每个人交锋，兵不血刃，却把雪凌澜杀了个落花流水。

"有些东西，烹制久了，恐怕过犹不及。"突然，很久都不发一言的碧海云这个时候发话了。

南王站起来，把散落的烹鹿拿到一边，手伸进滚滚沸腾的汤汁中，从中抽出了一柄通体漆黑的短剑。剑锋透过碧海云的眼睛，露出咄咄逼人的凶光，碧海云毫不在意地将剑一甩，剑锋上丝毫不挂一丝汤汁，剑身在空中发出一声嘹亮的鸣叫。

"居然是魂印兵器。"江暮燃一眼认出。

"没错，这就是让你们坠入幻境的元凶。"罗砚伦脸上勾起一丝戏谑。

碧海云单手持剑，笼罩在这个人身上的悲伤之气忽然就散开了。那柄黑色的剑若隐若现，好像随时会消失一般，但被碧海云擎在手中，始终无法挣脱。剑身周围的空气如活物一般扭曲，随着炭火里腾腾冒起的热气，碧海云整个身体好似笼罩着一层大蛇虚影。

最终他长叹一口气，将短剑重重插在桌上，随后颓然倒在椅中，面色煞白。

"是当初碧国的收藏，名叫海流火。我听养父提及过，是将暗月的力量封印在一柄短剑之中，所造出的魂印兵器，"碧海云语调中透着疲惫，"传说它是以至寒的剑身，带出与众不同的如火炙热，我今天终于见识到了。这柄饱含诅咒的魂印兵器，是实实在在的凶刃，但多年藏于碧国，最终被列为外海鲛族的圣器。没有想到，辗转到了这里。"

"不愧是南海之王。"典海主的声音带了一丝赞许，"天机曾探知，有一座蕴含暗月诅咒的寒息岛，上面藏有一整张九州近海舆图，还有这柄海流火。之后一群航海士登上寒息岛，拿走了海图和短剑，但他们无法驾驭这海流火，反遭侵蚀。短剑被鲛人获得，收藏在早前的碧国武库中。如今碧国已经分裂成了碧海、汐洄、藻郁，这把兵器失踪多年，终于在不久之前被我发现。"

说到这段典故，江暮燃和月信川同时抬头，看向彼此，但眼神很快错开。

"岁木燃尽，麋鹿遭戮，隐藏在大海中的鲛族圣器在炙烤着这一切，"江暮燃不再维持他那天真的笑容，而是冷笑起来，"用一道盛宴掩人耳目，暗中通过海流火做引，再布置好秘术让我们陷入暗月幻境。典海主，你真是煞费苦心。"

他看破了典海主的布置，自忖不会再被暗算，便也试着去握海流火，但几乎是立刻收回了手。他有些难以置信，就在刚才一瞬间，那至冷带来的至热，迅速灼烧到他的灵魂，暗月的诅咒之力透过魂印兵器传来，方才依靠秘术勾起的幻境乍现，让他根本无从抵抗。看来想要驾驭这柄短剑，绝非易事。他不由得开始正视起南海之王的实力，这个看起来如同流浪诗人的柔弱青年，绝对不可小觑。

"你想得很对，雪氏与万氏在大陆上的事情，眼看是要波及大海了。罗砚伦是碧海国的挚友,而我这些年略有威名,也得汐洄国很多帮助,至于藻郁国,想来也早已与人族结盟。江家人,你们和宛州南部鲛族的关系,也不必我来分析吧?"

说罢碧海云看着雪凌澜:"如果想烹制这份鹿肉,为只剩残火的岁木加些热度,藏在盘底的剑,如今就得亮出来。至于木炭本身,只剩余热,只有选择的机会,不再有点燃天下的权力。"

雪凌澜沉默了,她终于明白,她想来和黑市群岛的众人谈一笔交易,一笔互利的交易,但到场的人,其实只想要雪氏的名,大海与陆地之间的对峙,有没有她雪凌澜根本没有区别,他们只需要一个傀儡、一个筹码、一个名义。雪凌澜不是给他们筹码的人,雪凌澜自己就是筹码。

她看着羽末省,清楚了海督之前的沉闷和悲观来源于什么。羽末省早就看透了,他没有对碧温玄的养子抱有期待,没有对想要左右逢源的商人开出价码,因为他知道白荆花没有开价的权力,所有未来可能存在的利益都是真实的,但比起与公主等价交换,直接将公主收入自己旗下,完全控制住,不是更好吗?

"典海主大人,想必你已经想好该怎么分这头鹿了吧。"既然公主已经明白了,不再坚持那些不切实际的梦幻想法,碧海云也就站起身,准备再次握住那柄剑,把剑递给典海主。

结果一只手劈空而来,一把夺走海流火。罗砚伦绝不是能容忍自己被遗忘的性格,他重新站在了整个舞台的正中。紧握着手中的诅咒之剑,他那偶尔划过金色流光的双瞳此时竟完全变成了金色,伴随着这个变化,他的气势完全变了。现在的罗砚伦更像溟海之上传说中的那个自己——以一己之力屠杀恐怖海兽、杀人如麻的恶鬼船长,他的狂妄和杀意完全爆发出来了,再没有一丝戏谑懒散,如同一条直逼凡人的巨龙,从高空中呼啸而下。

"啊。"雪凌澜忍不住叫出声，她看到了那熟悉的金色巨瞳，那金瞳曾两次出现，一次是在暗月梦境中，那亘古永存的巨兽的眼；另一次就在刚才，将她从幻境中带回现实的眼睛。

他不是罗砚伦，雪凌澜能强烈地感觉到，但他，到底是谁？

第十二章　王朝之名

　　罗砚伦狂妄地站立着，紧紧握着魂印兵器海流火，令所有人吃惊的是，他不像碧海云那样，是在忍耐着灼烧灵魂的痛苦，他是在降服那诅咒的邪恶魂魄！海流火的剑锋四周，被滚烫剑身扭曲的空气变得浑黑，最后向着罗砚伦聚拢，甚至包裹住了他。黑气沿着罗砚伦的皮肤爬上他的脸，却始终没法覆盖住那金色的双眼。对峙之间，随着罗砚伦一声断喝，黑雾倏忽间散去，海流火温顺地躺在了罗砚伦掌中。

　　这一次，连稳坐中军的典海主都惊动了，他第一次站起身，宽大的斗篷笼罩着他，沉默中，典海主与罗砚伦对视许久，直到罗砚伦用一种陌生的语调说道："坐下。"

　　那声音中听不出罗砚伦惯有的傲慢豪气，取而代之的是一种睥睨之态。他根本不是在与典海主交谈，而是直接落下判决。典海主心里有种感觉，如果自己不听他的话，那么即使在这个戒备森严的殿堂中，罗砚伦也会立刻取了他的性命。那柄海流火表面的寒光之上闪烁着浓烈的金色，罗砚伦握住它，就像是握住了生杀大权的修罗一般,就连武神也要避开他的锋芒。静谧中,海流火随着罗砚伦的心跳发出欢愉的气息,一人一剑仿佛成为一体。

好像这把剑,原本就是属于他的那般!

典海主重新坐下,恢复了惯常的平静:"看来北王与这海流火有缘,我怎会是不识趣的人,就送给北王吧。"

罗砚伦没有丝毫的满意之情,好像只是得到了原本就是属于他的东西。他坐下来,接过江琉华递上的剑鞘,将短剑收入囊中,随后,他眼中金色流光消散,整个人也重新露出慵懒疏狂的样子。

"分肉吧。"半晌,典海主才重新说话。

侍从切好鹿肉,逐一递给各家,其中一份送到了雪凌澜面前。

有条不紊中,典海主缓缓说着:"其实,今日的晚宴,在座各位,都对雪氏公主的遭遇深表同情,并有心提供一些帮助。但这天下,无论大陆还是海洋,都是大同小异。大家不希望白荆花自由行驶在大海上,行走于各方势力之间,但也不敢冒昧将公主留在谁家旗下。所幸在下略有微名,愿意当一个牵头人,如果公主殿下愿意从此留在无忧岛,将雪氏的旗号让出来,公主刚才描绘的未来愿景,自有各方能人帮助公主实现。到时大仇得报,雪氏重回荣耀,何乐而不为?"

这让雪凌澜再次回到了刚才尴尬的境地,送到眼前的切好的鹿肉,接,还是不接?她望着眼前看似善意万分的典海主,但清楚他实则无比强硬。若是不接,这一场晚宴也就到此为止了,典海主不会与她为难,但她想要的,恐怕是得不到了;但如果吃了这一份鹿肉,用岁木炙烤的鹿肉,用诅咒之火焚烧的鹿肉,代表着人族王权的鹿肉,那就等于是告诉所有人,她雪凌澜,翊王朝最后的血脉,雪氏的公主,确定将自己化身为一枚筹码,换来海上群雄的垂青。

"你们这些鸟人,就知道挑三拣四。"罗砚伦一把夺过公主眼前的肉，丝毫没有顾忌身体微僵的典海主，"这小公主若是不吃，我的大副可还饿着呢，废那么多话干吗？"说罢他把鹿肉递给魏江河，饿了许久的魏江河大喜，立刻吃了起来。

雪凌澜看向大大咧咧的罗砚伦，不自觉松了一口气，这个看似粗鲁的海盗王是在替她解围。她向罗砚伦投去感激的目光，但后者根本就没理她，与大副自顾自地吃着肉。看他们那大快朵颐的样子，雪凌澜又有一些犹豫，好像他其实没想那么多，就单纯只是想吃肉而已。

"这样的珍馐美味，可惜我没有这个口福，心忧国事，诸食无味，不免浪费了佳肴，辜负了典海主的美意。实在是抱歉。"

"无妨，公主所言极是，那只好等下次有机会再来宴请了。"典海主平平淡淡地说着，似乎刚刚发生的事情只是微风一过，"公主心忧国事，在座的或许都可分忧，却不知公主对在下方才所言，有何考虑？"

"苒山的事情，诸位不愿，我可以帮忙。"雪凌澜还在犹豫如何措辞，却听到碧海云一锤定音，他坐在众人之中，终于抬起了头，眼睛里面闪着温柔的光。

雪凌澜不敢相信自己的耳朵，在这样一个孤立无援的局面中，居然有一根救命的稻草出现在她面前，但她经历了宴会上种种，还是有些害怕，不知道这根稻草的背后是不是猎人的弓弩。

"一向滴水不漏的南海之王，这个时候怎么坐不住了呢？"罗砚伦戏谑地看着碧海云，把鹿肉丢到一边，指头点着桌面，"说起来，你要是来我北海，外面的那些人，可就有好戏看了。"

碧海云丝毫没有理会罗砚伦，依然是非常谦逊地看着公主："海云可以帮助公主打下苒山，而且公主的舰队可以受到海云的庇护。但海云希望，公主获得苒山之后，在涩海北境，我可以拥有正式的封海和军队，我的领海会北扩，羽族的海军在军事上不与我的舰队起冲突，当然我也不会主动去找海军的麻烦，这一点我想海督可以证明我的信誉。总之，海云将与白荆花共治苒山，力拒万氏。"

碧海云这些话说出来，语气很谦逊，但其实没有任何可以置喙的余地。

听到这句话，首先变色的不是雪凌澜，而是坐在一旁不动声色的江暮燃。他不再洋溢着孩童般天真的笑容，而是冷了下来，嘴角明显动了一下，但很快恢复了平静。

雪凌澜很清楚碧海云的要求是什么，在打下苒山之后，封海、领地，这些都不是问题，但所谓的共治苒山，不过是控制自己的一个委婉措辞，白荆花依附渊蛇太深，绝非善策。

届时，碧海云控制着数万海盗，又有治海权，所行之处如摧枯拉朽——他是要整个大海的控制权吗？他会支持雪凌澜向大陆的人族宣战吗？最后会不会自己就是一个被困在苒山，空掌白荆花大旗的傀儡？

"封海和名号的事情都是没有问题的，治海一事……"雪凌澜犹豫着，这个时候她务必要非常注意自己的措辞，一旦说错了什么就会造成不可挽回的损失，她几乎是下意识地看向罗砚伦，后者似笑非笑的样子让她忽然有了主意。

"若是海云先生在涩海北部行使治海权，受影响的似乎不只是雪家的舰队，这件事情，恐怕不是我一个人就能说了算的事情。北王，不知您是怎么考虑的呢？"雪凌澜轻轻地问道。

"小公主要这么问我的话……"罗砚伦看着远处那抹琉璃色的瞳孔，嘴上蔓延起危险的笑，"搅局这种事情，我想应该是我的专长才对吧。"他见琉璃色瞳孔波澜不惊，笑意更深了，又看着雪凌澜，目光像剑一样抵在她的脖子上。"碧海云的渊蛇风旗，如今已插遍了南海的每个角落,拥有联军海盗上万,凭借这份豪气可吞并了不少南部沿海的小海盗,这次要是打下莳山,拿到涩海北部的制海权,估计很快便可以一睹我溟海亮丽的风光了。"

"我不犯你溟海。"碧海云简单干脆地回答。

"哦?但我却还想着涩海呢。"罗砚伦也没多犹豫。

"为何不考虑一同做这一份大事呢?南北双王要这么意气用事地针锋相对吗?"典海主适时插了一句。

"双王还真是小家子气。"江暮燃嗤笑,"但如果典海主你能说服这两个家伙,我们江家愿意加入,多少钱,都好说话。"

雪凌澜听出了罗砚伦话里的危险,在这场宴会上,话题最终又回到了起点。她在这晚宴上小心谨慎地审视群雄,并想尽办法加入谈判,但到了最后,没有人尊重她的意见,她只有应允和拒绝,即使她应允了,在座各位依旧需要一场关于利益分配的讨论。他们看着白荆花的大旗,妄图瓜分它,吞并它,瓦解它,却没有任何人真心想要帮助她。她有些失望,同时怒火也在心中燃烧起来。

"我来这里最初的目的,是为了筹得一笔钱,想必这件事也瞒不住在座诸位。各位都是海上的英雄,有幸在这里跟大家相遇,是雪凌澜的荣幸。我很敬佩碧先生主动表达愿意相助,也感谢北王指导我看清局势,但这件事情如今不妨作罢,我们以和睦的气氛结束这场晚宴。"雪凌澜控制着情绪,淡淡地说道。她回头看了看身后忠心耿耿的诸位,心里踏实了一点,"我的船员性命危在旦夕,不过这不是其他人必须帮助我的理由。既然大家都已经表明了立场,我倒没有之前那么迷茫了,我会用自己的方式筹集这笔钱,但绝非成为任何人的附庸。白荆花的余脉,要自己握住王朝的大旗。典海堂典卖一切,但王族之名,无价可质。"

"那你想在这里得到钱可不容易,黑市群岛每个小卒都想发家致富,可惜都没什么本事。"罗砚伦不以为然道。

"只是需要七千金铢吗?"碧海云说道。

他说出这句话波澜不惊,似乎根本没有什么东西能够引起他太大的情绪波动:"来之前问过你的近况,这笔钱我可以垫付。你需要付出什么我们可以再商议。"

雪凌澜冲着碧海云点了点头,脸上露出略带歉意的微笑:"碧先生,谢谢你的帮助,但是我不能要你的钱。会有人阻止你独自做这件事情,而且你要的东西,虽然我暂时看不透,但绝对不简单。

"我不会放弃我的属下,但我也不为偏安一隅而活在这世界上。"雪凌澜坚定地说道,她最后看向典海主。

"典海主,今年的典海盛会据说就要开启了?"

"十日之后。"一边的江琉华回答道,"但是会参与海会的拍品名单已经确定,公主想要参与吗?如果不是有足够吸引力的东西,恐怕无法追加进海会中去。"

"我相信吸引力是足够的。"公主说完,看了看身边的羽末省,又看了看月信川与羽翎,她的心里有着深深的悲伤,但她还是强忍着把那些都压了下去。她承受着巨大的心理压力,面对着自己最忠诚的部下,她几乎难以开口。这本是她最后的底牌。她之所以来黑市群岛,就是因为她知道,就算最终是最坏的结果,但为了救那些可怜的海军,她也不得不这么做。

葛方岑看向雪凌澜的眼睛,她的内心所想被她一览无余。当知道了公主这样的想法之后,就连她也忍不住大吃一惊。葛方岑看着这位倔强的羽族公主,她的内心明明已经被侵蚀得千疮百孔了,可她还是咬着牙坚持了下来。白荆花王朝的覆灭,使她从万人之上的公主坠落成肮脏的黑市群岛上任人宰割的肥羊。这样的心理落差让她痛楚不堪,她不得不用坚强的面具来掩盖她的疲惫。

葛方岑想到了公主当时在烟波酒馆说的那句话。

——我很弱小，但想让我的人都能活下去，我的死能换来他们的生，那我为什么要害怕？

所以她义无反顾地来到黑市群岛，面对着虎狼一般的海盗们，面不改色，坚持着自己的信念。这个倔强的女孩一次又一次被绝望的现实打倒，举目无亲，伤痕累累，却还是扶着身边的人当他们的定心骨。

雪凌澜从座位上站了起来，这是她在宴会上唯一的一次情绪爆发，她已经开始长大了，命运给她戴上枷锁和面具，但同样也让她变得强大起来。

"典海主大人，翊王朝公主雪凌澜，请你传令七海。十日后，十二艘装有星流舵、在海上无可匹敌的羽族军船，将参与典海盛会。"雪凌澜一口气说下来，脸颊烧得通红，她看向面前的群雄，浅褐色的瞳孔中闪烁着坚决，这朵年轻的白荆花终于敢在别人面前露出它那灿白的月牙花瓣了。

她不接受保全所有实力、屈居他人麾下，她要留住白荆花的名，即使用削弱自己实力的方式，她放弃了跟任何人结盟。即将失去一半战船的白荆花舰队，再次驶出黑市群岛时，将面对真正的群雄环伺、人人觊觎的境地。她要以雪氏之名竭尽全力保护臣民，直到战死的一刻。

她其实已经放弃了复仇、放弃了皇权的争夺，她要留住她的名字和尊严。

听到这里，典海主那模糊不清的脸上，似乎泛起一丝微笑。

无忧岛上有座穿云之塔，终年有飞鸟环绕于此。它们之所以会聚集在这里，是因为这座塔上有一口巨大无比的宝钟。宝钟被敲响的时候，会发出清脆悦耳的声音，那声音胜过世上无数乐器，也唯有它才能衬得上无忧岛的独特气质。

　　但钟声并不是随时都能响的，它已经沉寂了三年，三年之中从未有人敲响它。钟声响起，不仅能够吸引这些鸟，更能吸引整片海域的每一个海盗。因为能够敲响宝钟的，一定是典海盛会中有了价值超过一万金铢的东西。那么，钟声响起之后，大批的海盗和黑市的商人便会带着巨额财富，在黑市群岛中等待着那件价值连城的宝品，希望能够目睹它的真容。

　　宴会结束的第二天，那阵响彻整片黑市群岛的巨大钟鸣声冲天而起，大批飞鸟从森林里升了起来。它们欣喜若狂，再没有什么能阻止它们歌唱，它们纷纷唱出最优美的旋律，在钟楼之上疯狂起舞。而促成大钟被敲响的宝品，也在海盗们口中迅速传往四方，信鸟穿越岛屿上空，整片大海，一个惊天消息在飞速传播：

　　十日后，林岛上的典海盛会，典卖物品级特级，羽族星流舵海军舰船十二艘。

　　质押者，白荆花王朝公主，雪凌澜！

第十三章　武士之约

羽末省站在船舷旁，平视着眼前仅剩的十余艘战船，眼里填满莫大的失望和愤慨。他没有再穿盔甲，而是穿着一身粗糙的布衣。这布衣随他出征十年，早就被铁甲磨穿了几十处，但他都用布片一一缝合好，一直舍不得丢弃。这是羽翎七岁时送给他的礼物，是她用翠柏的树叶制浆晾晒并亲手编织而成的，花费了她数十个夜晚。那个曾经总是欢笑的小女孩，在听到哥哥战死的消息之后就变得沉默起来，至今还没有恢复。

羽沐阳一生都奉献给了羽家军，至死都捍卫白荆花的荣耀。还有数以千计羽家军的牺牲，有时候羽末省不禁会想，这都是为了什么呢，他这样鞠躬尽瘁，又是为了什么呢。

十天前的晚宴上，雪凌澜宣布要卖掉十二艘战船，裂空银随即带走了作为拍品的船只。在今天即将召开的典海盛会上，伴随着战船被人买走，白荆花将因此损失近半的实力，这样他们在海上就再也不是那支所向披靡的舰队了，而成了任人宰割的肥羊。

如果一切如原计划那样，一路向北疾驰，顺风季中，他们可以很快抵达苒山。即使藻郁国鲛族想要阻拦，也未必能够成功拦下。但现在再说这些已经没有意义，如此伤痕累累的舰队，如此低迷的士气，可能连大一些的海盗都无法战胜，更不必再提苒山了。

而且，那即将卖出的十二艘船，他甚至来不及拆除星流舵的机关。羽族海军有严令，战败时要立刻摧毁星流舵，不给敌人可以研究的机会。虽说星流舵的驱动方式高深莫测，但一旦机关被拆解了研究，谁敢说没有足够聪明的秘术师能洞悉其中奥秘呢？

城市被占领令雪氏失去大陆，岛屿被占领却不会让雪氏失去大海，这依靠的是羽族最强大的造船技术和海军实力，如果这优势被抹平，万氏的白狼将第一次有机会拥有海洋。

人族的饿狼们早就虎视眈眈地卧在苒山，等着这块熟透的肥羊自己送上门来，不惜隐藏形迹封锁消息，这除了想生擒公主，也是打白荆花战船的主意。如今，他们有机会了。

羽末省的手拂过战船，甲板上没有一点杂乱，羽家军的男儿们随时都在准备奔赴战场。这些桀骜的汉子不惧风浪，也不畏惧大陆上的虎狼，只要一声令下就会为雪家奋战到底。但现在这一切还有意义吗？羽家军走到这一步，是真的在捍卫雪家最后的荣耀和血脉吗？还是在苟且地堆砌那个梦想，那个，被风一吹就消散的梦想？

他希望可以守护住帝恂的血脉，希望可以为公主夺下一个立足点，希望一点点教会她在大海上生存的道理，希望有朝一日，她可以指挥着当世最强的海军，席卷天下。

但他们现在连下一站去哪里都不知道了，雪凌澜在黑市群岛暴露了行踪，人族不会无动于衷，可能江暮燃现在已经接到了针对雪凌澜的行动命令。而当十几艘军舰卖出，他们离开黑市群岛之后可能就会被彻底击败，雪凌澜不想让雪氏之名成为别人的工具，但如今的困局，却能将她逼入死路。

再之后，羽族海军的威名将永远沉寂在大海里，主宰大陆的人会抹去这段历史，他们都会成为籍籍无名之辈。那些狡诈的恶徒开走那些船的时候，甚至会嘲笑他们的软弱。

"海督，有客人求见。"正当羽末省思考之时，一个船员跑来小声通报，羽末省皱了下眉头，点头默许。

那个客人看起来已经等得不耐烦了。

他大剌剌地把腿搭在桌子上，手里把弄着一个鬼神状的面具，好像他才是这里的真正主人。

"今日我未负甲，若要杀，便来吧。"羽末省看着那人大氅上的影龙，他心里清楚，罗砚伦突然到访，显然不是存着什么善意。他拔出腰间的佩剑，冷冷地看着眼下的狂徒。

"不，还不是时候。"罗砚伦拿着鬼面具在脸上晃了晃，整个侧脸隐藏在面具的阴影中，像是附上一层青灰色的铁。

羽末省毫不理睬他的故弄玄虚，两人就那么相对而坐，像是猛兽卧在狂龙的旁边。罗砚伦的语气跟之前在晚宴上完全不同，之前的他像个跋扈的贵公子，而现在的他则是一个双手沾血的屠夫。他一动不动地看着不远处的墙壁，那里挂着羽末省的巨剑。

"猎人喜欢杀的是狼，而不是狗。当年羽末省镇守夏阳，全靠一股勇气，羽家军身经百战，未尝一败，让来犯的海盗吓破了胆。即便是空港，海盗也仍不敢踏足夏阳，海督得以名扬天下。"罗砚伦大声说出这句话，看也不看羽末省，"可是在宴会上我遇到的那人，早已经失去了当年的威风。怎么了羽末省，曾经那个夏阳港上的传奇武士，靠的只是狐假虎威吗！"

听到这样的诘问，羽末省全身似乎都抖了一下，他看着眼前这个浑身散发怒意的罗砚伦,对方的眼睛也看向了他,锋利得有些逼人。雪家的战舰马上要落入虎狼之手,羽末省整个人也仿佛失去魂魄一般。但罗砚伦的话如剑般尖锐,将萦绕在羽末省肩头上的阴翳一剑斩断,他从座位上站了起来,双目通红。

"但凡武士,都有要以命相搏的那天,有天你觉得自己要死了,那绝非末路,只是再正常不过的一件事。"罗砚伦此时才戴上了鬼面具,站起来抽出了随身的海流火,即便距离很远,也能够感受到锋芒上滚烫的杀意,"很可惜,我所敬佩的那位羽族武士,是真的已经死了,任他妄自菲薄,还不如做个了断。"

话还未尽,罗砚伦冲了上来,海流火以一个刁钻的角度直冲羽末省心窝。那一刻,如奔雷疾风,片锋割裂衣袂,剑意席卷碎裂成无数残影。火焰以燎原之势蔓延,冷气如瑰丽漩涡凝聚。羽末省忙于招架,剑横于胸,海流火抵在剑身上,佩剑便发出一声哀鸣,羽末省只看到浓海万顷碧波,一个漆黑之影笼罩其上,浪不敢起,风不曾过,大海臣服在那滔天寒气之中,却像炽汤般沸腾。

羽末省清楚那是海流火带来的幻觉,他后退半步,横剑不为防御反而迸出一道亮丽锋芒,一剑便挑断绵延在心头的压迫感。佩剑如电光游龙,踏火而出,火舌包围着羽末省,却无法阻拦他,武士双眼中尽是勇气喷薄而出。罗砚伦的身影闪现在他面前,只是一瞬,海流火割裂虚影,撞在了佩剑剑锋之上,金属相击火花四起,罗砚伦只觉虎口撕裂,双方都后退了一步。

"很好。我不想看到一个武士为了活下去而左支右绌,他的职责应该是战斗,至死都要拼尽全力。"罗砚伦冷冷地说道。说罢他又是一轮冲锋,影龙大氅伏地,他整个人就像趴在地上,但这是他高速移动的假象,如黑蝠飨宴,海流火像獠牙,像利爪,直冲冲撞向早已做好攻击姿态的海上名将。双方都是无畏勇士,愤怒点燃了武士之血，进攻，只有进攻，防守在这个时候变得低卑起来，拳与拳毫不留情地对撞，剑与剑拼出火花四射！这是一场硬碰硬的对决，拼的就是谁的攻击更强硬，输的人会死，但赢的人也将难逃重伤，这事关荣耀，就算是死也要打完这一场！

一声，只有一声，冲锋结束之后，空气中只传来一声清脆的断响。两人依然保持着之前冲锋的架势，双方如巨人般站立，紧绷的神经丝毫不松懈，双方皆在享受，享受拼杀之后的美味珍馐。

罗砚伦的面具上，出现了一道细细的横线，接着血从上面蔓延下来，像是一抹残阳沉于大海。

他醉心于拼杀之后的满足，好像想起了那片虚无之中的大海，它像是囚牢一般锁住了他，锁住了他那么多年。他发疯似的乱撞，妄图杀出一个缺口，但大海如铁壁般与天连在一起，坚不可摧。他碰得全身都是血，却让他从不失本心。

于是那颗绝不服输的饕餮之心，才会始终有愤怒的火焰喷涌而出啊。罗砚伦收刀抬起头来，转头看向对面的羽末省。

羽末省的剑坠落在地上，断了的剑身在地上发出清脆的撞响。

"你为何不杀我？"羽末省站定沉声问道。

"你为何不用真本事？"罗砚伦反问道。

羽末省抬头看了看远处挂在墙上的大剑，没有说话。

"羽末省！你难道还没醒悟吗？"罗砚伦回过头来，即便是戴着面具，也能够感受出他的愤怒溢于言表，"自始至终，你能够保护的东西，都只有一个而已。正因为你太贪心，才落到现在的境地，继续这样下去，你谁都救不了！"

"报答先帝的知遇之恩，维护羽家军的荣耀，是我一生都在追求的两件事。雪凌澜是雪氏最后的希望，我决不希望眼睁睁地看着她赴死！"

"但是羽末省你知不知道,倘若你一直守着她,她便一直见不到这世上的阴暗,也就永远无法真正成长。你所谓的守护,难道只是为了让她苟且地活下去吗?"罗砚伦的声音平静下来,一反常态,他的语气里竟然有些怜悯,"那最后你和晚宴中那些人又有何分别?拿着雪氏的名,替雪氏的后人决定一切,将她与这片大海隔离,让白荆花的大旗上只有你的执念?"

羽末省听到这里,不禁陷入了沉默,罗砚伦走上前来,将一个造型奇特的信封和一张纸条递给他。

"你如果想明白了,就把这个信封拆开。羽将军,我愿意来这里,是因为我敬佩你,而不是为了什么雪氏的王朝或者好友的托付。你是个英雄,与英雄一战是我的夙愿,我可以白跑一趟,但我仍希望,你是那个让我敬佩的夏阳海督。"

羽末省心情复杂地接过那封信,转头看了看挂在墙上的剑。

他好像又听到了剑上传来夏阳港上三千铁甲的呐喊。

典海盛会在黑市群岛的林岛上举办,雪凌澜被海卫护送着前往,传言中的林岛终于在她面前揭开了面纱。

整个林岛由十来个小岛组成,它们被无数桥梁串联成一个环形的城镇,在城镇中心,有一大片碧玉似的海,林岛就像一串项链漂浮在海面上,绿瓦红墙之间遍布着复杂缠绕的水道,小船星罗棋布在河带之上——这里是一座水上城市。

雪凌澜一行人抵达的是林岛西北角的码头,以羽人的视力,举目竟看不到林岛南部的岛屿,只能遥遥望见被林岛围在中心的那片绿得动人心魄的内海,比起林岛外的海洋,它更为浓郁深邃。如昙花一般的巨大雕塑浮在其中,海潮起伏,雕塑的花瓣不时被海水淹没，又随着海水落下而显露出来。雪凌澜隐约觉得这巨大的雕塑下面好像是一座建筑，但又看不分明，正要仔细观察，负责迎接的人已经抵达了。

雪凌澜这次来林岛，只带了羽翎和几个护卫。在晚宴上宣布要卖一半战船之后，她原本以为羽末省会大发雷霆，但对方却没有说什么。从那以后，海督只是一味地答应公主的要求，雪凌澜让他调理身体，让他休息，让他不再处理过多事务，他都只是点点头。这些天，雪凌澜不太敢看羽末省的眼睛，那双眼中的锐气已经彻底丧失了，他似乎已经接受了这样的结局，今天的典海盛会，他原本准备参加，结果最后却告知公主不再随行，甚至没有为雪凌澜准备其他的护卫。而月信川，昨晚一夜都没有回来，连话都没有留下就消失了，好像也在刻意地回避着。

雪凌澜望着远处的海水，眼里黯淡无光，但她始终相信自己没有做错，即便这严重挫伤了军队的元气，但她终于有能力救下那些饱经折磨即将死去的同伴了。或许白荆花的舰队实力由此受到了巨大的损失，但他们也因此可以在大海上，去寻找一个立足点，而不是依赖于任何一个其他虎狼势力。

想到此，雪凌澜收束心神。这时林岛上的人已经纷纷聚集在内海附近，等待典海盛会开启的那一刻。不远万里来到这里的海盗们在不同的码头，一齐望着林岛中心那片海。对于他们来说，典海盛会不仅仅是一场买卖珍品的盛会，更是一个跟海上英雄们相互结识的日子。在这一年里，典海堂向豪雄们发出了英雄帖，每一个能亲临现场的人都拥有着至高无上的荣耀。跟想象中的海盗集会完全不一样，这帮狂热之徒居然没有闹出什么乱子，他们安静地伫立着，好像是在等待着什么。

羽翎这个时候突然轻声说："公主，这个岛一点都不简单。"

"嗯。"雪凌澜望着那一片海盗聚集之地，示意她继续说下去。

"整个林岛上的建筑都是围绕内海建立的，而每个区域好像都有一处明显比其他建筑高出不少的钟楼，我不知道他们为什么要安排这么多钟，但每个钟楼的位置都是特定的，非常有规律。我在担心，这样的布局，绝不仅仅是为了美观。"羽翎看着到处都是的钟楼，分析着，"我在想，这些钟楼是不是某个大型秘术的阵眼，这个阵大到把整个岛都笼罩了起来？"

"你听。"雪凌澜的眼睛闪过一道光，她指着正对面海的另一头，一声沉重的钟鸣跨越大海传了过来，那钟声低沉而又绵长，像是接连不断的雨季。

紧接着，另一声钟鸣响起来，这次钟鸣相较于之前略微清脆了一些，音调也更高，随着这声钟鸣结束，下一声钟鸣几乎是在同一时间响起，同样比前面的钟声更加嘹亮。就连海水也因为这些钟声的响起而泛起小小的波澜，十二处钟鸣像十二声惊雷般笼罩着整座岛屿。它们接连不断，并没有实质性的曲调，只是按照一定的节奏不断抬高音调，到最后，钟声有如尖啸一般锐利刺耳。

直到，有歌声响了起来。

那声音穿破大海的阻隔，绵延至林岛上的每一处位置，眨眼之间，那十二口大钟竟然开始依照歌声的调子应和。开始的歌声并不大，但随着钟声的和鸣，歌声优美的旋律也越发地清晰、嘹亮，直至把海水都搅动。海盗们纷纷闭上眼睛低头聆听，第一次听到这种声音的雪凌澜，感觉自己的意识中有无数道惊雷炸起，她看见处于歌声包围中的海盗们好像听到了神启一般，他们歇斯底里地喊着，想要跟上歌声的节奏，但是他们沙哑的嗓音像是爬虫瘙痒着人的耳膜，最终的结果只是使人听了头皮发麻。

"海语者，是海语者的歌声！"羽翎突然意识到，这根本不是普通的歌声,这是鲛人中的海语者发动秘术时的吟唱。她堵住耳朵,但那声音还是穿过阻隔钻入,如小虫在她耳中撕咬着。羽翎强忍着呕吐感看向雪凌澜,她却朝着自己摆了摆手表示自己没有大碍。

　　雪凌澜没有告诉她,在那个恐怖的梦里她听过比这更刺耳的声音。那声音与海语者的歌声比起来,就像是大海和湾流的区别,那炸裂天际的声音中夹杂着威严和强横的精神冲击,那才是真正的远古巨神的咆哮。

第十四章 海上昙花

　　海语者的吟唱让林岛中心的大海变了一副样子，漩涡在凝聚，像是有巨人用拳头把海面砸出一个深坑。巨量的海水被从中间挤压，四周的海平面随之升高了近百尺，巨大的浪头在环绕着内海的林岛上空高悬，却始终没有砸下来。随着漩涡扩大，滔天的巨浪穿过林岛上空，遮蔽了太阳，整个岛屿都变得昏暗无光，四周高悬的浪花让林岛内海的水面下沉，内海正中那个原本如巨型昙花的雕塑开始显露出水面下的真容。

　　雪凌澜这才明白，为何由一片琐碎的群岛连在一起组成的岛链，要被统一称为林岛——它们就是一个完整的岛屿。四周十几个高于海平面的隆起都连接在同一块岛基中，而整个岛基正中，一个巨大的建筑矗立着，它的高度经过精心的设计，平时整个建筑被海水淹没，只有顶部露出水面，看起来就像几片花瓣捏合的雕塑漂浮在了海面上，此时，整朵海昙花彻底现世了。

　　"天光四散，海市大开！"海语者沉重的声音如钟声般雄浑，至此，典海盛会终于露出了它真正的面目。

巨大的海昙花矗立在漩涡之中、岛屿之上，为世人所见。海水倒卷，穿过它的花瓣与根茎，构成的整体在阳光下洁白温柔，又泛着妖冶的蓝色光芒，看起来既美丽，又危险。直到整个建筑彻底从海中显现，漫天呼啸的歌声和钟声猛地停止，空气中传来的强大压迫感纷纷消失，只有漩涡依旧高悬，巧夺天工的设计和海语者们对海水登峰造极的掌控力促成了眼前这伟大的奇观。

这才是典海盛会真正的面貌，海盗们不远万里来到这里，就是要当面见识这奇迹一般的景色！

"公主，典海盛会已经开启，请跟我们来。"也不等雪凌澜回复，海卫们已经走上那条因水面下沉而露出的道路，向海昙花走去。雪凌澜跟着踏上那条窄路，看着两侧依然在旋转漫卷的水壁，滔天的浪口就在她的头顶疯狂旋转着，巨大的声浪震得人心里发慌，毫无疑问，这种量级的海水一旦坠落，所有人都要粉身碎骨。

海卫把公主送到昙花内部，就匆匆离开了。通透的大厅外全是延展到天际的巨大花瓣，雪凌澜他们现在置身于海昙花正中心的内壁中，被侍者引至专属于白荆花的贵宾席，这层是最好的贵宾观景台，能够目睹整个海昙花内部的奇景。

雪凌澜透过如水一般的幕墙往下看，看到了身下高耸飞起的条状花瓣，如同箭口一致对外，好像只差一声令下就能打破机栝的束缚冲破海潮，攒射飞入长天。但那并不是杀人武器，海盗们正沿着这通道进入海昙花之中，容纳宾客的座席凌跃于这些花瓣之上。靠近花萼的花瓣偏大，容纳的座席也多，越往上则花瓣渐小座席渐大，最顶上是六个露天大厅，分列在六处最高大的花瓣之上。伴随着海昙花的巨大花盘逐渐展开，越来越多花瓣林立开来。整个海昙花的内部，经过精妙的安排，在每一层的席位都可以清楚地看到居于花蕊位置的展台。

此时，一座石台漂浮在了水面，毫无悬念，站在石台上的正是林岛的主事，典海主的忠实下属江琉华。今天的她一改惯常的上衣下裳，改穿天青色束身裙袍，妆容下却无一丝媚态，反而眉宇之间英气尽显。她站在数百人围拢的大殿中间，用充满亲和力的声音向所有人宣布典海盛会开启。

"今天在座的诸位，都是海上英豪，感谢大家抽身出席盛会，让逡巡之林蓬荜生辉。典海堂历年来精心筹备，每届都为海会准备了诸多宝物，各位在此可以尽览这些至宝的风光，稍后展品将一一展出，诸位尽可凭借典海币出价。"

江琉华的声音在大殿独特的构造和浮冰岩蕴含的亘白风力下清晰地传到每个人的耳中，底层的海盗们高举着手中的典海币，让盛会中掀起了第一场冲破天际的欢呼。那是大海上英雄的象征，耗费典海币的每一次出价权，换来的可能是更加巨大的财富或权力。

雪凌澜望着眼下喧闹的人群，音浪如波涛般涌动，无数人随着展品的登场而呼和挥手，热烈激昂的气氛让雪凌澜原本还有些谨慎的心情逐渐放松下来。这个盛会，在气势上一点也不输给宛州商会的年庆。可能宛州人更在乎左右逢源，恨不得时时刻刻靠着自己的关系网获得更多的利润，但这里不同，这里聚集的人可不在乎什么身价和地位，只要有实力，那你就能坐最好的位置，高高在上睥睨一切，所有反响不过都因你的豪掷千金而起。

这就是海盗们自己的盛会啊，一年之中在海上浮浮沉沉，都只为今天这一天。

就在人声鼎沸之中，有一个人似乎显得特别突兀。他坐的位置并不高，在偏底层，这就意味着，他并没有多少钱，也没有多少典海币。但他坐在摩拳擦掌跃跃欲试的众人之间，却丝毫没有被周围的情绪所影响。他表现得太过平静了。

杜兴是一个人来这里的，他的左半边脸有一道长长的刀疤，粗糙的手上满是老茧。这是长时间操作帆绳和用刀留下的茧子，他并没有掩饰什么，在这海盗汇集的地方，过度的隐藏只会让他看起来胆怯。

随着海会竞拍气氛的展开，所有人快速地打成了一片，每每在喘息之间，海盗们的欢呼声便连成一片。杜兴却依旧像之前一样平静，只是他的双眼像火炬一般明亮。杜兴从那些展品里看到了不少前朝的旧物，小到先帝的亲笔手谕大到镇国宝玺，王朝更迭，如今这些东西也摆了上来，成为收藏家们的玩物。他还看到了内海闵中山的藏宝图，北陆荒原的狼皮古卷，甚至还有几柄魂印兵器，每一次展品的出现都会引来大批入场者的争夺。

每一位出价的人都会掷出一枚自己的典海币，接着喊出报价，伴随着报价声同时响起的还有鹰的啸声。盘踞在海昙花内的无数海鹰，它们在大殿上空快速地飞翔，叼住被掷出的典海币，准确地投向展台旁的大鼎中，而后呼啸着再重新飞回。

江琉华收集着那些散落在各处的细碎之音，她站在群鹰之下，却能够听清距她几丈之外的每一声报价。她始终微笑地看着那些出价的海盗，她是个不折不扣的美人，那样的微笑也是这典海盛会上难得的一抹清丽，甚至有海盗为了一睹江琉华的笑容，不惜在这盛会上挥斥重金。她的目光扫过哪片座席，哪片座席上就会传来一阵带着觊觎味道的欢哨声。

但杜兴没有像其他人一样被她的笑容所吸引，他注视着依次展出的宝物，却从不出价，好像他来这里，并不是为了买下什么，而只是为了简单地观摩这场盛会，这让原本有些忌惮他的海盗们不免开始对他有些轻视，觉得这是一个装腔作势不敢出价的厌货。

"刀疤脸，你的典海币不用还不如送我，我有钱，但是典海币不太多，要是拍到了好东西，我另外给你两成。"有海盗在试图说服杜兴，但很明显他失败了，杜兴丝毫不在意他说的话，依然紧紧地捏着手中的典海币，这不禁让那个海盗有些生气，语气也变得恶毒起来，"下贱货，没见过世面的玩意儿！"

杜兴充耳不闻，紧紧握着仅有的那枚典海币。这唯一的一枚典海币是从恩公的仇人那里拿到的，那人还妄想用典海币换自己的命，但是怎么可能。他当初是怎么对待恩公的，他根本没有活下去的资格，只配被一刀斩下头颅扔到海里喂鱼。而后，换杜兴拥有典海币，拥有这唯一的一次出价权，在这里买到那个东西。

——十二兽面青铜尊。

对于一般人来说，这不过是一件仅具有收藏价值、买卖价值的古玩，但对于他杜兴来说，这却是能够挽回恩公尊严的东西，为了让恩公安魂，他务必要得到它，无论用什么方法。

冥冥中，他好像看到恩公提刀站在他的面前，血从他自刎的伤口中喷涌而出，将一旁的白色义海镖旗染成血红。

他不是来这里碰运气的，而是孤注一掷。他必须成功。

此时正是越州四郡山川图的竞拍，一浪高过一浪的报价声将下层彻底点燃，每个人都在审视展出的宝贝，并迅速在心里估价，而眼前这个四郡山川图，谁拥有它，从此在越州河络地界的行商探险，都将有所凭仗。但这并不是海盗们哄抢的关键，这份地图之所以这么受欢迎，是因为这是枭鹰卢郁行的遗作。卢郁行是在南北双王还未声名鹊起的年代就已经非常出名的大海盗了，曾经的势力在海上显赫一时，就算是羽族海军也不敢触这位海上豪杰的霉头，如果不是这个人最终急流勇退，在最后几年一头扎进了越州群山之中，如今的海上想必没有罗砚伦和碧海云什么事儿。

没有人知道他为何会去越州归隐，海盗们纷纷都在猜测，这样的人，几十年杳无音信，绝不仅仅是归隐这么简单。他肯定是为了什么，想想吧，是什么能让他不惜放弃海上的威名销声匿迹？这样的背景下，四郡山川图显然有了某种别样的意味。在这典海盛会之中，居然出现了卢郁行的遗作，更是印证了典海堂无所不有的传言。

江琉华的声音在众人耳畔回响，她一边介绍着这份宝图的细节，一边讲述着枭鹰卢郁行的生平。在她的讲述中，一代英豪的形象如史诗般展现众人的面前，她讲述的东西，不像街坊说书人讲的一些粗鄙传言，也不像吟游诗人嘴中的虚无缥缈，而像宫廷史官所记载的史书一样，虽然正式简要，被她讲出来却让人身临其境。

这就是江琉华的魅力之处，她的话术有着极高的统御力，让局面无形之中就陷入到她掌控之中。她对越州四郡山川图的讲述，让对之感兴趣的人们纷纷投下了珍贵的典海币，而这张宝图也短时间就被炒上了两百金铢的天价，有的人为了拍这张宝图失去了所有的竞价权，不得不垂头丧气地离开会场，但得到宝图的只有一个人，也就是最后落价的那个人。他稳稳地投下自己的一枚典海币并报出了二百五十金铢，将那张越州山川图收入了囊中。一时间，海盗们被这个人的气魄震惊了，纷纷自发为这位英雄的豪气鼓起掌来，但更多的人则是叹息，有的人甚至因为没有抢到而大声骂了出来。手中金铢不多的到场者正在丧失出价的底气，展品价值越来越高，他们很可能一无所获。

然而跟之前一样，即便是像越州四郡山川图这样的宝物，杜兴的视线也都丝毫不在那些花绿之物上徘徊，他睁着右边的虎狼之眼，另一个眼睛只张开一半，蚕虫大的刀疤压住了那半个眼睛，这让他整个人看上去无比狰狞。

杜兴一直在等，等十二兽面青铜尊，那东西流落海外，最终只可能有这一个去处。典海堂一年来囤积的宝物，今天将尽数展现在世人面前，他不可以有任何疏忽，可能任一个错愕失神，他就会跟那个展品擦肩而过。他务必要保持低调，他没有资本在这里斗钱，他只有一次机会，错过就得想别的办法。

他太过专注不想错过任何展品的信息，都没有注意到，海水正在不断上涨，更下方的座席不断地被海水淹没。很大一部分海盗拥有的钱，已经不足以拍下任何东西了，他们将被海水卷着，送出会场。那些手中只有一枚典海币的人不得不立刻抛出来喊着自己能出的金铢数，希望在从这里离开之前，能撞个大运搏一点机会。

但现实是非常残酷的，即便他们有着赌徒的心理，但机会还是攥在那些有家底有准备的人手里。这些赌徒不会成为典海盛会的主宰，他们只是旁观者，典海盛会真正的宾客们，从来都不是这些底层的人啊。

杜兴虽然只有一枚典海币，但他手中的钱还足够出价，所以他坐在相对高一点的地方，即使如此，激起的海水也已经浸湿了他的鞋子。他身边的人越来越少，一旁的海盗或者是没有典海币了，或者是没有足够的钱再买，不得不灰溜溜地离开。唯独杜兴还钉在自己的座位上，炯炯有神地看着不断从展台浮现出来的珍贵展品，为了那个可能出现的青铜尊，他只能继续等下去。

海水不断地上涨，杜兴终于意识到海水没过了他的小腿，皮肤泡在水里，已经发白，有不屑的声音从上面传来，但杜兴始终像个机警的猎人一般看着那些展品，他坚信那青铜尊的估价绝对没有超过自己携带的钱，他还有一搏的机会！

就当海水即将淹没肩膀的时候，杜兴的眼睛一亮，一个熟悉的物件缓缓从海面浮现出来。江琉华的声音也随着宝物的出现响起。

那是个茶盏大小的器物，四面环绕着龙状纹饰，十二面兽脸威风凛凛。

杜兴好像见到了救命稻草，再一次目睹心中的夙愿之物，他恨不得立刻就把它抢过来。

恩公所托之物，终于有着落了！当初押送此物遭受劫掠，让恩公含恨而终，现在它就在不远处的平台上展示着。

但让杜兴心凉的是，那方尊并不是拍卖品，真正要典卖的，是容器内一个叫做云中雾的东西。

杜兴眼睁睁地看着，不敢相信。十二兽面青铜尊即便不起眼，也做工异常精良，更是古物，之前他们押送那批货物的时候，青铜尊已经是船上最贵重的东西，公开售卖的话，绝不会低于五十金铢，而这种珍贵的东西，居然被拿来当做容器，那这云中雾的真正价值，恐怕是他无法承担的了。

云中雾在海盗的传闻中并不是第一次出现。相传这是大邪之物，这种雾尤其古怪，被大雾覆盖之地会产生幻象，能让人在幻觉之中迷失，曾经就有舰队遭遇这种古怪的大雾而全军覆没的传闻。而且在海上遇到大雾，是非常不吉利的一件事，谁都不希望跟这东西打交道。

典海堂居然公开售卖这种东西，这不禁让现场的气氛安静下来，典海盛会上出现了第一次沉默，海盗们面面相觑，居然没有一个人出价。因为没有人真正见过这种东西，这是邪恶之物，他们可不希望让霉运降临在自己头上。所以静止片刻后，才有一个一脸阴云的男人说道："云中雾没什么用，但这容器跟我有点缘，拿来收藏倒是不错，我出一百金铢。"随即投下一枚典海币。

听到这个价格，全场哗然，这样一个邪恶的东西，居然第一次出价就定到了这么高的价码。一百金铢，足够支撑天启一个大户人家数年开支，居然被这个男人随意就抛出去了。杜兴也是吃了一惊，这样一来，难保不会有人觉得这是件稀世珍宝，从而胡乱抬价。但是幸好大家的情绪都还算稳定，只零星有人跟价，加价幅度不过五金铢而已，如果最终的出价在一百三十金铢左右，这样的价格，杜兴还是可以接受的。

杜兴的心里像有蚂蚁在爬，他只有一枚典海币，意味着只有一次出价机会，一旦出价不慎就将永远错过这个东西。他尽量不动声色地看了看周围人的脸，见他们的脸上写满了冷漠，似乎恨不得早点见到下一个拍品，这让他心里稍稍安定了一些。

于是他在这个时候掷出了他唯一的一枚典海币，喊出了价格，一百五十金铢。这个价格说出来之后，之前轻视他的那些海盗一下有了改观，但也有人把他当做在典海盛会赌一把的人。

"兄弟，你是不是不知道这云中雾的底细？"杜兴身后有人狡黠地试探着，杜兴努力维持住高深莫测的表情，对方从更高处俯下身，瞪视着他，但最终一无所获，也就不再纠缠了。杜兴这才放松下来，冷汗淌在背上，他心里很清楚，一旦自己表现出一丁点露怯的表情，那么这个东西立刻就会被别人抢走。

一百五十金铢带来的沉默持续了那么一会儿，杜兴对典海盛会中竞拍的心态把握还算精准，卡在了一个漂亮的时机，给出的价格在很多人的心理承受点上，留在下层的人几乎已经没有了，剩下的人或者不愿浪费典海币，或者并不想用更高的价格拿一件意向凶险的玩意儿。杜兴身后那些拥有更多金铢和典海币的人不时审视着他的表情，猜测他是在赌还是胸有成竹。

但一切的宁静被打断了，一枚典海币从空中坠落下来，北海之王投下了他今天的第一枚典海币，影龙号的大副魏江河在遥远的大殿最高处高声说道："两百金铢。"

北海海盗之王罗砚伦，最上层最尊贵的席厅主人，居然在下层角逐中报出了价格，整个大殿中发出了如风卷过的嘘声，那是百人的惊叹声，但随即大家反应过来，影龙看中的东西，绝对不是什么凡物！罗砚伦愿意花二百金铢买的东西，一定有着远超于此的价值，这价值远远压过了关于它的邪恶传说，率先出价的男人又一次掷出了自己的典海币，伴随着一声高呼，二百三十金铢！但这声音同时被几十个声音盖过，数十只海鹰穿梭中，一瞬间云中雾已经超过了二百八十金铢。这时，失去了唯一那枚典海币的杜兴，已经不得不退场了。他心里满是不甘和愤怒，刀疤涨成了绛紫色，顿时涌现出无数种疯狂的想法，要杀了他，杀了那头搅局的影龙！但海水席卷了他的席位，将把他送往大殿下方的通道中，他甚至没有机会听到最后的价格。

　　影龙，三百五十金铢，无人跟拍，云中雾归北海之王罗砚伦。

第十五章 无端之盟

杜兴的倾力一搏和无奈退场，都只是正常海会下层的一个小小点缀，如浪花轻轻拍击海岸，只留下一丝涟漪，这一切甚至都没有被贵宾席的雪凌澜察觉，她看着最顶层影龙的大厅，那房间坐落在一枚花瓣上，只能看到隐约的人影。罗砚伦这么早介入拍卖，让雪凌澜都有些好奇刚才那个叫做云中雾的展品，有什么玄妙之处。

"嚯，景色还不错啊。"一个声音从她背后响了起来，一直注视着海会动静的雪凌澜和羽翎甚至都没有察觉到这个人的到来。这个人身上没有护甲和武器，一张方脸挂着调侃，从表情来看，显然是没有什么恶意。

"罗砚伦的人？你来这里干什么？"羽翎下意识地挡在了公主面前，做好防御的准备。

"无妨。"雪凌澜按住羽翎的手，朝她递去一个安定的神色，"他不是来这里杀我的。"

看到公主明事理，魏江河便对这位看着还非常稚嫩的羽族公主有了些许好感，他朝羽翎做了个鬼脸，一副就算打起来我也不怕你的死样。

"我是魏江河，影龙号的大副。"魏江河清了一下嗓子，满是自豪地说出这句话，"我们船长邀你前去喝茶。"

"谢谢邀请。只是此时此刻，恐怕我不适合出现在影龙那里。"雪凌澜面对魏江河这样奇怪的邀约，心里抱着警戒之心。

"有什么不适合的？"魏江河大剌剌地坐了下来，顺手拿了桌子上的一块茶点吃了下去，"典海盛会又不是你们皇族的宴会，大家跟木偶一样坐着，动都不敢动。朋友之间互相拜访，说不定还能互通有无。"

"大副，想必你也知道，我们与影龙并不是朋友。"雪凌澜不为所动。

"你这个小公主，怎么这么倔！"魏江河狠狠拍了一下桌子，看起来有点措手不及，好像雪凌澜这样的回答打断了他原本的思路。他瞪了雪凌澜和羽翎好一会儿，忽然拍了一下头，好像突然想到什么一样站起身，故意拿腔作调地说。"海上的茶，可能不合公主的胃口。我们船长那里，可是有来自秋叶的白茶，如果错过，公主恐怕会有点儿可惜吧。"

听到这句话，公主沉思了一下，然后看向魏江河，脸上带了点笑意："魏大副，学你们船长说话，有些别扭吧？"

魏江河被她问得一愣，随即不好意思地挠了挠头。

"我随后就去拜访影龙，你先回。"等魏江河离开后，雪凌澜转而也拿起一块茶点，但并没有送进嘴里，而是擎在手中，自言自语似的说道，"魏江河不是一个心思深沉的人。他刚才那句话，一定是罗砚伦特地叮嘱他告诉我的。白茶味淡，通常只有羽人才会喜欢，而更重要的是，秋叶京的白茶在海上只有一个流向——"

"公主说的是，苒山？"羽翎迟疑地问道。

雪凌澜点了点头，放下茶点，看向海昙花最顶端的几枚巨型花瓣，那里飘扬着海上群雄的旗帜，影龙、渊蛇、蝎尾狮，还有一些她不了解的旗帜："罗砚伦是想用这种方式告诉我，他知道一些苒山的近况，在晚宴上不便明说，因此想趁这个机会单独见我。"

"但罗砚伦不是什么善辈……"

"他虽然很狂妄，但并不鲁莽，能当上北海海盗之王的人，不会乱来。之前的晚宴上，他曾为我解围，而且，我总觉得他一直在背后帮我，他那双金色的眼睛……"雪凌澜犹豫着，最终没有说出口。她长舒了一口气，从位置上站起来。"况且，我如果不去，岂不是让他觉得我雪氏胆小怕事？"

"好，我跟你一起去。"羽翎振作精神，露出昂然的笑容。没有羽末省在的情况下，她觉得自己更要尽力守卫公主。

雪凌澜点了点头，这位忠心耿耿的羽姓女孩，即便只大了她两三岁，在危险时刻也总会站在她的前面，这让她心里更踏实坚定了一些。

拾阶而上，雪凌澜来到影龙的席厅之外，出人意料地，这里并不像其他席厅那么安静，反而乱得像是市井一样，站在门外都能够听到里面传来的喧嚣声。

饶是雪凌澜已经可以做到处乱不惊，听到这样的吵闹，还是稍稍稳定了一下情绪，才推门走了进去。

视线之内是各种被随意扔在地上的果皮残屑，浓烈的酒气像潮水一样顺着鼻腔直冲过来，三排长桌摆在中间，上面坐满了人。罗砚伦好像把整个影龙海盗团都带进了自己的大厅，并把这个一年一度的海上盛会当做了喧嚣的欢宴，所有人都在争抢着桌子上的美味佳肴，酒和菜汁被洒得满地都是，喧哗中还不断传出打嗝声和呼噜声。这些兴高采烈的海盗丝毫没有顾忌，他们醉得甚至连公主到来都没有发觉。在这帮酒徒之中，有个人醉得最厉害，他大摇大摆地上了桌子，在酒桌上来回走动，把盘子和酒杯踢得满地都是，要不是雪凌澜才目睹他豪掷三百五十金铢的举动，她几乎以为这位北海之王已经忘记了这是什么所在。

灯光把罗砚伦的脸映得通红，他一口干掉杯中酒，抹了抹嘴，又从桌子上随便拿了一杯，仰头喝了大半，才转过头看向雪凌澜。

"原来是我们的小公主到了，要不要来一杯？"说罢他故意把酒杯扔到雪凌澜脚下，残酒溅了雪凌澜一身。

"应北王之约，雪凌澜是来喝茶的。"雪凌澜的声音不高不低，夹杂在海盗的杂音之中，却显得格外清楚。

"哈，都听见了吗，羽族的小公主是特地来跟我喝茶的！我就说她肯定会给我面子过来，猜错的人都给我罚酒！"罗砚伦戏谑地喊了一声，于是那些醉酒的海盗纷纷发出嘘声，拍着桌子嘲笑雪凌澜的弱小和无知。

羽翎恨不得一个秘术把这些狂徒都杀了，但却发现雪凌澜并没有生气，而是从地上捡起那个酒杯，走到那群狂徒身边。

"那么请问罗先生，是天启的酒好喝，还是秋叶的茶更合您的胃口呢？"她轻轻说着。

"当然是酒好喝，不过老子可不稀罕天启那些粗制滥造的玩意儿，我的至爱，只有溟海那个老头子能酿得出来。"罗砚伦从桌子上跳下来，像对多年的好兄弟一样，毫不避讳地搂上雪凌澜的肩，他的胳臂像铁一样结实，所以雪凌澜并没有无谓地试图从他手里逃出去，顺着他走到正中间的专座上。

"敢只身前来，你比外面那些尿包强多了。来，为我们公主的勇气干杯!"罗砚伦豪爽地大笑着,跟周围的酒徒们一起开怀痛饮,那些海盗也同样追随着罗砚伦的动作,好像没有任何事情能够影响他们喝酒的兴致。

这里乱糟糟的情况,却让房间变成了一个监听的盲区,海盗们的高声喧哗掩盖了很多声音,雪凌澜发现罗砚伦每次说话的时候,都在有节制地控制自己的说话力度,确保自己的某些话语能够冲破海盗的杂乱之音,营造他在羞辱雪凌澜的表象。

这样的发现让雪凌澜若有所思,她坐在宽大的专座上,挣开罗砚伦钳子般的手臂,平静地说道:"为你传话的大副呢?他说请我来喝茶,但罗先生好像没有喝茶的雅兴。"

"我们还是说说正事吧。"罗砚伦俯身看着雪凌澜,一副不以为意的姿态,在酒客的喧哗掩盖下,他开门见山地说:"我知道苒山的近况。"

"否则我也不会来这里。"雪凌澜看着他,心里依旧没有放松警惕,"但不知道能不能如我所愿?"

"我清楚苒山的布防、盘踞的势力,以及那些人的立场。"罗砚伦顿了一下,也没等回复什么,就径直说了出来。

"你为什么要帮我?"

"我想知道你们羽族星流舵的奥秘。"

"这是军事机密,你应该清楚我不会告诉你。"

"你要卖十二艘置有星流舵的海船,还指望着星流舵的机密不会为人洞悉?如果你还当这是机密的话,那么很可惜,这份机密马上就要连同它的主人一起沉到海底了。"

"星流舵怎样运转,我有信心不会被外人洞悉,如果轻易被人勘破,那必定是如我曾祖雪霄弋和鲛族隐圣碧温玄那样的高人,他根本不需要依靠我们的军舰。"雪凌澜斟酌着措辞,不想吐露太多,随即话锋一转,"罗先生,你是独行之人,为什么要知道星流舵的奥秘?难道是不甘只有一条'影龙号'?那为何不直接拍下一艘?"雪凌澜毫不避讳地对上那双眼睛,纵然她看不懂罗砚伦,但她也不是轻易就能被驯服的人。

"这不须你管。"罗砚伦的眼中闪过一丝金色流光,也就在那个瞬间,他的气势如洪水一般向雪凌澜袭来,逼得雪凌澜差点从座位上摔下来,恍惚之中,雪凌澜似乎又听到了存在于意识海中的那一声大啸。

但与此同时,感到奇怪的还有罗砚伦,因为他发现,雪凌澜的意识里似乎藏着另外一种"力量",这种力量与罗砚伦的意识产生了对抗,这是他未曾经历过的。若是常人,单凭刚刚的那次冲击,足以令他短暂地失去意识;即使是强大的武士,也只有强硬地承受这冲击一条路。但雪凌澜不一样,她的意识直接做出了反击,这让他有一种错觉,好像这个女孩身体中也有跟他一样的东西,一种,令他感觉亲切的东西。

"这是我自己的事,知道了对你没什么好处。"罗砚伦回复了懒散的样子,心中保有一分疑惑,转而说道,"不过,小公主,我对你有些感兴趣,或许我们可以成为盟友。如果你告诉我造船的秘密,我就帮你打下苒山。"

"我很难相信一个海盗的话,你同样可以在获知了星流舵的奥秘之后,再把我送给人族;又或者,像晚宴时说到的那样,让我从此成为苒山的囚徒,你为我打下苒山,但上面会是你的旗帜。"雪凌澜在看出罗砚伦有一种妥协的意思之后,依然保持着清醒。

"这种事情,他们或许会做,我不会。"罗砚伦露出不屑的表情。

"你不告诉我为什么想了解星流舵,我很难信任你。"雪凌澜清楚影龙的狂妄,如今那悬在空中的利爪正探在她的面前,让她不明吉凶，她不再避开罗砚伦的逼视，直面道，"更何况，在我眼里，你的影龙号打不下全军戒备的苒山。姑且不提你的人品，单说你的能力，都不能成为这次谈判的保障。"

空气中的气氛突然冷了下来，所有人在听到公主说到那句话的时候都停止了喧哗，吃惊地看向雪凌澜。整个席厅里鸦雀无声，雪凌澜看向周围的海盗们，他们一下子都哑了一样，没有人说任何一句话。封闭的席厅里不知何时起了风，吹过雪凌澜身上的时候，让她冷得打了个哆嗦。

而在下一个瞬间，就像热油突然炸了锅，所有人都笑了起来。他们放肆地笑着，手不断拍着桌面，把酒杯敲得砰砰作响。除了羽翎外，几乎所有人都在注视着雪凌澜，她感觉自己就像个小丑一样被人嘲笑，就在刚刚她还觉得可能是犯了禁忌，但现在这些海盗的表现让她有些不知所措，这种轻视罗砚伦的行为非但没有激怒他，反而让这个懒散的男人开怀大笑。

"船长，海语贝出来了！"有船员打破了雪凌澜的尴尬，他冲过来汇报。听到这个消息，罗砚伦并没有表现出什么特别的表情，他只是扬了扬手，拿出一个口袋，随手抓了一把什么东西交给他，那是六枚典海币，罗砚伦将它们全都给了属下。

这是雪凌澜第一次近距离看到典海币，她注意到，那些钱币上面刻着相连的六个环。

是典海主的标记，六环旗。

王沛站在席厅的窗户旁，往下看着琳琅满目的展品，吃惊得嘴都微微张开了。那是他在天启都没有见过的东西，不管是价值连城的藏品，还是威力巨大的魂印武器，抑或是深藏在海底之下的奇珍异宝，每一件拿出来在天启都能引发不小的轰动。他之前在天启侍奉过人王，任殿前侍卫，之后才被派遣到南部海军中，辅佐这位出身江氏的年轻大人。各地进献天启的珍宝他也算见得不少了，但比不上他现在所见的这些。

每一件展品都将出现在花蕊处的展台上，海水灌入展台上升，伴随着不断升高的过程，展品也将渐渐有个合理的报价。在典海盛会中，所有展品都是一金铢起拍，最终以一个高价售出。最先展出的宝物最终拍价基本在一百金铢上下，之后开始出现能卖出两三百金铢的珍品。海会上狂热的人们总是不惜一掷千金购买自己想要的东西，王沛看到有秘术师为了一份上古卷轴疯狂报价，也看到探险家在角逐仅剩一角的海图，这种狂热是他在天启城无法见到的，在这里，野心和欲望不经粉饰，最大限度地暴露了出来。

王沛不时往身后看去，他身后的那位大人一直都是一副不温不火的样子，确切地说，他看起来快要睡着了，半闭半合着眼睛靠在那里，似乎外界的一切都不能吸引他的注意力。

王沛是江家安置在天启的家臣，此番为天启传令而来，并就此留在江暮燃左右。人皇万东牒希望江家可以伺机捉拿雪氏公主，但在典海盛会上掳走雪氏的公主无疑是自寻死路，所以他只能听从这位大人的话，"来这个难得的盛会长长见识"。如今他确实长了很多见识，却又忍不住希望江大人可以专注一点，不要错过难得的珍品。王沛看向其他顶层花瓣中的席厅，他无法通过琉璃状的水壁看清其他人的动作，但至少知道其中有一家已经有所进账。

"大人，那些席厅里坐的都是些什么人？"王沛实在有些无聊，干脆就跟大人聊会儿天，也省得他真的睡过去。

"都是难对付的角色，以后咱们的海军想在海上立足，也得跟这些人打好关系。那些徽记，有几个你应该认识，六环旗不必多说，是典海主的旗号，六个环代表这黑市群岛的六个岛，也是典海堂的六个分支。影龙和渊蛇，是海盗中的北王和南王的代表。"大人终于提了点精神，懒洋洋地说道。

"那其余的几面旗都是谁，其他有名的海盗吗？"

"不，来这里的并不都是海盗。五色鲸是海客的旗帜，你对他们不了解很正常。他们是一帮在宛州南部混迹的海上组织，他们的老大莫不凡空有不切实际的想法，想在海上建一个贸易帝国。经过几年的发展，居然也有了一些规模，能够参加了这次的海会。"江暮燃嘴角扬起了一点，看起来有些天真，"典海盛会召集了海上的英雄聚集在这里，他们显然也对羽族的船感兴趣。"

"至于鬼面鳐和海树的徽记，代表的是鲛人的国家汐洄与藻郁。"江暮燃倚靠着专座扶手，好像旗帜们尽在他的眼前一样，"典海主的势力可以在这片群岛屹立不倒，很重要的一个因素就是因为汐洄国。他们为黑市群岛提供了支持，至于典海主给了他们什么好处则无从知晓。黑市群岛和汐洄国是相互共生的关系，人族的舰队如果单独对战鲛人或者攻打群岛，都或有胜算，但同时应对联手的两方，就几乎不堪一击了。你以为当年的羽族就不想插手这里吗？为了清剿岛上的势力，那帮羽人付出了惨重的代价，最后还是碧海云居中协调，才使双方撤军。"

"也就是说，这些人都是我们的敌人？"

"可以这么说吧，不过我不会傻到跟他们打起来，人皇也不会做这么愚蠢的决定。"江暮燃脸上的笑意加深了，深到你几乎想象不到这居然是江家最有前途的子弟，"大陆上，讲究的是武力和经济；这里，更讲究的则是利益关系，想依靠武力荡平大海，没那么容易。皇帝让我驻扎在势力纷杂的涩海南部，也是相信我们经商的人，更懂得联合与兼并。"

听到这里，王沛不禁点了点头，对于江暮燃的高瞻远瞩，他确实是有些佩服的。但他的注意力也被下层忽然加大的出价声吸引，随着二百金铢的叫价，他情不自禁地看向远处展台，那里出现了一个看似毫不起眼的东西，而远处的影龙也有了一些动静。

江暮燃此时也正坐了起来，奇怪道："海语贝……怪了，罗砚伦为什么会对这种东西感兴趣？"

"什么东西？"

"简单来说，是一种能模仿海语者歌声的贝类，就像是乐器，按照一定的旋律吹奏，能够发动海语者的秘术。但对大陆种族来说，就算能用，使出来影响范围并不大，大多数的人只能用它驱赶一点鱼群，海妖的歌声是很难被模仿的。"

"大人还知道这种东西？"

"这种东西虽然稀有，总归不是传说中的宝物，而且它驱使艰难，一般卖不出什么高价。我曾听说北陆的大草原上有种歌者，用特定的唱法，可以唱出高低两个声部，那已经是近乎失传的技艺。而即便是普通鲛人乐师也可以用四个声部同时发声，他们的海语者更是有特定的唱腔和发音，这是陆上种族绝对无法驾驭的技艺。我想不通的是，罗砚伦为什么对这种东西感兴趣？"

"那大人，既然事有蹊跷，我们要不要阻截一下？"

"罗砚伦想要的东西，恐怕不是那么容易就能拦住的，不过，我们倒是可以借这个机会试试他的深浅。"江暮燃微微一笑，冲着王沛点了点头，像一条咝咝吐舌的毒蛇。

"船长，蝎尾狮抬价了，我们要不要跟？"

罗砚伦好像没听见一样，自顾自喝着酒。负责叫价的手下也就明白了他的意思,又一枚典海币被掷出,影龙跟拍,拍价三百五十金铢。

"这典海币是什么来历?"被海语贝打断了谈判的雪凌澜不禁问道,她年幼时经常研读史书,清楚九州大陆的铸币系统,也研究过货币的发展史,但今天才知道有这样的一种货币。

同样看起来醉醺醺的魏江河走到了她和罗砚伦跟前,大咧咧地说道:"公主不知道这很正常,我听我们罗船长说,典海盛会是每年举行一次,这一年间典海堂会陆续放出八百枚典海币,整个大海上基本只有这八百枚典海币流通,它不仅仅是海会的入场资格,同样也是出价权的象征。每多一枚典海币,就多一次出价的机会。典海币就这么多,所以,出价机会也就很有限,对于想得到的事物,必须冠以非常自信的价格才最节省典海币。在海会并不是单凭有钱就能买到想要的东西。"

公主点点头,看起来没心没肺的魏江河让她有着亲切感,她继续问:"那这种东西是怎么流通的?大家是怎么获得这些典海币的?"

"杀人,越货,从别人的手里抢。"魏江河抹了抹嘴,"老大,江家跟我们对上了,现在是五百金铢的叫价。"

"我不管多少钱,海语贝和云中雾我都要。"罗砚伦随口回复着,然后转向雪凌澜,"有这两个东西我就能给你打下苒山,不信的话,就算了。"

"照这么说,你好像未必有那么多典海币来买你想要的东西。"雪凌澜在心里迅速估算着历次展品的成交数,"八百枚典海币到现在可剩下不多了,你手头又还有几个呢?"

听到这里,席厅里的海盗们忽然大笑了起来,罗砚伦笑得尤其开心,他按着专座扶手一下站了起来,其余的海盗也跟随他的动作。

"来啊,给我们公主看一看,影龙海盗团为什么叫北海第一海盗团!"

随着这句话说完,房间内的灯火竟无风自起,刹那间,没有人再讲话,海盗们齐刷刷看向公主,犹如鬼魅。他们纷纷把手伸进自己的口袋里,并把口袋里装着的东西举到天上,伴随着华丽的灯饰,一枚一枚的银色钱币发出铠甲的光泽,每一个上面都是六环旗的标志。

"我的船员,他们每一个人都能像我一样站在这里,是因为他们也是典海币的持有者。你眼前的每一个人,都曾亲手杀过无数个人,他们把典海币带在身上,因为那是他们的战利品。那些胆敢嘲笑我们影龙海盗团的人,现在尸骨全躺在溟海之下,永不见天日。而从未经历过生死的你,又凭什么在这里轻视我们?"

"请……请恕我之前冒昧,我……"雪凌澜被面前的场景实实在在吓到了,她没想到这些看起来烂醉如泥的海盗居然全是这样的狂徒,一枚枚典海币在她眼前发出灼灼的光,她感到自己的确小视他们了。她立即也站了起来,试图缓解气氛,但很快就发现,这个时候说什么话都已经于事无补。罗砚伦收起笑意,一步一步向雪凌澜走过来,周身散发着君王般的气势,这种气势压得雪凌澜近乎窒息。

"对不起,由于你之前的自大,我们的合作在你蔑视我的那一刻就已经破裂。"

罗砚伦的脸上露出残酷,他眼中金色流光闪过,一个照面,强大的压迫力瞬间让雪凌澜失去了意识,羽翎刚要反抗,就被其他海盗围住,立刻就有绳子把她绑了起来。

"我不是什么正人君子,要是反抗的话,你们的公主可就没命了。"

　　罗砚伦冷哼了一声,嘴角露出凶狠的笑意。"魏江河,准备启程,送公主去苒山。"

第十六章　临渊蛇舞

物竞天择，适者生存，这是世界永恒不变的规矩。

随着展品越来越珍贵，现在海昙花里剩下的，是大海上最强大的一群人，出局的海盗中，有些人通过这次海会，将有机会在下一次去往更高层，但更多的人，则需要再重新拼杀数年，换一个再临的机会。

大殿之中，狂热的气氛在消退，虽然拍品更加珍贵，但地位更高的人们，也更不容易冲动，大家冷静地角逐竞拍，井然有序。不过影龙却再没有行动了。

之后的环节像是群狼的争夺，那些真正有实力的人此刻才纷纷露出他们的爪牙，在江琉华的掌控之下，典海盛会正以一个可控的局势走向最终时刻。最后将是压轴的宝品竞拍，江琉华看着整片大海上最有话语权的人们，在心里记下那些旗号。这些海上的群雄，剩下的目标，只有一个了。

她宣布稍事休息，而后从展台中缓缓沉下，与此同时，海水灌入花蕊，剩余的人们纷纷站起身，等待着最后的宝品登场。

"大人，罗砚伦买到了海语贝和云中雾，这代表什么？"王沛问江暮燃。

"这两个东西在典海盛会上都不能算是极品，他出了这么高的价格，不惜用掉十枚典海币，那就证明它们有古怪。"江暮燃难得地皱了皱眉头，但很快就又恢复了孩童般的嘴脸，他静坐在位子上，闭着眼睛，好像又要睡去，"罗砚伦是个聪明人，付出了这么大的代价，在这样的地方为这两个东西而来，得想想是为什么。"

江暮燃的话刚说完，一个人到来了。

王沛看到这个人不禁微微有些吃惊，他低头看着江暮燃，想说些什么，但最终忍住了。而江暮燃甚至连头都没有抬，因为他即便不用看，也能猜得出是谁来了。他只是坐在那里，嘴上泛着他那标志性的纯真笑容。

那样的笑里，可藏着毒蛇。

"琉花。"他叫出一个名字，"已经多久没单独见了，五年，还是十年？"

"那女孩已经死了。"那女人冷冷地说道，"你现在所见的，是典海堂林岛的主事。"

"既然这么痛恨自己的过去，为何只把花字改了？就算再怎么改变，"江暮燃玩味地道，"你也还是，我的好姐姐啊。"

"我不想再跟你们扯上关系，江家给不了我的东西，我现在已经自己拥有了。"江琉华说出这些话的时候，情绪上没有任何的起伏，她看起来已经真的忘掉了曾经的一切，曾经的，被轻视和禁锢的一切。

"那你为什么还要来找我，为了炫耀你已经可以独当一面了吗？"江暮燃终于抬起头来，眼中满是狠毒的光芒。

"我来找你，是因为我们之间还有唯一的一丝血缘亲情。"江琉华看着眼下她已经看不透的江暮燃，不自觉心里有些烦闷，"你在江家已经有话语权了，所以我才来提醒你，大陆上的生意再难做，也千万不要到海上来。不要试图掺和到这里，典海堂的水很深。"

"感谢林岛主事的提醒。"江暮燃毫无所谓地换了称谓，瞬间一道无形的鸿沟便横在这对姐弟之间，"但你知道，有些东西，是我改变不了的，就像他们让你离开江家，我也无可奈何。"

十年前的他无论如何哀求都没有让江家改变他们的决定，江琉华一去不回。十年后他可以为江家做决定了，却再也找不到让她回来的理由。

"你已经变了。"江琉华继续冷冷地说道，"变得跟江家的人一个样子。"

"我跟他们可不一样，他们的思想都太陈旧了，只想守着自己那块宝地。可是现在天都变了，若还只看着眼前的，那恐怕连碗里的都不能守住。"

江暮燃说到这里，突然笑容中断了，取而代之的是眼中满溢而出的野心。

"会让你们感到害怕的，才是我真正想要的东西啊。"

江琉华不自觉往后退了一步，她看着江暮燃那张冰冷的脸，五官依旧跟十年前一样，只是硬朗了些，但那张脸背后的东西已经完全变了。它开始变质、腐朽，并逐渐成为江家无数阴暗中最出类拔萃的那一个。宛州的暗流已经蔓延到了海上，江家庞大的势力已经不知不觉覆盖在每一处有生机的地方。在他眼前的这个男人已经不是那个一直跟在她身后形影不离的男孩了，他的瞳孔终将被江家背后笼罩的阴云浸染，成为这乱世之中，最残酷最无情的幕后推手。

当年推心置腹、无话不谈的姐弟二人，到如今终将成为时代的牺牲品。十年前江琉华被迫从江家离开的那天，只到她胸口的江暮燃哭着追了姐姐一路，但他们两人终究被大海隔开。

再次遇见，如今的他，恐怕再也不会哭了吧。

也再也无需守护。

江琉华离开的时候，没有说任何一句话。但江暮燃也没有之前那么惬意了，他看着姐姐的背影，手指狠狠地抠进了座位的扶手中。王沛呆望着眼下的江暮燃，尽管他看不出来，但他冥冥中觉得，江暮燃此刻心中正在经历着巨大的情绪起伏，这个谜一样的男人，在对着曾经的至亲之人暴露出野心之后，语气也只是随着表情微微一变。

之后，江暮燃便冷静下来，就像什么都没有发生一样，静静地等待着。

他的心里，还有很多事情将去完成，而姐弟之情跟这些比起来，只不过是再渺小不过的存在。

一声巨大的撕裂声从天上传来，海昙花彻底绽放，林岛上围观的数以千计的海盗同时欢呼起来，典海盛会的高潮来临了。

江暮燃收回了内心那些疯狂的想法，抬头望着远方。从海会开始，海昙花原本合拢的花盘便一直在慢慢扩张，此刻终于完全绽放，海水浸满了浮冰岩，中空的岩石整个腔壁都被海水填充，会场最核心的花瓣席位悬浮在水中。同一时间，十二艘银白色的大船徐徐开了过来——那是白荆花的骄傲！雪白的大帆勾勒出阳光的弧度，把整片海水都映衬得熠熠闪光，它们排列着整齐的队形，吞江吐海地驶来。这时展台高高地升起，江琉华的身影再次出现，她站在海水的中心，带着浅笑，像一株灿烂的白梨。十二艘战船朝着她迎面开过，风把她的长发吹得飘扬起来。

"这是翊王朝海军的王牌，载有星流舵的羽族战舰，这是大海的利箭，是迅猛的海上骑兵。前朝羽族能够驰骋近海，靠的就是白荆花舰队无与伦比的威慑力，而现在，它将会是你们的。"江琉华的语速很慢，她抛却了一切纷杂的想法，把所有的往事化作典海盛会中最后的华舞，她提高语调，郑重地宣布，"白荆花战船竞拍开始，起拍价，一金铢！"

江琉华奏响了典海盛会最终的强音，声音萦绕在偌大的海昙花之上，这个时候，在座的所有人却都陷入静默之中。没有人率先出价，也没有任何欢呼。底层的海盗离开之后，这里已经完全不像之前那么热闹，他们每个人自成一派，野心家们只想独享，没有人交流，没有人合作。这就好像众多猎人围剿的猎场，猎物被他们包围在中心，但没有人放第一支箭，这些狡诈的大人物心里清楚，在这种局面下，胡乱放箭，反而会惊动猎物，随之也会惊动那些同样志在必得的猎人，纷乱的流矢，可是会伤人的。

他们都在等，等哪个冒失的猎人射出第一箭，等那个首价。

在这种级别的拍卖会场，已经不会有人傻到将定价定在太低的位置了，毕竟每个人都想得到船，谁也都不愿意浪费手中的典海币。船一共有十二艘，每一艘都有机会得到，但每一艘的最终定价也将随形势而变化。不管他们在海上或者陆地是什么身份，归根结底也是商人，商人权衡利弊，总想用最少的钱买到更多的筹码。这不仅仅是一场拍卖，更是一场赌博，赌的就是人心。海昙花不是富丽堂皇的会场，而是商人角力的修罗场，靠下的人想要攀得更高，靠上的人想维持身价，商人之间的战争，比武士之间的战斗更加惨烈。

正在气氛踌躇之时，一声鹰啸从上空传来，蝎尾狮的大旗迎风而动，报出了五百金铢的价格。

江暮燃悠闲地喝了一口茶，好像无所谓自己出的是个什么价格。

"大人，大家都没有出价，我们这么早出合适吗？"王沛有些不安。

"这些人在等的，不过是一个契机而已，无论谁出，都只不过是一个参考，继续下去没什么意义，我做这个出头鸟就是了。"江暮燃似乎并不心疼刚刚抛出去的典海币，虽然这个时候出价显得有些儿戏，但他并不是一个性急的人，他看着眼下的海盗们因为他的这个举动产生了不小的骚动，登时满意地笑了笑。

海盗中产生骚动，并不是因为蝎尾狮的出价不合理，而是因为，宛州最大的财团居然也参与到了白荆花战船的争夺中，联系到近几年江家在大海上的种种暧昧举动，这些海盗不由得对此想入非非。就在这样的气氛之中，蝎尾狮的名号在不知不觉中已经进入了这群海上最有势力的人的视野里，而江暮燃的想法也很简单，他要用这样的方式，为江家立威。

有了这一次的露脸，他之后的想法，也就更容易实现了。

价格一出，群狼们便对这个价格做起了文章，不断有人开始出价，而价格也迅速攀升至七百金铢。这是一个恐怖的数额，即便是武装一艘人族的战船，也绝不会超过五百金铢，这群海盗看来是铁了心要把羽族战船据为己有。

没有人看到，江琉华在看到蝎尾狮出价之后，眼中的一丝光突然暗了下去，但仅仅是一瞬，她便又恢复到之前那光鲜亮丽的样子，她一面聆听伴随群鹰而来的信息，一面宣布当前的最高价格。

这时候头顶的座席上又有了声音，依然是蝎尾狮出价，七百五十金铢。

但江琉华的声音还未落，喘息之间，另外一处头顶的座席上，一个人喊出了报价。

五色鲸，七百五十金铢零一铜锱。

全场哗然！

这是什么情况？即便是有身份有地位的海盗们，现在也都开始坐不住了，对于海会中出现这样戏剧性的一幕，有人忍不住大笑起来，虽然大家都不知道为什么五色鲸会报出这样的价格，但这一举动无疑会惹怒之前出价的蝎尾狮。在所有人看来，这已经无关拍卖战舰了，这很明显是一个挑衅行为，提价一铜锚……这人还真是恶趣味。

王沛紧紧握住了拳头，内心升起强烈的不屑，他回头看了看江暮燃，却对上他那如汪洋般的眼睛。江暮燃望向远处悬挂着五色鲸旗帜的看台，透过幕墙他已看到了一个熟悉的身影。

海客的老大，莫不凡。

"几年未见，他还是在记仇啊。"江暮燃冲着远处那个同样在注视着自己的人摆了摆手，示意王沛不要动怒，"就让他耍下性子吧，我江家怎么能跟他一般见识呢？"

他话毕，又一枚典海币扔了下去，蝎尾狮跟拍，八百金铢。

八百金铢零一铜锚。

毫不犹豫，莫不凡再次出价。

蝎尾狮气势如虹，这次整整提价一百金铢，价格抬到九百金铢。

同样地，只在喘息之间，五色鲸出价九百金铢零一铜锚。

这下，底下的海盗明白过来了，这两个人现在的心态，根本不是来这里拍一艘雪氏战船这么简单，莫不凡这个人，完全是在跟江暮燃较劲。看来这一艘船，他们是没戏了。经过最顶层两大势力的财力碰撞，战船的价格已经远超其他海盗的预期，这艘船，已经不值得他们为之出手了，只能静候下一艘战船的竞拍，现在的他们，只是在看一场戏，一场气势恢弘的巨头之间的博弈。

没有硝烟，没有呐喊，却看得众人热血沸腾，典海币叮叮当当落在鼎中，战船的价格直飞冲天！除了在两大财团的交手之间连声叫好，他们也不禁暗自神伤起来。

原来，他们即便已是足够富有的人，但同样也不过是这大海上，一个渺小的存在。

江暮燃喝了一口茶，用手指敲击着一旁的桌子，他看起来有些心不在焉。他望向两侧那些悬挂着其他旗帜的贵宾席，还有几家迟迟没有出价。摆在眼前的对手有五个，五色鲸、鬼面鳐、海树、影龙、渊蛇，他们依然在保留实力。

好在鬼面鳐和海树都是鲛人的徽记，一般不会竞拍这些东西，不过两大鲛国在这场盛会上之前的拍品，江暮燃已经命王沛尽数记录下来。想到这里，他远远地往海树徽记那边看了看，发现里面那人同样也在审视自己。

那是一位独臂的鲛人，见江暮燃朝着这边看来，他便用单手敬了一杯酒。跟江暮燃眼中的一湾泥淖不同，那人的眼里毫无波澜，像是与世无争的隐士贤者。

他们两个相视一笑，讳莫如深。

真正的对手只有南北双王，江暮燃心中盘算，以莫不凡的性格，他绝不会为了一艘船花这么大的血本，再有几个回合，他就会放弃竞价，而他的目的，不过是为了哄抬价格，让江暮燃吃一点亏而已。所以，江暮燃也没藏着掖着，每次加价都如同洪水猛兽，至此，船的价格已经到了一千金铢。而五色鲸那里，果然开始举棋不定。

这种赌博让海客的头领莫不凡血脉偾张。

他猛灌了一口酒，妈的，拼了。

五色鲸跟价，一千金铢零一铜锱！

这样的价格，足够武装一支小型舰队！为了赌气而如此伤财，这个人，简直是疯子！

"他犹豫了。"江暮燃笑了，从座位上站起来，"这就证明，他的资金或者典海币不太够了。"

"大人，还要跟吗，花这么大的价钱买一艘船，"王沛提醒道，"若是天启那边查下来，恐怕……"

"跟，怎么不跟？"江暮燃脸上带着孩子气的笑，漫不经心地道，"我花的是江家的钱，跟万家没什么关系，这点分寸，我还是有的。况且，一个海客而已，远不如其他的人，我在意的不是他，而是那些还没有出过价的大海盗。"

蝎尾狮又一次出价，这次他变了一个风格，他出价一千金铢零两铜镏。

这是实力的压制，是对挑衅者的回击！这根本不是赌博，而是赤裸裸的蔑视。江家一直以来深藏不露，没想到今天突然发力，就要用天价买下第一艘羽族大船，让整个大海上的人为之侧目！从此以后，所有人都会记住蝎尾狮这个名号，那些向来瞧不起宛州商会的人，这个时候不禁发出一声叹息。

果然，大陆与大海还是有天壤之别的，在海上再有钱，终究也没有根，而无根的人，是绝不可能跟大陆上的人平起平坐的！江暮燃是在用这种方式告诉海盗，告诉整片大海，这里再辽阔，也不过是大陆的附庸！

就在这时，雄鹰长啸在另一边陡然响起，伴随的是一句报价，风轻云淡。

"一千五百金铢。"

全场顿时哗然！就连江琉华本人，也觉得自己似乎听错了。

"我出一千五百金铢，同时，这里有两万金铢，用来买之后所有的船，有谁觉得不够，我可以再跟。"那个声音淡淡地说着，同时数十枚典海币被一口气掷出，叮当声不绝于耳。这一举惊动了整个会场的海鹰，它们飞快地冲向渊蛇大厅所在的花瓣下，群鹰环绕之上，是一个静立若渊的身影。江暮燃猛地抬起头来，对上不远处那个永恒不变的琉璃色瞳孔。

那是碧海云，南海之王碧海云，他斥资两万，席卷了整个典海盛会！这是他唯一的一次出价，但却也是整个典海盛会甚至是历年来海会最大的一笔金铁交易。这样的出价丝毫不给任何人机会，白荆花的船谁都不会得到，除了他南海之王。

他孤身一人站在席厅前端，身边空空荡荡，没有侍从，也没有亲信。在叮当声中，他只是出神地望着远处飘扬着的影龙旗，那里的座位是空的。

典海盛会的最高潮，罗砚伦居然缺席了！

此刻，再没有任何人出价，甚至没有任何人再出声，江暮燃也被震惊到说不出话来。这才是南海之王的实力吗？他不免有些惊惧，在他心中，能为人族的皇帝拿下这片大海的，只有他们江家，而这片大海的贸易命脉线，最终也只会是江家与万家共掌。他的这个自信，是源于宛州江氏多年的陆地积累和在海上数代的沉淀。但现在看来，如果人族与海盗爆发战争，自大的人族很可能因为不了解这片大海的深邃而付出代价。

这一场典海盛会的最高潮因为碧海云的豪迈而迅速结束，随着海语者的歌声，倒卷的海潮退回，林岛内的海水恢复了平静，只剩几片巨大的花瓣矗立在海中，中间是站在展台高处的江琉华。

"十二艘羽族战舰，尽归南方海盗帝国盟主碧海云所有！"江琉华长舒了一口气，最先稳定下来。但是她说完这句话之后，眼睛突然看向位于海昙花最北方，雪氏战舰停靠处的座席，那里本应该坐着雪凌澜，现在却空无一人。江琉华原本笑着的面孔突然冷了下来，她立即望向影龙的大厅，面色阴沉。

典海盛会开启一个对时以前。

月信川坐在那里,看着突然到访的客人,眼睛里闪过一丝刀锋一样的光芒。

"在下王沛,是江暮燃大人的近身侍卫,你可能不认识我,但我的声音你是能听出来的。"王沛说着拿出一个贝壳,那贝壳和之前月信川贴身携带的那个一模一样,这是兰沚月氏独有的秘器,族中的长老将独特的精神力灌注到贝壳中,可以将只言片语存入其中,而同样携带着这样贝壳的月氏子弟,哪怕身隔千里,也可以在贝壳中听到混杂在海风中若隐若现的话语,这是月氏不传的秘密,也是他们当年航海远方的凭借之一。如今这贝壳被人拿着,在月信川的面前晃了晃,然后饶有兴致地看着月信川脸色的变化。

"你把我的族人怎么样了?"月信川咬着牙瞪着王沛,拳头捏得"咔咔"作响。

"总体来说,你表现不错。"王沛把贝壳放到一边,"让雪凌澜吃了大亏。你的演技居然骗过了大部分的人。"

"我没有骗他们,我本就是求死。"月信川揪着王沛的衣领,眼睛恶狠狠地瞪着他,"公主是个有情有义的人,我确实被你们要挟,但我有自己的原则。"

"原则?你的原则就是任由她出卖自己的船来救那帮老弱病残?"王沛冷笑道,优哉游哉地坐在一旁,丝毫不害怕月信川突然发难,"说得可真好听,你是这一切的罪魁祸首,你没少怂恿她回兰沚吧。"

月信川说不出话来,看着眼前这个男人,原本孤傲的他显得异常地颓靡。

"你们姓月的目前来说没什么大碍,但这建立在你帮我们的基础之上。你心里很清楚,我们之间的合作,可是很容易破裂的。"王沛不紧不慢地说着,"月家的几百条人命,可都在你手上握着,否则,我可说不准他们哪天遭遇不测。"

"卑鄙的人族!"月信川松开王沛的衣领,指甲把手掌心都抠出血来。

"对,就是这副样子,想杀了我却又做不到,只能乖乖听话,这才是狗的样子。"王沛笑了起来,"白荆之舵月信川,记住你低声下气跟我讲话的样子。"

王沛说完转身就离开了这里,留下月信川一个人坐在座位上。

他的眼睛发红,有些东西湿润了眼眶,不知是泪还是仇恨。

不知过了多久他才抬起头来,想要离开这个是非之地,但迎面而来的,是魏江河一记狠狠的重拳。那一拳打在眉心上,让他瞬间就丧失力气倒了下来。视线所及之处,他看到罗砚伦气势汹汹地站在他的面前,脸上是彻骨的寒冷和杀气,那狂妄的瞳孔里满是对他无能的嘲笑。在失去意识之前,月信川还隐隐听到魏江河的话。

"你的主子和你这个内奸,现在都归影龙海盗团所有了。"

第十七章　狂龙的咆哮

林岛升起白烟，扩散开的烟雾如同一朵娇艳的玫瑰。这是典海堂各部预警的信号，江琉华意识到事情的严重性之后，立刻第一时间通知了裂空银。

北王罗砚伦俘虏了翊朝公主雪凌澜，触犯了典海盛会的铁律，罪行当诛，杀无赦。就在不久前，裂空银统领顾展图带着几十人的小队，撞开了海昙花上罗砚伦的席厅，却发现那里空无一人。几十枚典海币全部被斩为两段，随意扔在地上——这是对典海主的宣战，从此，影龙海盗团不再接受海卫的庇护和控制。站在杯盘狼藉的席厅里，顾展图捏紧了拳头，狠狠砸在桌子上，他甚至能够想到罗砚伦掳走公主的时候，脸上那让人反胃的表情。

"全力搜查海昙花，所有出口立刻关闭，不许放任何一个人出去！"顾展图咆哮着说出这句话，他脸上青筋暴起，强烈的杀意支配着他的意识。现在的他恨不得立刻就跟罗砚伦打上一场，在黑市群岛上长时间的平静生活，可是让他浑身的关节都痒得要命。

海水重新升起，没过昙花般的殿堂，而浮冰岩独特的材质，让大殿内部置身水外。影龙海盗团的人正在大殿内部快速向昙花东面的花瓣冲去，罗砚伦身先士卒，在裂空银冲上来的时候，他整个人像一匹烈马一般砸进了人群里。罗砚伦的身体不算太强壮，但爆发出来的力量却出奇的大，仅仅是一个照面，对面的三四个人就被他撞了出去。此时的罗砚伦是没有武器的，在参加典海盛会之前，所有人的武器都被收缴在军械库。要想冲出这里，必须先有武器。面对全副武装的海卫，影龙海盗团的人居然没有一个人害怕，他们气势汹汹地向前冲杀，爆发出来的气场逼得海卫忍不住倒退。他们的眼睛是真正杀过人的眼睛，瞳孔在浸过血液之后，无形之中就蒙上了一层凶残。海卫即便是训练有素，面对眼下这些杀人如麻的恶徒，在气场上还是输了半分。

"不要怕，他们没有武器，杀光他们。"裂空银中有人说道，这句话瞬间给了他们力量，头脑一热，拔出刀来就向对方冲了过去。罗砚伦冷冷一笑，他的瞳孔中金光闪过，同时有七把刀砍在了他的胳膊上，但随即从罗砚伦的身侧擦过。刀锋砍在血肉之躯上，却无法深入分毫，罗砚伦的身体如同有金铁加持。

"刀砍不伤他？"裂空银迟疑的时候，影龙海盗团的其他成员如同饿虎一般扑了上去，把他们的武器抢了过来。武器入手，海盗就像是猛虎下山，这帮桀骜的汉子杀起人来从不手软，手起刀落，不知多少个人头从身体上落了下来。

"船长，我们从这里杀过去，杀到入口的军械库，我们就有用不完的武器了。"

"不去军械库，那里现在肯定有重兵把守，去了反而拖延时间，"罗砚伦看了看仍在昏迷中的雪凌澜，又看了看被捆住手脚的羽翎，"这个岁正秘术师正好可以帮我们的忙。"

"我不会帮你们的。"她冷冷地说。

"你没得选。"罗砚伦眼中闪烁着冷冷的光,"想让你们公主活命,就得听我的。"

海昙花的浮冰岩墙面,看似松散,其实坚硬无比,人撞在上面如同撞到铁板。罗砚伦站定,将长刀收回鞘中,右手按在刀柄上,身体如弓弦一般绷得笔直,双腿微弯摆出如猛虎扑跃之前的姿态。他深吸了一口气,然后整个人身上的气息突然全部消失了。

与此同时,影龙的海盗们呼啸着对裂空银发起了冲锋。惯于海上劫掠的盗寇与长于协同作战的卫兵在局促的通道中厮杀,这让海盗们从最开始就陷入了劣势。海卫将盾牌横在身前,尖锐的枪头在空气中发出锋锐的寒气。但那些桀骜的汉子一步不退,强悍地挥舞着手中的长刀,人像流水一样倒下,但很快便有人补上。这种不畏死的奋勇在过道中筑起一面高墙,艰难地拦下了海卫的长枪列阵。羽翎在不远处看着这一幕,这是一场注定了结果的厮杀,一时的血勇只能让局面短暂地僵持着,裂空银很快就会占据主动,并将影龙海盗团彻底制伏。但羽翎看着那些海盗的眼神,那是狂热和笃定并存的目光,他们不是在逞强斗狠,因为他们相信自己的坚持会换来成功。

他们此时相信谁,羽翎自然明白,她看向身边静静屹立着的罗砚伦。

如果说平时的罗砚伦是如火一般桀骜,三步之内就能够感受到从他身上喷涌而出的强大气场,那么现在的罗砚伦就是水一般寂静。他握着刀,身体微倾,站在人群的最中间,却像完全不存在一样,没有人能够感受到他的气息。他的压迫力,他的呼吸,他灼人的目光,在一刹那全从他身上消失了,他整个人宛若雕塑一般站在那里。身后有海卫追了过来,海盗们也全都一拥而上,双方厮杀在一起,鲜血飞溅。但没有什么能够影响到罗砚伦,他好像整个人突然之间就超然于物外，醉心于自身强大的精神之海中。

他所面对的，是不可斩断之物。刀剑可以斩开浮冰岩，但绝对无法撼动分毫，被刀切过的地方，断口很快就会恢复成原本的样子。星辰的力量凝聚于此，使它牢不可破。

但他曾在虚无之境中挣扎了那么多年，如今已经没有什么东西能够困住他了。

"杀光他们！"接到报告之后，顾展图便带着数百名裂空银迅速包围了这里，他们是直属顾展图的私人卫队，是真正见过血的狠角色。

"保护船长！"船员们也大声喊着，与海卫的精英厮杀在一起，在双方恐怖的对冲之中，好几名海盗瞬间就倒下了。这是一场毫不公平的对决，海卫们全副武装，海盗们却手无寸铁，若不是海盗的气势更盛，简直就是一场单方面的屠杀。面对典海堂精锐部队的剿杀，海盗们渐渐开始后退，他们把罗砚伦围在中心，面前是无法越过的海卫，身后则是有秘术加持的浮冰岩墙。

死路，绝境，海盗一个接一个地倒下，但罗砚伦依然没有动作。

"不要妄想逃出这里，死吧！"顾展图一刀把挡在身前的海盗砍为两段，缓缓地从人群中走出来，眼前的罗砚伦全身都是破绽，他似乎已经放弃了抵抗，竟敢毫无防备地背对自己。对于杀了罗砚伦这件事情，他早就已经急不可耐，之前受过的气，压抑了数年的怒火，必须要在今天算清楚了。

罗砚伦的眼睛虽然闭着，但他却比之前更加洞悉周围的世界，他亲眼看到自己的兄弟倒下来，看到那群杀人机器毫无怜悯地挥刀，刀锋划开皮肤，把骨头整个都砍下来。但他的目标不是这个，他心如止水地调整着自己的气息，这是极其耗费精神力的事，直到眼前的墙壁在他的意识中变了样子，无数条宛若游丝的线条浮现出来，密密麻麻地贯穿在整个墙壁之中，像是它的脉络和血管，突突地跳动着。

中空的浮冰岩中注满了海水——被寄以印池秘术的海水，这就是整个海昙花如此坚硬的缘由。刀锋斩不断这面墙，正是因为它的骨架是海水，每一刀下去，即使可以斩破浮冰岩，但海昙花总能恢复成原本的样子。罗砚伦记下每一处关键脉络的位置，十二名海语者共同发动的印池秘术，被他一一勘破。而顾展图不会给他更多时间了，他冲破海盗们的防御圈，一刀向罗砚伦砍过来。

"噗"的一声，那一刀砍在罗砚伦的身上，在他的背上留下一道尺余长的深痕。连顾展图自己都没有想到，这一次佯攻居然会得手，他原本以为罗砚伦会躲闪，想在他反手防御的时候拔出身上的短刺刺进他的胸膛，没想到他竟然丝毫不躲。罗砚伦的步伐极稳，这一刀下去，重重的刀锋豁开皮肤，从肩膀一直到腰，骤然出现了一道长长的裂口。虽然见血，罗砚伦却没有动一步。

他终于找到那个点了！整个海墙上秘术经络最脆弱的那个点，罗砚伦睁开眼来，右手按在刀上，他的视线中出现了那道细细的裂痕，即使还未出刀，意识就已经先于行动斩开了墙壁。他的动作只有一瞬，即便是顾展图都没有看清楚他是怎么出刀的，只感到凉凉的刀风迎面而过，出鞘的声音还未响，罗砚伦的手已经把刀按回了刀鞘中。那是最简单的拔刀之术，脚下没有变化，发力只靠腰部，整个出招与收招只有简单的一次拔击。罗砚伦的刀像是一阵微风，拂面之处，像是大海上泛起了一丝涟漪。

"好刀法，但是你乘人之危，没什么值得骄傲的。"罗砚伦对顾展图扔出一句话，甚至连头都没有回，"我早晚都要跟你打一场，现在还不是时候。"

墙体上并没有出现任何裂缝，却有水从刀划过的地方渗出来。

最开始只是像汗一样溢出，到后来像胸口被割裂，大量的海水忽然一瞬间喷涌而出。那把刀划过的地方，就像是无法愈合的伤口，整个墙壁以肉眼可见的速度分崩离析。眼睁睁看着这一切的海卫刚要上前阻拦，但海水减缓了他们前进的脚步，连同翻卷而来的巨大藤蔓，将冲过来的海卫尽数冲散。罗砚伦朝羽翎点了点头，示意众人进入水幕，下一刻，一大团水生植物突然开始疯长起来。

在羽翎的岁正秘术下，这些水生植物以极快的速度延展着，海盗们纷纷抓住那些海底的藤蔓，像是抓住了救命的稻草。罗砚伦瞳孔中的金黄色越来越盛，他的视线里，那些疯长的水生植物被一条条淡绿色的线路引导着，不断攀向上方的海平面。在这种状态下，他甚至能够看见星辰之力在海底流动的壮景，无数的淡绿色脉络汇集在一起，就像天启城错综盘杂的市井街道。等这些人从海昙花底部钻出水面的时候，影龙号已经在约定的地方等着他们了。

"老大，我在这里等你们好一会儿了，还以为你们搞不定呢！"魏江河从船上露出头，朝罗砚伦他们挥了挥手。

"把船开到海昙花中心去。"罗砚伦上船之后立刻下令道。

"那怎么行？我们会被裂空银包围的。典海主已经下了追杀令，可能用不了多久，海盗们也会追过来的。"

"少废话，开船！"罗砚伦站在甲板上，望着四周数枚冲出水面的海昙花花瓣，宛若一只巨手将这片大海捧在中心，而影龙号正处于海昙花的内部海域。各个出口航道虽然没有被封死，却都有重兵把守，强行冲肯定是不可能的。

"前方有裂空银的船，拦在我们的必经之路上！"

"贴上去，影龙号不怕它们。"

黑色大船毫不犹豫地向裂空银的包围圈冲过去，怒龙咆哮着推开海水，桀骜的影龙旗在海上狂舞。面对不远处的五艘战船，巨大的影龙号不退反进，海盗们纷纷拿起武器，贴在船舷的下方随时准备接舷战。只有罗砚伦没有拿武器，他的手里攥着一个拳头大小的贝壳，正坐在地上。

那贝壳不是普通的海贝，而是罗砚伦在典海盛会上用数百枚金铢才换来的海语贝，同样也是他等了数年的东西。再次拿起它的时候，那种熟悉的感觉又回来了，仿佛他又重新回到了遥远的溟海，与碧海国碧温如初识。海语贝上面镂空了十二个小孔，每一个小孔的大小又不一样，这样的构造下，这块小小的海语贝，能够演奏出上千种不同的声调。鲛人的音律不同于大陆种族，大陆上只有宫商角徵羽五个音阶，而鲛人光是音阶就有十二个，更不用说还有上千个完全不同的音调。虽然很多音调听起来差不多，但鲛人们却能够明显地听出差异性，他们在音律上的造诣，要远远超脱于九州大陆各种族。因此，没有多少人能够听懂海语者的歌声，更没有人能够用海语贝来模仿海语者的音律秘术，人族最多只能利用它的一些简单音节来达到驱赶鱼群的作用，所以大大低估了海语贝的价值。

但罗砚伦不一样，正是他跟碧海国国主的相遇，让他学会了这种复杂的乐器，他不惜花费重金从典海盛会上把它买到手，除了缅怀自己的过去，还有别的用处。

影龙号很快就开到了海昙花的中心，与此同时，裂空银的船也包围了过来，不仅仅是这样，不计其数的海盗也纷纷加入了追捕罗砚伦的行动之中。罗砚伦主动把船开到敌人的包围圈中，无异于自投罗网，巨大的影龙号不一会儿便被海盗船围了个水泄不通。

海上突然起风了，在猎猎的风声中，各色风旗迎风招展，围绕着影龙旗露出凶恶的獠牙。想在这片无法地带中证明自己，没有什么事情能比杀了北海之王罗砚伦更有说服力。谁都想斩了这条恶龙，坐上那被他盘踞已久的王座。

罗砚伦只是静静地坐在那里,后背的伤口竟然已经不药而愈,他轻轻地把海语贝放在嘴边,手指按住第一个孔,吹响了第一个音节。

没有人知道他想干什么,不少人甚至嗤笑起来,难道被数千人围困在大海的中心,堂堂北海之王还有闲心在这里演奏?

紧接着,海语贝的音调直转而下,刚刚还算得上优美的旋律,转眼间就像鬼哭一般席卷整片大海。罗砚伦把船开到大海的中心,停驻在林岛整个大阵的阵眼上,猛然间,海周围的十二处大钟随着海语贝附声而鸣,并将歌声不断放大,如同有上万个战士在每个人耳边发出怒吼。无数人纷纷倒下,用尽全力捂住耳朵,但那声音根本挡不住,它透过手的阻隔,直接撞击着脑海。那恐怕是他们听过的最难听的噪音,海妖的歌声不可抵挡地带动着人们的情绪,让他们不断地想到一些惊悚恐怖的画面,以至于疯狂叫喊歇斯底里,但影龙号上的人却没有受到任何影响,一道无形的屏障早为他们打开了,他们吃惊地看着眼下这些近乎发狂的海盗,随着那些巨大钟声的敲响,他们的痛苦正在不断地放大。

但最后的效果,却不仅仅是这样。

海语者能够同时唱出四种声部,这就代表着,他们在一段吟唱之中,至多能够同时施放四种秘术。罗砚伦所吹响的,除了一段能够影响心智的秘术之外,还有一段特殊音律的倒置。这段音律如果正着演奏的话,能让这片大海卷起巨大的漩涡,将巨大的海昙花从海中显露出来。罗砚伦的记忆力非常好,当海语者的歌声在这片大海上响起时,他就已经在记这些音调的位置了。他非常清楚,如果把这段旋律倒着演奏的话,海水将在船底汇集,一道水龙卷会把海昙花击垮。巨量的海水从天而降,将使海平面急速升高,海水与海水的撞击还会引发难以控制的海啸。通常情况下,海语者绝不敢做这样的事情。但罗砚伦并不在意海啸，他要从这里冲出去，谁都别想拦住他。

一曲终了，罗砚伦重新从地上站了起来。

"抓稳了！"

一声清脆的类似树枝折断的声音从海昙花的下方率先响起，那声音越来越大，也变得越来越深沉。海昙花的根茎终于无法支撑巨量的海水，就像失去了力量一般，巨大的花盘晃动着从上面倒了下来，像纸一般碎裂，坠入海底，高悬的海水从空中砸下，林岛上脆弱的城市根本不堪一击，房梁和墙壁瞬间被海水砸烂，周围的房屋被尽数摧毁。影龙号身处海昙花的中间位置，随着海昙花这道奇景的崩溃倾斜，它也获得了冲出海盗包围圈的推力，如一条咆哮的黑龙一般碾碎了无数小船，在不断坠落的海水上收起了它的大帆。猛烈的颠簸不断地从船的下方传来，早已做好了准备的影龙号，借着海昙花坠落至底部时带来的巨大冲力和海浪的翻涌向前飞跃。但别的海盗船就没这么幸运了，他们根本没有想到，海昙花这宛若宫殿的伟大造物会在顷刻之间分崩离析，在海水的席卷之下，无数的海盗船直接坠入了水中。

"关舱门！"罗砚伦大声喝道。

海水从天而降，直至最终拍击在海平面上，巨大的反冲力把无数小船直接摧毁，而那些大点的船，则纷纷随着惯性四散。影龙号和那些船一样，受控于自然的力量，在海水中沉浮。但影龙号上，没有人畏缩，也没人害怕，他们清楚地知道自己要做什么。即便他们在海浪之中什么都看不清楚，但两个宛若星辰的亮点，却给了他们最坚定的指引。

那是罗砚伦的眼睛！此时他的瞳孔已经完全变成了金色，在海的咆哮声中，那道金色的流光如同灯塔，给了影龙号上的所有人信心和勇气。在那道光的注视下，影龙号上的人瞬间就忘却了痛苦，能做的事情只有一个，那就是活下去。

羽翎也沐浴在那威严之中，不知道为什么，她也跟着行动起来，身体像是不受控制地屈居于那威严之下，岁正秘术却在流畅地运转。随着她手上绿色光芒的涌动，一些碎裂的桅杆开始自动修复，她游刃有余地控制着身体中那股力量，在金色流光强大的威严之下，一切都变得格外出色。

海面上已经起了海啸，巨大的浪潮从海的中心向四周扩散，把原本井然有序的林岛砸了个稀烂。顺着海啸的流向，那艘黑色的大船乘着巨浪凌空而起，它吞吐着海水，如巨龙一般升空，发出类似于风暴一般的怒吼。而它的四周，是数百艘战船的遗骸，它从船的墓地中爬了出来，带着无匹的气势。在一片欢呼声中，龙旗骤然升起，威猛的影龙徽记在阳光下发出耀眼的光芒！

罗砚伦，他是北海之王罗砚伦，当之无愧！海盗们高喊着他的名字，一鼓作气冲出了林岛。罗砚伦没有回头看身后已经被完全摧毁的林岛，在去苒山的路上，已经没有人能够拦得住他了。

第十八章　宿命一战

"你不会高兴多久的，"随着影龙号冲出林岛，一切归于平静。因为施展秘术而显得疲惫的羽翎看着罗砚伦，发现他似乎也有点虚弱，之前眼中凌厉的金色光芒也完全消失了。但她并不同情这个恣意妄为的家伙。"我的父亲知道是你掳走了公主，他一定会来这里救我们的。"

"是吗？他人在哪儿呢？"罗砚伦靠在桅杆上，不屑地问道，全然不顾力量过度透支以后，折磨着他的巨大的虚弱感。

"他肯定正在赶来的路上。"羽翎平静地说，内心很笃定，"我们的船速度快，追上你们的船绰绰有余。"

"我说了，他不会来。"罗砚伦的嘴角扯出一丝微笑，"他永远不会来了。"

"永远不会来？！"羽翎听到罗砚伦这样说，心里不由得一阵抽紧，情不自禁地抓住罗砚伦的衣领，"你说什么？你什么意思！"

"我没有杀他。"罗砚伦很不高兴地看着羽翎抓住自己衣领的手，后者识趣地松开了，"他不会来救你们的。"

"不可能！他是海督，不可能弃公主于不顾，也不可能弃……"她说到这里，意识到与这位海盗之王的争执并无意义，所以忍着没有继续说下去。

"羽末省是你的父亲吧。"罗砚伦低头看着她，那略带英气的眉宇之间与羽末省有些相像。

"不需你管。"

"很可惜，他确实是一个好海督，但不是个好父亲。"

"羽家军可以随时为白荆花献出生命，为帝国而死，我无怨无悔。"

"我问你一个问题，羽族公主雪凌澜和羽族海军舰队，哪个更重要？"

"当然是公主更重要。"

"但这样的公主让你们的舰队走向了绝路！"罗砚伦突然拔高了声音，"她的无知，她的义气，让你们的舰队蒙受了巨大的损失。为一个小女孩而死，还是保存实力东山再起，你考虑过吗？"

羽翎没有说话，这些话像楔子一样嵌进了她的心里，让她不自觉地想到了他哥哥。

"不可能，我父亲和羽家军绝不是贪生怕死的人。"

"在典海盛会之前，"罗砚伦一脸不以为然地说，"我把一封信交给了羽末省，上面明确地写了我将要做的事情。如果他不来，就说明他已经做出了自己的选择。他并非贪生怕死，只是趋利避害而已。"

"但如果他还是来了，那么我需要你做一件事。"罗砚伦忽然露出一丝诡异的笑，他把羽翎拉到身边，对着她的耳边说了几句话。

听到他的话，羽翎像失去力量一般倒了下来。眼前这个男人，她发现自己一点都看不透。

"老大，快过来看！"魏江河的声音打破了这里的宁静。罗砚伦抬起头来，看到遥远的海平面上，突然出现了一条细细的银线。

那是十二艘白荆花舰队的战船，银白色的船体上蒙着羽家军的愤怒。羽末省全身负甲，站在整支舰队的最前方，对着远处黑色的影龙号怒目而视。战鼓雷动，战旗飘扬，锐利的白荆花大旗刺得人眼睛生疼。

罗砚伦支撑着身体勉强站起来，刚刚的逃亡耗费了他不少力量，过度的体力透支让他身体承受着巨大的负荷，他感觉非常疲惫，单是站起来都已不易。虽然这已经不是他第一次使用那种神秘的力量了，但还是无法完美地控制它。他的眼角有血流下来，双眼也已布满了血丝，他抬起头来看了看，十二艘巨大的羽族战舰迎着影龙号，舰上的羽族士兵早已蓄势待发，羽字血旗盖住了太阳的余晖，连龙旗都因此黯淡了不少。

海督羽末省登上影龙号，没有带任何侍卫。他孤身一人，剑未出鞘，无视了挡在身前的众海盗，直冲罗砚伦走过来。

"你还真是个顽固的老头子，明明给你指了明路，却非要往死路上走。"

羽末省走到罗砚伦身前，罗砚伦的双眼与他对视的时候，好像面对着百万雄师。这位老将有一种气吞山河的气场，但都被他隐在眼睛里，气势不轻易外放，这是只有在沙场上历练了几十年的老将，才能做到的事情。

"公主呢？"羽末省语气很冷，丝毫没有商榷的意思。

"她现在还好得很，但你要是再往前走一步的话，就很难说了。"

"罗砚伦，杀了公主对你没有任何好处。"羽末省抬了抬手，身后的百余名羽族士兵擎起弓来，动作整齐划一，"你活不到去找万东牒领赏的时候。"

"鱼死网破这种事情，我也不是做不出来，"罗砚伦指了指身后已经陷入一片混乱的黑市群岛，"你不就是想要雪凌澜吗？这事我们有得谈。"

"没什么可谈的，你掳走公主已经触犯了我的底线，所以你必须死。如果你能主动把公主交给我，我保证你全体船员的安全。"

"触犯了你的底线？"罗砚伦摊了摊手，"如果这次典海盛会你跟来的话，我绝不会有带走她的想法。羽末省，你敢说你从没有对这个小公主失望过？"

"失望？远谈不上。我曾对着白荆花的大旗发过誓，无论如何都要维护白荆花的利益，所以我修整军队，未能出席典海盛会。却没想到，你堂堂北海之王，却是如此阴险的人。"羽末省拔出剑来，剑上的寒光照亮了罗砚伦的脸，他除掉了头上的铁盔，花白的须发迎风而舞，铿锵有力地说，"作为白荆花的武士，我羽末省今日独自一人，赴你的海杀红榜之约！"

"原本看你是个老头，不愿跟你作对，但是我今天正巧有伤在身，趁这个机会，就会一会你这夏阳港上的海督！"

两人几乎是一个喘息间就撞在了一起，罗砚伦的刀和羽末省的剑同时迸发出火星，下一刻又突然分开。在接下这一剑之后，罗砚伦几乎有些站不住，他没想到羽末省作为一个骨质中空的羽人，竟然会有这么大的力气。但更令他在意的是，身体好像被灌了铅，沉到根本迈不动步子。之前那种状态带走了他大部分的精神力，使他的反应力和战斗力都大打折扣。不仅仅这样，身后原本被顾展图砍的那一刀伤口还崩开了，血顺着他的大腿流了下来。

看到罗砚伦身体上的异样，原欲攻击的羽末省停了下来。魏江河下意识地挡在罗砚伦的面前，拔出刀来狠狠地瞪着羽末省。但是罗砚伦一把拉开他，支着刀重新站了起来。

"这是我跟他的事。"罗砚伦吐了一口血,脸上挤出一丝笑,"我是你们的船长,就是天塌下来了,我也给你们顶着。"

说完这句话,罗砚伦后腿一用力,整个人如离弦之箭一般飞了出去,刀刃破风而过,被羽末省手里的大剑一下挑开。因为身体逐渐失控,这一刀出得破绽百出,羽末省一脚就踹在罗砚伦的胸口处,让他在空中画了一个弧线,最终落到了桅杆之下。罗砚伦缓了很久才从地上站起来,脑海中炸裂一般回荡着一个声音,每当自己虚弱之时,这个声音就越发清楚,就好像有个庞然大物在自己的意识海之中发出低吼。自己的身体越是不受控制,情绪就越容易被那种声音影响。在与羽末省交手的这几个回合里,他几乎失去了身体的控制权,但他还是抑制不住非要从地上站起来的冲动。

就好像,他的意识中有一个非常骄傲的东西,在支配着他的身体。

他的视线有点模糊了,眼珠被血覆盖,他眼中的血越来越多,同样地,瞳孔中的金色也越发密布。他身负重伤,但是他却完全感觉不到,他只感觉自己脑中一片空白,昏昏沉沉得好似随时会倒下。

"你是个好对手,所以我必须尊重你,你拔出剑了,以武士之名对我发出挑战,我若是退缩,那比让我死了更难受。"罗砚伦也不知自己为何会说出这样的话,明明他一点战斗的欲望都没有了,可是身体中好像又有蓬勃的力量在涌出。

是他,肯定是他。罗砚伦咬牙皱眉,像是极力在压制体内那股暴动的能量。可恶,偏偏要在这个时候冒头,他的身边可没有绡藏金。他捂着眼睛,身体一边承受着极大的痛苦,一边又有蓬勃的生命力不断地修复他身体受损的地方,但他的意志力正在快速衰减,身体已然不受自己的控制。这就是他不爱动用那种力量的原因。

他总感觉,若是继续放任那个嚣张的家伙不管,终有一天他会迷失在里面。

"想杀掉我就趁现在！"罗砚伦大声喊道，他抬起头来，一只眼睛里流出血来。但同时，强烈的杀意从那双眼睛里流淌出来，像是汹涌的大潮般向羽末省袭来。

那不是人的眼神。羽末省在对上那目光的瞬间就感觉到了，他下意识地打了个激灵，冥冥中他感觉到，若是接下来不认真打的话，可能真的会死去。

于是羽末省点了点头，重新将剑抬了起来，这是柄六尺长的巨剑，剑身散发出银白色的光芒，上面雕刻着白荆花的图案。这是先帝尚在时，因羽末省镇守夏阳有功而赐给他的宝剑，剑名定海，羽末省当初于海底一剑斩落桅杆，用的就是这把剑。羽人的身体并不适合使用这样的大剑，但身为毕生无法飞翔的无翼民，羽末省却除外。此时，他的目光汇聚于一点，全身蓄势，在听到罗砚伦说出那句话之后，先是点了点头，然后突然一剑挥了出去。

巨剑横掠而过，而羽末省踏在原地，整个人陀螺一般扭转了半圈，一道半月状的剑意直逼罗砚伦而去。但这并不是普通的斩击，羽末省看似在原地转了半圈，实际上是来回斩了三次，有另外两道剑意隐藏在第一击最强的斩击之下，那是拼尽全力的剑招，羽末省毕生所学，都凝聚在这简单的三式挥剑之中。那劈斩如迅猛的洪水般磅礴大气，足以轻易斩断铠甲的防御，紧随而来的第二道剑意如细水长流，轻柔而连绵不绝。但最凶险的是那第三道剑意，它没有形状，也没有声音，是由持剑者本人的剑意凝成。第一剑虽然霸道，却直来直去，大开大合，用蛮力就可以接住。第二剑隐藏着数千种杀招，需要听声辨位，用巧劲才能化解。但第三剑无形也无锋，那剑意从四面八方而来，就像大海一般辽阔壮观，只要有一道落在罗砚伦的身上，他就必死无疑。

但罗砚伦什么都没有做，只是看着那道剑气直逼他的面门而无动于衷。他的手仍然握着刀，在剑气即将撕裂他身体的一刹那，罗砚伦在原地消失了。

不，那不是消失，而是有风挡住了视线，那一刀改变了风的走向，把一片范围内的气流都切乱了。罗砚伦迎面撞上了那道剑气，挥出刀的时候，前两道剑气从他的身上一晃而过，但同样地，他接住了第三道剑气。羽末省虽然刚正不阿，那道剑意却如姑娘一般轻柔，像蛛丝一般难以捉摸。那道剑气向罗砚伦扑过来，他的刀迎上的时候，瞬间就被漫天的剑意撕了个粉碎。

剑意是防不住的，能够一剑斩出剑意的人，用什么武器都是一样的。

除非，你的意，比对手更强。

罗砚伦的气势突然变了，他以手作刀，一个简单的斩切化作比太阳还要耀眼的光。随着那道光的迸发，蛛丝一般的剑气瞬间就如溃兵般撤了下去。在那个时候，罗砚伦已经不知道自己在做什么了。在他的意识中，他仿佛看到一个比天空还要伟岸的庞然大物从那金色光芒中遁起，咆哮着冲开剑围，在裂空中发出清脆的巨响。不仅仅是羽末省，在场的所有羽人都看到了这一幕，那是罗砚伦的刀意，是武士最为纯粹的直刺。那道灼人的光芒朝羽末省冲了过去，带着推山填海的气势。众人甚至感觉，如果不阻止他的话，不仅是羽末省，连同他身后羽族的舰船都会在这次狂躁的冲击中四分五裂。

但是那一击并没有继续前进，在到达羽末省眼前的时候，那道强烈的光芒像晨雾一般四散开来，而罗砚伦也终因失去力量砰然倒下。呼呼的风把羽末省的白发吹起，把身后的白荆花风旗尽数撕裂，在那一片凌人的杀气之中，羽末省仿佛听到了天空和大海裂开的声音。

那是他这一生中所听过的最威严的一次啸声,他在那风中站了好一会儿,手中的剑不断地颤抖着,好像在发出恐惧的低吟。

"胜负已分,没必要打下去了。"羽末省把剑插回剑鞘,虎口已经被震出血来。他缓缓地走到罗砚伦的身边,把他从地上拉了起来。

"江河,放人。"罗砚伦倚在桅杆旁,头上渗出厚厚的汗,他已经没有任何力气再搏斗了,无论是在精神力还是体力上,都处于一个极度枯竭的状态。

对这位羽族老将,魏江河如今也充满敬意,能和老大打得旗鼓相当,这样的事情很久都没有遇到了,他扶着昏迷的雪凌澜来到羽末省面前,一改往常的戏谑,用尊重的语气说道:"将军,你们的公主被船长吓昏过去了,你仔细看看。"

羽末省接过昏迷的雪凌澜,用手轻轻拨开她雪白的长发,看到的却是羽翎的脸。羽末省没有惊讶,他微微地笑了起来,那笑容里没有了将军的威严,像是一个年迈的慈父看到归家的女儿。

羽末省放下"雪凌澜"的白发,将她抱起来,朗声说道:"公主,请放心,羽家军将永远守护着你。"说这句话的时候他注视着罗砚伦,声音冰冷,像是在震慑敌寇,又像是在许下诺言。

看着眼前正气凛然的羽族将军,罗砚伦却只是摇了摇头,他用虚弱的口气问道,"我赢了,还是输了?"

"不重要了。"

羽末省收起之前那副冰冷的语气,沉沉地叹了一口气。

第十九章　流火灼心

江琉华站在裂空银的大船上，眼睛扫过当下遍地残破的林岛。

她的眼睛通红，但没有泪，那双白梨花般的眼睛里，是溢于言表的愤怒和悲伤。

残阳如血，令大海漫上一层深沉的轮廓，破碎的船骸和建筑残片浮在水面上，数十艘裂空银的船在林岛内海穿行，忙着救助落水的船员和巨商，但这依然无法平息海盗们的怒火。

从影龙倾覆海昙花，在一片霞色中扬长而去的那一刻起，仇恨的种子就已经种下了。

但江琉华已无心关注那些海盗的心中所想，典海盛会的不完美落幕，必将让那个神秘莫测不苟言笑的典海堂主人对自己失望。

那么自己多年来的努力，很有可能付之一炬。

还未等处理好眼前的焦头烂额，典海主的传令就下来了。江琉华望着那一纸传令，心情多少有些复杂。海昙花被毁，典海堂将蒙受巨大的损失，而这一切可说是源于自己的失职，那自己该以怎样的方式来面对对她恩典有加的典海主呢？

以他的性格，肯定不会责怪自己，但这一次犯下的错误，已经触犯了底线。

她有些不甘、愤懑，而给她带来这一切后果的那个人，那个狂妄之徒，势必付出代价。江琉华咬了咬牙，随后登上了前往无忧岛的船，等匆匆赶到行宫的时候，典海主已经在那里等候多时了。

"对不起，大人，我来晚了。"看着座上那个散发出死人一般气息的典海主，即便自己常常伴随他的左右，江琉华依旧浑身感到不自在，好像现在在眼前的，只是一个空有声音的躯壳。

"林岛的情况怎么样？"典海主抬了抬手，没有怪她，只是从他的话语中感觉不到任何一丝活气。

"很不好。海昙花崩溃之后，海啸破坏的不仅仅是周围的建筑，连同发动典海盛会的秘术法阵都被摧毁，要想修补恐怕需要不小的投入，时间也需要很久，这就意味着，林岛上的典海盛会可能很长时间都不会再开启了。"江琉华小心翼翼地说着，说到这里的时候，还抬头看了一下典海主的神态，手心里渗出了汗。

"罗砚伦那里呢？"典海主面具下的声音很冷，听不出愤怒的情绪，即便罗砚伦惹出了这么大的乱子，他却仍是一副波澜不惊的样子。

"据天机的消息，影龙号在弯刀海峡之外遭到了白荆花战舰的阻击，罗砚伦掳走了雪凌澜，羽末省前去救主。虽然羽人气势汹汹，却没有引起大的冲突，羽末省与罗砚伦单独决斗，胜负不知。雪凌澜最终回到了她的舰队，双方似乎是达成了某项协议。"

江琉华看了眼不动声色的典海主，缓了口气继续说道："以白荆花的实力，完全可以全歼低迷状态的影龙海盗团，但是他们却妥协了。羽末省瞻前顾后，说明雪凌澜在他眼里是不可抛弃的。他本是个良将，但护主心切，应该会比其他人好对付得多。"

"这件事情恐怕没有这么简单，"典海主摇了摇头，抬头看着窗外一直飘忽不定的线云，"看来有贵客到了，你先下去。"

江琉华恭敬地做一个欠身，转身走了出去，在开门的时候，有个人挡住了她的路，她并未开口，想要让出位置，但对方已经先于她让了开来。

江琉华礼貌性地抬起头来，看到的是一双如海一般的琉璃色眼睛。

只是微微一个愣神，她的情绪就被那双眼睛吸了进去，即便她再努力地控制，但内心中无数复杂的情绪还是被抽离出来。那是一双摄人心魄的眼睛，你明明拼命想要躲开它，却又忍不住想多看上一眼。一个人怎么可能有这么强烈而直接的感情呢？究竟是经历了多么惨痛的离别，才能像它那样纯粹而又迷人？碧海云低下头来，那眼中带来的压迫力瞬间就从江琉华身上撤了下去，她在原地失神了很久，眼泪竟不自觉掉了下来。

因为她突然想到了十年前，有个男孩用奶声奶气的声音对她说，姐姐，我不要做江家主人，你也不要走好不好？

碧海云没有说话，轻轻地从外面走了进来。直到典海主对他做了一个请的手势，示意他入座，碧海云才慢慢坐下。

"南王，这次的小事故打扰了你，我在这里先赔个不是，实在是措手不及。"

"宾客滋事，错不在主人，典海主无须如此。"碧海云轻声说道。

"确实是我未能妥置。"典海主看了看碧海云，他的表情并不凝重，像是一抹虚无缥缈的碎云，"南王此行不顺，典海堂愿尽数承担你的损失。"

"我不为此事来，只是先前听闻了苒山的只言片语，希望在此处求个明白。"

听到这里，典海主从座位上站了起来。他听出了碧海云语气中的强硬，在这场事故中碧海云承担了不小的损失，这份人情若是想还，势必会付出相当一些代价。但碧海云话中的意思很明白，苒山的消息比当下所有的事情都重要。

如此一来，典海主也没有再搪塞下去的理由了。

他背着手，抬起头来看着墙上的一幅墨宝，上面写着"如云，如海，如山"六个大字，出自一人之手，但每一个字的风格却都不尽相同。"云"字似线云般缥缈莫测，"海"字若大海般伟岸宽容，"山"字如铁山般巍峨尖锐。汹涌的浪潮，断裂的海云，与不动的大山，三个完全不同的意象充斥在画面之中，如三足鼎立，将外海上的大势尽数分割。字符的左下角题着一行小字，上书"隐梁"。

这是隐圣碧温玄的字！

碧海云也看到了那幅字，他眼中的一点光芒亮起而又隐去，就像大海中一跃而过的游鱼。他仔细端详着每个字，笔法的每一处停顿都有记忆中的样子。

久久之后，他终于开口说道："这是家父仍在世时作于苒山的字，辗转多年竟到了此处。"

"碧先生赠人的书画不多，也从不参与买卖，如今留存在世的都是无价之宝。碧先生的遗作，我有幸买到了其中之一，还有更多的，在陆擎入主苒山之后，已经如数献给了当今九州皇帝万东牒。"典海主点头淡淡道。

听到这里，碧海云的嘴唇不自觉地抿了起来。

典海主发现了碧海云表情上的微变，对于自己试探的结果还比较满意。在那场晚宴上，碧海云不动声色地抛出了自己的身世，这对于典海主来说，是一个很微妙的时机。南方海盗联盟盘桓于溯洄海，天机对于碧海云却几乎一无所知，如今大陆政权剧变，海上局势一时间也微妙起来，中立的黑市群岛作为分割南北海势的重要一环，典海堂也变得备受关注。碧海云前来不为补偿，而只是为了探听莳山的下落，那么碧海云真正想要的是什么？

典海主心里清楚，利用碧海云与碧温玄之间的联系，必定能挖出很多天机还未曾知晓的东西。

"大人，家父的文作还有许多，为何偏偏选了这幅？"碧海云对于典海主的试探毫不在意，好像他并不在意典海主利用自己的身世来做文章，他注视着那几个字，呷了一口茶。

"隐圣一直是鄙人所敬佩的大贤，他的气度、智慧、影响力都是典某一生都达不到的高度。我仍记得先贤尚在时，莳山俨然已是近海各地鲛人的圣地，数以万计的鲛人不远万里去莳山拜访，只为求得先生高见。那时候的莳山不似今日，隐圣辞世之后，鲛人，已经永远地失去了它。"

典海主闭眼沉思，语气中有些惋惜，话毕也仍在回味。

"而我之所以会喜欢这幅字作，除了是隐圣的墨宝之外，还有一个重要的理由。"典海主脑中浮现着那几个笔触各有春秋的大字，仿佛正通过这幅字作与碧温玄对面，"在下愚见，这幅字所传达的意象，绝不仅仅局限于人。更妙的是隐梁公子天才智慧，居然预测到了几十年后的今日。"

云字似线云般缥缈莫测，海字若大海般伟岸宽容，山字如铁山般巍峨尖锐，说的就是碧海云、典海主与罗砚伦三人啊，近海局势如猛虎破风，这三人也在当下成为威胁九州近海沿岸最大的三股势力。而典海主的狂图，绝不仅仅拘泥于海中！他睁开眼睛，饶有兴致地看向在一旁不动声色的碧海云，野心藏在那句话里，像火山爆发一样喷涌而出。

"哦？可是谁又知家父真正所想呢？"碧海云的话如同一泼冷

一八一

水，冷却了典海主的蓬勃之气，他的眼中始终是一副无欲无求的样子，像海风一样无形无踪，"战争让他失去的东西，绝不应再通过战争来偿还。"

这一瞬间，让典海主之前的想法骤然破裂。他看着碧海云，那谜一样的瞳孔里像是有层雾，让人始终无法捉摸他真正的想法。碧海云北上不是为了挑起战争，那他为什么会打苒山的主意？

苒山，可是人族告死鸟陆擎的栖息地啊！

"白荆花舰队正在赶赴苒山，要与告死鸟决一死战。"典海主打消了再次试探碧海云的念头，他确定了现在的碧海云不是一个真实的人，即便是探听到了只言片语也不过是一场无钩之钓。

"苒山不该成为战场。"碧海云静静地说道，"若是家父尚在，绝不希望看到这样的结果。"

"你阻止不了战争。"典海主面具下的脸微微一笑，"亡国之恨，不死不休。种族之间的血海深仇，只有用血才能平息。我听过太多这样的先例了……"

但随即，典海主的话中断在空气中，他很识时务地不再说下去，因为刚刚有一瞬间，碧海云眼中有幽暗如同山岳般的气息射了出来。他从座位上站起来，双眼之中蒙上一层厚重的云翳。他不再是如云般缥缈了，此刻展现在典海主眼前的碧海云，是被千万人簇拥的南海之王，渊蛇的海盗旗顺着大风挥师而上，碾压过的海面久久无法平静。纷乱的南海归于一人之下，靠的绝不是无为而治，碧海云根本就不是率领着海上豪杰，而是在统治！他才是南海之王，真正的王！

典海主不再说话，掠过眼锋，向窗外看去。天空中原本平静的云图，突然开始剧变。破碎的线云无风自动，咆哮着，燃烧着冲向黑云压城的苒山。

海云，似是愤怒了。

"我身为羽族，却是鲛人的孩子。相较于人和羽，大海才是我的家，先前我向各位抛出自己的身世，是因为我不想再隐瞒下去。我将挥师北上，重振鲛族的圣地苒山。得让那些人看看，在这片大海上，总要有说话算数的人！"

典海主听到这句话，视线重新回到了挂在墙上的那幅字作上，如云，如海，如山，六个大字入木三分，落地生根。典海主有些吃惊，他有些后悔自己之前说过的话，那些话太急躁了，也太过自大。

他似乎看见了碧温玄写下这些字的时候，站在一旁的碧海云挠头询问这些字的意思的样子。

他也终于明白过来，为什么碧海云会对他的想法不置可否。

这六个字说的，分明只是碧海云一个人啊。

雪凌澜从浑浑噩噩中醒来，她的头很痛，空气中传来令人讨厌的腥臭味，但四周黑漆漆的，什么也看不清。四下寂静无声，只有脚下的地板在轻微晃动，告诉她这是在一艘船中。这让她内心稍安。

从夏阳港出发至今，过去月余在海上的漂泊，已经让她不知从何时起有了一种错觉，好像只要脚下的地板还在晃动，她就还在复国之路上。

可笑，可悲，可气，这种时候，她还在自我安慰。雪凌澜对这样的自己感到厌恶。

如今伴随着脚下的晃动，雪凌澜甚至隐约听到耳边传来海浪声，一片漆黑中，其他的感官都更加敏感起来，但这种幽闭让她无法确定那海浪声是幻觉还是真实。她尝试着站起来，伸出手来四处摸着，但脚下湿漉漉的，只能用手撑着才能用上力气。她想要扶着墙壁站起来，但手指刚接触到地面便有些后悔了，地面湿滑像是海蛇的皮肤，用手轻轻一压竟然有些下陷，这不仅让她害怕还有些恶心。

船里为什么会有油呢？

下一秒雪凌澜突然意识到，这些东西根本就不是油，而是血，是某种东西的血布满了整个地面！联系到空气里夹杂的腥臭味，雪凌澜有些毛骨悚然。

她闭上眼睛，深吸一口气，梳理着思路。记忆中最后的画面，是她与羽翎在典海盛会影龙的座席厅中，她看到罗砚伦眼中放出灼热的火光，那火焰侵入她的意识，龙旗上影龙的标识在脑海中凭空炸裂，之后的事情，她就完全记不得了。

"羽翎，羽翎，你在吗？"雪凌澜小声叫着羽翎，却无人回应。但很快，似乎有人听到了雪凌澜发出来的声音，伴随着一阵沉重的脚步声，雪凌澜听到头顶传来舱门开启的声音，随即有光笔直而下，瞬间照亮了舱中的一切。强烈的光照下，雪凌澜下意识用手遮住了眼，阳光刺得她眼睛生疼，但她同样也看清了旁边货箱上雕刻的熟悉符号。

那是，影龙！雪凌澜这才明白，命途辗转，她最终还是上了这条狂龙的船。悲愤中，她眼睁睁看着魏江河笑嘻嘻地走下来，一把就箍住了她的手。

舱外的海盗骂骂咧咧地打着牌，在无风无浪的大海上，他们无事可做，看着雪凌澜被从舱底下押上来，他们停下手里的动作，眼中不自觉地流出一种怪异的贪婪神色。那眼神对雪凌澜来说无比陌生，她从未见过有人如此赤裸和直接地看着她——人族的士兵是凶残而麻木的眼神、典海主的晚宴上各方势力是含蓄而傲慢的，但这些在海上无法无天的恶棍，不服从于任何王权，蔑视律法和道德，被他们注视着的感觉让雪凌澜后颈发麻。

在这些人眼里,自己究竟是什么样的存在呢?就像嗜血的屠夫盯着手无寸铁的猎物,看着它畏畏缩缩地反抗,听着它虚张声势地吼叫。之后扒掉它的皮,甩上案板,一块块地斩肉?

无情,无义,却干练得让人拍手称快。

雪凌澜被魏江河箍着,竟一点力气都用不上,魏江河的双手如同钳子一般牢牢将她锁在那里。雪凌澜知道自己要去见谁,她的眼中充满了愠色。

但魏江河并未理会,他推着雪凌澜,用脚顶开了罗砚伦舱室的门。

雪凌澜被一下推了进去,在这之后,魏江河很识趣地离开了,只留下她自己孤身面对那个十恶不赦的海上浑蛋。

但映入眼帘的,却不是雪凌澜想象的那个样子。当下的罗砚伦并没有之前那样盛气凌人,相反,他看起来还相当虚弱。罗砚伦耷拉着眼皮,全身陷在大座的柔软垫子中,那上面的紫金天鹅绒像女人的皮肤一样光滑,他沉浸其中,看起来一副随时要睡着的样子。他面前的桌子上胡乱倒着一个酒杯,还有一些洒在地上,空气里凝固着一股血的味道,浓郁的酒香混杂着血气,在雪凌澜的鼻腔中氤氲,让她恍惚中似乎有了一丝醉意。

看到这样的罗砚伦,雪凌澜大步走上前去,她紧咬着牙,眼中的怒意更甚。

"我敬你是北海之王,带着万分诚意前去会面,你就用这样的方式来回报我?羽翎呢?"

"对我有意见的话,何不杀了我?可是以你的本事,大概连杀人都不敢。"罗砚伦似乎不太想说话,直接丢下这样一句话,指了指放在桌子上的短剑"海流火","所以你的诚意,在我看起来不过是走投无路的表现。"

"那就如你所愿。"雪凌澜被罗砚伦轻蔑的语气激怒了,她想都没想,顺手去拿那柄剑,然而她的手刚要碰到海流火,就如同触电般瞬间将手缩了回来。在那一瞬间,她好像听到一声虎啸,巨大的吊睛猛虎朝着她迎面砸下。雪凌澜不禁倒退了好几步,深吸一口气,才明白过来那不过是个幻觉,海流火依然静静地躺在桌子上,只是发出一声清脆的破鸣。

"若是连杀人的本事都没有,你还指望复国?"罗砚伦虽然疲惫,却仍不忘敲打雪凌澜。他伸出手去,倒了酒朝她晃了晃,但雪凌澜冷冷地拒绝了,他便自己喝了起来。一杯酒下肚,他咂了咂舌头,胃里暖和起来,想睡一觉的感觉更盛了。半眯着眼睛,说起话来一个哈欠连着一个。"那个秘术师已经离开了,是她父亲羽末省救了她,但不是你,你谁都救不了。没有你,那支舰队就还是夏阳羽家军,在海上立足之后,还是会想办法为你的家族复仇。但如果你还在,只会带着所有人一起去死——羽末省也算是想明白了。"

罗砚伦的话刺进雪凌澜心中,直觉告诉她罗砚伦在欺骗自己,但回忆起羽末省最后那颓然的表情,她又莫名地恐惧起来。羽族复兴,靠的是无数羽人的拼搏,而不是自己身体中那人人觊觎的血脉。如果放弃自己可以让羽族复兴,她何以自处?她原本觉得自己可以坦然赴死,但现在却发现自己正在颤抖。

换句话说,她真的有那么重要吗?

"你在骗我……"她挣扎着说,却毫无自信。

"你现在在我手上,我有必要骗你吗?"罗砚伦面露不耐,讽刺地说,"当然,你大可以不相信我,那你还在犹豫什么呢?翊王朝公主殿下,我现在放你离开,你要去跟羽末省说,你逃出来了,所以继续由你来决定白荆花的下一步吗?"

声声带刺，字字诛心。

雪凌澜的信心前所未有地动摇了。是的，她被人奉为雪氏最后的血脉，以此获得了一群忠诚的军人拱卫，她习惯了发号施令，习惯了将自己和整支舰队绑在一起。但如今她一个人留在了虎狼之地，守护她的人不见了。

人越贪心，便失去越多。蝴蝶在夏阳港扇了小小的翅膀，却在千里之外的浩瀚大洋上搅动了覆亡之海。她自己口口声声说着要与守护她的人共存亡，却是把他们当成了自己的挡箭牌。在她的潜意识中，只要有这些人在，就还有时间可以挥霍，还有筹码可以置换。

但这些骁勇善战忠心护主的战士，不过是在慢慢地死去啊！

"事实上，对你而言，是被掳走的，还是被放弃的，并没有什么区别。这海上，你能不能凭自己生存下去，才是真正重要的事情。在我们北海历来有一个规矩，杀一个人，便能取而代之，杀戮就是生存之道。我罗砚伦横行溟海近十年，有无数人觊觎我现在的位置。你若是杀了我，这艘船，以及我的船员，就全部都是你的，可你有这个勇气吗？"罗砚伦躺靠在那里，懒懒地说出这句话，"但若你杀不了我，就算我放过你，就算你能回到羽末省身边，你也不过是一只金丝雀罢了。"

"在这房间里，能杀死我的东西，只有那柄海流火，你自便吧。"他说完这句话之后又灌了一口酒，剑影融在酒中，酒色发出祖母绿般的危险光芒。一杯酒下肚，罗砚伦却很受用地闭上眼，享受那液体带给自己的片刻安宁。

绡藏金，碧海国鲛族用五十年光阴酿制的美酒。那碧绿的液体冰冷刺骨，就像万年不见阳光的海底深渊，一口下去，从唇舌凉到脚踝，却偏偏有阳光的感觉从身体的每一个毛孔中迸发而出，像是茁壮成长的青笋，在大雨滂沱之后如宝剑一般从地底刺出。在黑市群岛，罗砚伦一直没有找到机会喝下它，最终只能任由内心那个暴戾的家伙接管自己的身体，若不是羽末省强大的剑意将他最后拉回现实，后果不堪设想。

现在的罗砚伦脸上充满疲惫，那一场战斗让他的身体承受了常人难以忍受的负荷，也让他的精神萎靡，他的意识正在被巨大的空虚感侵蚀，能力的衰退和丧失让他有一种退化的错觉。

东陆越州生长着一种罂子花，能够激发人的潜能，让人处在持续亢奋的状态中，不管是身体机能还是感知力都能得到量级的提升，从而极大增强战斗力。但当药力衰退，人就会陷入到巨大的颓靡之中，身体和精神上的双重空虚感会持续折磨他，只能再次依赖它去维持精神，循环往复，直至死去。九州大陆上的人会以此培养死士，并在陷阵之前给他们喂食那种毒草，迅速地榨取他们的生命力，换取有限的疯狂的杀戮。而罗砚伦的力量来自于更强大的精神深处，它远远强过那些死士，当力量消退，面临的就是更深更彻底的空洞和虚弱。

"变强是需要付出代价的，杀人也是。"罗砚伦淡淡地说，呼吸到最后渐渐趋于平缓，说完这句话之后，竟然两眼一闭彻底睡了过去。

看到罗砚伦陷入沉睡，雪凌澜有些不知所措。她看着静静地待在桌子上的海流火。拿起这把剑，狠狠插向罗砚伦的心脏，接管他的船，这是罗砚伦给她指的路，这条路看起来如此简单明了，但无数疑问充盈其间。

这是不是什么陷阱？罗砚伦是不是在装腔作势想要戏耍自己？如果真的能杀了他，他为什么给自己机会？杀了他真的可以接管影龙号？接管了影龙号又能做什么？

这无数疑问最终回到了一个问题上，一个雪凌澜一直在回避，却清醒地知道自己必须面对的问题：她真的能哪怕只是拿起海流火吗？

暗月的气焰在海流火的剑身上流转，这柄剑上附着与寒息岛同源的诅咒和恐惧，在典海主的晚宴中雪凌澜就曾见识过，刚才她试着去接触，不过一瞬就已经被彻底击溃。握住这把剑，杀死罗砚伦，这在她心中是几乎不可完成的任务，她甚至无法去想象再次碰触那短剑。

雪凌澜环顾整个舱室，这里应该是罗砚伦的房间，墙壁上悬挂的武器数以百计。她走过去，试着拿起其中一把刀，这是一柄人族惯用的障刀。那刀刀柄以龙头为基，斩铁如削泥，雪凌澜反手持着，一步步重新走回到罗砚伦面前。这柄刀足够锋利了，只要狠狠刺下，就能贯穿血肉，了结生命。

杀人而已。

雪凌澜举起刀来，双眼中怒意盎然，她瞄准罗砚伦的胸膛，锋利的短刀如黑夜下的鬼魅，这一刀下去，就算是他这时候醒过来也根本躲不开！

而罗砚伦看起来没有任何防备，他正沉于梦境之中，时而皱眉，时而释怀。这样的罗砚伦是雪凌澜未曾见过的——她不知道这是缃藏金的力量。罗砚伦内心深处的暴戾正在深眠中被慢慢消解，在雪凌澜眼中，此时的罗砚伦安宁祥和，丝毫不像那个飞扬跋扈的北海恶徒。

看着这样的罗砚伦，雪凌澜一腔的愤怒忽然消散了，转而是浓郁的自嘲，罗砚伦的话在脑海中徘徊。

"若是连杀人的本事都没有，你还指望复国？"

"这海上，你能不能凭自己生存，才是真正重要的事情。"

"在这房间里，能杀死我的东西，只有这柄海流火。"

"可你有这个勇气吗？"

障刀被狠狠掷到地上，发出刺耳的金属碰撞声，却完全没有惊扰罗砚伦的沉睡。雪凌澜泪流满面，看着沉睡中的罗砚伦。"凭什么你可以睡得这么宁静？"她喊着，发现自己竟然无比羡慕起罗砚伦。

他活得太过自由了。

自由得，不像是北海最臭名昭著的影龙海盗团船长罗砚伦，倒像是个爱打抱不平的江湖浪人。

反观自己呢？

权衡和逃避，过去数月占据着她。权衡自身实力，逃避人族大军。权衡前进方向，逃避直面死亡。权衡海上各大势力，逃避莽山失陷的现实。权衡杀死罗砚伦的方式，逃避海流火带来的恐惧。一次次退而求其次，一直在保存实力，却一直在失去，如今她失去了所有，在生与死的关头，她竟然还在逃避？

于是雪凌澜又重新看向海流火，这柄奇怪的短剑，被纯黑色的剑鞘封着，从外表看上去，就只是一柄打造精良的宝剑而已。但雪凌澜领教过它的恐怖之处，她依旧记得，晚宴上亲眼所见的那个巨影，那绝不是凭空想象出来的造物——只是，被剑所封印的那个灵魂，究竟是出于谁？

雪凌澜深吸一口气，伸出手，试着再去拔出那柄剑。出乎意料的是，几乎并不费什么力气，也没有吊睛猛虎，她轻易地就拔出了剑柄，剑上的寒光瞬间就照亮了她的脸，剑锋上铭刻着不明其意的纹饰，如镶嵌的无数只眼睛，那些眼睛直勾勾地看着她，随即戾气如灼烧的火焰一般散发出气浪，那气浪所指之处，竟然连酒都开始冻结。炽热与寒冷交织，雪凌澜措手不及间，意识再度被侵入，但这次她咬紧牙，绝不放手。

幻境紧随气浪而来，雪凌澜又看到了秋叶被万骑撕裂的场景，羽族的军队在人族铁枪之下如摧枯拉朽一般败溃，数以万计的将士被坑杀。武士的冤魂在战场之上久久不散，硝烟弥漫之地，只有女人和孩子的哭声响彻于野。人族士兵们砍下他们的头，高扬在天上，猩红的红缨随着大雨潇潇而下，冲刷着马铠上的斑斑血迹。胜利的人族大军在秋叶京大肆屠杀，断裂的四肢和战甲被扔得到处都是，羽人的愤怒被雨声掩盖了，岁木在燃烧，信鸟在嘶鸣，只有雪凌澜一人站在战场的中心，不知所措。

她的情绪被这些真实的场景慢慢侵蚀，逃离的想法又一次浮起，她不想继续陷入这样的绝望之中，不想一遍遍重温失去的感觉。只要松手，丢掉那柄剑，就可以摆脱这样的感觉，不然就将永远陷于恐惧之中，就像那些从寒息岛归来的同伴，就像那些在秋叶城外只剩下空洞眼神奄奄垂死的士兵。

"你所面对的敌人，永远不可战胜，逃避就能保存实力，只要不主动出击，就不会输，你真想看着身边的人都一个一个死在你身边吗？"一个声音不断地在耳边回荡，怂恿她放弃手中擎着的海流火。但另外一种强大的愤怒也升腾着，压制她的恐惧。我为什么要害怕？我为什么要逃避？！我记得自己在秋叶中手足无措的样子，我也同样记得奔逃夏阳，誓要复国的决心！

她不再管这到底是不是幻觉，如果秋叶要在她脑海中失陷一万次，那她就要为此奋战一万次，在废墟一般的秋叶京放声哭泣改变不了一切，夺不下失去的王土，拿不回人族霸占的苒山，换不回海上群雄的垂怜，得不到羽末省的慰怀。只有弱者才会继续哭泣，恐惧绝不能打倒她，因为她是——

她可是，那群失国之人的希望啊！

她一步步地在这废墟之中行走着，越来越快，忽然两片稚嫩如初月的羽翅将她擎了起来。她飞向那面斜插在大地上的白荆花大旗，奋力将它拔出高举到空中，大雨浸湿了她的头发，脚下是人族骑兵的冲锋，她面不改色，即便在那纷乱的马蹄声下大地都在颤抖。脆弱洁白的白荆花染着鲜血，一片萧索中雪凌澜将亮白如晶的庞大双翼彻底展开，在阴暗的天空中划过一道雪白流线，她放声高呼，却发现自己的声音如旷古的沉吟，那声音甚至盖住了万声马蹄，那声音唤醒了那些死去的英雄，那声音令羽族的将士们纷纷从地上站起来，他们跟随着她重新挑起了旗帜，荒原之上，铁旗重新占领了整个战场！

那浴血的，倔强的白荆大旗，成千上万，遮天蔽日！

而在这宽大的舰长室中，雪凌澜全身都覆上了一层厚重的戾气，黑色的光芒在她的周身呼啸狂舞，而她面容平静，既看不出恐惧，也没有任何愤怒，她瞳孔中的那抹浅褐变得越发深邃，缭绕的黑气开始慢慢收紧，将她彻底包裹，像是要与她合二为一。

幻境之中，从寒息岛一路追随的噩梦正在慢慢步入尾声，她将看到那巨大的阴影睁开眼睛，看到死而复生的士兵再次倒下，她一次次在那梦境的结尾处失去一切，陷入崩溃。就在此时，就在这一次，她鼓起勇气，第一次飞向了那巨大的身影，她终于直面那浓雾中金色的巨大竖瞳。她停滞在它面前。巨瞳如镜，背后是逝去的白荆花王朝，面前是横亘千年、无喜无悲的金色竖瞳。风盘旋而起，将镜面般的瞳吹起浪潮状的涟漪，山河的倒影也便随之支离破碎。雪凌澜扇动着洁白的羽翼，与金色竖瞳两两相视，不卑不亢，她甚至能够听见，那潜藏于浓雾之内深沉的呼吸声。雾气越来越淡，而那个一直隐藏在其后的巨大之影，也终于渐渐露出它的面目。

她不再后退了，因为她终将要面对它，面对自己，面对一切还未可知的结局！

山川在崩裂，星河在坠落，数万人来了又去，死了又生。

雪凌澜扛着那白荆花大旗，毫无畏惧地冲进了那片朦胧雾气中。利爪撕裂金色的帷幕，血染红了白荆花瓣，旗帜在半空中划过一道电光游龙，如枪矛般被她擎在手里，下一瞬间便与那巨大之影对在一起！

但她的力量太小了，作为一个羽人、一个平凡的生物，她的力量根本无法撼动那东西分毫。在它建立的世界秩序中，它是神啊。是这世界的主宰，是一切恐怖的根源，是绝对无法战胜的存在。雪凌澜的精神力再强，也不过是被束缚在其中的无数魂灵中的一个，恐惧将它们压迫了那么多年都未能翻身，而一个小小的没有任何力量的羽人，怎么可能驱散得了那存在了万年的浓雾呢？它们才是这里亘古不变的存在！

雪凌澜振着羽翼，无力地从半空中坠下，白荆花大旗在刚刚的对撞中断作两截，与此相对，那面巨大的金色竖瞳笼罩在那片浓雾中，此刻依然燃烧着瑰丽的光。雪凌澜失败了，她与神的对抗简直可笑至极，在绵延一切的噩梦面前，一切希望之火都会毫无办法地熄灭！

人之所以会恐慌，归根结底是怕失去啊。牵挂越多，害怕的东西也就越多越杂。雪凌澜望着四野，凶狠的骑兵、陷落的城市、失国的族人、昔日的同伴、无数之前赖以生存的东西，都被一点一点地夺走。在她心上所背负的东西，终究成了她的桎梏、囚牢。

看到雪凌澜像羔羊一般蜷缩在那里，空中的虚影发出一声低沉的吟吼，像是在嘲笑，又像是在呜咽。它不再留情了，雪凌澜之前的挑衅已经彻底激怒了它，它要亲手扼杀这不自量力的渺小造物。

铺天盖地的威压中，雪凌澜捏紧了拳头，但无力再次面对那个巨大之影，她也即将成为这里数万冤魂中的一个。但在风云变幻之中，她吃惊地发现，有无数亮若星辰的细小光点开始从远处汇集。

她远眺着沦陷的秋叶城，发现更多的光点从城中飘了出来。

雪凌澜伸出手来，那些光便追随着，之后数以万计的光点以她为中心开始旋转，令她宛若置身星河。平日里感受不到它们的温度，但被无数点这样的光笼罩，雪凌澜感觉周身竟如烈日般温暖。

这是，这是……

雪凌澜看着那些跃动的光点，激动地哭了出来。

这些都是未曾被恐惧污染的希望啊。

那些失国的、离乡的、战死的、流亡的人，他们是构成这幻境最渺小的存在。他们的恐惧在这片幻境中被无限地堆砌，成为无可撼动的巨大之物。但他们心底依然生长着希望，城市可以被毁，肉体可以被杀死，种族可以被灭绝，但信仰一成不变。在这被恐惧支配的世界里，它存于人的心底，越来越低卑，越来越沉寂，但永远不会消失。那巨大之影终日以恐惧为食，却不知道，即便希望被无限压抑，但还是，无法被彻底磨灭！

那些汇集的星点最终凝聚成一柄剑的形状，那是海流火！雪凌澜讶异地看着，不假思索地将它牢牢抓在手里。剑身闪烁的光芒给了她重新站起来的力量，她被如此强烈的光芒围绕着，这给了她前所未有的强大的心理暗示——

她所唤醒的东西，令她能以必胜之姿站在那里，面对这乱世、这狼烟！

她抬起头来，最后一次冲向天空中那陡然咆哮的巨影。

那一刻，她的身影，在无人颂赞的数千晨暮中永恒。

"全部都，烟消云散吧！"

海流火上的极寒之气如岩浆般喷发，裂石穿空，将整片苍穹全部点燃。火雨在变幻的风云中浇注，裹上那庞然大物的周身。雾气在燃烧，世界在崩塌，那虚影山岳一般的身躯剧烈地扭曲了起来，在这片巨大的虚妄空间中横冲直撞，最终在一片愤怒的嘶吼声中化为虚无。

给人带来深刻恐惧的东西，竟然如此不堪一击……

不久之后，雪凌澜睁开双眼，黑气坠落，一切都消失了，她重新回到了罗砚伦的船舱中。她看着自己的右手，已经出鞘的海流火被安静握在她手中。

她驯服了海流火，但她感觉自己似乎也迷失了。因为她还远未清楚，那迷雾散开之后，自己所见的东西，究竟是什么。

第二十章　空无之海

　　雪凌澜抬头看着不远处的罗砚伦，那是她要杀死的目标，放在过去，或许她会犹豫，或者揣测，但现在的她内心无比清明，之前那些患得患失，那些恐惧和权衡，好像完全烟消云散了。既然影龙的船长邀请自己杀死他，那，就杀了他吧！

　　正在这时，罗砚伦发出了一声闷哼，竟像个熟睡的孩子般蜷缩起来，没有了之前那种飞扬跋扈的气质。"我一定会找到你的。"他在梦里重复着这句话，他的声音很轻，又很失落，像是虚无缥缈的海风，就像他所追寻的，都是无迹可寻的存在。

　　雪凌澜握着海流火，黑色的剑影环绕着她，发出欢愉的震响，雪凌澜眼中无悲无喜，她控制着那柄剑，剑锋骤然落下，没有丝毫犹豫，海流火尖锐的锋芒直逼罗砚伦的咽喉，就在刀锋刺入皮肤的那一瞬间，罗砚伦突然睁开了眼睛。

　　——我无法形容那种声音。

那种声音听起来会让我有些兴奋，又或者是……熟悉，我总感觉那声音在哪里听过，但我就是想不起来。

它从龙旗上传来，随着强烈的闪光，漫天的呼啸声撕裂了天空与大海，而我站在它们之间，迎接它们都被斩断的那一刻。我从倒影里看到那个陌生的自己，眉目被染成了狂烈的金色，狂妄之气遍布全身，血液更如铁水般滚烫。

每当这种时候，我心里会油然而生出一种渴望，一种对血的渴望，我很难说清到底是一种什么样的心情，是高兴吗，是痛苦吗，还是悲伤？

它污染了我，我能够清楚地看到自己的改变，那种声音让我变得无情，让我所向披靡，总有一天我会知道它来自何方。

在我彻底迷失在里面之前。

那是，金色的眼睛！

那光芒比太阳还要耀眼，刺得人眼睛生疼，还未意识到怎么回事，雪凌澜就感觉到全身都开始不受自己控制，她的刀锋悬停在空中，眼看就要杀死罗砚伦，但那刀就是无法再进一步，在那威严无比的眼神注视下，仿佛一切行为都被看穿，所有逃生的道路都被封死。

雪凌澜的膝盖有些发软，她好像重新看见了罗砚伦眼中那股燎原的大火，巨大的影龙匍匐在燃烧的荒原之上，它好像快要死了，但它的喘息仍然可以灼烧大地。遍地的武器钉子般扎进它的身体，一阵风吹过，那些武器如野草般摇曳。巨龙流出来的血液变成河流，流淌着夕阳一般的余晖，金色的湖泊中，倒映着它那巨大的影子。

雪凌澜感觉，好像自己忽然化为那个庞然大物身体的一部分，她能够感受到那东西的情绪，是痛吗，还是孤独？

它在这里看了一万次日落，影子融进寂寞的晚霞里。它曾多么热切地想要与人靠近，但遍求不得，无数的英雄一去不回，他们咆哮着掷出武器，却又在它的力量之下崩溃颤抖。

他们只想讨伐它，然后杀了它，高擎着它的头颅，便名垂青史。

却无一人能做知己。

它用了那么长的时间才想清楚，原来人都是自卑而怯懦的。

这天地再大，终没有异族的容身之处啊。

再等到雪凌澜从那金芒中恢复，她突然吃惊地发现，自己正在一片辽阔的海洋之上。她赤着足踏在水上，如同踩在地面，水波居然撑起了她的身体。雪凌澜低下头看，水的倒影中只有一个失势的少女。她双目无神，漫无目的地在海面上行走着，不知终途，不知归宿。

这片海安静得不像话，空气中没有海水的味道，也没有风，偌大的海面上只有她的脚踩在水面上泛起细微的涟漪。

一个少年出现在她的视线中，他背着身体蹲在那里，看不清他的正脸。雪凌澜有点好奇地走过去，礼貌地打了一下招呼，但那少年像是没有听到，仍自顾自地在那儿玩着。他的手指飞快地在海面上画出一些特殊的符号，好像是一些文字，雪凌澜看着竟有些熟悉的感觉，好像她之前在什么地方看见过一样。

海图，是那张月氏海图上的文字！雪凌澜突然意识到，这些相似的陌生符号同样绘制在月信川那张海图上，她清晰地记得那个瞬间，第一次接触这些文字的时候，有巨大的吼声从脑海中传来，之后一行清晰的字便在自己的眼前浮现。

"山河破碎，诸星震落，崩陷于故土之上，逆转于浩瀚之外。故吾奉上星辰之种，以寻正途。"

雪凌澜依稀记得这句话，并在心里默念出来，但是随着这句话的结束，那个少年却像听到了什么一样忽然抬起头来，眼睛直勾勾地看向她。那是双奇怪的眼睛，一只眼睛是金色，一只眼睛是黑色，但他的脸却让雪凌澜吓了一跳。

这个少年，是罗砚伦少年时期的样子啊。

他的面孔是那么年轻，和他如今的嚣张跋扈判若两人。他的眼睛里隐藏着莫大的伤悲，好像有什么重要的东西失去了，又好像有什么东西在重生。

不知为何，面对眼前这个少年，雪凌澜没有一丝恨意，即便她知道这个少年长大以后，会变成一个十恶不赦的浑蛋。如今的他仍像白纸一般纯净，似乎在这片安静的海上，心灵将被荡涤，无关局势也无关情绪，好像他们两个人就该这个时候在这个地方，有一次命中注定的相遇。

"这是哪里？"雪凌澜尝试着问道。

但那少年似乎根本听不见，他站了起来，茫然地看着雪凌澜，视线却穿过了她，落到了更远的海域上，好像根本就没有注意到雪凌澜的存在，只是之前那段默念吸引了他。他的瞳孔没有聚焦，眼睛里也没有映出雪凌澜的影子。

雪凌澜这才注意到，这个少年是没有影子的。他站在大海上，脚下却没有任何倒影，好像他根本就不存在。雪凌澜又往前走了几步，伸出手来去摸那少年的脸，但她的手却从少年的身上穿了过去，这不禁让她微微有些失落。

下一刻，大海突然起了变化。

少年画出的符号突然亮了起来，伴随着这些图案的亮起，以那少年为中心，周围的海域也都亮起了星星点点的银光。那银光像星辰一般闪烁飘忽，待视线清晰时，雪凌澜才看清，那都是一些造型奇特的鱼群。鱼群像是受到了少年的召唤，纷纷聚集在这里。紧接着，雪凌澜又听到了那种声音，那种超乎于万物之外的声音，那声音中带着无比的威严，撕碎了一切笼罩在整片天空之上。原本毫无波澜的天空和大海开始汹涌起来，天空聚集起云层，而大海正在陷落！

大海，大海裂开了！

一道巨大的裂缝在雪凌澜的脚下裂开，仿佛地裂，没等反应过来，雪凌澜就跟随着那个少年一起坠了下去。无尽的空虚和失重中，雪凌澜忍不住尖叫起来，她尝试着凝聚出光翼，拼命伸手试着在虚空中抓住什么，但都是徒劳。她看见裂缝越来越大，而两侧都是万顷海水，海的幕墙里镶嵌着璀璨的星光，数万只鱼疯狂乱舞，背与鳍碰撞，发出尖锐的声音，造成了能够震裂大海的狂啸！

裂缝看起来像是没有尽头，视线的终点是一片可怕的令人绝望的阴霾。雪凌澜下意识看向那个少年，却发现他瞳孔中没有丝毫的恐惧，他好像早就已经习惯了这种坠入深渊中的经历，他张着双臂，嘴一张一合，似乎在说些什么。

此情此景之中，雪凌澜升起怜惜之情，她试着向少年靠近去牵他的手，随着身体不断下坠，她离少年越来越远，惶急中，雪凌澜大叫起来，骤然从这梦境里清醒。她有些茫然浑噩地看向周围，依稀是之前的船舱，而罗砚伦已经醒过来，正虎视眈眈地看着她。

"告诉我，你看到了什么？"罗砚伦不再是先前的虚弱模样，他站起身，捏着雪凌澜的下巴，威严地问道。

"你到底是谁？"雪凌澜答非所问，罗砚伦捏得她的脸生疼，而这回答恰恰让罗砚伦意识到她确实看到了什么。他放开她，捡起被掷到地上的那把障刀，一下就插进雪凌澜身旁的桌子上。

"不说的话，会死。"

"如果你会杀我，那我早晚都要死。"雪凌澜回道，经历了刚才的幻境，她好像已经不再恐惧，面对罗砚伦的威胁，她甚至觉得有一些好笑。

罗砚伦看了看她手中的海流火，剑上的戾气看起来并没有影响她分毫，罗砚伦眉头皱了一下，收起了一贯的轻蔑："小公主，如果你愿意说清楚刚才的经历，我可能会改变原本的想法。"

"你过去的、现在的、将来的想法，我都不想知道。我不会再相信你了，你倒不如现在就杀了我，不然就直接告诉我，你准备把我如何处置。"

罗砚伦赞许地点点头，示意她把酒拿过来，但雪凌澜并没有理睬他。

"陆擎想要活的公主，但缺条胳膊少条腿应该也没有什么问题吧？"罗砚伦说着，做出上下打量的样子。

"只是如此而已吗，北海之王？"雪凌澜哑然失笑，"除了酷刑折磨和言语讽刺，你还准备了什么别的手段对付我？若是想做万东牒的走狗，甚至是走狗的走狗，你现在做的这些，可还远远不够啊。"

雪凌澜的话少有地让罗砚伦沉默了一下，万东牒的走狗这个词令他分外不爽。但他竟然没有驳斥或者愤怒，这个反应让雪凌澜有些心凉，难道这个人，真的只是一个替万东牒卖命的家伙吗？

"别着急，小公主，好酒得慢慢喝。"罗砚伦拿过绡藏金，大饮了一口，还不忘咂咂嘴。沉睡被海流火打断，他的疲惫感依旧强烈。

下一刻，他拍了拍手，舱门一下被撞开来，几个人抬着一个被打成重伤的人进来。

"这个人，你应该还很挂念吧。"罗砚伦放肆地笑着，一边看向脸色大变的雪凌澜，一边走过去把酒递到那个人的面前。

那人把头别到一边，朝着罗砚伦啐了一口。他半裸着上身，鞭伤的印痕深可见骨，海盗们甚至用铁烙灼伤了他的背部，用以支持羽翼飞行的凝翼点四周伤痕累累，他很可能因此彻底丧失飞行的能力。

"月信川！"雪凌澜放下海流火，一把推开旁人，把重伤的月信川抱在怀里，他的身上全是血，身体因为撕扯的疼痛而剧烈地颤抖，但是他没有屈服，双眼死死地盯着罗砚伦。

"老朋友见面，果然是感人肺腑。"罗砚伦啧声道，"酒我这里多的是，不如给你们摆个局庆祝一下？"

"公主……"月信川虚弱地吐出两个字，"对不……"

"别说了。"雪凌澜心疼地看着这个一路护卫她的同伴，情不自禁狠狠地瞪视罗砚伦，"正面打不过羽族舰队，就用这种卑劣手段来对付我，你这样算什么英雄？"

"哈，正面打不过你们的舰队？"罗砚伦玩味地看着她，"你又没经历过，怎么敢轻易下结论？"

"羽末省能救走羽翎，一定是曾拦住过你。以白荆花的实力，正面对抗你赢不了，最终能够把我带走，你是用了什么诡计？"

听到雪凌澜的这一番话，不仅仅是罗砚伦，就连旁边的海盗都笑了起来，他们狠狠地踹了月信川一脚，而罗砚伦的不屑夹杂在笑声里："既然我说的话你不信，那换个人说好了。"

月信川陷入了莫大的痛苦中，迟迟没有开口，他眼中原本的骄傲不见了，被过度摧残之后，他眉宇间的傲气也在逐渐消失。

"公主，羽将军……的确没选择带走你……"他说出这句话，嘴里吐出一口血来。

"什么意思?!"雪凌澜不可思议地看着月信川。

"海督与罗砚伦一战,胜了罗砚伦,但只带走了羽翎。"月信川痛苦地说着,他当时被缚在影龙号中,目睹了事情经过——罗砚伦让羽翎装扮成公主的样子,但最终羽末省却没有戳破,带走了羽翎,假装这就是白荆花的公主,"我不知道为什么,但可能他真的放弃了我们,公主……"

"倘若正面打的话,影龙号确实不是你们白荆花的对手,羽末省若是还用之前那种迂腐的思想,一心救你的话,我可能现在已经葬身鱼腹了吧。"罗砚伦讽刺地说着,"可惜,他这次却做了个正确的选择。"

"你想说什么?"

"还是那句话:羽末省可保白荆花舰队长盛不衰,但你不行。"

"羽将军一心为国,绝不可能弃我于不顾!"

"不可能弃你于不顾?留下你,让你回去添乱吗!"罗砚伦冲着雪凌澜大喊了一句,这句话把雪凌澜的气势生生压下去,"羽末省抛弃了你,但同样地,他守住了该守的东西!

"你这种温室里生长的娇贵公主,自认为人命重要,但羽末省从军几十年,他会不知人命的重要?你的一意孤行,让你的舰队缩水了一半,你知道这让羽末省背负了多大的压力吗?一方面是一个不成熟的公主,一方面是王朝只许胜不许败的舰队,换作是你,你会怎么选?"

雪凌澜沉默了,她望着罗砚伦,心里清楚对方说得很有道理。但她回顾自己过去的经历,依旧坚信,白荆花的振兴并非只有一条路。如今她没有抱着逃避之心去看待眼下的一切,看得更加清楚了。

"我是白荆花王朝最后的血脉,我不是一名海军,也绝非海盗。海上的生存法则,与王室的信念,会决定我该怎样去做。"雪凌澜逆着罗砚伦的凌人盛气,坚决地说,"北王,你有你的道理,我有我的信念。我在这大海上漂泊,不只是为了生存下去,更是为了有朝一日,能够亲手夺回我的故土,这才能守护更多的人。

"我曾以为,我是不敢再面对更多的失去,所以才不停退缩。但现在,我问自己的内心,内心告诉我,我只是想要为已逝的翊王朝守护他们仅有的子民。"她看了看月信川,又补充道,"只要还有人在守护王朝,我就要为王朝去守护他们,而不是当一个只为生存的海盗。"

"说得好,但很可惜,"罗砚伦冷哼一声,"小公主,你已经一无所有了。"

罗砚伦走过去抓起月信川,手紧紧扼住他的咽喉,勾起嘴来残忍地笑着,"看来,为了说服你的主子,有些背地里的事情,必须得放到明面上来讲啊。"

听到这里,月信川用哀求的眼神看着罗砚伦,这是他第一次以这么卑微的姿态来面对别人。但罗砚伦并未怜悯,他热衷于以这种方式来折磨那些卑微的人,那些背誓的人——如果一个人的骄傲和勇敢不过是伪装出来的,那他北海之王一定会彻底地毫不留情地——毁掉他!

他从怀里摸出一个类似海贝一样的东西,把它在月信川的眼前晃了晃,又故作姿态双手递到雪凌澜的面前。"我在黑市群岛上可发现了不少令人惊讶的事。"

"罗砚伦,你不要……"月信川挣扎着跪在罗砚伦的面前,忍着全身的剧痛试图抢夺那个海贝,但罗砚伦一脚就把他踹了出去,他那鄙夷的眼神,让月信川斗志全无。

"无论你用什么样的方式,只要能把公主送回兰沚,我们江大人必定重重有赏。"一片难得的安静中,王沛的声音从海语贝里传来,慢条斯理,却又不容置喙,那感觉就像一只休憩的独狼。

雪凌澜听了,默不作言。

"对不起,公主。"月信川低下头来,声音中饱含懊悔,"这一切的源头,都是因我而起。是我没有提醒你们风暴将至,骗取了你的信任,让白荆花的船队蒙受损失。"此时的月信川再没有之前那种骄傲,他看起来像是丧家之犬。

"也是我,自告奋勇地登上那座岛,让更多的人受到暗月的诅咒。是我利用了你的善良,把舰队引上一条绝路。"月信川的精神彻底萎靡下去,他数落着自己的罪行,死人一样瘫坐在那里,"我的家人被江暮燃控制着,兰沚月氏,不能只有我一个人活着……我……我现在别无他求,只求一死谢罪。"

他挣扎着夺过身边海盗的刀来,欲要自刎,但罗砚伦抢先夺过了刀,罗砚伦的脸上露出残酷的笑,转过头,狼一般看着雪凌澜:"小公主,被最信任的人背叛是一种什么样的感觉?"

一切都乱了套,雪凌澜静静地注视着月信川,心乱如麻。不知道为什么,看着倒在地上、涕泪交零的月信川,她脑海里浮现出的却是初见时的情景。

那时他们从夏阳一路出海,逃过万氏追击,第一次暂泊兰沚岛休整,年轻的修船工匠寻迹而来:"我们月氏,可不止修船造船那么简单,数百年前,我们可是九州一等一的航海世家!等着吧,我月信川一定会让天下人重新记起月氏纵横海上的那段历史!"他骄傲地仰着头,带着不染尘埃的阳光笑容,信誓旦旦地说。

"带上我一起出发吧,雪氏的公主!你是跟那些人绝不一样的人,我在这里修了五年船,见到了无数海上英豪,海风吹老了他们的理想,烈日晒干了他们的骄傲,那些自以为是的强者,不过是在海上穿行了几年,就已经屈服于大海了。公主,请让我和你一起,在大海上航行吧！我们月家的人，生来就是要远航的！"白荆花离开兰沚那天，月信川忽然冲到了码头边，一改平时的嬉笑，认真地说着。

她对他的信任，是因那一场风暴吗？是寒息岛的历险吗？是黑市群岛上的跟随吗？好像都不是，尽管现在的月信川看起来背弃了誓言，让他们陷入不利之境，但最初打动她的，是最纯真的梦想和憧憬啊。

雪凌澜原以为自己会失望、气愤、痛哭，或者拒绝相信这一切。但没有，她的内心平静得连自己都觉得惊讶。

"公主，我愿以死谢罪……"月信川的声音打破了她的回忆。

听到这句话，雪凌澜心情复杂，她重新来到月信川身边，轻声问他："月信川，最开始你告诉我，你想要航行到谁也不曾抵达的远方，你想要让月氏的名字传遍海洋。那时候那些话，是真的吗？"

这句话唤醒了绝望中的月信川，他瞪大眼睛，看着雪凌澜，雪凌澜浅棕色的瞳孔中没有丝毫的情绪，只是在平静地问一个问题。

"是的！我是白荆之舵月信川！我要带着您，翊王朝公主雪凌澜，行遍大海。我要亲自为您掌舵，让白荆花的大旗插在大海的每一处！"他猛地站起来，对着雪凌澜大声喊道，泪流满面，但随即他又跪倒在地。

对不起，我终究成了一个庸人，现在我的双手已经沾满了罪恶，它已经不配为您掌舵了。

请让我死吧，让我为你而死。只有死才能洗刷我的罪恶和耻辱。但为什么，为什么我的心里会如此不甘？！

当年的誓言刻在心里，直到今日犹未忘记。但在每个匆促的夜晚，海贝中家乡的海风，无时无刻不在让我隐隐作痛啊。

"那些话在说出来的时候，都是真的。我直到现在，也依然想履行当初的誓言。但我已背叛了您,那些话,也就成为了让你信任的说辞而已。今后的路,恕我无法跟随了,杀了我吧,公主,让我的血为你饯行……"

月信川闭上眼睛,眼泪簌簌而下,他心有不甘,却不得不说出这样的话。

这样的自己,这样一个背信弃义的人,绝对不能再拖累她了啊。

"让他回家吧。"雪凌澜没再看他,语气平淡,回身对罗砚伦说道,"我随身的物件,之前羽翎携带着的,现在在哪里?"

她这样的态度,让所有人一怔,罗砚伦摆摆手,魏江河忙走出去,不多时取来了东西。雪凌澜接过来,一面拣拾一面写着些什么。

"他这么对你,你还放了他?"阻止了魏江河近身一窥究竟的想法,罗砚伦提起了兴致,问道。

"杀了他也不会解决问题。"

"我最讨厌你们这种心慈手软的样子,你不杀,我来帮你杀。"

"影龙当了万东牒的走狗之后,什么人都愿意杀了?"说着,雪凌澜拿起一幅卷轴,把它放到月信川怀中,看着月信川迷茫的脸,轻声说,"走了些弯路而已,没什么。我们内心最深处的理想都是真的。中间的一切,不过是场经历。这里面是我的手书,拿给认识它的人,应可保你今后在羽族土地上一生无忧。不要哭了,白荆之舵,我们,就此别过吧。"

谢谢你,月信川,你陪我走的这一段路,是我这即将逝去的一生中难能可贵的回忆。

如果可以,我多希望,你真的能够站在白荆花的大帆下,同我一起航向世界的尽头。

兰沚月家次子月信川,我雪凌澜在此立下状书,封你为白荆之舵,如果此次我们成功冲出风暴,今后只要海上有白荆花盛放的地方，我雪家的船就任你调度！

那个敢于跟大海决一死战的勇士，我的白荆之舵……我们就此，别过吧。

"丢下他吧，让大海选择是否埋葬他，也不用脏了你影龙的手。"雪凌澜昂然对罗砚伦说，"然后，我愿意跟你去苒山，或许还可以说说你的梦境。"

罗砚伦露出畅快的笑容，他点了点头，于是魏江河拽起颓丧到极点的月信川，拖出了舱室，水花声响起，月信川被扔到了海中，他几近残破的身体缓缓没入海面。

"你现在的样子，终于让我有了些兴趣。魏江河，招待好翊王朝的公主殿下，我们带她到苒山领赏去。"罗砚伦笑着，又灌了几口绡藏金，看来他还需要一场长眠。

雪凌澜被带离，所到之处，海盗们取笑着这个失势的公主，在没有海军的庇护下，这朵娇嫩的白荆花毫无还手之力，但发现雪凌澜毫无反应，也就慢慢失去了兴致。

直到船开远，雪凌澜还在望着之前月信川坠入海面的那片海域，等了很久都没有等到任何东西再浮上来。

直到此时，她的眼泪才终于流了下来。

第二十一章 风起之时

大风从礁石上刮过,留下一抹虚弱的影子。

月信川醒过来的时候,发现自己正躺在一片礁石上,旁边是空茫茫的大海,偌大的海面上只有他一个人。

他扫视着整片大海,影龙号早已经消失,他的心里空落落的,好像一下子就失去了目标和归属。他感觉有些冷,那寒冷不是从四周而来,而是源自内心。刺痛感从全身各处传来,之前被打伤的地方还在强烈地提醒他,外伤是可以愈合的,他的选择对雪凌澜造成的伤害却是永久的。月信川还清楚地记得,在他昏过去之前,雪凌澜脸上的那种表情,那是大势已去、举目无亲、众叛亲离的神情。她孤零零地站在海盗中间,面对同伴一个一个离自己而去,那种悲伤,恐怕再也难以抚平了。

月信川强撑着从地上站了起来,那个海贝还被他握在手里,造化弄人,他还是逃脱不了命运的嘲弄。一切皆因它而起,又因它而结束。万氏的海军占领了兰沚,一方面是他的家族,一方面是翊朝的公主,无论他选哪一方,总是要失去一些什么。无论他怎么努力，都逃不开这命运的枷锁。

从风暴中逃脱的那一刻起，雪凌澜无论何时都在选择相信他，宁愿付出巨大的代价也要把他从寒息岛救回来。在那片足以淹没所有生命的大雾中，是她揭开了大雾，把所有受诅咒的人救了回来。当她得知伤员需要大量鲛珠的时候，又不顾一切前往黑市群岛。包括直到最后，雪凌澜得知了他的背叛，也依然没有杀掉他。

这个愚蠢的公主，怎么还是没有长大？

月信川愤愤地将海贝扔了出去，然而海贝坠入水中，没有沉下去，而是被海浪一带，又重新冲回了他的脚边。月信川苦笑一声，重新把海贝捡了起来，在捡起海贝的时候，他突然发现这里面夹了一块布片。

他摊开那张布片，一行小字映入眼帘。

"如果再来一次，我依然会相信你，我从不后悔封你为白荆之舵。回家吧，不要再来海上了。"

看着这行熟悉的字体，月信川的眼睛突然就红了，他强忍着内心的愧疚，把那张小布条紧紧地攥在手里。直到最后，这个倔强的女孩依然选择相信他啊，雪凌澜终究要被送到狼的口中，而作为她始终相信的朋友，他却只能眼睁睁地看着她一步一步走向死亡。

"兰沚月家次子月信川，我雪凌澜在此立下状书，封你为白荆之舵，如果此次我们成功冲出风暴，今后只要海上有白荆花盛放的地方，我雪家的船就任你调度！"

那时的雪凌澜，肯定是毫不犹豫地信任自己的吧。月信川拖着虚弱的身体，勉强地从地上站了起来。夜幕降临，海水正在涨潮，不多久将会淹没这个地方，但同样，一条如弯弓状的月亮从海面上升起，月信川沐浴着那道月光，脸上的愁容渐渐舒展开来。

"我的命，今后都是你的了。"一滴眼泪从他的眼睛里滑出来，化在海水里，晕成一片血红。

随着那句话说完，他突然痛苦地跪在地上，他的双手抠进石头里，巨大的痛楚从背后袭来。迎接着伟大的月光，光翼正在凝聚，但背后的伤口也因此被重新撕裂，他无时无刻不在承受着这种肉体的痛苦。他后背的凝翼点此时已经被烙铁焊伤，像被绞碎的布匹一般可怖，皮肤之下有东西想要拼命挣脱蒙蔽，但表面的厚血痂像被焊上的铁板……月信川大吼一声，双臂环绕肩头，用指甲生生将那两块被焊死的血肉抠撕了下来，两个明晃晃的血洞出现在背上，顿时迸发出淋漓的鲜血。

剧痛之中，一双巨大的光翼从他的背后倏然展开，那光羽沾染着血，像晚霞一般绽放出无比璀璨的光华！月信川张开双臂，尽情地呼吸着明月之力。他的羽翼如大海一般纯蓝，倒映着海的清辉，整个人如同神祇一般降临在这片礁石之上！

兰沚月氏以须臾鸟为家族徽记，这种鸟是陆行，终生都在梳理它的羽毛，只盼望以最美丽的方式一飞冲天，一生之中只有一次飞行，因为一旦离开地面，这种固执的鸟儿就绝不愿落下，等到它实在飞不动了，便会一头撞死在石壁之上。月信川的血脉中流淌着月氏先祖至纯至净的明月之力，属于每日均可凝翼的至羽族裔，他在如此严重的伤势下冒险凝翼，就像是一只须臾鸟，一生中找到了飞翔的理由，就在所不惜。

他要飞越数千海里，到达那个万恶终结之地。他要做一些事情弥补一切，他无论如何都要去试试。

他的身影豁开漆黑的夜幕，一道血色的光羽掠空而过，不断碎裂的光羽随着月光坠落而下，像是天空中挂了两道晶莹的泪痕。

此时，涩海的南部，羽翎望着一言不发的父亲，不知该怎么开口。

"你想说什么我都知道，但是我别无选择。"海督羽末省笔直地站在甲板上，海风把他脸上的皱纹吹得更加深刻。

"我们明明可以救下公主，杀了那个浑蛋的，羽族的舰队所向披靡，可为什么这一次……"

"羽翎，那场对决是我输了。"海督的眼中有浑浊的阴翳，神情却渐渐放松了，"若是他出全力，那一刀不仅仅会杀了我，这船上数百条人命都会受牵连。"

"怎么可能，他当时明明都要撑不住了！"

"他在刻意隐藏自己的实力，做一个局。当时在场的势力并不只有我们，还有铁蔷薇的风信子。"羽末省回忆着，"羽翎，我给你看一样东西。"

说罢他从怀里拿出一个造型奇特的信封，上书影龙罗砚伦亲启。羽翎打开后，把信的内容念了出来。

"影龙，见字如面。

雪氏家破，万氏窃国，独有遗孤二人，今得讯羽女流落海外，不知凶吉。吾因受制，不便相助，愿至交能代行吾之所念，感激涕零。

碧国温如 敬上。"

知交相谈，寥寥数语，板正干巴。那信上染着血，像是仓促而就。

羽翎说道："这么说的话，那罗砚伦从一开始不就是受碧温如所托，来救公主的？先不说这封信有些可疑，光是他的表现……"

"我跟你一样，起初并不相信，一纸空言，不能说明什么。后来我请舰队的技师帮我鉴别过信纸的材质，原料确实是只有碧海国才出产的黄褐珊瑚粉，而副督天青柏也向我禀报，尾印和笔迹确实是碧温如的。碧国向来与我朝交好，现在时局动荡，碧温如不能坐视不管。而且碧温如不是鲁莽之人，这么重要的事情，他绝不会交给不信任的人去做。既然如此，我便决定再试探一次，在典海盛会之时我没有露面，而罗砚伦便掳走了公主。"

"那这不就说明了，罗砚伦确实是一匹恶狼吗？"

"不，这反而更像是他自己布的局。羽翎，你想一想，他究竟想要什么？"

羽翎张开嘴，却忽然发现自己无从说起，这个北海之王，第一次见面时极尽讽刺之能，却同时告诉了他们很多关于溟海的事情。之后他揭下了父亲的海杀红榜，仿佛很有敌意，但敌意背后却毫无目的。甚至于晚宴中，他每一次表达自己可以做什么，都更像是在抬杠或者解围。这个有着金色流瞳的人，究竟要什么？羽翎不由得陷入了沉思。

"武士之间，当不明其意时，就会简单直接地观其行。他劫持了公主，却没有以把公主带出黑市群岛为目的，如果他想悄悄带走公主，凭借影龙的实力，他有的是办法；但他却大闹黑市群岛，打得尽人皆知，并且选择的弯刀海峡是我们的舰队可以从外围绕行截击的地带，他在等我去拦下他，好让你装成雪凌澜，将你还给我。"

"他想……骗过所有人，然后带走公主？"

羽末省轻轻叩击船舷，肃穆地看着远方海域："他可能是，单纯地把公主当作一个要保护的对象。对他而言，送公主北上，交给碧温如，是他对朋友托付的遵循，他对翊王朝没有责任、对公主没有尊敬，他只是一个恪守诺言的武士而已。"

"那他为什么需要我们在突围海昙花的时候拦截他？"

"他的计谋能够骗得了大部分人，但是骗不了风信子，所以为了让一切显得更加合理，就必须再做一层伪装。从表面上看，是罗砚伦输给了我们，我们把公主救了回来。实际上，我们救回来的是你，公主仍在影龙号上。但'带有雪凌澜公主的白荆花舰队'在海上是一个诱饵，也是一个盾牌，这样影龙号在北上的时候，就不太会再受到外人的打扰了。"羽末省的脸上舒展了些，但脸色始终是苍白的，他的额头上有汗不断地渗出来，气息也不像之前那样平稳了，好像是在强忍着什么。

"但是父亲，如果罗砚伦也受到了苒山陆擎的'恩惠'，我们这么做岂不是将公主拱手送人了？"

"不会的，如果他为人王服务，根本不需要任何伪装。"羽末省毫不迟疑地说，"而且，与影龙的那一战，让我意识到，他绝不是一个普通人，我镇守夏阳几十年，第一次遇到那样的刀法。

"那绝不是世上任何一个武士能够与之抗衡的刀，那是最强烈的意志，那道意志足以摧毁一个人所有的战斗欲望，那是人这一生之中，只能面对一次的刀法。

"他若是想杀一个人，我是拦不住的。如果他真的想要公主死，我们这些人，都要跟白荆花一起殉葬。"说着羽末省破天荒地走近羽翎，把仅剩的女儿搂在自己怀里，脸上满是身心俱疲的老态。从未享受过父亲这种拥抱的羽翎，几乎以为自己的父亲被罗砚伦惑乱了心智。她差点儿没忍住想把父亲推开。

"海督！"这个微妙的时候，有人疾行来报，羽末省放开羽翎，抬头看了看遥远的海平线，举手制止士兵再继续下去。

"人总是在最后的时候才会醒悟，穷其一生所守护的东西，可能很大，也可能很小。"他看着羽翎，发现她还在微微颤抖，"越是想拼命抓住的东西，越容易从手中脱离。我守护帝国几十年，步步为营，无时无刻不在忧心它走的每一步，现在它却终要走向末路。"羽末省的眼角有些湿润，这个铁血的汉子，心里终于还是闪过一丝柔情。

"你是我的女儿，但我没有尽好一个父亲的职责，反而以自己的私心，将羽姓的后辈纷纷送上绝路。"他有些激动，双手揽着羽翎的肩，"我将一生都奉献给了羽家军，却找不出一点时间来陪你们，我总认为国事为大，其他皆可放弃，但我错了，我拼命想抓住所追求的，却没有看到自己失去的。"

说罢，羽末省放开了羽翎，他脸上的坚毅又重新恢复了，皱纹如刀刻。

"走吧，去找公主雪凌澜，她需要你。"

羽翎这才注意到，在父亲羽末省的身后，远远的接近海平面的地方，出现了一道长长的黑线。那道黑线成为海与天的交界，绵延在无数浮云之下，望不到尽头。远方的海云在嘶吼，大片大片的线云交织缠绕，那道黑线因此显得尤其醒目。那是数十艘海盗船攒聚在一起，他们从南方而来，带着海云的愤怒，摧枯拉朽般横贯整个涩海！

没人能拦得住他，那根本就不是海盗团，那是渊蛇的大巢！南海之王碧海云带着最精锐的海盗团如军队一般碾压而来，大大小小的舰艇齐头并进，船头上飞扬着夙渊蛇的碧蓝色徽记，鲸落号被众星捧月地围绕着。那是一艘巨型帆船，碧海云站在高高的船头上，海风抚动他长长的白发，他的长袖里灌满了风，脸上覆盖的是如雪般的冷漠。

而在这数十艘舰船之中，黑压压的舰队里混杂了一股清丽的银色光幕，那是十二艘精锐的白荆花战舰，南王碧海云在典海盛会中挥斥万金得到了它们。现如今，就是检验它们实力的时候！

"我不走，这个时候，我怎么能做逃兵?!"羽翎咬着牙，倔强地站在那里，羽家军自小教给她绝不退缩的道理，她执拗地看着羽末省，"我也是羽家军的一员！"

"你更是我的女儿！"羽末省瞪着羽翎，双眼通红，语气像是风雨飘零的破碎山河，"如此大的代价换来的鲛珠，不能就这么浪费，带上那些正在恢复的船员，撤下徽记，驾一两艘船北上去碧海国，找到公主。不要担心我，碧海云不是暴徒，不会伤害我们，他只是要北上夺取苒山，我需要你把这些告诉公主。"

"父亲，您决定不了我的命运。"羽翎朝着羽末省坚定地道，她拔出羽末省身上的剑，"到了现在，您也不会再失去更多了。"

羽末省看着羽翎，那一刻，他内心酸楚，捏紧拳头，重重地点了点头。

"还有勇气的，就全都留在这里。"羽末省看着白荆花舰队的数百名船员，他们一动未动，皆无悔恨，面对于自身数倍的敌人，没有任何一个人退缩。

"诸位，拔剑吧。"

天边最后一丝光被海潮沾湿，朱红色的风旗上"羽"字放出最后的余晖。后人回忆那一天，王的大潮呼啸而过，唯独残阳中如血的羽字旗，高傲地坚守在白荆花丛中。大海上的人去了又回，武士们在这片海域上停驻，他们侧耳聆听，大风从上面刮过的时候，还能听到羽家军当年嘹亮的誓言。

巨大的鲸落号在迫近，最终停在白荆花舰队的旁边，他们并没有发动攻击，这些悬挂着各色风旗的海盗偃旗息鼓，白荆花与渊蛇保持着距离，羽末省按着佩剑，同样也没有下令出击。

碧海云从鲸落号上走了下来，他没有带任何随从，孤身一人走进羽家军的包围之中，就像一个彬彬有礼的文人一般，举手投足间落下一股书生气。但他绝不是什么书生，他是南海之王，大海上数一数二的强者，他那双琉璃色的瞳孔中埋藏的情绪像一把温柔的刀子，又像是能够容纳一切的海风！

羽末省将手从佩剑上放下来，面对眼前这个身份复杂的羽人，看见他的眼睛里没有敌意，相反，竟然透出一股似是洞悉宿命的平静。

"这海上不能有更多的杀戮了。"碧海云淡淡地说，他望着周身林立的羽家军，眼神扫过的地方，士兵们纷纷感觉手中的武器变得如冰一般寒冷，"我孤身一人来这里，同样也不是为了兵戈相向。"

"南王，你不是落井下石的人，即便你不说，我也相信你。"羽末省沉声说道，他的气息有些紊乱，但说起话来却仍然铿锵有力，"但，我依然不能让你从这里过去。"

碧海云突然动了，他的速度很快，快到羽末省根本还未看清他的动作，碧海云的右手手指已经探到了羽末省的脖子。喘息之间，一股冰冷的气息侵入了羽末省身体中。瞬间反应过来的羽翎想去保护海督，但眼前像是突然立起了一道无形屏障，让她丝毫近不了碧海云的身。有数股气流围绕在他的四周，像是奔腾不息的汹涌潮汐。羽翎只能眼睁睁地看着碧海云的秘术影响着海督，但羽末省的眼中却没有任何痛苦，也没有反抗，他低下头看着羽翎，眼睛里满是温情。

羽翎快要疯了，她好几次试图破开那层阻隔，但是无济于事。岁正秘术的绿意在接触到那层气流之后纷纷被震退。她手中的植物第一次不受她的控制，藤蔓对碧海云身边风的恐惧远远超过了羽翎的操控。它们无力地围绕在那两人的周身，像是结了一层绿色的茧，但羽翎清楚，那是等级上的凌驾，是源自秘术师之间的实力压制。

面对这个外海最强大的秘术师，她毫无机会，只能眼睁睁地看着碧海云手中致命的冷气不断侵入羽末省的身体中。

几个喘息的时间，对于羽翎来说却是漫长的无尽之旅，直到碧海云收回了他的气息，绿色藤蔓也随之撕裂掉落，他轻叹了一口气，向后退了一步。

"已经没有办法了。"碧海云状似惋惜地说道。

"父亲！"羽翎冲了上去，扶住了将要倒下的羽末省，他抿着嘴，嘴唇像发色一般灰白。

"南海的海盗之王，也像罗砚伦那样耍卑劣的手段吗！"羽翎脸上充满愠色，她狠狠地瞪向碧海云，而后者则谦逊地低下了头。

"羽翎，不要失礼。"羽末省强忍着身上的剧痛直起腰来，搭着羽翎的手用力喘气，"我的身体，我自己知道。人老了，终究还是躲不过啊。"

"你不该接那一刀。"碧海云负着手，琉璃色的瞳孔中隐藏着莫大的无奈，"你体内的气息已经全部紊乱了，我对此也无能为力。"

"我如果逃了，那我身后的这些人就都得死。"羽末省沉重地说道，死神正在一点一点地剥夺他的生命，他再也撑不住自己的身体，一下摔倒在地。他的佩剑从鞘中坠落，却只有剑柄，原来定海剑早在决战收鞘之后就折为两段。他失神地望着那柄断剑，好像看到了自己的生平。

"怎么回事，父亲，碧海云对你做什么了？"羽翎激动地问，但羽末省摆了摆手，口中一簇血喷了出来。

"南王，我有一事相托。"

碧海云点点头，他看着包围着他的羽家军，他们心目中如严父一般的海督无力地躺在地上，那个曾经擎着血色羽字旗，站在人族大军面前大声喊着死不投降的羽末省，竟然真的要倒下了。

"羽将军对海云有恩，您的嘱托，海云万死不辞。"碧海云走上前要扶起羽末省，但后者明显已经没有什么力气了，便把他的头垫在自己的膝盖上。

"我死了，你便顺势收编余下的白荆花舰队，这样海上所有人便都会以为雪氏成了南方海盗的傀儡，但你应该猜得到，公主并不在我这里，她已经跟随影龙号北上。希望你可以代替我，代替白荆花，成为新的诱饵，让海上群雄的目光继续留在南海几日，为影龙号争取时间，让公主顺利抵达碧海国。"羽末省缓慢地说出这些话，费力地解开护甲，他内衬的布衣早已被血染透。

羽翎忍不住哭了出来，那件内衬是她学会制衣后亲手为父亲织的。在她的心中，羽末省永远都是负甲的样子，她从未想过，这件手工粗劣的绣衣，铮铮铁骨的羽末省穿了整整七年。

她还记得那件绣衣是她儿时因为好玩而编织的，送给父亲的时候，父亲还重重责罚了她。他不希望自己的女儿成为一个只会织衣的妇人，便当着她的面把那件衣服撕成两半扔到了地上。于是从那以后，羽翎再也没有碰过女红。

却没想到，再次看到它，却是被缝得整整齐齐洗净穿在父亲的身上。

"我的女儿，也请你好好保护她。"羽末省说出这句话，试图去摸羽翎的头，但他的手已经抬不起来了。羽翎抓住他的手，放声痛哭，但是羽末省听不到了，意识正在快速地散去，他的眼睛里，残留的视线上空，只有白荆花的风旗在飘扬。

但那也是最后的一幕了。

"如果有机会，请帮我转告羽族公主雪凌澜。夏阳港海督，羽家军统领羽末省，七月廿四，于外海抗击流寇中身死……

"至死，誓言犹守。"

羽末省用尽最后力气说完最后的话，不甘地闭上了眼睛。这位白荆花最后的海督死在了大海上，偌大的悲伤环绕在舰队上空，英雄的英灵随着海风飘回了故土。

罗砚伦值得你用命去信任吗？碧海云半跪在羽末省身边，支起他的身体，想了想，还是没有把这句话说出来，取而代之的是："海督临终之托，海云定全力以赴。"

但羽末省已经听不到了，他用死换来了南北双王的支持，罗砚伦助雪凌澜脱离危险，碧海云则收编了白荆花舰队，并最终会将苒山从人族手中夺回。再之后的事情，他等不到了，如果雪凌澜终能成长为他期望的样子，或许会向翊王朝的后来人，讲述过去的种种吧。

讲述她这步履维艰的数月。

讲述白荆花在黑市岛上群狼环伺之时的惊险。

但更多的，还是讲述那威名四海的夏阳水师中，有一位海上名将。

此后数日，涩海南部，白荆花舰队整编进南海海盗联盟，有无数海盗目睹翊王朝公主在旗舰上海葬海督羽末省，整场葬礼持续七日，碧海云一直守候在一旁。公主趴在海督的尸体上恸哭的情景，令那些海上的硬汉都有些心酸起来。这一切，也被信鸟快速传遍大海的各个角落，有人在嗟叹一个时代彻底结束，也有人在感慨新的时代即将来临。白荆花选择依附于渊蛇，那么在这个时代里，大海上可能没有谁能够比南王碧海云更强大了。

只是,这样强大的舰队,此后在南海又盘桓了数日,没有继续北上,好像在等待着什么。羽翎问起碧海云下一步的计划,也没有得到确切的答案。

碧海云心里有隐隐的预感,罗砚伦绝对不会简单地把公主交给碧海国鲛族。苒山之战,或许会由罗砚伦开启,而非自己。不过这一场战争,也只是个开始,再往后,将有一场更大的风暴席卷整个帝国。

有时候他甚至想,南北双王,也许不过是这局棋盘上,最好用的两枚棋子罢了。

第二十二章 苪山

没有海盗的阻碍，影龙号一路向北疾驰。在烈日下，海盗们熟练地操弄着巨帆，打理着甲板上的一切，而暂时无事的人们则闲散地分成若干小群落聚在一起——一成不变的海平线让航行变得漫长而乏味，这些悍勇的暴徒只能用豪赌和下三滥的笑话来消磨乏味的时光。

与那些懒散的海盗不同，一个轻灵的身影从主桅杆上一跃而下，即将降落在甲板上时，四散的光翼化为漫天星点，随即缓缓消散。正在赌牌的几名海盗被这陡然落下的身影吓了一跳，刚要骂上几句，紧接着就看到银白色的长发飘扬，落下的人影轻盈地前跃，一个转身，稳稳抓住帆绳，主帆随即舒展开，珍贵无匹的鲛绡制成的帆上，影龙狰狞地瞪视着整片海洋。

"干得漂亮，小公主。"二层甲板上，几名船员固定好帆绳，接下女孩手中的帆绳，赌牌的海盗也心里嘀咕起来：别看是个鸟人，学东西倒是挺快。

雪凌澜没有理会海盗们，一日没有饮水，这个时候她觉得自己的肺都要烧起来了,这是她在白荆花舰队旗舰舱室里绝对不可能感受到的。海洋上弥漫的水汽丝毫不能缓解从身体最深处迸发出的渴,但她没有水喝,上好了帆,她还要去清扫甲板,然后去底舱检查,直到午夜将至,到桅杆顶端接替瞭望手的间隙,她才能从那个负责看守她、外号叫作索爷的海盗手中获得珍贵的一袋水。

这袋水,能让她再坚持一天。

她至今都还记得,五天前第一次经历完这一切后,她站在高高的桅杆上,一边瞭望着无际的海面,一边拼命地几乎是一口气喝完了整整一袋水,即使被水呛到她也没放下高举水袋的手,之后她便瘫坐在瞭望台上,双腿不受控制地颤抖,竟然已经完全无法站起来了。她就这么斜靠着,忍不住地大笑,笑出眼泪。

原来,白荆花舰队上,那些战士,那些拼搏在风暴中的羽族同胞,每天经历的都是这样的生活啊!不,是比这还要艰苦百倍的辛劳。而自己,当初的自己,就那样坐在舱室中,和海督说着轮休之类轻描淡写的话,像一个说着何不食肉糜的富家翁。

就像那庸官体恤百姓疾苦,不过是一纸空言,民脂耗尽,路有死骨,她心中本有悲悯,却从不作为。口口声声的悼念,心心念念的关心,然而不亲自体会,又怎么能够发自真心?

她查点船舱时才知道原来饮用水是那么珍贵,她纠正航线时才知道海风是那么难测,她现在终于明白早一天抵达目的地意味着什么,亲身体会到了大海的辽阔和残酷。她在不久以前,竟还在想着驰骋海上与人族海军周旋的生活。她以为刀子扎进身体才是痛苦,原来这瞭望台上的海风划过肌肤,也会像刀割一样疼痛啊。

北王罗砚伦向全船宣布雪凌澜成为影龙号一名最底层的见习船员那天,她还以为是北王新的羞辱之举,没想到除了有一个专门看守着她的海盗外,他们就真的只是把她当作一个最底层的人去用,而她竟然连这些最简单的事情都几乎无法承受。一开始她还想着先好好表现，等海盗们放松警惕后再凝翅逃走，但一天下来，她发现就算自己还可以凝出羽翼，也没有多少体力支持她飞出多远了。而且，一直紧盯着她的眼神狠辣的索爷，也绝不是什么泛泛之辈，她从未见过索爷睡觉，就像一条永不休眠的毒蛇，一旦将她咬住就绝不松口。

在这片海上，她除了默默承受，什么都做不了。

夜幕降临，刚刚完成所有工作的雪凌澜换来了短暂的休息时间。她回到房里，疲惫地靠在冰凉的舷窗旁，望向天空中那轮模糊不清的月。她的脸上脏兮兮的，有些日子没有洗脸，她开始有海盗的样子了。夜风微凉，让她不禁怀念起秋叶京温柔的晚风。在天幕斋看书的夜里，即便是有寒风从遥远的北陆袭来，等它们越过绵长的绿廊，包裹的狠劲儿也都被那些温软的青柳枝给荡平了，引得屋中的烛光轻轻地一晃一晃。那时候的雪凌澜，正倚在父亲的膝下，看着他那高大的身影氤氲在烛光的阴影中，听他讲述着大陆上历史的变迁，在他慈爱的声音中坠入梦海。可现如今迎接她的，却是深入骨髓的寒风，穿越涩海，影龙号正在急速北进，潮流颠簸之中，唯有眼下的月光还在陪伴着她，那清凉若水般的天赐之物洒在雪凌澜的侧脸上，清晰地映出脸上的泪痕。

她知道，自己已经永远无法回到故乡了。天幕斋的垂柳能够挡住北陆的寒冬，却无法挡住身负铁甲的中州白狼啊。钢铁洪流的对撞中，羽人根本就不是对手，雪凌澜即便能够统领羽族战士们奋勇抵抗，但终究无法改变摧枯拉朽的事实。同样，在那场暗流迭起的晚宴上，海上的群雄看似垂怜翅朝的没落，同情她的遭遇，但实际上，每个人都在试图瓜分她、占有她，企图舔干净风雨飘摇的王朝最后的骨血。最终，她还是落入虎口，那个飞扬跋扈的海上恶徒，将亲手把她送到中州万氏之手，在此之后，白荆花将永远沉寂于海上，留给她的时间，不过是让她顾影自怜罢了。

门闩拨动的声音打断了雪凌澜的思绪，她回过神来，罗砚伦已经坐在了椅子上，正一脸不屑地看着她。雪凌澜便回身，面无表情，但在她心里，也不知该用什么样的表情来面对眼前的这个人。将她带去苒山人族巢穴的人是他，挖出江暮燃党羽的人也是他。月信川的叛变是她始料未及的，她从来都没有想过，人族的眼线从一开始便已深插在离她最近的位置。

罗砚伦无时无刻不在对她暴露出残酷而疯狂的一面，但在各种原则性的选择上，他却令她觉得他在帮助自己，这让雪凌澜一直陷入一种罗砚伦是敌还是友的两难境地之中，若北王是个彻头彻尾的浑蛋，为什么要绕这么大的圈子来折磨她呢？

"公主真是好兴致。"罗砚伦语气里带着嘲讽，雪凌澜没有理睬，继续自顾自遥望着舷窗外的海洋。海风吹起雪凌澜银白的长发，现出她纤瘦而坚定的脸庞，罗砚伦看着她的侧脸，微微皱了皱眉。

自从被雪凌澜以海流火窥探了自己的内心，他们之间的关系就有了一些微妙的变化。虽然他还是极尽嘲讽和打压，让公主去做一些最粗浅的工作，偶尔还会用海流火的暗月之力去折磨她，但雪凌澜却在这样的压力下越来越沉静淡然。他甚至开始意识到，他与雪凌澜的相处中，雪凌澜正在占据主导地位。他几乎可以肯定雪凌澜跟自己的身世有某些关联，但武士的骄傲让他无法直接开口询问。

不过现在不是想这些的时候，罗砚伦收回思绪，继续讽刺道："我带来的这个消息，恐怕会破坏公主的雅兴。"

"还想用什么来折磨我，北海之王？"雪凌澜转过头，一脸平静。

"不，只是信鸟带来了两条消息，其中一条我早已预料到了。"

罗砚伦紧紧盯着雪凌澜,"海督羽末省殉国。"

雪凌澜猛地转身,罗砚伦忽然感受到强大的威压感,一股夹杂着愤怒和悲伤的气息如山一般压制着他,他从没有想象过自己有一天可以被人以气势震慑住,但现实如此,他回过神的时候,才意识到自己竟不由自主地退了半步。

"你早就预料到了?"雪凌澜一字一句地问道。

罗砚伦本不想理会她的逼问,但却不由自主地解释道:"与他那一战,我受了多重的伤,之后休养了多久,你是看得到的。他受的伤不比我轻,那样的年纪,伤死也很正常。"说到这里罗砚伦没有继续说下去,他微微叹了口气,像是在感叹英雄的末路。

雪凌澜没有哭泣也没有愤怒,只是继续问道:"那另一个消息呢?"

"另一条就值得深思了。羽末省临死前,将白荆花舰队交托给了碧海云,哼,你们羽人最后还是只肯相信自己的族人。"逐渐适应了威压的罗砚伦又恢复了戏谑,"碧海云拿到了你的船队,我却也拿到了你,我倒忽然想知道,南王与北王,最后谁才是赢家呢?"

雪凌澜没有理他的挑衅,久久的沉默后,又问道:"你是要带我去苒山,交给陆擎?"

罗砚伦不置可否,反问道:"一路上你都不问,如今怎么有兴趣了?"

"拿下苒山,是海督之前的誓言,所以如果你是要把我押到苒山,我想在被送给陆擎之前,在海上祭奠海督的英魂。我是雪氏的血脉,羽族的王,这祭礼只能我来主持。"

说这话的时候雪凌澜眼中有浓得化不开的悲伤,但她整个人却又如渊般安静,罗砚伦看了看她,最后转身离开,只留下一句:"那我可得问问陆擎了,毕竟我只是一条走狗嘛。"

两日后，苒山的人族守军陆续接到了两封信鸟来报，除了正遍传天下的羽末省殉国一事，苒山之主陆擎还收到了以影龙漆印封好的信笺，看完这封信，他便只身离开自己坐镇的戟月港，溯流而上进入苒山西面的山林深处。

他心里清楚，今后的苒山注定不会平静，为了应对即将到来的战事，他必须心无他念。

翠河若白练，一入丛云间。

陆擎来时，日已西斜。

苒山的这位人族最高将领，如今亲自撑着木筏，沿着从苒山一路漂向南部戟月港的小河，逆水而上。他脚边放着半壶酒，来得悄无声息。

河流尽头有一座小筑，空山鸟鸣，鹧鸪停在灌木丛中嗅水，他这一来，没有惊动岸边的鸟雀，像是个熟客。

但他其实是第一次深入这里，之前，他只会站在离小筑很远很远的下游眺望。树木挡住了上游的一切，也挡住了他眺望的背影。他无数次想来这里，最后却都忍住了，而今终于下定决心前来，到了却又默然无言。

他清楚那人就在这里，也清楚那人在等他，但见到了又该说什么呢？

他如今身着兴朝的海军官服，胸前绣着四狼奔跃咆哮之图，锦绣山河锁在月尾紫的大氅上，这身官服数月前由天启使者送来，带着人皇万东牒对他的期许，穿上它的那天，他却将那个人抛弃于此。

现如今他已成为苒山之主，成为赫赫有名的海上名将告死鸟陆擎，但为了得到这些，他也永远失去了一些东西。

陆擎的同胞兄弟，神勇非凡的平关将军，助他一举攻下苒山的陆宇，亲手将这件衣服披在了他的身上，从此离他而去。

之后陆宇便蜗居在这一方竹林之中，不问世事，整日与芳草鸟虫为伴。

陆擎下了竹筏，有一道栅栏拦住了他。说是栅栏，只是用竹子随意搭建的几处木围子，根本拦不住年轻有为的海上将星。陆擎将手叩在栅栏旁的木门上，门一推就开了，他却迈不动腿。

他刚要问话，小筑里传来主人的声音。

"是哥哥来了？"熟悉的声音传来，让陆擎多少难受了会儿，但他终究忍住了，收了收情绪大步跨进堂来。

映入眼帘的是一个粗布素衣的瘦削男人和一把锻玉似的月色长剑。

人羽交战至今，这柄月色的长剑一直让敌人闻风丧胆，陆家双雄带着万氏雄兵在内海一路高歌猛进，那凶猛的长剑搭配着银色轻铠，为中州的狼兵赢了无数场战斗。但如今的陆宇抛去将军的名号，与当下鲜衣怒马的自己形成了鲜明的对比。

"这里的人，跟你说什么了吗？"陆擎心中无数次斟酌措辞，心中背负着无奈与愧疚，他多想低下头来对陆宇说一句哥哥错了，但从口中说出来的却是这句话。

陆宇听到这句，先是愣了一下，转眼间眼中的期许就暗了下去。他看着身边的长剑，手指划过剑身，指尖随着剑鞘上的飞龙浮雕起伏，他明显瘦了很多，才几个月的时间，手上竟然已经显露出清晰的骨节。

"兄长派下来的任务，陆宇都照做了。数百名羽人已经妥善安置于丧流港；而那二十七名羽族军官，就在这个山谷内安居，按照吩咐尤为善待，没有用刑。但关于苒山背后藏着什么秘密，他们没有任何答复。"

陆擎点了点头，将带来的酒放在桌上，刚要倒酒，却被陆宇谢绝了。

"与竹海相伴的这些时日，我已经喝不惯中州的酒了。"

"陆宇，你还在怪我吗？"陆擎闭上眼睛，右手紧紧地攥着酒壶，很明显看出他在颤抖，但说出来的话却冰冷无比。

"兄长所做的决定，无论是非，对我来说都是正确的，你要我杀人，我便去杀人，当初你想让我离开，那我便待在这里守着。"陆宇的呼吸很平静，说起话来也丝毫没有起伏。

听到陆宇这样的回答，陆擎想起了他们还未占领苒山的那个时候。

苒山，西倚峻岭，东俯浅滩，都是易守难攻的所在，翊朝驻军向来以擅飞善战的煌羽制空，让人族海军根本无法从东西两侧登岸；苒山北边的丧流港建于峡湾之上，是隐圣碧温玄当年接待各大鲛国子民的港口，水文复杂，更不适合人族海军进攻，而且还可能引起人族和鲛族的纠葛。在这样的情况下，陆氏兄弟只能集结数十艘舰船，集中进攻苒山南部的戟月港，但仅有数百羽族士兵驻守的戟月港，他们竟然花了十数天还是攻不下，防守严密的戟月港几乎是一块铁板，无论陆擎用什么方法都无法占到丝毫便宜。

当时陆擎身负来自天启的压力，尤其是江暮燃所率的海军已经为万氏彻底荡平了越州、宛州南部海域后，攻下苒山变得更加迫在眉睫。为此，陆宇自告奋勇，孤身一人凫水潜入东岸新月湾，刺杀羽族主将，而这一去，就是数个日夜杳无音信。陆擎心里清楚，苒山守卫森严，派刺客无异于去送死，但他没有阻拦，之后也只是忧心忡忡地等待着。

最后奇迹出现了，伴随着信鸟传讯，陆擎集结船队来到南部的戟月港，发现此时关口洞开，正是陆宇所为。陆宇杀死了镇守苒山的主将风纬元，并晓之以理，最终成功劝降守关副将。

人族的海军冲进戟月港，见所有的羽人都放弃了抵抗，便一路杀进苒山内部。陆擎让登陆部队快速进攻东岸新月滩上的羽族守军，并进入岛屿西边的苒山山中，清扫战场，他最大程度地解除了羽族对苒山的控制，但同时也将苒山上的羽族平民斩尽杀绝。苒山是羽族的海外圣山，有海上唯一的羽族宗教圣地神木园，还有象征着羽鲛两族友谊的碧温玄圣像，所以除了常驻海军外，还有数千羽族平民，他们信奉元极道，并肩负着维护碧温玄圣像的重任。戟月港的驻军愿意投降，也是想要保护这些无辜的平民，陆宇极力劝阻，但陆擎无动于衷，他甚至准备将丧流港中的羽人尽数坑杀，最终陆宇以命相谏，加上随军参谋的规劝，他才留下了数百名羽族俘虏。那些羽人不是军人，只是羽族宗教元极道的虔诚信徒，他们为了守护苒山的神木园而来。也就是从那之后，弟弟离他而去，独自看守那些俘虏，既是看押，也是保护，保护那些手无寸铁的羽族平民不被自己的亲哥哥彻底杀尽。

"我别无选择。"陆擎轻轻地叹了口气，但下一刻有柄剑倏然出鞘，转眼间就横在了他的脖子上。

"你别无选择？新月滩上、苒山林中，所有那些羽人本都可以活命，你一句话就让他们命丧于此，你唯一能做的，就是毫不留情地杀死这些根本没有反抗之心的人吗？"陆宇这句话一出，久违的霸气重新回到他的身上，在那一刻，他又变成了从死人堆里爬出来的人族勇士。

"他们虽然只有数百军人，但算上居民，人数与我们不相上下。

其中还有最危险的煌羽！那些人虽说只是信仰元极道的修士，责任仅仅是维护神木园与碧温玄的圣像。但他们煌羽的身份让我如何无视？我们只有不到三千人，不杀他们，下一刻死的就是我们！苒山这么大，我们当时只是拿下了南部戟月港，东有新月滩，西边是苒山密林，密林之中还有无数羽族岗哨，再加上北边的丧流港，万一这些人假意受降……我们就是再多几千人，也守不住这座岛。"

"劝降的是我，他们为何投降，我没有告诉你吗？他们投降是想保护苒山，保护神木园，保护代表着羽族与鲛族友谊的碧温玄圣像。这里对于他们来说不只是军事要地，更是象征着元极道宗教以及和鲛族友谊的圣地！你兵不血刃拿下苒山，却又心狠到杀死那些毫无战心之人，用这些人头去装点你的战功，去书写发给天启的战报。权力和功名，对你来说就这么重要吗？"陆宇失望地看着自己的兄长，心中没有了任何感情，"可惜啊，天启城最终并没有赞赏你的杀戮！人皇万东臊想从这些驻军口中知道苒山的秘密，但可能知道秘密的人已经被你杀死了，到时候……"

"到时候又能如何！我在战报里写得清清楚楚，'鏖战弥月，杀敌数千，终克戟月港'，天启城说不了我们什么！而且，如果苒山真有什么重要的秘密，你又能从这些俘虏口中探知，那么我们甚至不用再看天启城的脸色了。"陆擎说到这里，不由得伸出了自己的右手，那手只有四指，无名指已经被连根砍掉，"人在无能的时候什么样子，没有人比你我更清楚，歇斯底里是没有用的，除非命运能够由自己支配。这些年来，我一直在想方设法地让自己变得更强，强到再也没有人敢欺负我们两人。我为你做过什么，你难道都忘了吗？"

陆宇也注视着陆擎那只手，那是他们年幼时的事情了：陆擎为体弱多病的陆宇求一服药，铤而走险前去偷窃，结果被砍掉了无名指。可今非昔比，他眼前的兄长，早已被利益蒙蔽了双眼。

"断指之恩，我自会报答，你失去了无名指，从此不能挥剑，我陆宇便甘愿做你的剑，但这十年，我的杀戮也足够了，所欠的东西，早尽数还完了。"

"可我的期望，是我们谁也不用做谁的剑，如果找到了苒山背后的秘密，我们甚至可以走得更高。你还不明白吗？天启发来的信鸟里暗含的意思——万东牒不让我杀剩余的羽族，是想知道什么？当初翊朝的帝弋与鲛族隐圣都常居苒山，他们在寻找的东西，一定珍贵无比。一座寒息岛，就让万氏成功毁掉翊王朝成为人皇，如果苒山有什么更重要的东西，找到它，我们就能彻底支配自己的命运，而不是跟什么宛州江家平分一个海上双子星的名头！"

"就算真的到了那时，你也会有新的野心。"陆宇不为所动冷哼一声，"你抛弃了武士的尊严，泯灭了最基本的人性，现在还想利用我来帮你打探消息吗？"

野心这种东西，已经彻底腐朽了告死鸟的初心，那身官服之下，爬满了吸食人血的虱子。如今的兄长，早已不是那个肯为他偷药断指的人了。

陆擎从一开始就会错了意，让陆宇真正感动的不是断指，而是他肯为了弟弟不顾一切啊。但他终究把断指视作了自己的一味付出，当成亲兄弟必须偿还的东西。权力与野心迷住了他的眼，如今剑架在脖子上，仍将兄弟情义视作可以运作的筹码。

陆擎啊陆擎，我可是甘愿为你出生入死当你的刀剑的亲弟弟啊。

陆宇的心彻底冷了。他放下剑来，收于鞘中，转过头去不再看陆擎。

陆擎注视着弟弟，最终无可奈何："总之，留给我们的时间并不多了，南王整编了海督羽末省所有舰船，据说是与前朝公主雪凌澜结盟，下一步可能就会冲着苒山而来；而罗砚伦也来信声称自己拿到了公主，将于一日后抵达苒山，不知道他在打什么主意，想要使什么诈。之前是你想办法保住了那些信徒和军官的命，他们一定相信你，你告诉他们，最多再有一个月，兴朝彻底拿下澜州，万氏的军队就会过来把他们带去天启城，到了天启，就不会有让他们自己决定命运的机会了。他们会不会跟你说什么，会告诉你多少事情，就看你了。"

"羽人宁可放弃自己高傲的尊严也要守护的秘密，用生死是换不来的。"陆宇沉沉地叹了一口气，"陆擎将军，我尽力而为，但这也是我最后一次帮你了。"

听到那句生分的称谓，陆擎的眼睛也有些红，他努力压抑着自己的情绪，闭上眼说道："此次之后，我不会再麻烦你了。"

第二十三章 影龙起

  罗砚伦去信苒山的事情,雪凌澜是知道的,罗砚伦在信中清楚地说明了三日后将会抵达苒山,也就从那天起,不再有人给雪凌澜安排工作,只有索爷偶尔将她带到甲板上,随时放出如蛇的绳索,向她攻击,如果她无法最快速地凝翼闪躲,那就将迎来鞭刑。等索爷的绳子在她身上留下了数百道血痕之后,她总算有了躲闪的本能反应。再之后,她被重新软禁在了秘密船舱中,等待着命运的到来。
  终于要见到苒山了啊,雪凌澜看着昏暗的舱室,喟叹不已。这座岛屿,从她离开夏阳港开始就一直萦绕在心中,如今终于要到了,却也终究丧失了最初的来意。雪凌澜轻抚着手中的月氏海图,沉思着。
  在她内心深处,当看到苒山从月信川的海图中浮起的那一刻,她就坚信苒山一定藏着什么秘密。她暗暗猜想,如果在那里能够找到更多龙吟文字,解开更多秘密,是否可以像当初曾祖父那样,荡平九州缔造王朝?可一个阶下囚,又如何做到这一切呢?这海图,如今在她手里又能有什么用呢?

一个冷峻的声音打断了雪凌澜的思绪："公主看来有些忧愁啊，是舍不得影龙号了？如果想当一名海盗，求一求我，说不定我会答应呢。"

雪凌澜看着门口，是北王罗砚伦不请自来，他手中把玩着海流火，脸上带着漫不经心的笑："说起来，就要告别了，你不准备跟我说点什么体己话？我帮你拔了内奸，助你战胜海流火中的暗月诅咒，不如你告诉我星流舵的秘密以为回报？这个要求不过分吧，还是你更愿意，将来把这一切告诉陆擎？"

"星流舵的秘辛，恐怕与你没什么联系，不过既然你这么问，一定是有人指点。"雪凌澜顿了顿，眼中充满了自信，"跟星流舵有联系的人，还活着的没有几个了，我对此也只是半知半解，即便我把我知道的说出来，也无法保证能帮到你。不过如果北王愿意告诉我你知道的那部分，或许我们可以拼出一个完整的真相？"

罗砚伦脸上有些不耐烦，他把头转向一边，并不准备继续这个话题，看到雪凌澜手中的海图，随口问了一句："这张破海图到底是什么，你怎么总拿着它看？"

雪凌澜盯着罗砚伦好一阵子，忽然站起身，在桌上缓缓地把海图铺开。海图泛着一股好闻的麝香味，在昏黄的灯光下竟露出古铜色的金属光泽。

"北王，星流舵的秘密，我确实只是一知半解，但我相信它与苒山是有关系的。看过这张海图，你也许能有所收获。我在你的梦境中曾说过一句话，也出自这张海图。"雪凌澜抚摸着月氏海图上的奇怪纹饰，闭上眼睛将其上的内容吟诵出来。

"山河破碎，诸星震落，崩陷于故土之上，逆转于浩瀚之外。故吾奉上星辰之种，以寻正途。"雪凌澜念出这句话时用的并不是羽族语，而是一种难以听懂的语调和发音，那就是当初翊王朝开国皇帝雪霄弋所悟出的龙吟，如今雪凌澜已经可以掌握。她原以为罗砚伦同样会受到这些玄妙之物的感召，但一旁的罗砚伦皱着眉，好像完全不明其意。

"你在说些什么？"罗砚伦颇有些疑惑地看着海图，他注意到那些纹饰，也意识到了那是一种密文，"你怎么能看懂它？"

这下倒让雪凌澜有些迷茫了，在罗砚伦的精神海中，她几乎可以确定，那个存在于虚无之中的男孩，绝对是能够感知龙吟存在的。但眼下的罗砚伦全然没有一丝感受到龙吟的反应，这让她有些措手不及。她曾听闻这位影龙的事迹，这位在海上驰骋无匹的刚勇武士，对于秘术却一无所知，他对于星辰力这种玄妙的东西有一种与生俱来的排斥感，一般的秘术也对他起不了什么作用。难道是这个原因让他无法领悟龙吟？

"这是源自血脉的力量，我曾祖父帝弋就曾看懂这些符号，并以此开创了翊朝各族一统的天下。这张海图，若以星辰之力牵引，辅之以相应的秘术传导，那么海图上便会对相应海域有所体现，体现的结果因人而异。"雪凌澜一边解释着，一边从指间向这张海图倾注明月之力。伴随着微弱的星光没入海图的中心，像是夕阳沉入大海，星光在古铜色的图纸上投射出斑斓的光斑，紧接着，一条细细的银线从中空无标记的海图上浮现出来。

而被标记的那个岛便是兰沚以东的寒息岛，月家的宿命之岛，同样也是诅咒之岛。

看到这样的景象，罗砚伦不禁有些震动，他是第一次见到这样的景象，不免也有些好奇。他走上前，一把抓起雪凌澜的手，萦绕在指间的明月之力瞬间消散了，而原本似叶子脉络一般的细线也顿时消失。

"这张海图的珍贵之处，是记载了那些散落在大海之上的星脉。

寒息岛被暗月笼罩、影响，其上任何明月的光辉都会被吞噬，也就是这座岛，让我的舰队蒙受了巨大的损失。"雪凌澜轻声说道，心态平和。对于她来说，之前的失去已成定局，无可逆转，悲痛从来不能拯救白荆花的命运。"北王，恕我冒昧猜测，您真正想知道的恐怕不是星流舵的秘密，而是苒山与星脉的秘密吧！"

说到这里，罗砚伦抿了抿嘴，松开了雪凌澜的手，听到"星脉"这个熟悉的词语，他的瞳孔都紧缩了起来。他盘踞溟海数年，在苒山附近盘桓许久，为的就是找到它！

"星流舵是羽族智慧的结晶，本身是不能单独工作的，其中至关重要的一点就是印池星的力量。依靠天空中的印池星和印池星脉，来确定航向，将永远不会迷失方向。而与印池星交相呼应的星脉，正在苒山。"雪凌澜指着海图上那处的空白之海，继续说道，"我想正是出于这个原因，帝弋才在苒山上驻留了相当一段时间，并最终开发出了星流舵。上次我通过印池星石与这张海图呼应，正好印证了我的想法，但是我发现，海图上所显示的印池星真正的星脉，却并非投在苒山，而是投在苒山的附近海域。"

"哪片海域？快指给我看！"罗砚伦急不可耐地说出这句话。

然而雪凌澜却没有继续，她转头看向罗砚伦，眼睛里藏着一丝狡黠。

"哦？你想拿这种事情来要挟我是吗？"罗砚伦狠狠地咬了咬牙，危险的笑容又一次在脸上浮现。

"你误会了。我既然会跟你说这些，剩下的事情，就算我不说，你也有办法找到我所说的那个位置。只要有这张海图在手，很多事情都会变得简单，我若是拿这件事情威胁你，那我岂不是太蠢了？"

罗砚伦耸了耸肩，不置可否。

"这里面最关键的是，那个星脉，即便是我为你指出来了，人族海军也不会让你大摇大摆地勘察。"雪凌澜走出舱外，望了望远处的海平线，海空晦暗，前路莫测，"星流舵的秘密，苒山的秘密，无论哪一个都是人族想要独享的，陆擎想要生擒我，无非也是想从我嘴里撬出东西来。你我二人如今共撑一舟，他们也未必不会怀疑我已经把秘密说给了你。"

雪凌澜恰当地住了嘴，看到眼前皮笑肉不笑的罗砚伦，静待他的表态。

"你变聪明了，也变危险了。"罗砚伦转身回去，卷起桌子上的海图离开，但有那么一瞬间，他突然想把手放在这张海图上。他从记事以来，就遗憾于自己不能感知任何的星辰之力，故此无法成为一个合格的秘术师，但他也会时不时地感觉到，在四肢百骸之中，有着磅礴的力量如洪水一般涌动着。犹豫了一下，他还是放弃了尝试。

"你先前说那些我听不懂的话时，其实我也是有感觉的。"他对雪凌澜说道。

——山河破碎，诸星震落，崩陷于故土之上，逆转于浩瀚之外。故吾奉上星辰之种，以寻正途。

那一瞬他看到灰暗的天空裂开一条大口，从南到北，始于宛南阡陌纵横的百里水乡，终于瀚北酷寒静默的皑皑雪原，巨大的裂缝像是巨禽的大喙，要把整个大地都吞食进去。从苍穹的裂口中有无数银色的流光坠下，越近就越发庞大，大到每一丝流光都倾洒在天启城的伟岸楼阁。天塌了啊，坠落下来的是星辰的愤怒，它们所放出来的光热把整片海洋的水都要蒸干了。大海在燃烧，数以千万计的鱼漂在海面上翻着肚皮，马上就变成焦黑的炭火。那些巨大的星体从空中砸下，明明是砸到海面上，却像是土地一般崩裂开来。大地在晃动，沿着天空中的巨大断层每一刻都在崩裂，山川、大海、荒野、城池、树木，无一幸免地坍塌咆哮，麦田里的麦子刚刚熟了，随着大地不断坍塌，被分成了各种不同的形状，但很快地，随之而来的炽热就把一切都点燃了。

那真的算是末日了吧，在雪凌澜的吟诵中，罗砚伦这样想着，他就站在那片麦田上，手中握着的那株麦穗变成火焰的狮子扑向了他。

雪凌澜朝他这边看过来，潮湿的眼神里面像是在询问。

"也没什么特别的。"罗砚伦说完这句话，突然直冲她走了过来，雪凌澜不明所以地看着他如风一般跨过来，宽大的手按住她的肩膀。

雪凌澜能感受到罗砚伦想说什么，但他就只是那么按着雪凌澜的肩膀，然后很快转头离开了。

罗砚伦低垂着头，他的脸埋藏在阴影里，看不清什么表情。

那一刻，雪凌澜突然觉得那个背影特别孤独。

这一夜并不漫长，当薄雾消散，巨大的影龙号沉浸在满是鱼肚白的黎明之中，瞭望员吹响长角，苒山已近在眼前。

翠绿的群山下，如戟的岛屿显露在众人眼前。苒山这座岛屿以山命名横贯南北，西部陡峭而东部平缓，山势向东逐渐低平，像是原本高大的山川被巨斧斜着劈开半边，左侧是陡峭的山崖绝壁，数百丈高的山头下方就是大海。

山势的东北角，丛林环绕之中，一座巨大的鲛人石像高耸入云，阳光沿着石像侧边掠过，勾勒出一个伟大先人的身影。

这是大海上曾经最有威望的人，隐梁公子碧温玄的圣像。

三十九年前，雪凌澜祖父年轻时期，发生了溯洄海之变，庞大的鲛族王国自此分裂成碧海国、藻郁国和汐洄国,近海一时大乱。与那时掌权者雪吟殊自幼交好的隐梁公子碧温玄,因此离开澜州定居苒山,他以苒山作为政治中枢,沟通陆上的翙朝与众鲛国,对近海的政局稳定有着巨大贡献,也因此被奉为鲛族精神领袖,尊称隐圣。虽然鲛族各国分裂自治,但碧温玄尚在苒山的那段时间,各国经常前往苒山拜见碧温玄,述说自己国家当前境况和未来诉求,碧温玄则会尽可能地给予帮助或从中调停。一时间,苒山俨然成为鲛人的一方圣地。

之后碧温玄离开苒山,云游海上,再无音信。为了纪念他,翙王朝与各鲛国一同修建了碧温玄的巨大圣像。但此时,北海之王罗砚伦站在船头上,眺望着苒山的全貌,这片圣地早已不复当年的模样,战争让这里飘扬的不再是轻柔的鲛绡,而是飒飒的战旗。此时数十艘羽族战舰如巨兽般停靠在戟月港港口,上面高挂的白荆花风旗猎猎作响。罗砚伦冷哼了一声,似乎是不齿于人族海军的伪装。

影龙刚刚抵达预先约定的海域,处在苒山的正南方,距离苒山南部的戟月港不过数十里。彼此甚至可以隐约相望,此时苒山上的号角响起,三长一短,深沉得像是深海巨鲸发出的声音。罗砚伦招呼手下下锚,将影龙号停在原地,海盗们纷纷擂起战鼓,呼应苒山的召唤。信鸟从苒山的方向尖啸着飞过,划过影龙号的头顶,向更南的方向飞去,不久后又盘桓归来。罗砚伦冷笑着目睹这一切,对面那个看起来好大喜功的海上名将,总是喜欢以诡道算计对手,如今自己只带着一艘船前来,看来反而让他心存犹疑,没有选择冒进。

须臾间,一艘轻型羽族战船从苒山开了过来,旗面上绣的却是赤红色的告死鸟徽记,但显然不是陆擎本人亲临。临近影龙号时,有人从船里出来,他看起来有些惊恐,手中拼命摇晃着双面小旗,想要说明自己是前来引航的使节。

罗砚伦看向他，一脸漠然，朝着背后挥了挥手，雪凌澜立刻就被海盗们带了上来。

"你们要的人。"他冷冷地丢下一句话，表情阴沉。

"不知北王可否准许在下上前一窥？"那人咬了咬牙，虽然惧怕这个海上恶徒，但想到身后有人族海军的庇护和陆将军的叮嘱，还是鼓起勇气说了出来。

见罗砚伦不置可否，魏江河便递了根绳子下去，使节抓紧它攀了上来，在他上去之后，魏江河马上把绳子撤了，只放他一个人上来。

使节穿着暗色的官服，看起来品阶不高，他孤身一人上了阴气沉沉的影龙号，紧张地看向在场的众人，每个人看着都凶神恶煞，眉宇间拧着一股潮湿的戾气。这些常年混迹于海上的恶棍对待海军就像有血海深仇，那些刀鞘中不经意闪过的寒光让使节有些两腿发软。

他偷偷抬头看了眼被缚的羽族公主，她的眼睛里充满了不甘和愤懑，甚至还有些衣衫不整——这些嚣张的家伙，果然没有把这个身份尊贵的翊王朝公主放在眼里，这不禁让这个人族的军官往深处遐想起来。

"有话快说，有屁快放！"魏江河的声音打断了使节的思绪，他连忙小步朝雪凌澜走过去，站定后，小心地取出怀中的画像，认认真真比对了很久，还检查了她的瞳色。那一片若晨雾般的浅褐，正是翊朝雪氏直系王族的铁证。

检查完毕之后，他点了点头："北王神武过人，果然没有辜负陆将军的期待。"

"少废话。"魏江河不耐烦地吼了一句，看了一眼罗砚伦，见罗砚伦没有作声，又说道，"之前谈好的条件呢？"

"十万金铢在下不方便携带在身……"使节话说了一半，颤颤巍巍地抬起头来偷偷瞄向一旁的罗砚伦，见他没有动怒，便又说道，"将军已命人将金铢换算成票据，寄存在了宛州淮安城鬼柳街的一家钱庄，这便是信物。"

他说罢从袖子中拿出一对木雕的赤红色小鸟，正如陆擎旗面上的告死鸟徽记，双手递给罗砚伦，却被魏江河一把抢了去。

"就凭一对破木雕就想糊弄我们？谁知道你淮安城里等着我们的是十万金铢，还是十万官兵？"

罗砚伦摆了摆手，没有让魏江河继续说下去，他倚在船舷旁，漫不经心地看向远处的苒山。

"另外溟海的领海权一事，陆将军也已向当今人皇说明了北王的意思。我们陆将军言出必行，在他的再三劝说之下，人皇已经同意了这个请求，从今以后，影龙海盗团在海上将正式拥有自己的封海，所行之事海军不会插手。"说罢使节又将手往怀中掏去。

听到"当今人皇"这几字，看到罗砚伦俨然一副万氏走狗的样子，雪凌澜恨得要咬碎牙齿，却又毫无办法挣脱。她愤然看向眼前不闻不问的影龙，当初在这人梦中所见的少年，其实不过如此吗？

"我此行特地带来了天启之主的诏书，涉及受封之事，我需要宣读一下……"

"免了。"罗砚伦都懒得看使节，直接问道，"陆擎呢？"

"将军事务繁忙，故未能亲自迎接北王凯旋，让在下在船上备厚礼，希望北王能前往苒山一叙。"

罗砚伦点了点头："登岛就不必了，这片海都是我的了，我什么时候高兴了再来。江河，去把他们的礼收了。"

"那么……"使节小心翼翼地问道，像是生怕触了这位凶恶船长的霉头，"既然我们已经履行了当初的承诺，那我现在可以把公主带走了吗？"

"不用，我自己走。"雪凌澜说道，再也没有看罗砚伦一眼。

"我没让你走。"罗砚伦横身挡在雪凌澜的身前，眼里藏着冰霜，他对使节说，"我不登苒山是我的事，我是那天启的狗皇帝钦定的治海之人，陆擎想要人，就得亲自来拿。"

"北王，何必把气氛搞得这么剑拔弩张呢？双方都留个退路，大家就还能合作下去。"使节看到罗砚伦这个样子，一时间不知道该怎么做，他好像不太清楚，究竟是自己哪一点做得不好，信物拿了礼也收了，继续道，"在下也是奉命行事，还望北王放手。"

"连我的船都不敢上的人，根本不配跟我合作。我亲自来苒山，是给陆擎面子，我都来了，他还当缩头乌龟？"罗砚伦说话毫不留情，说罢又回头看了眼被缚的翊朝公主，"而且我们的小公主还想在这里祭她的海督羽末省呢，现在还不是交接的时候。"

"原来如此，北王先别生气，我这就给陆将军传信。"使节拿出一面白色的旗，高举着在头顶摇了摇。罗砚伦眼中寒光一闪，这样的花样瞒不过他，这旗语根本不是呼唤主舰，而是在向戟月港说明一切无误。他在用旗语告诉陆擎，翊王朝最后的公主，确凿无误地，就在自己船上。

但罗砚伦没有多说什么，他倚在船舷旁，对雪凌澜说："你要祭羽末省，就趁现在吧，以后恐怕没这份心情了。"

雪凌澜被束缚在那里，心中悲怆。兜兜转转，最后仍是这样的结局，这些时日下来，她还以为罗砚伦会对她网开一面，没想到最后却还是被捆绑着送到苒山。她缓步走到船首，注视着近在咫尺的苒山。

在秋叶京，她无数次听父亲提起这座海上圣山，在这里，羽族的神木园与鲛族栖息的浅海和谐地融为一体，那些逝去的时光中，羽族最伟大的皇帝雪霄弋，与鲛族的隐圣碧温玄，曾在这里一起探寻这个世界的奥秘。她无数次想象自己有朝一日登上苒山，站在碧温玄的巨像下，感谢这位一直坚定地支持着雪氏的老人，祭拜那段辉煌的岁月。

但如今，戟月港中，有十数艘羽族战船驶出，它们一面航行，一面将高扬的白荆花风旗降下，换成血红色的告死鸟徽记，然后鼓起风帆，如奔狼一般怒吼着向影龙号推进过来。雪凌澜的心绪忽然游离在一片纯净的虚无之中，那里月光明媚，海水柔软得仿佛轻灵的羽毛。但那是悲伤之海，每一片涌起的潮声都在低声诉泣，将士们的英灵浮沉在碧波中，听那晨起的征铎响了又响。

海上的人去了未归。

羽家军三千铁甲，上一幕的呐喊犹在心头回荡，如今却已变作碧姓。而那位绝不肯倒下的羽族名将羽末省，没有留下任何的遗物，雪凌澜自己也终究没能亲自送他一程。她还记得在每个危险的关头，这位如山如父一般的伟大将领立在身前的样子，也记得这个执拗的将军，即便身负铁甲，也要给自己行君臣大礼，丝毫不在意屈膝将给他的身体带来多大的损伤。雪凌澜在夏阳休整的那几天，羽末省倾注全军之力，死守白荆花的最后一道关口夏阳港。那些天夏阳港的箭矢如飞蝗，遮天蔽日，流矢射中正在沙盘指挥的羽末省的左臂，他一把拔出来放在一旁，肩上的血溅到沙盘的旗帜上，他却始终面不改色。就这样，羽家军在人族大军的围困下死死坚守，以两千多人的巨大牺牲换来了整个舰队的安稳出海。

回忆着海上名将时，雪凌澜听到了一个曲调，那是秋叶京的神木林中，主管祭祀的神官终日鸣颂的浮世之歌。那曲调婉转悠长，回荡在神木园每一条飘摇的垂柳枝上，它们不再摇曳，而是随着那些送别之曲低头悼念。在她还小的时候，她并不明白为何这世上会有如此凄悲的乐曲,在史典的记载中,神本该是无喜无哀的,但为什么这些天神赐予羽人的绝妙尤物中,却也暴露出他们的爱与愁呢?

伴随着那脑海中萦绕的调子,雪凌澜不禁跟着哼唱起来。那祭祀的歌曲源于羽族最古老的语言,意思已经难以明了,但雪凌澜清丽的声音伴随着那歌谣柔软渺远的曲调,让周围的人也不由得悲伤起来。随着祭曲达到高潮,悲怆慨然的气象让这支歌曲陡然高亢,同一时间雪凌澜展开双翼,巨大的羽翼挥舞中,她将这首悼亡祭曲吟唱到了尾声,最后那一段如泣如诉。她也在这时流下清莹的泪,这是最悲伤的一次振翼,它伴随着失去、伴随着败亡,她忽然明白了父亲每一次举行祭礼后的沉重,也明白了王朝与家族的沉重。

这沉重之感,可是数万英魂用血肉残酷堆砌的啊!立家之重,立族之重,立国之重,十夫、百夫、千夫、万夫的重量压在一个人的身上。

能不重吗?

雪凌澜的展翼让影龙号上产生了一些骚乱,她不用睁开眼睛都知道背后那些慌乱的控弦声意味着什么,随后她听到罗砚伦嫌弃的声音:"都把箭收起来,有点出息,羽族最高贵的亡者祭礼,需要明月的庇护,好好看着。"

风起了,带着雪凌澜轻盈地越升越高,明月感受到了羽族最高贵血统的呼召,前来迎接王族的哀思,并带着生者对逝者的全部回忆,去庇佑那些回归星辰的高贵魂灵。雪凌澜睁开双眼,她的精神力中承载着羽末省的过往功绩,一位高贵武士的一生,如水一般向周围的人群倾轧过去。整个过程是无声的,但每个人都在心中看到了那一幕幕的画面,看着万军丛中站得笔直的羽末省,在萧瑟的风中影子如飞沙般模糊。

飞鸟尽,良弓藏,但夜夜弓鸣声犹在耳边回响;狡兔死,走狗烹，但吃到嘴里的哪里是狗肉，明明是一颗颗炽热的报国之心啊！

"夏阳港海督，羽家军统领羽末省，七月廿四，于外海抗击流寇中身死。至死，誓言犹守。"

魏江河想着那句写在信中的话，他站在罗砚伦身边，不由得红了眼眶。

这一次罗砚伦没有嘲笑自己的大副，他只是挥手打断魏江河的同情，轻轻示意。魏江河立刻了然，悄悄退了下去。

远处，陆擎麾下收编的羽族舰队，也清楚地看到了这一幕，雪凌澜的亡者祭礼，带着旷古的明月星辉和环绕着她的清风，也被所有人族士兵看在眼里，罗砚伦隔着几十里都能感觉到陆擎的焦躁。

但就在这时，随着亡者祭礼进入尾声，风缓缓停歇，大雾忽然弥漫起来，在迷雾下，人族海军开始变得模糊，这似乎让还在影龙号上的使节愈发焦虑。

"你在军中是什么官职？"冷不防，罗砚伦问道。

"我是人族海军告死鸟麾下，戟月港虎翼编护卫李向晚。"使节说着这句话，却不敢看罗砚伦的眼睛。

罗砚伦"铮"的一声拔出刀来架在他脖子上："说人话。"

"小的……小的是……川合号上洗……洗甲板的李达。北王，饶我一命，我只是个传话的而已啊！"

"连身份都是假的，我想你带来的东西也恐怕不能兑现吧。"罗砚伦一脚把那人踢到一边，看着远处越发逼近的海岸。

伴随着一声尖锐的号角声响，人族海军将速度提升到最快，并已经做好了战斗的准备，如今，他们要亮出獠牙了。

"这片大海的主人要换了。"罗砚伦看了看身边缓缓降落下来，正一脸错愕的雪凌澜，惋惜地说道，"可惜，我还以为，陆擎会是个明白人。"

他向前一步，右手一挥，刀锋没入那个跳梁小丑的脖颈之中，下一刻，那人的头就从肩膀上滚落下来，鲜血溅了罗砚伦一脸，把他映衬得如同魔鬼一般。"这片大海的主人不会再是陆擎了。"

"装了这么久，我也累了。"他又出了一刀，但这一刀却斩在雪凌澜的身上，绳子应声而断，"要祭羽末省，应该站在苒山之巅。"

在雪凌澜的审视中，总是严肃的罗砚伦突然半跪下来，把海流火立在她的脚下，眼里满是轻松，像是玩笑一般说出一句话：

"影龙海盗团团长罗砚伦，奉碧海国国主碧温如之意，特来苒山助白荆花一臂之力！"

他说完这句话之后，挂着海流火从地上站了起来，将它擎向高空。他身后的海盗们全部奋声大喊，战鼓震天，炽烈的阳光下，龙旗亮得耀眼！

第二十四章 迷雾星火

　　海面之上，十六艘战舰快速逼近黑色的影龙号，布置在船首甲板上的破甲大弩带着冷酷的金属光泽，驾驶着这些羽族制式战舰的已不再是翊王朝的海军，而是天启城麾下的告死鸟部众。他们全部负甲，赤红色的铁像火焰一般覆盖人的全身，刀剑不入。

　　新日初升，东边的海天如同燃起滔天的大火，苒山半月无雨，今天原本也是晴朗天气，却偏偏在这个时候起雾了。这雾来得十分蹊跷，尤其是在这之前，所有人都目睹雪氏公主振开双翼高悬空中，那雪白圣洁的羽翼甚至让人族海军中的羽族降兵有了一些骚动。传说中这位公主弱小而固执，一直依赖海督羽末省的庇护才走到今天，但刚才那惊鸿一现，陆擎心中犹疑更甚，不由得对随之而来的浓雾有了一些警惕。

　　如今陆擎的目标就藏在那片弥散的大雾中，它高高的桅杆矗立在迷雾里，像是穿着白色裙摆的女孩露出漂亮的线条，但那随风飘扬的影龙旗帜上，巨大金瞳无时无刻不在注视着你、提醒着你——这是北海最臭名昭著的大海盗罗砚伦的影龙号。陆擎清楚地知道，只有困住影龙，杀死北王，彻底将雪氏公主控制在自己手中，过往的所有布局才算有了结果。

在陆擎的指挥下，十六艘羽族战舰正将爪牙伸展开，它们摆开阵形，计划将对手死死地困在原地，看着它做困兽之斗。这片大海已经今非昔比，嚣张的告死鸟扑在猎物身上啃食它的血肉，而猎物只能趴在地上苟延残喘，静候死亡的到来。

但它的猎物，是影龙啊，它比告死鸟更加自大，也比它更无畏。面对兵力是他们十几倍的对手，悍勇的影龙居然还在不慌不忙地收锚。面对那面骄傲的龙旗，陆擎不禁皱了皱眉，自己以这样的势头出现，明显来意不善，难道罗砚伦看不出来吗？被厚厚的雾气笼罩着，让陆擎无法看清影龙号的全貌，他几次试图与影龙海盗团交涉，但影龙号上的水手们丝毫不买他的账，他们一边擂动战鼓，一边喊出嘹亮的号子，黑色的巨龙临渊而啸，在浓雾中睁开它那金色的修罗之眼！

"主帅，我们该怎么办？"

"不着急进攻，准备好接舷战。"陆擎下达命令，北海之王罗砚伦在这片海域上曾经的所作所为，他仍历历在目，面对这个棘手的敌人和这一片莫名升起的迷雾，即便自己人多势众，他也不会贸然行动。

"影龙号，起帆了！他们要突围！"海员大声喊道！

就在人族海军的铁钳逐渐收紧，在影龙的周围布下天罗地网时，影龙号竟然准备突围。此时海上的迷雾已经浓郁到只能隐约看见影龙的轮廓，但随后一团如刺枪般的火焰忽然将这片雾区照亮，那是影龙号铅灰色的撞角，那些疯狂的海盗在撞角上涂满鱼油，一把火点上去，撞角顿时猛烈燃烧起来。黑色的影龙号带着燃烧的撞角和滔天气势，竟向着人族海军防守最为严密的东北方向发起了冲锋。影龙张开它的大喙，锋利的牙齿上环绕着瑰丽的火舌，火焰燃烧着浓雾，撕开一大片厚重的阴霾，那种鱼死网破的气势顿时让人族海军乱了阵脚。

"影龙号是冲着我们来的，这么大的雾，他们怎么能如此准确！"旗舰上精于海战的瞭望员很快意识到影龙的意图，大声问陆擎，"将军！这样下去相撞难以避免，他们是疯了吗？即使撞沉我们的一艘船，他们也逃不出去。"

"罗砚伦本来就是个疯子，不要被表象迷惑，旗舰避让，但包围不可有缺口，就算有船被撞沉，舰群也要稳住阵形，只要影龙冲不出去，等到接舷，罗砚伦就是一条死龙了。"陆擎脸上露出狠戾的神色。旗手立刻对周围的舰船发出旗语，这些舰群快速地调整布局，始终与影龙号保持着对峙，影龙号像是冲入乱军中的单骑，独行的身影中蕴含着一丝悲壮的气息。

为了防止影龙号强行突围，告死鸟的外围舰只是同步向东北方向汇集，而侧翼舰则沿满帆推进，在旗舰正前方东西两侧分列，随时准备阻击影龙侧舷及发动接舷。在大如山岳的主舰指挥之下，所有舰船都有条不紊地做好了布置，各舰甲板上的联方大弩都已做好准备，定要让这条在北海恶贯满盈的影龙千疮百孔。

影龙号包裹在雾气之中，与其他船的距离不过数百步，这样近的距离，根本无法让船轻松摆脱。人族海军的包围圈正在缩小，陆擎正在快速收起他的网子，而嚣张的影龙号也不过是一块到手的肥肉，即便它现在看似凶猛地冲锋，也不过是垂死挣扎罢了。

"放重弩。"陆擎指着影龙号的船底，狠狠地咬了咬牙，发布命令，随即短促的号角连响三声。各艘立即将船首对准影龙号的战舰，开启床弩，数十支手臂粗细的弩箭朝着不远处那条咆哮的巨龙齐射而去，箭头上带着雷霆万钧的力道，足以射穿半尺厚的铁板。

影龙号的木质船舷在它们的攻击下根本不堪一击，只要有几支射中船舱，沉船不过是时间问题。弩箭横空而过的时候，像是排成"一"字的雁群，浓厚的风息穿破了浓雾，把如鱼汤般的帷幕撕开了一个大口子，不知是错觉还是什么，陆擎看那影龙号仿佛像是纸做的一般摇晃了一下，但很快又归于原状。

那些弩箭连根没入船舱，金属与木板的碰撞声被浓烈的海风淹没，巨大的箭头射穿了木板，并从影龙号的另一侧刺出，这些联方大弩的破甲效果果然非同凡响。眨眼之间，弩箭穿透船舱没入水中，激起了半人高的水花，影龙号船舱受损，但那匹恶龙的速度却丝毫没有缓下来，它始终喷吐着火焰，毫不畏惧地向人族海军冲了过来，好像要与陆擎同归于尽。

船员让陆擎注意避让，却被陆擎一把推开。火焰扑面而来，巨大的撞角足以把人整个压碎，他却坚定地站在那里，目光如炬。雾气被火光推开，影龙终于露出了它残忍的一面，诸员都站在甲板上，而他们的领头人罗砚伦身先士卒，站在最显眼的位置，他已经出刀了，火焰同样附着在刀锋上，他的轮廓在大火中越发清晰，那双金色的眼中写满了嘲弄。

"上前受死吧，狗官。"罗砚伦的声音浑厚而又富有穿透力，乃至这句嚣张至极的话传到了每一个船员的耳中。他在人群中狂妄地大笑，刀锋迸出一道危险的流光，那是狂龙的剑气，开山断海，锐不可当！

但那刀锋朝陆擎挥过来的时候，陆擎并没有闪躲，而是任由那刀锋从他的脖子上掠过去，顷刻间变成清凉的水汽。

而影龙号在众目睽睽之下，笔直地撞向了旗舰，想象中的碰撞声没有传来，它那巨大的黑色之影像一抹乌云压城而来，竟从旗舰的身上穿了过去。它和刀锋一样，就那么不合情理地化作一片幻影从陆擎的身边飘了过去，数十艘战舰在影龙号的面前不过是个摆设，没有人能拦得住它，因为没有人能拦得住影子。船员吃惊地望着眼前的一幕，这是他们从来都没有见过的奇景，在那片雾气的笼罩之下，影龙号化为虚无之影，伴随着一抹清凉的海风，在千人的注视下远离苒山扬长而去。风吹起陆擎的衣袂，映衬出他微微变色的脸。

"主帅，这……这怎么可能？"一直跟着陆擎的令兵问道。

陆擎握紧了拳头，遥望着影龙号离去的方向。"床弩击中船体的时候我就觉得就不对劲，这是幻象，我们被他耍了。"

"那我们追不追？"

"追？你知道他们现在在哪儿吗？"望着身周浓稠得如同鱼汤的迷雾，陆擎笑着问自己的令兵，那笑容里蕴满狠意，"或许我们很快就会看到，在四面八方都出现撞角燃烧的影龙号，到时候追击哪一艘呢？"

就好像在为陆擎应和一般，舰队的四方果然都出现了火光，每一道火光都映照出影龙号的轮廓，在浓雾里若隐若现，令人目瞪口呆。令兵不知所措，忍不住小心翼翼地问道："主帅，那我们是否先回到戟月港？料想他区区一艘影龙号，也掀不起大浪。"

陆擎却摇了摇头，平静地道："我知道他们想干什么，不过，既然他们做戏给我看，我就顺着他们的意好了。"

"影龙想藏进迷雾里，让我们找不到，我们不如也如法炮制。传令，驶入大雾。我们和罗砚伦玩一场捉迷藏的游戏。"他望着远处的苒山，脸上露出残酷的笑来。

苒山西南海域上，真正的影龙号正一路向北。雪凌澜接过魏江河手中的水，放在嘴边抿了一口，干燥的嘴唇沾上水，重新红润起来。她的手腕被绳索捆破了一圈皮，身上的伤口也还在隐隐作痛，在海上颠沛流离的这些天里，她身上没有一处伤不是这条影龙带给她的，在最后的关头，却偏偏又是他挺身而出。

是敌？是友？这头难以控制的猛兽，究竟站在哪一边？

"雪家公主，这一路上为了掩人耳目，影龙号对你多有冒犯，江河替大家给您谢罪了。"他双手抱拳高举到头侧，非常讲究地给雪凌澜鞠了一躬。这个动作让雪凌澜意识到，魏江河绝不是市井出身的小地痞——那是只有人族世家之间才被允许使用的礼仪。雪凌澜抬头看了一眼眼前这个年纪比她略大的人族男人，不禁对他产生了些许兴趣。

"我没有大碍。"她咬了咬牙，心中有无数种感情夹杂，她现在是该生气，还是该高兴？她看着东面海域，人族海军战舰已经看不见了，"他们为什么没有追上来？"

"是云中雾的效果，老大在典海盛会上买到的那件宝物，"魏江河继续解释道，"它能让迷雾短暂地充斥这片海域，我们同时用密罗秘术制造出影龙号的幻象，将陆擎引到了东边，我们趁此机会从西边前往丧流港。"

魏江河解释这些的时候，罗砚伦正从不远处走来，冲雪凌澜露出他那标志性的笑。就在不久之前，这个人还用恶语和劳役来对待她，把她当成一个失国的丧家之犬。雪凌澜不想再计较这些，她继续问道："罗砚伦，既然本来就没想过与陆擎合作，为何还要用这种方法来诱他出来？你到底有什么目的？"

"你刚刚有没有害怕？"罗砚伦没有回答她，反而反问了她这样一句话，"你是不是觉得我真的要把你送给陆擎？"

雪凌澜对上那双谜一样的眼睛，两人对视片刻，雪凌澜最终摇了摇头:"你做事情,从来不隐瞒。有那么一刻,你的眼睛告诉我,你是真的想把我送给陆擎;但之后,你也是真的想要帮我。帮或不帮,对你来说不是天平的两端,只是不尽相同的两条路,所以你从来都没有因为选择而犹豫过。"

"你都明白的事情,陆擎不会不明白。"罗砚伦乜着眼睛,眼角闪现着讥诮的笑意,"他不相信我,因此不会轻易露出马脚,但若想打下莳山,我首先要知道他的动向。只有你才能把他引出来,对他而言,你是个绝佳的战利品,他必须一搏。"

"然后呢?你现在知道他在南部的戟月港,并且把他骗到了岛屿的东南海域,所以……你要偷袭北部的丧流港?"雪凌澜思考着,"但我还是要问典海盛会上的那个问题,一艘影龙号,如何打下莳山?如今我对影龙号的各位再没有任何轻视,但也正因体会了大海的残酷,我更加清醒地认识到我们并无胜算。"

"废话真多。"罗砚伦打断了雪凌澜的话,从眼里喷涌而出的杀意让雪凌澜没有继续说下去,"南下黑市群岛,再带着你北上莳山,其间我失去了不少手下,黑市群岛之乱还让影龙成为众矢之的,但这都不重要了。我想要得到的东西现在终于有点眉目了,你以为我来这里是跟你闹着玩的吗?我没时间跟你在这里浪费,就算莳山是个死局,那我罗砚伦也得闯一闯。"

他拿出月氏海图,冲雪凌澜轻轻一挥:"这世上没什么东西能拦住我,敢上前的,就得死。"

之后再无人向雪凌澜解释北海之王的计划,影龙号的海盗们开始有条不紊地做着战前准备,索爷带着雪凌澜回到住处,这举动让公主以为自己又要被囚禁起来,她刚要争辩,就听索爷说:"船长让你换一身轻便的衣服,适合战斗的。"看着雪凌澜不明所以的困惑眼神,他咧开嘴,露出冷冷的笑,"你不是来当摆设的,小公主,想要苒山，就跟我们一起拿命来换。"随即门关上了，留下内心五味陈杂的雪凌澜愣在屋中。

这不正是她最期望的一个结局吗？亲自上阵，拿下苒山，可为什么第一时间却是迷茫呢？她发现自己一直在想着打败人族，夺回苒山，却从没想过到底要怎么做，怎么打。眼下她就要上战场了，才明白自己根本没有做好任何准备。

战争总是不给她丝毫准备的时机，她过去常以这种方式来安慰自己。秋叶城破是万东牒策划良久，大风大浪是突发状况，羽家军倒戈也是意料之外，她所失去的东西，永远都让她猝不及防。在这个节骨眼，她慢慢意识到，不居安思危，到头来，不过是倾覆的前兆，事必躬亲，才能成事啊。

所幸的是她未失去一切，亡羊补牢，为时未晚。

当雪凌澜准备好，重新走上甲板，影龙号已借着浓雾停靠在苒山西麓的一片陡崖之下，罗砚伦和魏江河站在船舷上等待着她。虽然内心有无数疑惑，但雪凌澜最终选择不做任何询问，他们三人下船之后，影龙号很快就又隐在浓雾之中，继续向北驶去。

站在陡峭的山壁下，罗砚伦压低身形，快步向前走着，魏江河也不说话，只管跟在后面。横在他们眼前的是数丈高的悬崖，绝壁上挂着青绿色的苔藓，湿滑无比，想从这里爬上去简直难于登天。但罗砚伦没有借助任何工具，一个助跑就跳到了半坡，他的手指扣进岩缝，巨大的力道让指尖没入岩石之中，好像在他面前的根本就不是岩石，而是一块松软的黏土。他就那么手脚并用，一路从山崖爬上去，魏江河也沿着他之前留下的印迹攀爬上去，身手同样矫健，像一只灵活的山猫一样三两步就翻上了山头。在他上去之后，一根绳子便从山上扔了下来。

"公主，请上来吧。"魏江河朝下说道，把绳子绑在自己腰上，

"现在我们是同伴，别害怕。"

然而他话音未落，眼前就被一抹炫目的白盖过去，他感觉好像雪幕从平地中被风卷起，伴随着清凉的水汽，两片轻薄如蝉翼的片羽轻抚着海风扶摇而上，倏然间雪凌澜便如一片孤叶落在他的眼前。

这让魏江河有些愣神。

经过这段时间的相处，他都快要忘记了，这个女孩可有着翊王朝最荣耀的血统，是随时都能翱翔于苍穹之上的煌羽啊。

"老大就这脾气，你看他冷冰冰的不愿意说话，其实对自己人可好啦。"他一边尴尬地收绳子一边说道，还不忘对回过头来看的罗砚伦打个手势。即便在海上漂泊多年，他的举手投足之间依然显露出一些宫廷中的礼仪习惯。

雪凌澜简单地"嗯"了一声。"我们这是要去哪儿？"她直接问。

"找援军。"魏江河轻松地说道。

"苒山内部还有援军？是被俘虏的羽族海军吗？"

"应该有一些羽人，但大部分不是军人。"魏江河边走边说道，"陆擎初来苒山的时候，遭到了此地羽族海军的强烈抗击，但是孤岛难以久守，为了保护岛上那些崇尚元极道的平民信徒，他们最终向陆擎投降。陆擎为了岛屿的稳定，最终背弃盟约，依旧将羽族海军和大部分平民杀害。"

魏江河很是轻描淡写地述说着陆擎的背盟，雪凌澜听后暗暗齿冷："奸诈的家伙，他比南方的江暮燃还要狠毒。那他们为何留下了一些人？"

"这我就不知道了，据老大说，那些活着的人，主要是侍奉神木园和碧温玄圣像的，其中有一些煌羽和一些神木园的信徒，这些人可能掌握着苒山的秘密，万东牒想要查明苒山的真相，所以就留了活口。"

果然还是为了苒山，雪凌澜心中想着，继续问道："那你们是怎么知道这些的？"

"我们之前来过一次，并在这里留下一些不太好的经历。老大说他知道苒山的布防以及势力关系，所以这次只带了我一个人，就是为了绕开重兵把守的地方，直接去救人。"

雪凌澜点了点头，但随即又有些担心："关人的地方守卫肯定众多，我们怎么救人？"

"恰恰相反，我们要去的地方，那里的守卫，只有一个。"魏江河说到这里不禁苦笑了一下，"但并不代表，我们这次一定可以救人出来。"

"为什么？"

魏江河有些忌惮地看向罗砚伦，看到罗砚伦并没有在意他们两个人的对话，他才凑到雪凌澜的耳边小声说道："老大上次在那个人手里吃了点小亏，你可别跟别人说。"他刚说完这句话，抬头就看见罗砚伦杀人一样的眼神，便非常乖巧地闭上了嘴，像犯了错的小猫一样躲在雪凌澜的背后，不敢抬头去看那双眼睛。看到魏江河这种反应，罗砚伦不禁有点想笑，但他没有表现出来。

"赶紧跟上，别跟个娘儿们一样在背后婆婆妈妈的。"这话看似在斥责魏江河，却连带雪凌澜一起骂了，雪凌澜不悦地皱了皱眉，跟着魏江河一起加快几步跟上罗砚伦。

第二十五章 战花梨

　　一片迷雾中，雪凌澜一行来到了花梨峪，从这里开始，沿着南北走向的苒山，每隔数里都有一个哨岗，雪凌澜在脑中还原着苒山的地图，凭借羽人极佳的视力，很快确定了自己所处的位置，就听罗砚伦的斥责声响起来："站那么高是想被哨兵逮住送给万东牒吗？伏低身子，往前走四步，你去侦察一下。"看到雪凌澜不知所措的反应又皱了皱眉，"让你伏低！你以为还在秋叶京吗，蠢货！"

　　雪凌澜面色微红，她从没做过类似哨兵的工作，第一次尝试就被人冷嘲热讽，纵是有皇家的涵养也难免有些恼怒。但这时候容不得她气愤，她将身形更加紧贴地面，缓慢前移，直到花梨峪出现在视野中。她没发现有哨兵裸露在外面，只有事先码好的箭垛和瞭望口，这才松了一口气，继续仔细观察。

　　与美丽的名字不同，花梨峪是一处彻彻底底的险地。百丈高的悬崖峭壁之上，生长着一种特殊的植物，名曰花梨。它们的花期很短，从最初的星星点点不出几日便会扩大到手掌大小，那些不断绽放开来的伞盖如同成簇的白梨花一般耀眼。那是它们短暂的一生中最好看的时候，但同样也是它们生命的终结。当花梨的根茎再也无法支撑花盘重量的时候，花梨便会从空中坠落，原本的花茎也会迅速枯死，所以，它又叫花离。

但这种东西其实并不属于植物，而是一种菌类，这种菌以岩土为食，它们的汁液对岩石有着强烈的腐蚀性，它们生长在岩壁上，周围的岩体便会因为花梨的坠落而不断崩陷。那些包含在褶皱中的孢子混在海水中，又通过海水拍击岩岸回到了石壁上，循环往复。以至于整个花梨峪的悬崖峭壁最为陡峭，成了一道天然的屏障。

她之所以清楚这些东西，还是因为她前任的舵手，月信川。

想到这个名字的时候，雪凌澜的心里依然非常难受。这花梨峪，是月信川留下的关于苒山的唯一记忆。

苒山的花梨之灾，一个雨季便能让花梨峪的水土流失将近一尺，月氏族长月长生临危受命来到这里时，正是花梨泛滥最严重的时候。精通地质和植物的月长生勘测了地貌，命人在数个关键位置栽下苦杉稳固水土，这才解决了花梨危机。见识到苒山的军容和飘扬的白荆花大旗，一腔热血的月信川希望留下来，却遭到父亲的喝止。

临走之时，月信川恋恋不舍地看着花梨峪的夕阳，把一株兰槎木栽在花梨峪西南边的角落，遥望着自己的故乡兰沚。

那上面，刻着月氏之名。

那时的月信川，多希望有朝一日，也能成为海军的一员，这样他就可以无所顾忌地去往自己热爱的大海。

如今雪凌澜真正面对它，却有说不尽的嘲讽。

她探头望去，茂密成林的苦杉之中，果然有一棵参天的兰槎木。

多少年前月信川曾在这里栽下它，而今已经亭亭如盖，苒山却已不是当年的苒山了。

而他们两人，也永远无法回到从前了。

这个时候雪凌澜突然有一种冲动，她要去看看当年月信川留下来的字。她几乎是下意识地冲那棵巨大的兰槎木挪了几步，却被罗砚伦生生拽了回来。

"你要毁了我们的计划吗？"罗砚伦冷冷地说道。

"我只是想……"雪凌澜强忍着心里的悲痛，牙齿紧紧咬着，却又无力反驳。

她只能远远地望着兰槎木的树干，视线所及始终没有找到月信川留下来的痕迹。她看得越仔细，就越有别的心思挤进她的脑海，透过那些斑驳的树皮，她仿佛看见了月信川沉入海底，低低地垂着手，哭泣着坠入命运的尽头。

大概是海风将那处不起眼的痕迹侵蚀了吧，连那年幼的梦想，也一块儿都消失了吧。

他终有一天加入了海军，却没有如愿在大海上驰骋，命运困住了他的脚步，把他拉入无尽的深渊之中。

那份手谕是否有用，雪凌澜自己都不知道，在那片大陆，已经没有人会在意那几句可笑的话了吧，即便月信川从海中侥幸生还，他又能去哪儿呢？

兰沚没有了，秋叶也没有了，到最后，连最信任他的人都没有了。

雪凌澜轻拭眼角，月信川的记忆也随之消散。

"我本想换个角度勘察。"雪凌澜稳住心神，指了指远处那座哨岗，又补上一句话，"在这里我不能确定敌人的状况。"

罗砚伦不置可否，雪凌澜没有再往那棵兰槎木多望一眼。

她不知道，那棵粗如桅杆的兰槎木的底部，确实歪歪扭扭地刻着简单一个"月"字，那是幼年月信川的笔迹，刻下的每一刀都饱含着轻狂而又炽热的梦想。

而那个字的旁边，纷乱的灌木丛中，安静地躺着一个带血的海贝。

经过雪凌澜的侦察，三人借着植被的掩护，沿着一条最安全的小路向哨岗那边摸了过去。

影龙号及迷雾已经在戟月港引起了骚动，苒山进入战时状态，信鸟飞过苒山上空，将战时布置传达，南部的戟月港，北部的丧流港，东部的新月滩如今全军戒备，俨然一副固若金汤的样子。而西面苒山深处，仅凭陆擎三千兵力难以彻底覆盖，想从中撬出一条缝来，也并不是完全不可能的事情。

这对于罗砚伦来说是个好事，他要救的人在苒山深处，他可不想在这险地之中，除了要对付那个人，还要对付蜂拥而至的人族海军。

所以，他们这次来得悄无声息，这个时候，绝对不能打草惊蛇。

说是哨岗，其实不过是个数丈高的防御石塔，在塔上可以轻松看清花梨峪以下的大片海域，但影龙号来的时候乘着云中雾的幻影，没有被这里的海军发现。即便羽人的视力极好，影龙号也像是根本不存在浓雾之中。

罗砚伦将下巴枕在石塔下方凸起的砖石上，前胸紧挨着石壁，整个人如同蜘蛛一般贴在城墙上，快速地向上攀去。他的腰上别着短剑海流火，而魏江河则把在哨岗的门口，反向擒着匕首，这个平时看起来有些青涩的大男孩，一旦拿起刀来，也显得勇悍十足。

哨岗里响起了人走动的声音。

魏江河立刻将身体隐在身后的大树旁，却发现雪凌澜也在这里，她一声不吭地握着一把短刀，双眼中没有任何畏惧。

魏江河向她打了个手势，意思是：杀人的事情，让我们男人来。

然而雪凌澜没有回应他，她屏息凝神，看起来挺像那么回事。

哨岗中出来的那个人，此时正摇摇晃晃地走近，醉眼蒙眬，一副松松垮垮的样子，这是个容易得手的目标。

魏江河刚要摸上去，却被雪凌澜一把抓了回来，她摇了摇头示意他原地待命，不一会儿，另一个比较瘦削的男人也从那哨岗中走了出来。

他先是警惕地看向身边的树林，敏锐的眼睛像鹰一样在雪凌澜和魏江河所在的位置扫了好几遍，并转身向这边走了过来，雪凌澜紧紧咬着牙，手心快要沁出汗来。

"二哥，你干吗去？"先出来的那人突然喊道。

"我总觉得之前的大雾有点奇怪，"瘦削男人还是不放心，又加快脚步往这边走来，"老五，戟月港战区刚下了命令，多点心没坏处。"

"我看你就是太敏感，那狗夫长把我们兄弟五个扔到这种鬼地方，分明就是怕我们抢了他们功劳。也不是我说你，他们都这样了，你认真给谁看？"

听到这里，瘦削男人也停下脚步，表情中同样有些不甘，他望着站在花梨峪朝大海尿尿的老五，真怕他一下没站住摔到海里去，赶紧往他那边跑去。

看来这哨岗之中，有五人把守，外面两人，那这哨岗中还有三人。要想从这里过去，难免要动手，雪凌澜想抬头看看罗砚伦的行踪，却发现他不见了。

罗砚伦手脚并用爬上石塔，一个侧身翻进了瞭望口，瞭望口只有码好的箭垛，从挡墙看过去，还能看到站在花梨峪崖顶的两人。

"你喝多了,小心点,别掉下去。"瘦削男人扶着歪歪扭扭站着的老五,浑身的酒气惹得他一阵皱眉,"这儿风大,尿完得赶紧回去,否则邱老大会担心的。"

"我就尿个尿看把你给吓的,又不是尿炕的小娃子……"他这句话还没说完,一旁搀扶着他的薛老二突然一下子向前倒了下去。

"二哥你看看你,还说我,你自己都不注意。"老五喝得太多了,分明没有注意到插在瘦削男人头上的那支箭,那箭从后脑贯入,直接从嘴里穿了出来,让他连呼救的机会都没有就从崖上坠落。老五还以为是跟他开玩笑,却忘了一旦从这上面掉下去,就十死无生。

"二哥,你在下面等我一会儿,我这就拉你上来……"老五喝得太多,有些神志不清,他趴在地上,伸手使劲地往悬崖边上够,但瘦削男人早就坠入海中,哪还有影子?醉汉摸不着二哥的手,心里着急,想再往前一步,结果一个不小心,也从崖上面摔了下去。

罗砚伦站在瞭望口,手里还擎着一根箭,他没有用弓,单纯是用臂力把这支箭掷了出去,因为绷紧的弓弦声会引起这里老兵的注意。见醉汉坠入崖下,他便没有再管,整个身体垂直而下,沿着石塔的内部通道跳了下去。

他下来的时候悄无声息,快到三个人族守备军都没来得及准备,罗砚伦一剑就结果了其中一人的命,海流火划开那人的胸膛,黑色的火焰环绕在他的周身,那人肚子里的血"刺啦"喷在上面,发出滋滋的水汽声。

"四弟!"有人倒下,不禁激得余下二人怒发冲冠,纷纷拿起刀来招架。罗砚伦挡住其中一人的刀,在半空中翻转了半圈,一脚把他踢了开来。

"有人入侵,这里我来挡着,老三你快去报信儿!"其中一个虬髯汉子用蛮力将罗砚伦撞飞出去，一把大刀被他擎在手里，手臂上暴起的青筋如同苦瓜经络。

"我乃莽山戟月港战区花梨峪哨站守备队长邱东捷，杀我兄弟者何人？"

"罗砚伦。"他低语一声，杀性潜伏在眼神中。

听到这个名字，邱东捷不禁打了一个寒战，眼前这个人弓身蓄势，右手反握的短剑正摇曳着深黑色的凶光。不知是错觉还是什么原因，他感觉面前这个高大的男人全都笼罩在一股凄冷的黑色火焰中，而那火焰好像下一刻就要吞噬掉自己。但此人刚刚亲手杀死了自己的过命兄弟，苦杉下的结拜犹在眼前，这份仇，怎能不报？

"江湖宵小杀我兄弟，为兄者岂能容你！"

说罢他提刀向前，与罗砚伦的剑锋撞在一起。邱东捷怒发冲冠，早已忘掉了任何章法，现在刀握在手里，用力手法却像是用锤，每次下刀时都恨不得使出全身的力量向下砸压，刀锋锤裂了一旁的桌几，也顺势向着罗砚伦扑过来，像一只搏兔的巨狮。他看到罗砚伦手中的剑比较短小，以为招架自己这种大开大合的刀法应该会有些吃力。但没想到，他的刀势上虽带着千钧之力，但刀砍上罗砚伦的短剑，竟像是砍在了铁砧上。重刀落下，金属相击，却没有爆发出一丝火花，海流火上附着的黑色火焰吞噬了一切，也顺势黏着上他的长刀。那一刻，邱东捷脑海中忽然浮现起老四被人开膛破肚的场面，罗砚伦残酷的笑容如在眼前。

罗砚伦硬接下邱东捷的刀锋，虽有海流火在手，但依旧被震得虎口发麻，忍不住暗叹其勇猛。

他的嘴像是恶鬼一般咧开，眼中燃烧着兴奋的光芒，一步一步向着邱东捷走去，手中的海流火"滋滋"冒着冷气，像是随时要爆裂。在他不断向前移动的过程中，戒备的邱老大感觉整个哨岗的温度都开始下降了。

"你听着，老子不是宵小。老子，是影龙。"

已经退到哨岗楼口的老三此时比起邱老大也好不到哪儿去，他只看了海流火一眼，就被那股莫名的凄冷和恐惧震慑住了。他心里清楚，邱老大不可能是眼前这个男人的对手，他们需要支援，花梨峪有敌来犯，他必须把响箭射出去，那样他们兄弟几人才不会白白牺牲。信号箭被他抓在手里，竟然有些烫手，他紧紧地抓着箭，像是抓着一根救命稻草。

不要害怕不要害怕，他在心里一遍遍地重复，兄弟五人，就数他最为胆小，以前有老大老二在前面顶着，他的箭就射得特别准——他是个绝佳的射手，只要给他足够的时间，便能百步穿杨。但一旦有人干扰他，他就完全不能集中精神，他怕死，恐惧让他无法拉紧弓弦，尤其是现在，他正在被一股更加强大的恐惧掌控着，在这样关键的时刻，他竟然没有力量拉开那副弓！

该死该死！他在心里默念着，邱老大正在跟强敌决斗，老四被那恶人所杀，老二、老五可能还在哨岗之外生死未卜，他却在这里畏畏缩缩，不能帮上一点忙。前面就是出口，他一出门便要向天空射出响箭，只要那支箭放出去了，方圆几里的哨岗都能接到预警，定能将这些可恶的海盗绳之以法。

出口就在眼前，燕老三用哆嗦的手拉开大弓，箭捏在手里，终于让他有了点底气，他吆喝一声，大步跨出哨岗，对着天空放出最后一箭！

但他还是慢了半拍，就在跨出哨岗的瞬间，魏江河的刀也到了眼前，下一刻，他觉得身体离自己越来越远，世界在翻转，他的头在空中打了几个滚，重重地摔在了地上。

不过幸好，那支箭被他射了出去，在场的所有人，都要给他们兄弟五人陪葬。

魏江河皱着眉头，把匕首收了起来，他看向身边的雪凌澜，有些不好意思地摊了摊手。

雪凌澜的光翼像雪片那样淡淡地消逝飘散，她把手中的箭丢在一边——在箭射出去的那一瞬间，她已经凝翼把那支箭从半空中捞了下来。雪凌澜刚要说话，却被从天而来的黑色身影打断了。

罗砚伦浑身浴血地出现在两人的面前，魏江河冲他微微笑了笑，罗砚伦只是简单地点了点头，没有一丝胜利的喜悦。

从哨岗离开之后的很长一段时间里，他总是一声不吭，一路上这样的哨岗有许多，若是有人阻拦，他就像修罗一样毫不留情地将人杀掉。

在海上纵横多年，都是这么一路杀过来的。

他们崇尚自由，却始终背负着血和仇恨。对他们来说，生杀予夺，是再正常不过的事情。

而魏江河也总是陪着他，随他出生入死，鬼门关上走一遭，回头报之以淡淡的微笑。

提刀对剑，风来雨去，向死而生，却也相依为命。

第二十六章 非杀

这一路从花梨峪到美人钗，绵延两个山头，横穿六个关口。三人脚步飞快，或打或避，几乎是在人族的眼皮底下纵贯了苒山西部的密林。果然，越是靠近苒山深处，守卫便越少，平午时分，骄阳当空，他们的奔袭也即将到达终点。

穿过一片长满刺果的灌木丛之后，出现了一条如白玉绸缎般的溪流，让他们发干的喉咙滋润了些。溪边有一只无人的竹筏，静静地泊在那里，就像是特地为他们准备的。已经没有退路，他们径直走上去，魏江河一点撑竿，竹筏就顺着流水缓慢行进。很难想象，历来被奉为军事重镇的苒山，在深处会有这样一处清幽之地。溪水两侧栽满细竹，微风拂过，竹海便沙沙作响，一浪又一浪的青色波涛如衣袂浮动，阳光透过竹叶，在溪流下的卵石上投下光斑，形似随风摇曳的浮萍。

林中深处忽然传来竹管的音色，一曲《秋叶赋》随着空灵的管音娓娓而来。听到这熟悉的曲调，雪凌澜的眼圈有些发红，那是终日缭绕于秋叶京中的曲调啊，羽人乐师们在箜篌上拨弄出婉转的调子，像是音律在弓弦上舞蹈。她本以为，《秋叶赋》是只有羽人才能奏出的绝世妙音，在曲调中能够听得出秋叶的恢弘大气，也能够听得出古都背后历史的沉吟。但这曲子被竹管重新演绎，竟然字里行间充盈着无比悲伤的气息。雪凌澜不禁又回忆起了那个秋叶倾覆的雨夜，羽沐阳夜行三百里，从陷落的秋叶京中救下自己的那一刻。可惜三百索桥关的英魂长留，从此她失去了自己的故土。

"到了。"魏江河的一句话，让雪凌澜从回忆中出来，她看了看远处，是一座竹制的小筑。院中浓绿色的芭蕉叶像是开屏的孔雀一般迎向众人，露水顺着茎叶上的经络流到下方早已备好的酒坛里，有一人靠着石头坐着，正是吹响竹管之人。

看到罗砚伦下了船，他放下竹管站起来，捡起一边的酒壶放在桌上，桌上有素菜和点心，桌边抵着一柄月色的宝剑。

"没有想到，还是见到了诸位。"他双手持剑抱在胸前，朝着几位不速之客作了一揖。

"客套话就别说了。"罗砚伦走上前去，坐在那好像早就给他备好的座位上，他看了看桌上色泽单一的菜品，顿时就没了兴致，"这清汤寡水的，怎么全是些素的？"

"荤素在我眼里都是一样的。"陆宇倒了一杯叶露酒，给罗砚伦递过去，顺便将雪凌澜与魏江河引至座上，四人一桌就势坐下。陆宇的座位背对着栅栏门，与其相对的雪凌澜正是上宾。"远道而来定是不易，这席算是为各位接风洗尘。"

若不是空气中弥漫着随时都要拔剑的杀气，他们这些人坐在这里，伴着眼下的汩汩清泉，倒像是久未谋面的好友相聚一堂。

"武士之间，刀剑为眼，何必用这些假惺惺的东西？我为何来这里，你心里清楚。"罗砚伦开门见山，没有跟陆宇废话，但雪凌澜注意到，他这次语气中丝毫没有轻蔑和傲慢。

"你们要的人，就在我身后的草屋里，这些人在我这里，没受什么委屈。"陆宇看向罗砚伦，那双如月牙般的眼睛里却藏着危险的剑影，"你要来这儿做的事，我的兄长恐怕并不会同意。"

"上次跟你交手，未能尽兴，这次没人拦着，"罗砚伦一口气喝光了酒，站起来看向对面的陆宇，"我不惜跋山涉水到这鬼地方来，就是为了跟你一战。"

"北王，我们之间的较量，胜负又有什么意义呢？"陆宇也跟了一杯酒，眼睛落在自己的月色长剑上，"因为战争，这柄剑上已经沾了太多血，可又换回了什么呢？"

陆宇这柄剑，剑身上月色的流光不断从镂空的剑鞘里露出来，那剑意像是溪水划过河底的卵石，对口渴的人来说，就是在心头上的瘙痒。罗砚伦甚至忍不住开始猜测，拿着这样一柄剑的人，会舞出怎样的一套剑法。

这是他第一次见到陆宇的武器，上次他来苒山的时候，是孤身面对陆宇，双方都是赤手。

那时的他被数百人围困，却全然不惧，枪戈对在脸上，而下一刻一排枪杆便齐刷刷被他的手掌砍断。他像一只发狂的猛虎，没人敢拦在他的面前，人群挡不住他，都开始纷纷后退。

只有一人站了出来，那便是陆宇。

对于陆宇挑衅式的出现，罗砚伦心里一阵怒火，他借着冲锋双拳齐出，像是两块携带千钧之力的落石，重重地向文质彬彬的陆宇砸去。但陆宇脚下稳扎马步，一双大手握住了罗砚伦的拳头，一拧一挺间，竟用巧劲化解了如潮水般的攻势。罗砚伦的攻击像倾泻在水幕之中，无论他用多大的力气，都不能从陆宇的手中挣脱。

陆宇的手格外大，上面布满了老茧，即便很久不再战斗，终日穿着水色氅衣——他一直在掩饰自己的过往，试图脱离曾经的凶恶身份——在他举杯喝酒的时候,还是能够看到那双布满伤痕的手,经年累月的战争,让武器在他手上永远留下了痕迹。

战争在人身上留下的东西,是永远也无法抹掉的。

"陆宇,拔你的剑,跟我打一场!"罗砚伦猛地拔出海流火,直接向陆宇刺去。

终结谈话最好的方式,就是出击。他突然觉得,这样矫饰自己的陆宇特别可悲,也特别可恨。

陆宇看到短剑袭来,几不可察地皱了皱眉,右手一拍桌子,月色的剑猛地弹起,被他一把抓在手里,一个侧身躲过罗砚伦的海流火,然后飞身离开了原地。

"躲?躲得掉吗?"罗砚伦一语双关,听得陆宇愣了半步,"你穿着一身布衣,每天粗茶淡饭、闲云野鹤,就能够掩饰你当年的行径吗?"

罗砚伦紧步追上来,没有花样,没有冗赘,就是干脆的一次刺击。而后者没有吭声,也没有让剑出鞘。剑锋袭来的时候,他举起剑,剑鞘挡在海流火的锋芒上,用手腕的力量挑开了罗砚伦的攻势。但这并没有结束,海流火在半空中划过一道流光,月色长剑中的倒影龇着牙,而剑鞘却始终跟随着,若即若离一般贴合着那海流火的剑锋。

从外人的眼光来看,陆宇那柄月色长剑仿佛有吸力一般,牢牢地将海流火吸附在剑鞘之上,无论海流火攻到哪里,下一刻诡异的剑鞘就落在同一点上。罗砚伦有些惊异,这是与兵器有着多么高的契合度才能做到的事情啊。有一些武士,可以通过身体感知攻击者的力度和运力方向,卸掉攻击者身上的力,但陆宇所用的是剑啊,这样的剑,因为跟陆宇本身相当契合,所以应对罗砚伦的每次攻击,陆宇都能轻松化解,显得游刃有余。

他越是这样，罗砚伦就越气愤，他喟叹像这样英武的人，被无谓的责任困在这样的地方。

　　明明是个英雄，却活得像一条看门狗，生死无求，在这弹丸之地等死。

　　看到罗砚伦不依不饶，面对海流火的锋芒侵蚀，陆宇的心中无比煎熬，他的心思根本不在这场战斗上，输赢对他来说有什么意义呢？

　　"我不跟你打，是想让你知难而退。陆擎在苒山做了太多的布置，即便你今天救出了这里的羽人也是徒劳无功，战争已经结束了，不要再做无谓的牺牲。保护我身后的这些人，是我当时立下的誓言。只要我在一日，没人可以对关押着的那些羽人做任何事，我不想愧对他们，但我也无法将他们拱手相让。"陆宇忍不住开口说道。

　　"你口口声声说着要保护这些人，倒不如说是为了让你心中能有一丝安慰吧！战争就是战争，你拿着万家的俸禄，扛着赤红旗杀了那么多人，还想用最后的假慈悲来洗脱之前的罪名吗？"

　　就在陆宇还想说什么的时候，罗砚伦动了："你既然一定要恪守愚忠，假装自己可以两不相负，那就去死吧。"

　　罗砚伦眼中金色乍现，强大的战意驱使着海流火，他整个人变得更加锋利和狂妄，海流火的每一次进攻都好似刀劈斧砍，沉重的剑锋像山崩地裂一般压过去。海流火是短锋，一寸短一寸险，面对陆宇的三尺长剑，甚至没有用上任何防守的手段。黑色的锋芒与月色的流水相互交织碰撞，像是墨池中激起星光点点。罗砚伦的招式大开大合，将池水吹得皱纹四起，但陆宇的防御滴水不漏，即便罗砚伦一直试图近身，却始终都有一面无形的墙将二人隔开。

　　"懦夫，不敢进攻吗！"罗砚伦一剑挑开陆宇拦在心口上的剑鞘，一拳打上去却又被陆宇的左臂拦了下来，他满心的怒火发泄不出去，恨不得把身边的桌子打穿。

但在陆宇的心里，罗砚伦说的那句话却像锥子一般扎了进去——"懦夫"，这是从小周围的人对他们兄弟二人的评价，特别是对于他的哥哥。陆擎是个隐忍的人，面对孩提时代的欺侮，为了保护陆宇，作为兄长的陆擎没有任何还击的欲望，尊严被践踏，人格被侮辱，陆擎一直为陆宇挡下来自各方面的压力。而正是这样一直退让，让陆擎最终变成如今这样多疑、虚伪的性格。而他现在反而开始看不惯陆擎的行径，说到底，自己才是造成这一切的罪魁祸首啊！

"退一步，再退一步，试图避开锋芒，寻求化解之道……陆宇，你的内心依旧是一个弱者啊！"罗砚伦看出了陆宇眼中的犹疑，话语不禁又加重了几分，"你觉得自己就是陆擎的剑，所以坚持一种盲目的忠诚和怀着报恩之心，其实是不敢自己做一个决定，你将无数人的死归咎于残酷的战争，归咎于贪婪的兄长，却从未想过作为一把剑，你自己就是帮凶！"

罗砚伦的声音越发强硬，随着最后一句落下，海流火连续四击，凶猛的剑势彻底击碎了陆宇的防御，最终戳中了他的臂膀。火焰散去，一层黑气弥散在陆宇的周围，红色的鲜血流淌出来，陆宇的眼神忽然变得空洞，他好似看到了什么奇异的景象，呆在了原地。罗砚伦随即停下攻势，静候眼前的陆宇恢复神志。过了许久，那黑气才被海流火又缓缓地吸了回去，至此，陆宇才从海流火的幻境中醒过来。

他看到了曾经的自己，那个，落魄的自己。

年纪小、体弱多病的陆宇，一直被哥哥陆擎照顾着，他俩生于中州西南部的小城霍弄，因匪乱家破，两人便一路向东流亡到天启。清苦贫穷的日子里，陆擎经常将自己讨来的食物匀给陆宇吃，宁愿自己饿着,最让陆宇记忆深刻的是陆擎对他说的一句话:"若是哥哥无能,而你又实在饿得不行的时候,这是刀,我的肉能让你活十天。"

祸不单行,那年的一场瘟疫席卷了近半天启城,下城的许多百姓皆被染上,陆宇便是其中之一。一时间,那些名门望族纷纷囤药,以此发死人财,许多医馆都闹了药荒。事情传到天启万氏那里,当下便点了兵从南药押送了十三车芍青运到天启。能解燃眉之急的关头,偏偏这车药被一伙匪寇劫了,而派出这些匪寇的人,正是当初身居高位的贾家家主。求药心切的少年陆擎尾随那支匪寇,从他们口中听闻了这其中的黑幕,却被抓了现行。陆擎当场被斩掉了右手无名指,想尽办法逃了出来。

之后他便把这件事告诉天启的主人万氏,中州之狼以此为名出兵剿了匪寇,也顺便抄了贾家。从那以后,陆擎便带着陆宇一起参了军,凭借自己的头脑和弟弟的勇武,一路平步青云。

却也从此走上一条不归之路。

而如今的陆擎,只给他留下最后一句:"之后,我不会再麻烦你了。"

"这么多年,杀了这么多人,我却还是会害怕,害怕有一天我要亲手杀了自己的兄长,靠他的肉活下去。害怕因为我不够强,而让他死去,宁可替他杀更多人,也不敢停下来。"陆宇看向眼前的三人,他的眼中蕴含着悲伤,丝毫没有一个武士该有的肃杀之感,"这是我最后一次遵守他的命令,既是对他的承诺,其实也是我为自己选择的终点。"

"守誓,可是武士该有的气节啊。"

他沉吟半天,手握住那柄月色的剑柄。

"我自认为没有任何选择的余地,但这条路到今天又何尝不是我自己走出来的？"陆宇自嘲地笑了起来。雪凌澜来到此地后第一次看到陆宇的笑容，那是多么优雅却又失落的笑容啊，她没想到，一个被海流火侵染的人，居然还能保持这样的姿态。

"这十数年里，我随兄长南征北战，杀了无数忠良之士，兄长执迷不悟，追逐名利，不惜用杀戮装点战功，我不愿做这些事情，便归于这竹林之中。

"待的时日长了，我更加想通了一些东西。我现在很羡慕你们，尤其是雪家公主，至少你是纯粹的。纯粹的人才配拥有勇气和力量啊。"陆宇讲着，抬起头，缓缓地拔出剑来，剑上的寒光把众人的眼睛都照亮了。在剑完全出鞘的那一瞬间，陆宇身上那些消失了的东西全部回归，在他的眼中，雪凌澜看到了一个孤傲的武士所应具备的所有素质：杀气，暴戾，冷酷，决绝。她看到那瘦削的影子茕茕独立，负剑于万军丛中，寒光掠过的地方，数百条生命便随之消逝。他一剑斩过空气，那剑快得看不清踪迹，距他数尺之外的桌子却随之平整地一分为二，剑锋割过的地方在数个喘息间贴合在了一起。

"来吧，影龙！想救人，就杀死我。"陆宇的眉头舒展开来，眼神却如枪般尖锐，仿佛解开了心结，整个人散发出一种飒爽之气。他握着出鞘的月白利剑，左手负于背后，威名天下的平关将，陆氏的人杰，终于觉醒！

"好气魄！"罗砚伦也不甘示弱，握着海流火站定，他的情绪有些激动，狂徒心底的斗意被彻底撩拨起来，快意袭遍全身。下一刻，罗砚伦大吼一声，一个箭步冲到陆宇的面前，海流火再次向陆宇的胸口刺去，而陆宇反身一剑，剑尖与剑尖对在一起，两人的身影在激起的火花中定格。

不同于之前的感觉，眼下的陆宇放下了只顾防御的姿态，剑上的力道中再也没有任何回防余地,他不再卸力,罗砚伦只觉得眼前的清泉变成了湾流,一股磅礴的剑意从手腕处袭来,他的袖子片片爆裂,露出青筋暴起的右臂,剑气斩在上面,发出叮叮当当的撞击声。即便罗砚伦的身体强健如铁,陆宇的剑意却如蚀骨的蝇虫,不断地在他胳膊上钻钻咬咬,竟然有要攻破的迹象。罗砚伦心里大惊,想把持剑的手缩回,但剑尖抵着剑尖,海流火和月色长剑仿佛牢牢吸在一起,他根本抽不开身。情急中罗砚伦右手回抽,陆宇的剑便跟进,使得他逮到一个空子,一掌击在陆宇的前胸。

罗砚伦抽手下来,胳膊上已经布满了各种小小的伤痕,即便陆宇的剑撤下来,身上的那些如蚂蚁般的细小伤口依旧不能愈合,血气的涌出更加激发了罗砚伦心里的狂性,陆宇接了罗砚伦一拳,同样大喝一声,一个呼吸间两人便又撞到了一起。

武士的对决,简单粗暴,一招一式却能取人性命。罗砚伦的剑不留余地,陆宇同样也尽是杀人的手段。战场上待久了,举手投足的起落都是狠招,招招都意图命中敌人的要害。进攻才是最好的防守,陆宇的防御罗砚伦破不开,在进攻的势头上竟也同罗砚伦不相上下。如果说罗砚伦在杀人方面的天赋是与生俱来的,那陆宇则完全是后天学习的典范,十数年的战场厮杀,让他真正成为一个刽子手,在杀人这回事上,相貌柔和的陆宇可是当之无愧的杀戮将星。

他是陆擎的剑,是告死鸟最英武的将领,理当如此。

但他又是一个武士,陆宇的武士之道——杀戮是为守护。

为守护一人而杀,为守护千万人而杀,取舍之间,都是纷纷扬扬的血衣白骨。

人,不是为别人而活的。其实这场对决的输赢,不为任何人,只为他自己。

陆宇将剑拖在身后,一袭白衣就像飘盈的白雾,纯净的黑色瞳仁像在墨绿芭蕉上凝出的细小水珠，雪凌澜这才注意到，陆宇的眼睛几乎是纯黑色的，没有任何的眼白。他的行动太快了，快到人眼只能分辨出衣袂飘行的痕迹，空气中只有衣袖被风甩动的声音，陆宇的剑像一抹月华夹杂在白雾中，裂开的流光直冲罗砚伦而去。

但罗砚伦能看清陆宇的动作，看到陆宇以一种孤注一掷的姿态向他冲了过来，他的全身都是破绽，只要合适的一击便会让他彻底停下来，但罗砚伦怎么可能那么做呢？

他是何等骄傲的人，面对名将的全力一击，与其躲闪或取巧还不如让他直接死在对决中。

于是罗砚伦也动了，陆宇给了他足够的时间，打算让两人的搏杀终结在这一击中，海上桀骜的枭雄和人族无敌的将星，双方都是最好的状态，双方都是无畏的心境。

成败就在此一剑。

陆宇的身影在到达罗砚伦眼前的时候碎裂成无数的虚影，将他整个人都包围起来，月色的剑围成苍穹，从罗砚伦的面门压下来，而真正的陆宇也正凌空刺下。罗砚伦看清了真正的影子，同样也举起剑来对向陆宇，两人的剑重新碰撞在一起，剑尖对撞，剑风将周围的芭蕉叶撕得粉碎，叶露满天飞洒，四散的水珠中蕴含着美酒的香味。

罗砚伦脚下的土地为之下陷了半尺，剑气在他的周身纵横，紧接着罗砚伦大吼一声，金色的影子在他的目光中骤然一闪，巨大的吟啸声瞬间驱散了剑影的突围。罗砚伦支撑着从天而降的巨大压力，海流火中黑色的火焰从剑尖疯狂地涌出，他的双眼皆染金，随着肘部的发力，月色剑尖的吸附力被他强行打破，陆宇整个人被他送了出去。紧接着罗砚伦纵身一跳，提着海流火逼至陆宇的身前，陆宇的剑不出所料横在他的面前，但罗砚伦一声大喝，海流火强行打开了横在面前的月白，直直地向陆宇的胸口刺去！

罗砚伦不留余地，这是要让他死！

危难之际陆宇用左手抓住了海流火的剑锋，剑锋切开了陆宇的手指，血液融进了黑色的火焰之中。在握住海流火的那一瞬间，耀眼的金光从天而下，巨大的震响声强行穿透了陆宇的耳膜，像一道金色的闪电将二人洞穿，刹那间照亮了整个芭蕉小筑。海流火的黑色浓焰彻底包裹住陆宇，让他在短暂的呼吸间迷失了意识。在陆宇的眼中，他看到一双遗世独立的金色竖瞳正在注视着他，潜伏在浓雾之中的巨大之影如山一般向他压了过来。

战斗结束了。

陆宇从地上站起来，表情肃穆地看着眼前的罗砚伦，他感觉全身的肌肉都在痉挛，整个右臂被震得发麻，就好像早已不存在了一样，手中的月色长剑却越发重了起来。

罗砚伦将海流火回鞘，眼中金色光芒退散。"陆宇，输给了我，你的职责也就结束了，该放下自己的执念了。"

"恶名响彻溟海的北王，最后居然收手了，我还以为这一场，就是我的归宿了呢。"陆宇扬了扬手，面色怅然，他清楚自己的归宿，自己势必要战死在守护这条路上，"为什么不杀死我？最后那一刀，再近一寸我必死无疑，你为何不下手？"

罗砚伦一脸不屑。"我看不出来你已经丧失战意了吗？我只是要决胜负，一个武士，战意一失，还有什么杀的必要？你不如羽末省，可惜你没能遇到他。"

最后这句话让现场有些沉郁，陆宇点点头，对雪凌澜说："翊王朝的海督，是一个值得尊重的武士。罗砚伦最后刺伤我，让我坠入到了一个幻境之中，在那里面，我见到了你们的王城秋叶，但我还看到了另外的东西，那到底是什么？"

"陆将军，这也是我来到这里的原因，我也想知道，我曾祖帝弋曾在苒山发现了什么。"雪凌澜走上前来，恳切地说道，"这场战争，不仅仅是人羽之战、王朝之战。它甚至可能只是我曾祖建立王朝的后续，所有历史与未来的真相，或许都和那巨影有莫大的关系。"

"悼念历史不过是对野心的粉饰罢了，那巨影眼中的悲悯，希望你们不要忘记，"陆宇傲然道，手中月色的剑锋逼人，"至为为不为，至言为不言，至射为不射，不射之射，不杀之杀。两位，万勿开启不义之战，请好自为之！"

他大喝一声，准备横剑刎于堂前，雪凌澜眼见他脖颈处像是开了一朵璀璨的杜鹃花，大惊失色，正要阻拦，却发现那不是陆宇的血——罗砚伦的手指横在那里，血顺着他指尖流了下来。

剑没有伤到陆宇，罗砚伦用五指生生挡住了夺命的剑锋。他的面色毫无变化，反而在为一名武士竟然想要自刎而愤怒，他愤怒地夺过长剑掼在地上，狠狠地说："觉得我们是野心家，就好好活下去，睁大眼睛看着；觉得我们在发起不义之战，就拿着你的剑去保护你想保护的人。这才叫作武士！"

"陆将军，我会把你想要保护的这些羽人活着带回来，你的誓言，还远没有结束。"雪凌澜蹲下，缓缓捡起了地上那柄剑，她小心翼翼地用袖子擦去剑身上的血渍，并将剑重新收回鞘中，"你应该保护的人，也远远不止这些。"

兴朝的平关将军静静地注视着前朝的公主，许久之后，终于让开身，他轻轻叹了一口气，不知是怅然若失，还是如释重负。

从那以后，这柄名为"非杀"的月色长剑就被雪凌澜一直带在身边，直到很多年之后，获得海皇之名的雪凌澜跟诸臣讲起这柄剑的故事时，还能听到剑上宛若竹海中一曲羌管声的吟啸。

第二十七章 山雨欲来

穿过陆宇居住的庭院,雪凌澜快步穿行在小路上,一分一秒都不想耽搁。据陆宇所说,路的尽头就是苒山元极道二十七名星侍的关押地点。苒山这一批星侍侍奉神木园,维护碧温玄圣像,参详这座岛屿上独特的星辰之谜,却受战争所困,被囚禁于此,想到这些雪凌澜就心如刀绞,脚步也不由得再次加快。

小路的尽头出现在眼前,那是一个基于山体开凿出的房间。雪凌澜小心翼翼地进入,仔细向四周看去,从窗外投进来的阳光只能照亮门前的一部分,看起来像是个相当有规模的储藏室。硬生生凿出的山石墙壁,经过耐心研磨,如镜面一般平整,在那些起承转合的突棱边角上,更是用上了一些巧夺天工的飞鱼雕琢,可以看出,这是一处经过巧匠精心设计的住处。

但令人奇怪的是,这样精心打造的地方,却没有任何摆设,在一些角落里,有明显的明火烘烤的痕迹,甚至还散落着一些没有扫除干净的灰烬,难道说,有一场大火,将这洞中的东西全都烧尽了吗?

怀着这样的疑问，雪凌澜又向前走去，这房间开凿极深，又过了漫长的时间，终于，在阴影尽头，她看到了二十多个瘦削修长的身影。

翼云垂与其他二十六名星侍，从苒山沦陷之日起，就被关在这个暗无天日的房间里。这个地方，原本贮藏着几十年来羽族研究苒山的各类卷宗，苒山被围困数日，此前的主将风纬元自知苒山不保，在死之前派人一把火烧毁了这里，不想让一些秘密被人族窃取。现在清楚这些卷宗记载内容的，只剩下了他们。他们一直被困在这里，只有那位只身登岛劝降的陆宇将军每天来探望，送来饮食。最初他还会根据明月星力的起伏，记录过去了多少天，但渐渐地也就不再坚持。昨天，陆宇带来消息，天启城即将派人来接走这一批俘虏。翼云垂已经和其他二十六个兄弟想好了，找到机会就自杀。传说中万东牒手下号称帝启四狼中的厉安，最善窥人内心，勾人喜怒。

他们这二十七名至羽，有六名是被翊王朝授予过煌羽荣誉的，他们有守护羽族的责任在身，曾在神木下宣誓，若最终落到那四狼手中，生不如死反在其次，真的暴露了苒山的秘密，自己可是愧对帝恂。

可惜他们被锁链牢牢地锁着，连自杀都无能为力，只能等待天启来人将他们这些人带走之时，或许能想办法找到机会。他们预计还需要等待几日，没想到才过了一天，就有不同于陆宇的脚步声从门口响起。

那是一串轻盈的脚步声，就像小女孩踏在雪地上，只发出清脆的"嚓嚓"声，随后一团火光亮起来，久久困在阴暗之中的众人同时被火光闪烁得闭上双眼，过了许久他的眼睛才重新适应了黑暗，看清了那火光下的身影。

那果然是一个女孩，虽然身材高挑，但从面容就可以看出只是一位十六七岁的羽人少女，他注视着眼前的少女，看着她那又喜又忧的面容，看着她双目含泪却清亮的眼睛。

脑海中如同雷电闪过，他忽然想起了三年前的风翔典，他作为苒山元极道的代表回到秋叶京，参见翊王朝的皇帝，那时紧紧抓着羽皇的手、亦步亦趋的那个小女孩。

他终于认出了雪凌澜，试图半跪下来，却被雪凌澜拉住了。

"公主……他们把你也擒获了？"翼云垂痛苦地问道，如果陆擎用公主作为要挟，自己将如何抉择？

雪凌澜扶起他，一边为他解开锁链，一边微笑看着他道："不，我是来救你们的。"

牢房外，罗砚伦抬头看了看天空，估算了一下时间，这次救人比预计的时间更短，只用了将将半个对时的时间，不过陆擎或许已在前往丧流港的路上。

就算他陆擎再蠢，到这个时候，他也能猜到自己要做什么了。

他正思量着，山壁上石屋的门再次打开，雪凌澜带着二十七名至羽走了出来。罗砚伦审视地看着那一批至羽，而翼云垂等人则也在警惕地观察着他。

"这就是我们的盟友。"雪凌澜犹豫了一下，说道，"北海海盗之王，罗砚伦。"

一片寂静之后，石屋前的整个平地忽然炸开，常年守护苒山的至羽们比雪凌澜更加清楚罗砚伦是什么样的人，他们几乎是立刻进入了战斗的准备，要不是雪凌澜急忙挡在双方面前，以罗砚伦的性格，可能真的会和他们先打上一架。

在雪凌澜的劝解下，剑拔弩张的气氛终于缓和下来，罗砚伦也难得地表现出了一些耐心，将自己的计划和盘托出。

到这一步，也没什么必要跟雪凌澜隐瞒了，在罗砚伦的计划中，雪凌澜带领着这一批至羽，配合影龙号对丧流港进行前后夹击，影龙号负责进攻丧流港，吸引人族驻军的注意力，而雪凌澜带着一群至羽偷袭后方。如果自己的情报没有错，丧流港上还有五百名羽族平民，这些羽族平民多为元极道信徒，基本上都是每月初七可以凝翼的俜羽，他将抵达的时间准确地定在了初七，就是要等羽族战力最强的一天。如果顺利拿下丧流港，逼陆擎前来决战，以丧流港这种峡湾地形，罗砚伦有把握制造一场乱局，直接杀死陆擎，结束战争。

如今他们所在的位置，位于苒山腹地、鲛人圣像的北麓，再往北走半个对时便能到达丧流港。陆擎想要从戟月港东面绕过大半个苒山赶来，至少也得需要半日的航行，这段时间差里，足够影龙做很多事情了。翼云垂等人暂时放下成见，开始整肃装备，进行偷袭之前的准备。罗砚伦则要在影龙号突袭丧流港之前回到船上，对那里的进攻还需要他去主持。念及此，罗砚伦从怀中拿出海语贝，吹出了一段特殊的旋律。听到这样熟悉的音律，一旁的魏江河不禁大吃一惊，雪凌澜看到他的表情，问道："怎么？北王在做什么？"

魏江河支支吾吾不知道如何回答，那边罗砚伦已经结束了吹奏，雪凌澜敏锐地发现西面的海上，似乎有了一丝奇怪的波涛翻涌，她疑惑地看着罗砚伦，罗砚伦却神秘地一笑，问："你知道影龙号这个名字的由来吗？"

"影龙，溟海最凶残的海兽，状如长蛇，背有双翼，通体漆黑，它被海上渔民敬称为影龙，但真正的名字叫作腾蛇，是被鲛族传说所记载的圣兽，守护王国的使者。"雪凌澜在脑海中搜寻着记忆，"北王与碧温如爷爷交好，再加上影龙海盗团纵横溟海无人能敌，以影龙为名来表达彼此的友谊？"

罗砚伦耸耸肩，笑着说："很快你就知道了。"说罢他转身攀岩下山，前去和影龙号会合，留下魏江河与雪凌澜带着至羽们，沿着山路继续去往丧流港的后方。

告死鸟陆擎的舰队确实正在向北航行，甚至比罗砚伦预料的还要快。此时陆擎站在甲板上，身后是声势浩大的人族海军舰队，已经过了苒山南北向的中轴线，他望着前方笼罩在阴云下的苒山，那座巨大的鲛人遗像如神祇般注视着他，那个人的眼睛温润得如同绵延数百里的湖泊。

雕像伫立在苒山最显眼的位置，正处在苒山三大战区与西面山峦的交会地。阳光透过云层将隐圣的整个轮廓镀上一层金边，如同巨人一般镇守着鲛族圣地。那是鲛族建造的宛若奇迹的造物，放眼整个九州，都找不到比这个还要高大雄伟的建筑了。碧温玄是英雄一般的人物，鲛族王国正是因为他才没有走向覆灭，四海鲛族拥护他、爱戴他，为他狂热、为他痴迷，他却没有成为鲛族的统治者，而是归隐苒山。

穿着朴素的布衣，手中握着珊瑚打造的巨大权杖，碧温玄的眼睛没有望向大陆，而是看着外海甚至更远的地方，粗壮的鲛尾上挂满了珊瑚和贝壳，那是前来觐见的子民们自发挂上去的，以此保佑自己的国家可以长治久安。

但这在陆擎眼中，不过又是一帮低能的狂热者所捏造出来的故事而已。他最讨厌这种淡泊名利的眼神，在他看来，那不过是碧温玄的一个伪装罢了，一个人若是不贪图名利，又为何会坐在如此的高位上？

"虚伪的谎言！"陆擎冷笑，就像那挂满珊瑚与贝壳的鲛尾——碧温玄是一个被用秘法生出双腿，再也无法回到海中的鲛人，他根本就没有鲛尾，如今作为羽族与鲛族的和平象征，他的雕像上竟然有了一条尾巴。

"陆将军，我们彻底失去了影龙的踪迹，迷雾散去之后，影龙号也不见了。"大副钱率烈狠狠地拍了一下船桅。

"无须担心，他们跑不了的。我只是顺着他们的意，让他耍了个小聪明而已。一只海上的蜉蝣，妄想撼动大树，这罗砚伦不敢跟我们硬碰硬，说明他还不是个彻头彻尾的莽夫。"陆擎摩挲着下巴上冒出的胡茬，左手随意地搭在船舷上。

他今天披着一件青紫色大氅，肩上的流苏是火羽雀尾的翎毛，背后绣的是五色海潮风云图，颇有一方豪杰的派头。

"他们制造出这一场迷雾想让我们困惑，自乱阵脚。但他忘记了，他只有一艘影龙号，他根本拿不下戟月港，那他还能去哪里呢？率烈，这样全速航行大概还需要多久才能到丧流港？"

"无风只需半日，若是顺风，可能会更快，但他们为何要去丧流港？难道一艘影龙号，就可以拿下丧流港了？"

陆擎抬了抬手，嘴角勾起一丝危险的笑容。

"丧流港是依仗峡湾建成的港口，不适合舰群停泊，像我们手头上这些大型羽人帆船，能进入丧流港浅水区参战的，不过十之二三。"陆擎冷冷地分析，顺便一手扮作丧流港的水道，一手扮作帆船演示道，"当初为了防止羽族舰队偷袭丧流港，我特地命人在礁石之间绑上铁链，没想到竟是搬石头砸了自己的脚，这罗砚伦想用丧流港的地形优势摆我一道。"

"可就算如此，又能如何呢？以他们的人手，根本守不住啊。"钱率烈依旧疑惑。

"不必去猜测对手为什么要这么做，只需要确保对手做不到就好了。"陆擎不屑地笑了笑，似乎根本没有担心眼下可能将要发生的困难，"罗砚伦确实做了一个不错的决定，但很可惜，我做的准备比他能预想到的，可要多得多。"

就在这时，一个羽人水手非常不合时宜地从后面蹿了出来。

他看起来害怕极了，不敢看陆擎身旁那个虬髯大汉的脸，嘴里支支吾吾的，因为紧张而一句话都说不出来。

"你这鸟人是不是活腻了，没看到我正在与主帅讲话吗？"钱率烈斥责道。

陆擎拍了拍钱率烈的肩膀，示意让那羽人快点说完。

"报……报告陆主帅，我们的旗舰……出……出了点小毛病。"

"你说什么！"钱率烈大喝一声，吓得那羽人不禁倒退了好几步摔倒在地上，险些撞到身旁全副武装的人族士兵。

"慢慢说。"陆擎虽然有些不高兴，但还是忍住没有发怒，他一把拉起瘫坐在地上的羽人，发现他还只是个未满二十岁的小伙子，难免会被眼前的阵势吓成这样。

"之前追船的时候我们撞到了礁石，船的舵叶受损，控制起来会更难，稍不留神就会偏离航向。"

"该死的，舵手是吃白饭的吗？你们这帮鸟人真是不中看也不中用。"钱率烈骂骂咧咧道。

"修船需要多长时间？"陆擎问道。

"至少也要半个对时，不过现在这样，不做过大的转向也不会有问题。"

"等不了了,让舵手驾驶的时候小心一点吧。"陆擎皱了皱眉,对一旁的大副说道,"发信号给新月滩的人,告诉他们做好准备。养兵千日用兵一时,世事难料,这次的影龙可真是不走运啊。"

说罢,他哈哈大笑起来。

那钱率烈也不知陆擎为何而笑,主帅高兴,他便跟着一同笑了起来,还忙不迭地一脚踢开了那畏缩的年轻羽人:"还不快去小心看着,再有问题唯你是问!"

羽人慌忙道谢离开,如获大赦般一溜烟跑开了。但在转过身去的时候,那张神情紧张的脸突然就冷了下来。

畏惧不过是他的伪装,他真正的情绪隐藏在阴影里,那是一双充满仇恨和坚定的眼睛,只要看上一眼就能被那眼中的寒气震住。他以维修为名,深入舱底,静静地等待着机会。

"贪婪的人族,在大海里面悔过吧。"他在心里默念道。

离开甲板的一瞬间,呼呼的海风吹开了那羽人布满迷云的伪装,他冷冷一笑。

暮色四合,几十人的小队从丛林中匆匆而过,他们低伏着身体,弯刀上缠着黑色的绢布,阳光氤氲,将铅灰色的锋利箭头染上一层凄清薄暮。他们的脚步轻灵,优雅得像是在林中跳舞,但偏偏又都提着刀抿着嘴,随着领头的翼云垂的简单指令,七支羽箭同时射出,不远处的哨岗随即传出短促而压抑的呼声,但很快重归宁静。这些至羽如今已经从长久的囚禁中逐渐恢复,他们是羽族的骄傲,虽然只是元极道的信徒,但至羽的身份摆在这里,而翼云垂等六人更是经过王朝专门训练,拥有卓越的飞行能力和高超战斗技巧的煌羽,经由他们的训练,这一批至羽有不输于任何职业军人的实力。有这些骁勇善战的羽人协助,悄无声息地夺取一座哨岗几乎不费吹灰之力。

这甚至让雪凌澜有了一种错觉,就这么顺势夺下苒山,也不过是很简单的一件事。她轻轻摇摇头,告诫自己保持冷静,有些错误不能再犯。

他们一路北上,到达丧流港不过用了半个对时,而先于他们离开的罗砚伦,应该也已经回到了影龙号上。

距离攻坚丧流港,只待影龙的一个信号。

雪凌澜和魏江河潜伏在这群羽人之中,借着树丛的隐藏,远望眼前这座看起来并不算守卫森严的堡垒。夕阳下的丧流港流淌着一股如贵妇一般的慵懒气息,晚霞像胭脂粉一样在水寨上厚厚地堆砌,勾勒出其上戍守着的零散身影。那些持弓的羽人满脸倦意,看着遥远的海平线,似乎并没有意识到大战将至,背后隐藏的屠夫们正在磨刀霍霍。从表面上看,这就是一座由羽族海军镇守的港口,但上面悬挂的旗帜已经变作赤红,这里已然沦陷。看到这样的景象,二十几个羽人无不握紧了双拳,恨不得现在就冲进堡垒中,把潜藏在城墙深处的人族海军杀个精光。

但他们的任务不是这个,依靠这支不到三十人的小队,是无法与这里近千人的守军抗争的。而且丧流港的驻军不只有人族,还有他们的羽人同胞,一旦真的打起来,未免会伤及无辜。

所以他们只能在这里潜伏,现在时机还未到。雪凌澜与罗砚伦相约于丧流港发动奇袭,待到影龙号正面进攻的时候,这一部分人将振翼而起,直飞丧流港战区的咽喉。

擒贼先擒王,这是罗砚伦最喜欢的路数,解决掉丧流港驻军的最高长官,解放羽族俘虏,重新武装丧流港,等待陆擎到来。这就是罗砚伦全部的计划,在雪凌澜看来过于简单粗糙的计划,竟然就这样走到了如今的程度。

　　这个时候，雪凌澜依旧忍不住担心罗砚伦，那个看起来成竹在胸的北海之王，真的有实力拿下这座港口吗？夜幕将临，这对于突袭来说是个绝佳的时机，但丧流港正面的情况谁也不清楚，一旦他们目前松散的样子是伪装的，那么这一战将会比想象中困难得多。

　　雪凌澜选择的潜伏点视野很好，可以完整地俯瞰整个丧流港的战局，她仔细地观察着丧流港的角角落落，不错过任何信息，同时思考着最好的潜入路线。这时，魏江河拍了拍她，顺着魏江河手指的方向，她看到丧流港最前方，此时已点起了烽火，那是敌袭的警示。

　　与此同时，浓雾又弥漫起来，在那盖过辖区的浓雾中，他们看到有数十个跃动的火点奔袭而来。数十艘造型相同的巨大战舰吐着漫天的龙息，骄傲的龙旗迎风招展。

　　"船长到了。"魏江河尽管压低了嗓音，但还是难掩脸上的兴奋。

　　浓雾中一支利箭传来，射向丧流港上方的苍穹，那响箭穿破云端，在晚霞中炸裂成一团炽热的火光，将烈烈云图烧成一片浓稠的血。

　　"是我们的信号！"魏江河大声喊道。

　　几乎是同时，雪凌澜纵身一跳，那对洁白的光翼猛然张开，如月光一般映照在密林之上，片片光羽恍若星辰。伴随那一阵月光，其他的羽人也纷纷振翼而起，簌簌的声音像是一夜积雪从梨树上不断落下，那一双双皓洁如月的光羽凌空，将四周的夜幕彻底照亮！二十七个至羽的身影跟随雪凌澜从昏暗的苍穹中划过，天空之子们愤怒地奔向罪恶的终点，他们的身影掠空而过的时候，手中的长箭也发出了沉重的怒吼声。

"空袭,空袭!"人族海军互相示警,但已经来不及了,夹杂着怒火的箭雨从高空中激射下来,躲藏在水寨墙后的人族驻军根本无所遁形,纷飞的利箭准确地避开了羽人同伴,一一没入那些人族党羽的胸膛之中,那垂天之翼每每放出一轮利箭,就有成批的人族海军从城墙上面坠落。

随行的魏江河就没有羽人这么飒爽了,他看着羽人们远去的身影,在心里暗骂了一句"能飞了不起啊",便也赶紧向那座丧流港上的堡垒冲去,他一边跑一边挥动腰间携带的抓钩,用力一抛,抓钩飞上数十丈高的城墙,一下便钩稳了。

雪凌澜跟其他的至羽一样,同样擎着一副长弓,视线紧紧地锁定在一名逃窜的人族海军身上,刚要放箭,脑海之中突然传来一阵恍惚之感。就这倏忽间的分神,让她失去了目标,那一箭射空了。

羽人对于箭术有着本能的契合,长臂,目明,移动迅捷,更何况是血统最为优良综合能力最强的煌羽。那一箭,原本是必中的,这不禁让雪凌澜心底产生一种强烈的不安。

她看向城墙上那些毫无反抗之心的羽人降军,即便是有人来救,他们也没有表现出多高的战斗欲望,就好像这场战斗跟他们完全没有关系,他们呆滞地看向天空中正在奋战的同族人,甚至不知道自己能够干什么。

混乱中,一支箭突然射向了雪凌澜,但她全然未觉。正当箭要到达她地面前的时候,一个羽人横撞过来,及时改变了那支箭的来势,但他仍旧是慢了半拍,那支箭只是被他打偏,箭镞还是擦过雪凌澜的肩,留下一道不算浅的血痕。

"公主殿下,我来迟了,长时间不训练,我的反应能力变差了。"翼云垂对于护驾不力相当自责,但雪凌澜并没有怪他,反而皱眉问他，"翼云垂，你没觉得不太对劲吗？"

"不对劲吗？"翼云垂愣了一下，意识到自己的迟钝似乎不仅是长期遭受囚禁的原因，他昏昏沉沉，力量正从身体内不断地流失。

"糟了，可能是个陷阱。"雪凌澜突然明白，为什么这群羽人降军会对他们的到来无动于衷。她想到了寒息岛，难道说，在这看起来防御空虚的丧流港上，羽族守军毫无作战之心，是因为有剥夺羽人力量的暗月之力吗？

有了寒息岛那段经历，再加上北上这段时间对海流火的适应，雪凌澜对暗月已经没有之前那么敏感了。其实她并不知道，自己的精神力早就到达了一个暗月难以影响的境界，那是罗砚伦一直用海流火训练她的功劳。正因如此，她才没有第一时间察觉到异常。其他的至羽就不一样了，他们飞翔的英姿逐渐变得缓慢，巨大的光翼也开始黯淡，持续的凝翼成了一种巨大的消耗，有一种无形的力量正在让这些羽人的力量快速削弱，就好像，在这丧流港的底部，埋藏着一种吸食明月之力的秘术阵眼。

"改变战术，再拖下去，可能我们连凝翼的力气都没有了，我们必须抓紧时间。"雪凌澜指挥着，和同伴们杀向城墙。这些身手矫健的战士落地后抽出身后的弯刀，立刻冲进人族的包围之中。

当下确实是最好的时机了，这帮至羽在前面冲杀，把尚未完全反应过来的人族海军杀个片甲不留。丧流港守军围于正面影龙的强大攻势，大部分的海军已不在丧流港驻扎，而羽族守军，不过是些空架子，他们既不帮自己的族人，也不帮助人族抗击外匪，弩箭在他们的手中左右游移，却不知该如何应对眼前之境。

雪凌澜一行人也管不了那么多了，这二十余名精兵强将互相配合，一路杀向了重兵把守的指挥所。然而等他们赶到之后，等在他们面前的却是吊儿郎当扛着刀的魏江河，而他的身边，躺了一地被打得站不起来的人族海军。

对于魏江河这样的单兵作战能力，雪凌澜惊讶地睁大了眼睛。

"你看，风头不能总叫你们羽人抢了不是？"

第二十八章 影龙出海

魏江河心平气静,丝毫没有刚刚战斗过的样子,瞥着躺在地上如鱼虾一般翻倒的士兵,眼中写着"一个能打的都没有"。位于城墙边沿的丧流港指挥所外,几十个人族护卫基本上被他一个人清了个精光。沿着城墙一路看过去,约莫百人的卫戍队伍此时已失去战斗力——随行的至羽也个个都是好手。雪凌澜低头扫了一下丧流港下的状况,人族的战船好似已经开拔,十五面绣着血红告死鸟的旗帜像一道不可逾越的城墙,不过好在雪凌澜一行人的行踪足够隐秘,没有引起港口士兵的注意。此时丧流港上的大雾没有之前那么黏稠了,山岳的轮廓逐渐暴露在夕阳余晖之下,将晦暗的铅灰镀上一层薄薄的金边。

雪凌澜领导着众人快速包围了指挥所,面对眼前那面紧闭的大门,魏江河大摇大摆地走上前去,像是根本不怕里面有埋伏。他像醉汉一样重重地拍了两下门,周围的至羽们顿时收紧弓弦,屏气凝神。毕竟谁都不敢保证之后不会发生变故。

一阵骂骂咧咧的声音从指挥所内部传来,紧接着门被打开,一张有些畏缩的脸骤然出现在众人的面前。他是丧流港战区指挥所的护卫，魏江河一拳将那人打退好远，然后快步跟上前去，把他整个人从地上提起来怼到一边的墙上。

还没等到指挥部里的人反应过来，门外等候的至羽便如风般冲了进去，不多久就制伏了指挥所里的三名护卫，还站着的几个人族被十几道黑色的箭头对着，敢反抗的瞬间就会变成筛子。

"公主殿下，您来得可真是及时啊。"坐在指挥所正中间的那人显然是这群人的头目，他刚想尝试脱困，就被数支蓄势待发的羽箭制住，无奈摊了摊手，表示自己不会反抗。

雪凌澜径直朝窗边走去，映入眼帘的薄雾正以肉眼可见的速度退散，战场逐渐显露出来。之前罗砚伦交代的是在控制了指挥部之后，给人族的舰队下达全员进攻的命令，而浓雾散尽就是节点。至于影龙本身会怎么应对人数是他几倍的告死鸟海军，她便不得而知了。

望着眼下丧流港剑拔弩张的局面，她不禁有些担心。"影龙号孤军深入港口，人族的海军舰船却足足有十五艘，北王要怎么破这个局？"

"放心吧，老大自有办法。"魏江河眼睛里闪过一丝恐惧的光，但很快又消散在眉宇之间，"我们只需要配合他就好了。"

雪凌澜点了点头，朝着身后的翼云垂打了一个手势。"三声短音，吹他们的冲锋号角。"

大雾彻底散去，迷雾中声势浩大的影龙号舰队群显现出原本的样子，黑色大船破雾而出，燃烧着火焰的撞角上凝聚着影龙的威严。人族看到影龙海盗团的幻影消失后，露出了仅有的一艘海盗船，不禁松了一口气。对方以一己之力对抗十五艘战船，简直有些羊入虎口的感觉。

在人族海军虎视眈眈的注目下，罗砚伦正坐在影龙号的船头上，悠闲地吹着他那造型奇特的贝状乐器。他身后是严阵以待的海盗们，面对着人数是他们数倍的人族海军，这些人脸上竟然纷纷露出蔑视的神色。这样的神情激怒了人族海军，他们可是由海军统帅告死鸟陆擎统领的人，心气傲得很，哪里受过这种对待？此时正好收到了来自指挥所的冲锋号令，便立即纷纷升帆，对着影龙号聚拢过去。只是此情此景下影龙号的速度并没有减缓，它张满了帆，面对告死鸟的上千党羽，龙旗上发出低沉的啸声。

他，他要干吗？

就连雪凌澜也不知道，影龙海盗团要怎么对付占据巨大优势的人族海军，这位外海上的传奇海盗，向来有各种各样的奇点子，在影龙海盗团纵横四海的时间里，从来都没有人真正制伏过这条恶龙。它嚣张地盘桓在桅杆之上，对着敌人舔舐着自己的爪子，呼出来的热浪让他的轮廓有些变形。

海语贝流转出奇妙的音律，那曲子，让人觉得莫名地亲切，那种感觉就像久未归家的人站在相思木下，听到有人唱起故乡的歌谣。没人知道罗砚伦想要干什么，他看似嚣张地坐在船头，在两军交战的时候首当其冲，却没有再多做些什么，只是安静地吹出那首曲子，那首，来自遥远家乡的低声呼唤。

雪凌澜远远看着他单骑冲入敌阵，心里突然觉得，这个看起来十恶不赦的影龙号船长，其实并不那么令人讨厌。他从不服从别人的命令，从不主动要求合作，独行四海，把侵犯了他威严的人全都狠狠地羞辱一遍。他应该是一个非常讲义气的人吧，为了他的朋友碧温如，不惜跟当下最有权势的人结下梁子，看似与白荆花为敌，却处处护着它，让黑市群岛的海盗们不敢来犯。在那双金色瞳孔的注视之下，她明显感觉到了跟其他人不同的一种感情。一直萦绕在她心头的那种知己般惺惺相惜的感觉，罗砚伦也会有吗？

想到这里时，雪凌澜的思绪被一声巨大的吼叫打断。

罗砚伦将海语贝收了起来，与此同时，人族的战舰已经咆哮而至。丧流港地处峡湾，两侧是高耸的绝壁，只有中间是长长的水道。这样的地理构造最适合冲锋，影龙号一路高歌猛进，像是一支黑色的巨型弩箭，一下射进人族海军的咽喉之处。但人族同样不甘示弱，十五艘战舰摆出阵势，誓要与这头自大的影龙决一死战！

但他们显然被愤怒冲昏了头脑，根本没有注意到影龙号上的异状，它张着大帆，龙旗带出咄咄逼人的气势，黑色的影龙号如阴影般穿越丧流港。但真正的阴影并不是它带来的，而在海水之下，有一个比影龙号更加庞大的阴影。人族海军看不到，但是远在舰队指挥部的雪凌澜却能清晰地看到，在影龙号的底部，一个比它大不知多少倍的阴影如鬼魅般划过丧流港。它隐藏在影龙号之下，带着足以摧毁一切的气势奔袭而来——真正冲锋的并不是影龙号，而是徘徊在海底深处的那个巨大之影！指挥所的总指挥想下令撤退，但却再也没有办法下命令了，一旁的魏江河冷冷地看着他，让他亲眼看着人族舰队覆亡。

海水疯狂涌动，无数气泡从各个地方冒了上来，就像整个大海都忽然沸腾。海底深处仍然凄寒如铁，那些气泡源自聚集于此的庞大鱼群，数以千计、数以万计的银色小点在乱川之中闪烁，如同漆黑夜幕中的伟大星图！它们聚集在这里，并在这里停留，因为它们知道，丧流湾将有一场盛大的降临，它们来这里，不过是为了观摩。

观摩，溟海的皇帝，潜龙出水的那一刻！

海水下方传来凄厉的叫声，那是身形巨大的鱼群在哀号。它们追随皇帝的脚步而来，面对至高无上的存在，皇帝的威严让它们匍匐于此。鱼群在欢腾，海水在暴怒，丧流湾上风云变幻，海下万物都臣服于此。影龙号不再冲锋,它停了下来,罗砚伦从船头站起,面对声势浩大的人族军队,眼睛里面终于亮起了那标志性的金色流光,他张开了双臂,聆听着万物的吟唱,好像这里根本不是战场,而是一场,加冕!

"降临吧!"

罗砚伦大声喊出这一句,闭上眼睛拥抱着夕阳,下一瞬间,海水的幕布被撕裂,水面骤然升起百丈高的粗大水柱。那水柱之中包含着一个伟大的影子,它的鳞片大开大合,车轮般的瞳孔中燃烧着同罗砚伦眼中一样的金光。那惊雷般的咆哮响彻整个丧流港,数以百计的小鱼甚至被那声巨大的吼叫直接震死。

那是,溟海腾蛇!

腾蛇,古鲛族史贝中曾记载的鲛族守护神,被陆上种族尊称为"影龙"的异兽,深海中最可怕的力量。在鲛族的创世传说中,腾蛇身长七亿七千七百万尺,身体伸长便能够沿着九州的海岸线围上一圈,每当栖息之时,它便将身体盘起,浮现在水面的部分,就是新生成的大陆。它的每一次呼吸都会生成新的洋流,每一次身体的挪动都将引发海啸。

很显然,这不过是鲛人编出来的传说,但即使如此,真实的腾蛇也足以令所有人肝胆俱裂。如今,它接受北海之王的邀请,从遥远的溟海赶来,只为救一个故人!它破海而出的瞬间,巨大的双翼遮天蔽日,在万丈高空展开了它的英姿。那一刻,它与罗砚伦遥遥相望,大风卷起罗砚伦的大氅,露出身后威严的影龙!

与恶龙缠斗过久,自身也便成为恶龙。

大蛇似乎看懂了罗砚伦眼中的意思,突然一个俯冲,对着前方云集的舰队发起了冲击。它巨大的影子横掠过空,对着告死鸟张开了大口,那张比铸铁还要坚硬的巨颚中带着数尺长的獠牙,轻易就能咬断大船的桅杆。反击?没有反击,战舰上的士兵们被这突然惊起的庞然大物吓破了胆,只能眼睁睁地看着这个庞然大物向自己冲过来。原本声势浩大的舰队像是待宰的羔羊般跪地求饶,但大蛇毫不留情,阴影盖住了告死鸟的船队,瞬间就将近半的船只撞了个粉碎,在这君临天下般的威压面前,脆弱的地上物种犹如惊弓之鸟。

剩余的人族舰船惊惶四散,但丧流港外的峡湾不足以让他们快速地躲避,原本用来捕猎影龙号的猎场,如今成为他们自己的墓地。腾蛇在海面上腾跃滑翔,残忍地摧毁了一艘又一艘船,而影龙号就跟在它巨大的阴影之后,收割着战场。影龙号上的海盗们都是接舷战的能手,他们呼哨着,冲向那些逃过腾蛇冲击的海船,利用攀绳跳上对方的甲板,杀死舰船上的指挥官,占据这艘军舰,这样一路推进,整个丧流港外的海面上,只剩下被腾蛇摧毁的舰船,和即将被影龙号收获的战利品。

罗砚伦不再去看身后洒满鲜血的屠场,他的身体承受着巨大的负荷,眼睛里流出血来,金色的光芒也黯淡了许多。

那种感觉,又来了。

当你对现在拥有的力量越习惯,失去时就会越不舍。

那种来自于血脉之中的力量,像罂粟,像毒药,能带给你片刻的欢愉,却也能够让人枯萎啊。它的存在让你勇敢,让你无畏,让你强大,让你拥有,但是若真有一天你失去了它,带给你的只有无穷无尽的失落。

罗砚伦眼中的金芒像是微风中摇曳的烛火,忽明忽暗。他的头昏昏沉沉,无力感笼罩着他,让他忘了自己正在干什么。但同样地,身体里面又有更多的力量涌现出来,像是明月下的潮汐。但那终归是不属于他的东西啊,它开始支配他、占有他,而他却无法阻止这股欢愉袭遍自己的全身。

罗砚伦不想迷失在里面。

但他的精神力在控制了腾蛇之后,已经远不能支撑他对另一个怪物做出反抗了,只能任由那股暴戾的心绪冲击他的脑海。他拿起身边的酒壶,猛灌了一口绡藏金,努力维持残存的意志力。现在一切顺利,人族海军的战意已失,等影龙号上的兄弟们彻底解除他们的武装,收拾好这个战场,他才可以休息,只要给他哪怕半个对时,他就可以迎接真正的决战——与陆擎的对决。

罗砚伦对陆擎足够了解,能让那个谨慎、阴险的人族统帅放手一搏的,一定得是与危机并存的巨大利益。只要布置好这个战场,让腾蛇重新隐藏,丧流港如今的一片狼藉、雪凌澜的存在、刚刚经历过苦战的影龙号,将展现在陆擎面前,自己再表现得好像揭开了所有底牌,他就会闯进来,闯进这个为他而专设的决死之地。

可惜并没有那半个对时,就在影龙刚刚战胜丧流港海军的同时,在它的出海口,那狭长的海域尽头,有号角声响起,罗砚伦猛地回头,在他身后,告死鸟陆擎竟然已经抵达。庞大的舰队立于丧流湾的隘口,挡住了影龙的出路。汹涌奔腾的浪潮之间,罗砚伦与陆擎遥遥相望,他们之间,丧流港的人族舰队的哀号声遍地而起。罗砚伦冷笑着撇了撇嘴——决战被提前了,腾蛇也被陆擎尽收眼底,但这也算是一种真正的底牌亮尽。

既然如此,就靠实力说话吧。

陆擎此时就站在旗舰舰首,大蛇在空中腾跃的姿态被他尽收眼底,如此巨大的海中异兽出现在丧流港让他有些惊讶,但他似乎并没有因为眼前的损失而恼怒,他那双污浊的双眼中,反而表现出一丝欣慰。

"影龙号敢孤船来犯，原来是有这样的依托，确实让我长了见识。但你似乎有些得意忘形了。"陆擎说完这句话，朝着身后挥挥手，周围的侧舰随着他的指挥向两侧扩散而去，六艘战舰在峡湾处不断调整着位置，最终几乎是船挨着船并列停在一起，将整个峡湾的出口彻底锁死。影龙号想从这里冲出去，除非插上翅膀。

看着舰群布置妥当，陆擎的脸上勾起一丝冷酷的笑，他拍了拍手，对着身后点头示意。紧接着一支拖曳着鲜红色尾巴的响箭发射到了空中，它在空中爆裂开来，蔓延起像星辰郁非一样的红。

看到那支响箭射出，罗砚伦的脸色有些变了，他转头望向四周，两岸都是高耸的绝壁，能够出去的通路被陆擎带来的生力军堵死了。夕阳渐渐沉下，丧流港却已经完全暗下来，因为苒山那座巨大的雕像挡住了夕阳的余晖，像一座高耸入云的山峰，临渊而立。

整个苒山突然陷入一片可怕的安静之中。

英勇厮杀的人，咆哮冲锋的人，情绪激动的人，悲恸至极的人，都被那赤红吸引。他们抬头仰望着，看着那片点亮苍穹的光在空中爆炸、弥散、消逝。山雨欲来，大风卷起数丈高的尘埃，开始往岛的正中心汇集。

这支信号箭，终于在吸引了所有人的注意力之后，完成了它最后的使命。

先是林中惊起各种飞鸟，之后那些飞鸟却又无力地从天空中坠下。

赤红色的怒焰如同火山爆发般冲入远处的云层之中，骤然贯穿厚重如铠的云图。炫目的火光让在场所有人都陷入了短暂的失明，苒山那座巨大的鲛人圣像被包裹在火焰里，原本慈善的面孔此刻也呈现出愤怒状，如巨斧劈开大山，巨像也被火焰分开了，一道黑色的裂缝赫然出现在红色的帷幕上——巨像，在倾倒。

强烈的震荡随着巨大的爆炸声渐次传来。

那旷古绝今的大爆炸从苒山的中部开始，带着震耳欲聋的颤动声，如狂风般刮过战场，声浪卷着沙尘迅速向周围震荡，从丧流港上空看去，可以看到整个苒山的气流像雨水坠入湖泊所荡开的涟漪，一圈一圈地向周围扩散。到达丧流港时，港上悬挂着的告死鸟战旗被尽数撕碎，巨大的声浪让大海猛烈震动起来。那声波穿越战场，让数千士兵纷纷扔掉武器，忍不住双手捂住耳朵，但于事无补，那声音无情地穿透手掌的阻隔，像铁锤在人脑里重重地敲击。不仅仅是爆炸引发的声音，岩石崩裂、山体坍塌，整个苒山的大地都在震动，船在海上剧烈颠簸，连大海也无法逃过牵连！

同样被这震动影响到的还有罗砚伦，他的精神力几乎全被用来操纵大蛇了，面对无法避让的冲击，他猛地吐了一口血，震荡中的腾蛇也在半空中张开大口，发出痛苦的嘶鸣，那是罗砚伦的呐喊，那巨蛇眼中的金光正在慢慢消逝。罗砚伦快要坚持不住了，精神力的过度消耗让他极度萎靡，同时他体内的另一股力量却在慢慢占上风。不能这样下去了，若是继续操纵这条大蛇，他的精神将遭受到难以估量的破坏，而另一个怪物也将彻底占用他的身体。

那个嗜血的怪物，将不分敌我地杀戮，直到摧毁这个肉体，直到摧毁一切。

罗砚伦从痛苦中醒来，精神力从腾蛇上消散的时候，他整个人都蒙上了一层虚汗。而那在黑暗中乱舞的大蛇眼中，金光也最终消逝，巨大的蛇体失去了力量重重地坠入大海，并缓缓地沉入海底，惊起的波澜将人族舰船的遗骸拍打得到处都是。狂流暗涌，水汽蒸腾，无数鱼尸从海面浮起，罗砚伦站在影龙号的甲板上，像是从地狱中回归的修罗。

苒山的巨像底部也快速崩塌了，岩体的分崩离析带来大地的晃动，巨大的爆炸炸断了雕像原有的地基，圣像正像一把悬剑一般，随时可能倾覆下来。

罗砚伦望着隐圣的巨大雕像，金色的眼睛里闪动着愤怒的火花，他对着已缓缓靠近的陆擎喊道："你连你自己的手下都不放过吗？"

"谈何放过？他们死于一场伟大的胜利，获胜怎么能没有牺牲呢？"陆擎一反常态，站在船头大笑着，笑得像个屠夫，"看那天边的云霞，多么美丽，多么绚烂啊，那是上天的馈赠，怜悯你们这样的蝼蚁终究要死在这片大海上，而我，我们这些人。"陆擎指了指身后林立的人族猛士，看向那处遥远的圣人雕像。"将会活到最后，见证你们的死去，见证赤红风旗飘扬在七海之上。"

罗砚伦冷冷地回道："你已经丧心病狂，丧失了武士的气节。"

陆擎的笑容中夹杂着无比的狠辣。"丰功伟绩被歌颂久了，难免会让人觉得讨厌。野心让我能统治苒山，而刚愎自用、妇人之仁，只会让你死在我的手里。"

"你不配让我杀你。"面对这样的危局，罗砚伦竟沉吟道，"你的血太脏了。"

陆擎没有回答他，而是高傲地抬起头来，看圣像将倾。

第二十九章　圣像之殇

崩裂的石块从天空中落下，在海里翻起滔天的巨浪，丧流港的总指挥李向晚看着逼近的昏暗，一下子瘫坐到座位上。

"为什么，为什么要这么做？"他不断地重复着这句话，面若死灰，"他真的是疯了。"

"陆擎刚刚做了什么？那信号代表什么意思？"雪凌澜忌惮地看着远处与影龙对峙的告死鸟海军，心中的那股不安越发扩大。

"你没看到外面那该死的石像已经开始向我们这边倾斜了吗？那赤红色的信号箭只会发给一种人——原本驻扎在新月滩的郁非秘术团。刚刚的爆炸来源于丧流湾，陆擎是想炸掉碧温玄的圣像，丧流港会全部夷为平地！"李向晚的手重重地砸在桌子上，脸因为气愤而涨得通红。

天空越发黑暗，一道漆黑如铁柱一般的物象正在向雪凌澜他们这边倾塌。陆擎反过来利用了他们的计谋，最终把所有人都引到这里，就是为了这一刻。港口上的人族守军，将为雪凌澜陪葬，两侧既已无法逃生，而海上被陆擎封死，丧流港就是个死局！

"陆擎这个混蛋！"李向晚眼睛发红，咬牙切齿地说道，"丧流港人族驻军四百五十人，虽然不是他的嫡系部队，但始终以告死鸟为荣，陪着陆擎出生入死，却最终还是成了他的弃子。到底是为了什么他居然干出这种事?！难道不怕皇帝责罚吗？"

"他是为了一个莫须有的天大功劳……一个可能藏在苒山的秘密。"到了这时，雪凌澜彻底明白了，但她也没有更多地解释苒山有什么秘密，"你还不明白吗？陆擎之所以不怕，就是想等到像现在这样的时刻，把一切推给我，最后惨无人道地炸毁圣像的不会是他陆擎，而是凶残狠毒的北王罗砚伦和负隅顽抗的雪氏公主。不要自怨自艾了，我们得想办法逃出去，现在指挥所里还有多少羽人？不想死的话，我们必须互相信任。"

"五百多羽人，没有编制。"说到这里，李向晚微微地叹了一口气，"陆擎甩给我一个烂摊子，你应该也看到了，这些羽人根本就是累赘。"

"羽人没有必要为夺走他们家园的人卖命。"雪凌澜看着外面那些空拿着弓弩的同胞，他们目光涣散，眼中毫无战斗的欲望，像是随时都要睡过去。

"没用的。"李向晚失神地说道，"你救不了他们，你谁都救不了。"

这一番话，让雪凌澜有一种很不好的预感，她看向眼前一脸严肃的李向晚，又像想起什么似的转头看去。

映入眼帘的二十七名全副武装的至羽，他们的手竟全都低垂着，即便他们想拿起武器作战，但全身犹如脱力一般不听使唤。他们的脸色苍白，寒冷正支配着他们的意识，这些羽人之中的翘楚，此刻也开始像外面的人那样失去力量。

雪凌澜上前扶住了将要倒下来的翼云垂，大声呼喊着他的名字，但他似乎全然未觉，眼中充满了迷茫和恐惧。

"这些羽人是累赘，无论他们在哪一方。"李向晚有些惋惜地看着这些低靡的羽人，慢慢地站了起来，魏江河刚要上去擒住他，却被雪凌澜拦了下来。

"这是暗月的力量？"雪凌澜盯着眼前的人族指挥官，确认似的问道。

"对，你早就该想到的，这里不是你们该来的地方。"李向晚这次没有避讳雪凌澜的目光，"刚入驻丧流港的时候，陆擎便在下面做了一些布置。"

"星辰之种……暗月星石。"雪凌澜内心充满了愤怒，质问道，"能产生这么大的影响，绝对不是一点点暗月星石可以做到的，陆擎是怎么布置的？"

"在海底，指挥部正下方有一处秘术阵眼，那个阵法放大了暗月星石的影响力，毁掉它，或许暗月秘术就不会起作用了。但是……你是要恢复那些羽人，让他们带着我们飞离这里吗？"说到这里，李向晚又看了看海面上那处巨大的阴影，心里不禁涌现出刚刚那恐怖的一幕。腾蛇粉碎人族舰队的那一刻，他的心都在滴血。暗月星石的地方并不难找，但在那一片漆黑的深潭里，随着溟海王者的到来，已经变得异常可怕了。

"我去破坏那个法阵。"魏江河拔出腰上的短刀，双眼中呼啸着猛虎之影。

在他的心里，没有比亲眼看到影龙号被人毁掉更难受的事情了，从魏家离开的日子里，一直都是这条船上的人们在陪伴着他。罗砚伦的教诲仍在脑里回响，伙伴们厮杀的影子还在眼中回荡，圣像坍塌会让丧流港的一切都荡然无存，即便是腾蛇，也无法在这种境况下存活。黑月的大潮下，未知的危险正在等着他，他只有尽最大所能，可能一无所获，但也有可能力挽狂澜。

影龙号的人，势必是要战斗的。

雪凌澜点了点头，看到魏江河毫不犹疑地跳进海里，她不禁想起了怒号的狂涛中永不坠落的影龙旗。她看着远处因为操纵大蛇而近乎脱力的罗砚伦，浅褐色的瞳孔里闪烁着莫名的光华。"就算不成，也未必是个死局，能救大家的方法，还有一个。"

将倾的巨像，逐渐放大的阴影，是笼罩在所有人身上的恐惧，与那暗月之境的伟大之物如出一辙。颠沛流离的岁月中，命运的巨石无数次地从他们的身上碾过，他们是比沙尘更要渺小的存在，没有人能拯救他们。

除了他们自己。

丧流港的码头上，百余名人族士兵和五百多名失魂落魄的羽人聚集在一起，头顶是正在倾斜的碧温玄圣像，火焰腾空而起，爆炸声此起彼伏，无数碎石沿着山势滚落，城墙上到处都是呼救的士兵。

人群中传来一阵阵大呼，有的人甚至害怕到从高高的城墙上跳下去，摔到底下的岩石上，顿时脑浆四溢。对巨像倾塌的恐惧已经让他们失了神志，即便有人疏散和带领，还是难以平息这些人心底的惊恐。

李向晚眼看着一块巨石坍塌，将一刻前自己还身处的指挥所彻底摧毁，他发白的嘴唇颤抖着，说不出话来。但也没时间容他感伤了，配合着雪凌澜的指挥，他们集结了仅存的人族士兵，并呼喝着那些行动迟缓的羽人聚拢，带着他们来到了码头。雪凌澜说她有办法拯救大家，不知道为什么，李向晚选择相信她。如今圣像就笼罩在丧流港上，一旦彻底倒下，一切就无可挽回了。

雪凌澜站在人群的最前面，注视着海岸远处的影龙号，北海之王正在那里奋战，她遥遥望着，紧接着深吸一口气。

她能够感觉到暗月的压力，笼罩在整个丧流港上的死亡气息正在一步一步地吞噬她，但也让她愈发强大。在影龙号上的时日，她接受过比这更残酷的压迫，海流火上蕴含的暗月之力深入她的骨髓，寒冷遍及她的全身，恐惧消磨着她的意志，但却始终无法根除她心底的希望，而这份希望，最终无限放大，成为抵抗那虚无之影的坚实力量。雪凌澜无时无刻不处在绝境中，眼下的局面，并不比她之前遇到过的更可怕，所以她并不害怕。

她不害怕，暗月就无法左右她。

在肆虐的黑暗中，连月色都被掩盖，但她偏要开辟一丝光明！

雪凌澜闭上了眼睛，岩石的崩塌和海潮的起落就在耳际，受伤的士兵在呼号，正如她在秋叶所经历的那般。暗月如同洪水猛兽铺天盖地而来，而她站在风口浪尖处，看城墙般高耸的海潮向她扑了过来。在暗月星石的影响下，即便她能够看见明月，但明月能带来的力量微乎其微，她透过恐惧的幕墙什么都无法感受到。

不，她固执地摇摇头，明月就在眼前，暗月的力量无限扩大，妄想挤掉明月的光辉，但明月犹在，她能够感受到那里的一丝光亮，虽然像蜉蝣般渺小，在暗月的黑潮之中，却永远不会死去！

极限，她要突破感知的极限，感知的范围有限，但飞翔的信念是无限的。

雪凌澜循着那丝光亮，精神力像枝叶脉络一样蔓延出去，暗月无法靠近它，竟然主动让开了道路，匍匐而下，不敢进犯。那是暗月在恐惧！雪凌澜越挫越勇的明月之魂，在这一刻站了出来，面对梦魇一般的逆境，它锐不可当，它势如破竹，像枪尖一般刺了出去。雪凌澜追逐明月的身影，就像是一道亮丽的光，刹那间把整个黑色的夜幕分成两半！

雪凌澜的肤色好像忽然间变了，变成如月光般的流光，她抿着嘴，长发随着风飘散起来。她向前走了一步，面对着眼前暗流汹涌的丧流港，突然凝出双翼飞了起来。

对于她而言，书写英雄的方式，永远都不是杀戮，而是拯救。

她的双目清明，比任何人都清楚自己要做什么，黑暗渐渐迷了她的眼睛，但始终有一个目标在她眼前挥之不去。那是两点璀璨的流光，比任何星辰还要耀眼，比初升的阳光更加灼目！丧流港上的黄昏结束了，太阳最终隐去，明月显现出来。那璀璨的月色像一抹纯净的玉，笼罩在丧流湾的海面上！

不，那不是明月，黄昏才刚刚落下，怎么可能马上就有月光？那是雪凌澜放出的光华，她悬浮在空中，如天鹅展翅一般展开了她那璀璨的光翼，就在那片足以摧毁一切的巨大黑影之下，她不屈的身影化为永恒的飞翔！她是白荆花最后的希望，是所有羽人的希望，被那双如片云般的羽翼笼罩着，整片海洋都好像重新凝聚起了希望！

雪凌澜在空中俯瞰着所有人，她坚定而清亮的声音响彻丧流港，这声音很多年后都在这群亲历的战士心中深扎，成为王朝复兴的种子：

"明月尚在。"

说完这句话，雪凌澜振翼飞去，她在天空中翱翔着，追逐着丧流港海面上金色的启明星，那里的光芒日渐暗淡，好像随时都会逝去，但现在不会了，雪凌澜的祝福从天而降，她带着将胜的希望附着在那两片星瞳之上，与影龙号上那个桀骜的狂徒相拥。

那是盛大的降临，更是伟大的营救，那抹光给了罗砚伦强烈的勇气，他眼中的金芒重新亮了起来。

被那双坚韧有力的臂膀拥着，雪凌澜突然想起，在风暴之中，还有另外一个瘦削的身影，曾经也是这样，在绝境之中，紧紧地抱着她，以应对汹涌而来的命运的狂潮。

在无比冰凉的大海上，孤独的人们总是会相拥。

雪凌澜扶着罗砚伦的肩膀，有些虚弱，她费力地说道："我可以帮你控制住精神海中的那个人，你跟我，还有这座莽山，一定有莫大的关联……去吧，阻止那座圣像摧毁这里，我们一定能找到那个秘密。"

罗砚伦心有所动，暴喝一声，四肢百骸中充满了爆炸性的力量，龙旗也在风中疯狂地舞动。他怀中是无所畏惧的羽族公主，来自明月的祝福之力从那纤瘦的身躯中涌出，却如大海一般波澜壮阔！这让罗砚伦突然想起了——他是影龙！

他是所向无敌的北海之王！

"老子是北海最有名的大海盗罗砚伦，北海之王影龙！一生之中横行七海，无一人敢拦。想要取我的命，你陆擎还差得远呢！"

随着罗砚伦眼中的金光大盛，黑暗中的腾蛇从海中重新"活"了过来，面对从天而降的审判，它赌上最后的命运。它的瞳孔像是燃烧的大车，在无光的海洋里势不可当，它又一次张开了巨大的双翼，把丧流港的一切都笼罩起来。

腾蛇升空，咆哮着奔向最后的刑场，圣像终于不堪重负，倾塌下来，但腾蛇横空出世，阻拦了它的坠落。在这场足以断山填海的撞击中，腾蛇的头骨骤然开裂，黑色的血液喷涌而出，溶在石头上发出"滋滋"的腐蚀声。血肉之躯与岩石之骸的碰撞，让海面上泛起了翻滚的狂涛，巨大的冲击力将港口上的羽人士兵都掀飞出去。腾蛇的鳞片切割着岩石，而岩石也如巨锤般将它的头颅震碎。这不是矛与盾的对决，而是血淋淋的厮杀，它眼中的金光，带着睥睨一切的威武之气，在那一刻，它不是腾蛇，它就是龙之影啊！

那名扬四海的影龙，那举世无双的传奇海盗，此刻终于露出他真正的面目。

巨大的鲛族圣像在岩石的崩裂中断为两截，腾蛇也从空中坠下，那双瞳孔中的金色光芒油尽灯枯般熄灭。

巨像错过了坐落其下的丧流港，上半截身像直直地倒插进海中，将原本就狭窄的峡湾口彻底封死，影龙号和丧流港隔离在了两边。同时圣像也像楔子般切断了大蛇的身躯，将它一分为二。腾蛇的上半身沉沉坠入深冷的海面之下，惊起百尺高的波涛，瞬间击毁了丧流港上的建筑。所幸在李向晚的疏散下，只有少数的羽人受了伤，大部分人都活了下来。而倒插入海的圣像另一边，黑色的影龙号在席卷的波涛之中起起伏伏，最终也没有被海啸打败。雪凌澜虚弱地从甲板上倒下去，身体却被罗砚伦紧紧地箍住，她才没有在接下来的颠簸中被甩飞。

审判结束了，众人活了下来，海盗们愤怒地望着不远处那庞大的舰队，孤独的影龙号在咆哮。

"雪凌澜，我现在正式宣布，你是影龙海盗团的一员了。"罗砚伦冲着雪凌澜痞笑道。

雪凌澜已经虚弱得说不出话来，但眼中还写着"我还能跟你一起并肩作战"。

"少逞强，趁早休息。"罗砚伦拔出刀来，把雪凌澜挡在自己身后，"这艘船上，可是老子说了算。"

数十支燃箭如刀光撕裂夜幕，整片天空都被浓郁的火光照亮，影龙号暴露在白夜中，无所遁形。身前是百丈高的巨大断像，身后是告死鸟数百人的庞大舰队，影龙号上的船员只剩五十六名，全都被困在这片死海之中。视线的尽头被雕像挡住了，雪凌澜无法看到丧流港现在的情况，不过被这么大的雕像拦住内海，城内那些受暗月所困的驻军当然也没办法过来支援。

他们如今面临的，又是个死局。

影龙号上的海员们纷纷拔出刀来，将雪凌澜与罗砚伦两人层层护了起来，但即便这样做也是徒劳，被团团围住的影龙号，现如今更像是个靶子，两侧的弓箭手已经将他们每个人都牢牢地锁定了，只需要几轮箭雨，在场的所有人都会变成刺猬，就算是罗砚伦再英勇再神武，也无法保护他身边的羽族公主。

陆擎满意地看着眼下这对囚笼中的小鸟，虽然影龙号上的船员们依然还有一战之力，但是面对数十倍于他们的人族海军，他们毫无胜算。告死鸟扑扇着它的羽翼。站在高高的甲板上，陆擎终于抑制不住地大笑起来。

"北海最出名的海盗罗砚伦和羽族公主雪凌澜，现在，可都是我的囊中之物了。"

"你们无须守护我，我也可独当一面。"雪凌澜渐渐恢复了一些气力，她推开罗砚伦，从人群中走出来，现在的她显得格外虚弱，但说出这句话来的时候却坚定有力。

"我就是翊王朝的公主雪凌澜。"她望着陆擎，嘴角弯了弯说道，"陆统领，何不现在杀了我，好拿着我的人头去天启领赏？"

陆擎冷冷地看着她，却没有下令放箭，他示意护卫舰分开，旗舰向前，决定亲手接收这片海域最有价值的战俘。

看着陆擎站在旗舰上逐渐靠近，雪凌澜冷冷笑着："你不杀我，是因为你知道，一个活的羽族公主远比死了的更有吸引力。你想要更大的战绩，去装点你的战功，以解决圣像坍塌带来的后果。"

"圣像坍塌？那难道不是狠辣的北海之王所为吗？"陆擎冷哼一声，阴狠地笑着，"你现在说这些已经没有用了。就凭罗砚伦，也想拿下苒山？也太异想天开了。"

"苒山固然防御森严，但也没有像你说的那样牢固，我们还是钻了空子。"她亮出手里那柄月色的剑，"你果然如陆宇所说，在贪念之路上无法回头了。"

看到那柄熟悉的长剑，陆擎眼中闪过一丝怀疑的光，刚想说什么，却被雪凌澜打断了。

"我大概知道你想问什么，不过我先回答哪一个好呢，是那些被囚的羽族星侍，还是你弟弟陆宇的情况呢？"

突然一支箭横空飞来，落到雪凌澜的脚下，不过她丝毫没有被这支箭影响，继续说道："你点燃圣像的时候，肯定不知道，那二十七名星侍也在丧流港上吧？否则你怎么舍得，让这些掌握着情报的至羽死在一场灾祸之中呢？至于现在，我相信你也不敢杀死我，万东牒想要的应该不只是我这个人，没有了那二十七名星侍，若最终带去的是一个死去的我，你在天启那边，应该也很难交代吧？"说到这里，她停了停，转头望向遥远的南边，目光越过丧流港，遥遥望着戟月港的所在地，"况且，谁知道过了今晚，你究竟是立功了呢，还是把事情搞砸了呢？"

"你这句话什么意思？"陆擎听出了雪凌澜话里的威胁，看了看身边全副武装的人族海军，苒山的精锐皆在他的身边，听到雪凌澜如此自不量力的话，他还是让身边的将士做好接舷的准备。眼前的雪氏公主让他心惊，不早一点将对方控制在自己手中，也许真的会出现什么变数。

"就凭罗砚伦和我，拿下这苒山当然还有些困难，但你不是赶过来了吗？赶过来就好办了，你带着这么多人来，戟月港上我们的计划才好推动。"

雪凌澜看出了陆擎的紧张，从自己话中的意思，陆擎绝对能够听出这其中的威胁，事到如今，她只能利用心理战暂时拖延时间，一旦魏江河那边解除了暗月的禁制，城墙上的羽人马上便可以加入战局，这是她能想到的最好的办法。

"我与北海之王只是个诱饵，不过是为了吸引你的注意力，真正的总攻在黎明。南海之王碧海云率领着白荆花舰队的士兵，已经正面包围了戟月港，你苒山的主力部队倾巢而出，戟月港俨然已经空关，用于监视和戒备的苒山哨岗又已被我们拔除，攻陷苒山不过是迟早的事。"

"你不过是在虚张声势而已。"陆擎大手一挥，狠狠地说道。但眼下的雪凌澜不像在跟他玩笑，不禁让他想起了之前收到的两封信报，一封是罗砚伦押送雪凌澜来苒山，另一封是南海之王碧海云吞并了雪氏的白荆花战船，这两件事情，很难不让人联系起来。"我先前收到的消息，南海之王仍在涩海盘桓，即便他北上，我也能够收到消息。"

"若是什么消息都能提前得到，那么你为什么又不知道，罗砚伦早就与我结盟了呢？我知道的事情，远比固守苒山的你多得多。你炸倒的那座雕像，是鲛族隐圣碧温玄，而南海之王一位羽人，为何以鲛族碧氏为姓？那是因为碧海云的养父就是隐圣碧温玄啊，苒山对他有多重要，你不难猜到吧？"

这句话让陆擎哑口无言，也使他意识到，他收到的消息可能是真的，也有可能是被伪装了的，当下的戟月港是否真被围困，他一时还真不敢断言。陆擎冷哼一声，他朝着身边的人号令："接舷，不要放箭，把这两人抓起来，其余的人，一概不留！"

打头阵的三艘战船上的床弩瞬间就射出了四根巨大的弩箭，如同攻城的巨锤一般，接触到船壁时就立即冲破了木板和铁皮的阻隔，影龙号最终还是没有逃脱被巨弩射穿的命运。那些弩箭在插入船舱之后张开了两侧的箭镞，八条铅灰色的倒钩如同蜘蛛一般死死地扣住了内船舱。四支大弩将影龙号牢牢固定住，弩箭后面的铁索还在慢慢地收紧，影龙号无处可逃，像是一只落入陷阱中的鸟雀等待收网。罗砚伦先于雪凌澜一步站了出来，如大山般立在她的身前。

"你撒了个好谎。"他小声说着，看着面前的敌人如蚂蚁般顺着铁索爬了过来，"该死的，魏江河那兔崽子去哪儿了？"

第三十章 影龙不死

影龙号被七八根铁索固定住,正一点一点地被收进陆擎的包围圈,人族的士兵通过弩箭后的铁索快速向影龙号移动,舰船上的弓箭手也早已经瞄好了影龙。五十六名海上的恶徒面对五百多名海军,实力的过于悬殊让此役蒙上一层屠杀的意味。罗砚伦望着身旁林立的武士们,无一不是忿怒状,他刚要下令,突然有一把剑递了过来。

是海流火,未出鞘的海流火,在握入罗砚伦掌中的时候,发出了一声清脆的破鸣。罗砚伦回头看去,看见一个双眼通红的毛头小子。

罗砚伦认出了他,是黑市群岛的六才,这个可怜的孩子。对于罗砚伦的救命之恩,他表现出来的任何感谢都被罗砚伦谢绝了。用他的话说——你上了我的船,把命交给我,那就是我的兄弟,兄弟之间言谢,是虚伪和示弱的表现。

六才便把感谢之辞融在行动里,面对陆擎的围剿,这位十五岁的少年也勇敢地站了出来。他不是第一次经历这样的场面了,刹云港上，那时的吏欢伯也像罗砚伦一样站在他的面前。那时的他，只是一味地逃命，但现在不一样了，周围的人，都是共患难的勇士啊。他不再害怕，不再逃避，在真正的恶人面前，逃避只会激发他们更强的征服欲，屈服只会让他们觉得你软弱，要想让他们悔改，那就拔出刀来，奋起反抗！

"想活命的，就从影龙号下去，我不拦你们，倘若过了今天我没死，你再来找我，我依然留你，毕竟这船上已经很久没有娘儿们了。"罗砚伦摩挲着手中的海流火，眼睛里流淌着一片杀戮之气。这些极恶之人听到这话，不禁发出一阵哄笑，他们纷纷看向罗砚伦，手中的武器在怀中激动地发颤，像岩浆一样热得烫手。

"既然都是想死的，那你们还等什么！"罗砚伦"噌"的一声拔出海流火，指向眼前那些嚣张的大船，"在海上憋得久了，你们他妈的都没有血性了吗？"

他身先士卒冲了上去。一根利箭直射而来，罗砚伦见那箭头不是取他命，立刻怒火中烧。

"对面的家伙，你是瞧不起我吗？"罗砚伦心中强烈的自尊，让他硬生生地接下那支箭，那箭头没入他的左肩，却丝毫没有减缓他的速度。他大喝一声一跃而起，他的脚踩碎了甲板，整个人比箭的速度还要快，落在铁索上的时候，把攀爬在上的海军震得差点坠落下去。

"索爷，左边的人交给你了！"罗砚伦发号道。

索爷点点头，眯缝的眼睛里像是藏着猩红的芯子，他大臂一挥，一把青绿色的弓被他拉成满月。雪凌澜站在他的身边，能清楚地看出他拉弓的姿势。他的弓弦比军用弓弩的配置都要粗上一圈，小指粗细的弦线整根都是青绿色的，让人很容易想到一种青绿色的小蛇。

索爷是云州一带用弓的好手。他的弓弦，正是用毒蛇竹叶青的蛇蜕鞣制而成。竹叶青的蛇皮本是脆的，但被甘草水煮热浸泡之后，经过数十次砂石的磨碾软化，这些青绿色的蛇皮便变得极为坚韧。然而经过复杂工艺之后蛇皮会迅速缩水，竹叶青的体形又只有成年男子的手臂大小，想要鞣制这样一条粗细均匀的弓弦，至少需要十条成年蛇。竹叶青有剧毒，石榴籽大小的毒液溶在酒水里，牛喝上一口就死，毒液更是会渗入盛酒的器皿中，无论洗刷多少次，依然能够让人丧命。所以说，这样毒的蛇，在云州的广袤密林里也未必能找到多少，能制成这样的弓弦，那想必已经算是玩蛇的翘楚了。

　　索爷的弓箭分量极重，腕口粗的箭镞被雕刻成蛇头的形状，被那么粗的弓弦钳制着，拉开的那一刻，弓臂扭曲成一个夸张的形状，好像随时都会崩裂，但他却游刃有余。

　　"索爷，你可得瞄稳了。"身边一个手掌铁灰的矮子嗤笑道，"否则，船长怪罪下来，这船上就得少个瞭望员了。"

　　"我不介意让影龙号先少个多嘴的炉工。"索爷的话刚说出口，那一箭也随之射出，弓弦脱手的那一瞬间，空气中传来一声尖锐的破空声，好像毒蛇"滋滋"地吐出芯子，把他后面的声音都撕碎了。

　　同样被撕碎的还有那些踏索而过的海军，在铁索上快速移动的他们，行动范围也被固定在了一条直线上，巨大的箭头凌空而过，连躲闪的余地都没有，只见眼前一道碧绿色暗光闪过，他们的胸口顿时一凉。

　　那箭消失得悄无声息，海军们只感到身体被重锤砸了一下，胸前就现出一个拳头大的窟窿，被箭贯穿胸膛之后，十几人还维持着相同的姿势，透过这些人胸前的大洞，甚至能够看清船头上的指挥不可置信的眼神。那巨箭被十几个人阻挡，速度终究慢了下来，最终插在那艘船的主桅杆上,像是威慑敌人的铁旗一般深插在敌方阵地之中。

看到铁索上的海军纷纷坠入海下,索爷又迅速拉起了第二根箭。他蓄势待发,但面前突然出现的人挡住了他的将发之箭,是雪凌澜。她把手按在索爷那一人高的大弓上,附在他的耳畔说了几句话,索爷的脸色突然有些难看。

索爷匆匆数箭解决掉最近的人族海军,掩护着雪凌澜到了船首,雪凌澜随即振翅而起,迅捷的身影像光一样从影龙号的甲板上一闪而过。索爷丝毫没有迟疑,朝着天空甩出他那标志性的蛇皮绳索,稳稳地束在雪凌澜的腰间。

雪凌澜的身影从墨斗似的天空划过,灵活地避开了纷攘而至的雨一般的箭,而索爷挂在她的身下,也不住地朝着身下射箭回击。雪凌澜有些不舍地看着影龙号上正与人族海军厮杀的海盗们,她在刚才那一瞬间,很明显地感觉到,一直笼罩在丧流港上的阴云越发强大了,暗月所带来的压力让她格外担心,魏江河那边的状况显然没有好转,他需要支援。

光羽的痕迹从影龙号一直蔓延到不远处的丧流港,与龙旗上的微弱亮光交相呼应,直到长夜最终将天空中的光芒吞噬,孤军奋战的影龙发出最后一声低沉的悲鸣。

身体坠入海中时,魏江河与外界的所有联系便全都切断了。

随着溟海之王死去,那汹涌滚动的黑潮中闪烁着的无数敬畏的影子也彻底消沉。腾蛇降临给大海带来的破坏是巨大的,它的出现让周围的生物出现了暴动,恐惧支配着它们的意识,让这些鱼彻底陷入了疯狂之中,而疯狂之后,便是永寂。这是一种极为病态的追随，即便腾蛇一声巨吼就能将那些拳头大小的鱼震死，但还是无法阻止它们对腾蛇的追随。在未知的伟大造物面前，巨大的恐惧积压之后就会变成崇拜，不仅仅是这些鱼，人也是如此。

真真切切地，魏江河第一次觉得大海如此陌生，无论是温度还是触觉。伸手所及是黏稠如汤般的海水，无数小鱼的尸体环绕在他周围，沉浮在海上，如集市推推搡搡的人，拥挤着搅动着，撒满了整个海面。魏江河每一次挥动手臂，都会揽过数十条鱼的尸体，血与水混杂，发出浓烈的腥味，这让他不禁有些毛骨悚然。在这样一片漆黑中，遇到任何危险只能依靠直觉来躲避，魏江河咬着牙，不断摸索着往更深处潜去。

比起眼下这些死鱼，越往下，只会有更大的危险在等着他。

终于，魏江河从鱼的尸体堆中挤了出去，被漂浮的鱼尸遮挡着，此刻的环境与深海无异。要找到暗月星石，必须点亮身上的芒晶，但那些深海鱼类对光亮也尤其敏感，此时暴露行踪只会给自己带来更多的麻烦。

魏江河时间不多了，圣像的坍塌不知结果如何，影龙号上的人只会越来越少，孤军奋战的自己，可能就是胜利与否的关键。暗月星石就在附近，他能够感觉到这玩意儿带给他的压迫感，恶心和眩晕正在折磨着他。正是这邪恶的东西，才让丧流港上的羽人无法作战，所以他务必摧毁它，摧毁这万恶的根源。

原本漆黑静默的海下，唯一的一丝光芒亮了起来，魏江河捏碎了芒晶，芒晶中的液体遇水之后开始发光，开始不断地向周围扩散开去。而光幕之下，魏江河手里握着长刀，无所畏惧，他带着影龙的威严而来，孤身踏入这魔窟之中！

首先迎接他的，是数十点猩红色的亮光，数不清的阴影眨眼间便向他围了过来，它们感受到了光亮，知道是猎物误闯，猎物的周身尽是不断浮现的獠牙大口,转瞬间那个结实的身影便被鱼群吞没。

但它们吞下的并不是魏江河,而是他的上衣。在那群大鱼的扑杀之中,魏江河将身体一缩,灵活地脱下上衣,往更深的地方遁去。

那该死的暗月星石到底在哪儿呢?

趁芒晶的光亮还未消散,他定睛审视着,却发现周围的气氛有些诡异,那些厮杀的大鱼在头顶游弋,虎视眈眈地注视着他,却不敢前进一分,他疑惑地扭回头,被眼前的一切吓了一跳。

如今沉睡在他身后海底的,是腾蛇的尸体啊,它的半截身子匍匐在那里,仿佛仍在沉睡,但永远不会醒过来了。坍塌的巨像彻底切断了它的身体,让它再也无法喘息。它从遥远的溟海赶来,像是英勇的扈从,跋涉数千海里,只为一声呼唤。它是溟海的皇帝,是影龙号的庇护神,是海中无所畏惧的君王,即便身死,但它的威严尚存,仍然守护着潜伏于海底的影龙船员。

魏江河那一刻有些想哭,但在冰冷的海水中,他哭不出来。见那些凶鱼不敢上前,他试着往周围继续寻找暗月星石,却一无所获,这让他心中担忧更甚。与此同时,一阵"咔咔"声在附近响起。

那声响在海中显得无比诡异,随着魏江河不断前行而越发明显,魏江河憋着气,循着声音游去,扶着腾蛇身上如钢铁一般的巨鳞,心中的不安越发深重。

直到他靠近了声音的源头。

与其说那是一条鱼,不如说是一尊巨石,不,是一座能在海床上移动的山,之前魏江河没注意到它,就是因为它太大了,他的身体还不及它的十分之一。魏江河已经无法判断这到底是种什么鱼,它的寸寸皮肤已经腐烂,腹部散发着紫黑色的光芒,还不断地往外流出一些崩碎的石块。魏江河看着这只异变的杀人鱼,逐渐理清了思绪,恐怕就是它吞下了海底的那颗暗月星石,然后被暗月"污染"了。暗月的诅咒同化了它，让它失去了理智，脑子里只剩下进食的欲望，疯狂地啃食海底的一切。它的身体没办法一直膨胀下去，肚子已被撑裂，它一边进食，肚子里却又不断地有石块在坠落。

而怪鱼正在啃食的，是腾蛇的身体，那可是影龙号的守护神啊。怪鱼在暗月星石的助力之下，忘记了腾蛇带给众生的压迫力，疯狂地伏在腾蛇的身上，像蚂蟥一般吸食着腾蛇的血肉，发出诡异的"咔咔"声。魏江河看到腾蛇已被咬开足有两人深的创口，这海中影龙身体中蕴含着强大的力量，魏江河甚至可以感受到，怪鱼每吃一口，都在变得更加强大。

这样的景象让魏江河目眦尽裂，他的眼睛通红，看着这疯鱼毫无顾忌地啃食着影龙，锋利的刀锋劈开水幕，他的大喝声中带着颤抖。

胆敢挑衅影龙的，必须得死！

而终结这一切的方法，唯有杀了这只不知天高地厚的畜生！

看到有人冲过来，那变异的怪鱼也不禁愣了一下。它的身体巨大，移动受限，只能通过如剑一般的四鳍进攻，魏江河水性极佳，轻松躲过一次次攻击，找了个空当摸了上去，狠狠一刀劈在怪物脸上，顿时传来金铁相击之声，撞击震得魏江河双手发麻。

真他娘硬，魏江河心里感叹道。

但那怪鱼却不容他感叹，一张大口向他咬了过来，它的嘴凭空延伸了好几丈，像一条蟒蛇一般，上颚两侧往上翻卷，整个上颚扭曲成狼牙棒的样子，上面满是被暗月之力侵蚀的毒液。它嘴里锋利的獠牙，密密麻麻地钉在上下颚中，魏江河瞬间被它困住，眼睁睁看着那狼牙棒状的上颚狠狠地捣了过来。

魏江河挥刀过去，想砍断这畜生的脊骨，却没有想到被他砍到的地方，竟像碰到水草一般陷了进去——那伸长的脖子只由一层皮包着，柔韧无比。魏江河伸出另一只手死死地拽着它的脖子，但迎面而来的利牙也到了眼前。

突然"叮"的一声，一支利箭从背后射来，巨大的箭头弹开了鱼头，让魏江河来得及挡下一次致命的冲击。

好箭。

魏江河回头看去，围堵的鱼群炸开了花，黑压压的鱼群被锋利的刀口直直地分开，数十人的小队凫水深潜，那是丧流港最后的人族驻军，但他们的首领，却是索爷！他那一箭射得不偏不倚，正中怪鱼的眉心。

是索爷！见到战友到来，魏江河心里不觉一喜，却忘了此刻正处危机，怪鱼略一停滞，向着魏江河再度扑了过来。

这时一条长长的水蛇从魏江河身后袭来，对着那怪鱼便扑了上去，鱼和蛇纠缠在一起，"嘶嘶"的声音听得人头发麻。但显然后来的那条蛇更具威力，它青绿色的身体缠过去，毒液顺着牙齿进入怪鱼的身体，让它发出一声沉痛的怪叫。

魏江河趁机脱开身边的束缚，将腰身一扭，贯了一个满月，顺着怪鱼的头直愣愣一个横切，刀口没入上下颚之间，将它的脑袋削去了半截。浓稠的黑血瞬间在海水中晕开，染了魏江河一身，他趁势浮出水面，深深吸了口气，又再次潜入海底。

深海中黑血四散，海水变得更加浑浊不清。魏江河和索爷一人擎弓一人握刀，并肩站在海底，像在影龙号上的数场战役中所做的那样，互不言语。面对最后的敌人，他们知道自己要做什么，怎么配合，他们把自己的命绑在兄弟的身上，不顾生死地战斗，因为他们心里知道，兄弟永远都是自己最好的后盾。

破釜沉舟，只进不退，这才是影龙的作风啊。魏江河握紧了手中的刀，冷笑着冲锋而上。

索爷拉起弓弦，三支箭同时擎在手里。

"海里的影龙，你可惹不起！"魏江河和索爷心中是一般的想法。魏江河鼓起全身的力量一刀挥了上去，冲入眼前如铁蒺藜一般的大口中，而索爷三箭齐出，怪鱼庞大的身躯瞬间便将魏江河和巨大的弓箭吞并了。

顺着索爷贯穿鱼肚的利箭，魏江河的刀突然从大鱼的肚子里刺了出来，前后各一刀，把两侧的大颚斩成四瓣。魏江河从巨大的鱼肚里钻出来，身上满是恶臭的黏液和被碾碎的岩块。这怪鱼已经被他开膛破肚，但仍旧没有死去。它身上的皮肤开始撕裂扭曲，肚子里越来越多的石块正在坠落，裂开的肚子露出长长的骨头，上面遍布倒刺，像是挥舞着武器的手足。这只深海里的恶魔獠牙四起，在水下发出恐怖的嘶鸣。

现在的这只大鱼已经完全没了原本的样子，如同一棵枯死的老树张牙舞爪地向着魏江河扑来。随着它的肚子张开，魏江河清楚地看到了镶嵌在它腹腔中的那颗石头，它那晦涩的光芒正顺着这怪鱼的血管流向它的周身。暗月星石已经与这怪鱼连接在了一起，源源不断地为它输送力量，即便是斩掉这怪鱼的身体，也无法彻底杀死它。

索爷心领神会，从身后的箭袋中拿出最后一支弓箭。那弓箭不同于之前的样式，拇指粗，手臂长，握在手里便开始快速伸长，最终变成半人高的巨大铁箭。箭头上挂着深色的缨子，雕刻着有红色眼睛的蛇头。那不是箭，而是索爷的蛇矛！索爷将蛇矛搭在弓上，巨大的弓不合常理地被他拉开，那是索命的神箭，只要出击就代表着洞穿，没有任何铠甲能够防御住威力这样强大的弓。

魏江河知道拉弓不易，这一箭是决胜之箭，必须要为索爷争取更多的时间，而怪鱼不会主动将弱点暴露给他们，于是他再次挥刀前冲。怪鱼同时发起了攻击，它裂开腹部，如河蚌一般张开可怖的身躯，这一刻，它的弱点暴露了。魏江河抽身上前，双手挡在将要闭合的大喙前面，怪鱼身旁的骨刺也扎进了魏江河的身体里，魏江河紧紧卡在那怪鱼的肚子里，暗月星石在他的眼前放出妖冶而又危险的光芒。

索爷望着离他不远的怪鱼，魏江河死命为他撑开了怪鱼的肚子，将暗月星石暴露在他眼前，但是，魏江河的身体也被牢牢固定住，像是盾牌一样挡在暗月星石的面前。

索爷的索命之箭要想破坏暗月阵法，就要先穿过魏江河的心脏。

杀死那怪鱼，得先杀死魏江河。

"你他妈的还在等什么！"魏江河在心里着急地大喊，他回头看着愣在原地的索爷，索爷的目光有些暗淡。

影龙号上的兄弟，要把自己的命绑在别人的身上，才能心无杂念，奋勇杀敌。

魏江河拼了命地为他争取到的机会，只有一击。

索爷有些犹疑，但看到魏江河那视死如归的眼睛，他的那一箭，最终还是放了出去。

弓弦在水里发出沉闷的响声，蛇矛脱手而出，索爷看着那支夺命之箭离自己越来越远，那张标志性的大弓终于握不住了。

弓掉在柔软的海床上，砸出一个坑。看着那支箭从身后飞来，魏江河顿时心灰意冷。

不是因为死之将临，而是，原本箭无虚发的索爷，那一箭，射偏了。

那致命的一箭，没有射穿魏江河的胸膛，而是擦着他的头发从身边钻过去，什么都没有碰到，最终消失在了未知的海底。

之前所有的努力，都白费了。

索爷低头看着那副从手中坠下的弓，魏江河看不清他的表情，他终于没有力气了，向后退去，怪鱼的肚子骤然合上。

但那怪鱼没有发现，黑暗中有一道黑色的闪电从远处射来，那速度太快了，快到肉眼几乎无法看清。等到蛇啸的声音传来，海水摩擦箭体发出尖锐的刺响，怪鱼已经没有反应的时间了。锐利的箭头狠狠地刺进它的背中，贯穿了它瘫软的的脊骨和钢铁般的鳞片，从身后命中了它身上最脆弱的位置。

暗月的阵眼，暗月星石，被那索命的一箭，彻底摧毁。

索爷并没有射偏，而是另辟蹊径，他射出去的蛇矛，本就是一条蛇啊，蛇在海里急转，带着弓弦上的力量，在射偏之后，又调整角度冲了回来，冲着那个索爷早就观察清楚的位置。

而魏江河，从怪鱼的下盘缝隙里划了出来，锋利的骨刺确实让他受了伤，却没能致死，这头被暗月支配的畜生，没有什么智商，他们把它给耍了，用的是影龙惯用的伎俩。

魏江河被索爷一把从海底扶起来，像摊烂肉一般倚在索爷身上，一向不苟言笑的索爷不禁勾了勾嘴角，带着他向海面游去。

这一仗，是影龙赢了。他们破坏了暗月星石，同样也守护了影龙的尊严。他们远远望着腾蛇的尸体，哀悼这位海中帝王。

反击的号角，终于在这一刻吹响了。

鏖战之中，影龙号上只有罗砚伦注意到了雪凌澜悄无声息地离开了，他掷出两枚羽箭，刺死两个瞄准了雪凌澜的人族海军，直到她飞远才重新投入战场。这一次，罗砚伦没有防守，反而领着影龙号一众踏在铁索上，向前发起了冲锋。这个狂徒，到了这个时候还想着登上旗舰川合号直取陆擎，但这要先穿过护卫舰的阻拦，与近百名海军肉搏,同时面对其他舰只的围攻。不过这些都不在他的考虑中了,战至这一刻,退缩和固守只会让他觉得恶心。

人族海军旗舰川合号,此刻就在包围圈的外沿,陆擎依然站在甲板上,目光越过影龙,望向丧流港,雪凌澜的忽然振翼让他有种不好的预感。他不是罗砚伦,绝不会意气用事,面对罗砚伦率众突进,他却指挥手下转舵远离影龙号,缓慢地向着丧流港方向开进,麾下的海军纷纷做好登陆的准备。

强者总会拓展疆域开辟战场,无论征伐与劫掠,当有人拦在他们面前,他们就会自己杀出一条路来。那个狂放不羁的大海盗一定坚信,只有勇敢者才会开辟新路,这路上可能有无数阻碍,很多人会死,但这路一旦打开,就没人挡得住他们了。

历史的车轮,不过如此。

但这也成了罗砚伦的弱点,陆擎心里清楚,所以当罗砚伦鲁莽地冲进人群中之后,他便避开了。

一个人纵然可以无敌,终有力竭的时候,你可以打赢一个人,能够打赢十个人,但若是一百人、一千人轮流消耗你,你又能坚持得了几时呢?所以陆擎选择了前往更重要的丧流港,那里有雪氏的公主,说不定还有那二十余名元极道星侍,有未来更大的功业和地位。而背后,被十几条船围困的影龙,已经没有活路了。

是什么在支撑着这个人,是武士盲目的自尊心,还是可笑的天真呢?

厮杀在背后开启,罗砚伦握着海流火,与敌人贴身肉搏。他的力量已大不如前,尤其在剧烈地消耗、左肩又中了一箭之后。人族的海军一边后退一边回击,即便正面斗不过罗砚伦的勇猛,但都是些狠角色,刀口依然纷纷落在罗砚伦身上,让这位身先士卒的北海之王更加怒不可遏。

愤怒支撑着他的意识，让他没有倒下，同时也让他紧握住手中的短剑，让他一往无前地奔向早已设置好的绝境。人族的海军在迂回闪避，同时，舰船上的战士正在包围收缩，他们看着那浴血奋战的狂徒孤身一人冲过铁索，跳到了尽是海军的甲板上。

他们早就磨好了刀与枪，只待这只猎物落进猎人的陷阱。

这里，可是虎穴啊！

罗砚伦刚要冲上去，有两个汉子先于他动了起来，他们手里擎着铁索，从罗砚伦的两侧切了过去，顺着那根铁索绕着罗砚伦转了一圈，将他半捆了起来。罗砚伦力气大，还未等那两人站稳，一把将其中一人从铁索的那头拽了过来，竖着一剑便把他刺死了，但拔剑的工夫，又有另外两人拿着铁索冲了上来，也围着罗砚伦转了一圈，四根铁链便将他死死地固定在那里。罗砚伦试图将其中一人拽上前来，但明显感觉吃力，而敌方的攻势并没有停下，越来越多的人擎着铁索从后面冲上来，填补死去的人留下的缺口。最终，八条锁链将他锁死在人群的中央，任由他怎么挣扎，都无法从这桎梏中逃脱了。

此刻的罗砚伦，就像是被困死的猛虎，告死鸟海军所训练的战法，让所向披靡的北海之王也无法动弹分毫。就像陆擎所说的，对付野兽，就要用猎户的方法，人没有必要跟老虎角力，只要激怒它，让它落进陷阱里，那它就不过是一只凶猛的花猫罢了。

紧接着，枪阵从四面八方压了过来。八个身负铁铠的勇士，握着长枪从八个空口处齐出，锋利的枪尖上反射着月亮的清辉，但一瞬间就消失在罗砚伦的身体之中。八支枪矛刺进罗砚伦的身体，历来刀剑不惧的罗砚伦，也终有力尽的时候，他的腰腹、大腿被数支长枪洞穿撕裂。罗砚伦闷哼了一声，但那几人丝毫不留情面，顺势前刺，试图将罗砚伦摁倒在地上跪下。可罗砚伦岂能容忍自己下跪？他稳稳站住，宁可被那些长枪贯穿。八杆枪狠狠地扎进木质的甲板中，将罗砚伦牢牢地固定住了。

身体被撕裂贯穿的痛苦像狂潮一般袭来，罗砚伦终于忍不住向天空发出一声长啸，剧烈的痛感刺激着他的意识，反而让他更加清醒，趁着那些枪兵过于突进的机会，他挥舞手中的海流火在半空中划过一道半月，那八名枪兵瞬间头颅倒飞，一个个倒了下去。

身体被洞穿，精神已不堪重负，陷入近百人的围困，他却像是胜利了一般大笑起来。

你听不出他是为何而喜悦，但那笑声旷古绝今，让人听上一会儿便觉得毛骨悚然。那笑声直入心扉，像铁锤一般敲击着你心中最脆弱的位置。在那一刻，你甚至有些想家，开始思念远在海潮另一边的亲人，好像看到了战争过后，故乡只剩一片荒凉的废土，而你所知之人，都死在面前。

海流火上的暗月之力随着罗砚伦的笑声传入所有人的耳中，让他们手中的武器都抓握不稳，即便捂上耳朵，也无法阻止那萦绕心头的恐惧和悲伤。借着所有人愣神的时机，罗砚伦臂膀一挥，将眼前的铁链合抱在一起，一把将敌人拽了过来，那四人还未反应过来，一个个脖颈上便出现了一道长长的血缝，绽放的血花犹如井喷。

恐惧之中，陆擎的命令犹在耳边，这些精兵强将还是再一次发起了攻击。又一轮枪阵冲来，罗砚伦被枪杆固定住，完全无法躲挡。这次的目标是上盘，陆擎不让罗砚伦死，所以枪兵避开了心脏和头部，锋利的枪尖迎面而来，罗砚伦勉强抓住两根枪杆，但其余的两根枪杆还是不可避免地插进了他的肋骨和肩部。

罗砚伦强忍着剧痛，将持枪的二人拉了上来，距离刚好能挥刀，但他的手却被枪杆卡住了，左肩受了箭伤，右肩被枪杆卡着，罗砚伦想要扳开这些扑上来的人族猛士，但他连握剑的力量都没有了。

　　这位英勇善战的海上英雄，终于失去了所有力气。

　　他被铁链锁住，浑身插了十多杆枪，腹部和肩部的两杆拔出来的时候，枪矛上的倒钩带出了一大块肉，一个明晃晃的血洞出现在他的身上。之前还靠着强大的意志力屹立不倒，而如今只能靠着八杆枪支撑着身体。他猛地吐出一口黑血，面对蜂拥而至的数十名枪兵，望向影龙号的众人。

　　他们的身上布满了伤痕，战斗在影龙号上每一个地方的人们，此刻都停下了手中的武器。在罗砚伦被枪矛钩肉的那一刻，海流火哀鸣的声音在这杀伐之夜如蚊鸣一般小，却传到了所有人的耳朵里。原本如月光般闪亮的用黄金绣制的龙旗，此刻丧失了所有的韵味，不再耀眼。他们的船长，影龙号上最强大的武士，北海之王罗砚伦，终于力竭。

　　人族海军的下一轮冲锋就要来了，罗砚伦甚至已经感觉不到痛苦了。他只要说一句认输的话，便能让这场围猎终结，但武士的骄傲让他只能求死。那些人虽然持着武器，仍被重伤成这样还依然不死的他吓得不敢靠前。罗砚伦看着那些面目狰狞的海军冲上前来，面对无力反抗之人所露出来的这种凶恶，究竟是因为勇猛，还是因为胆怯呢？

　　他无心考虑这些了，下一次冲锋结束后，自己就会死掉了吧。

　　但罗砚伦等了很久，预想中的冰凉却始终没有到来。金铁相击的声音在耳边作响，这让他不禁睁开了眼睛。

　　他正沐浴在月的光华中。

　　原本昏暗阴沉的夜幕仿佛一下子揭开，帷幕之后的一切被点亮了。不，它根本无需照亮，那是明月，在夜空没有什么光会比明月更璀璨。它的光辉，是至纯至上的皎洁，像女孩的肌肤，又像是流水，只有拇指大小的一点，却让整个大海都反射出粼粼银波。然而，月色并不能引起人们的注意，众星捧月，白羽凌云，真正引起人群中惊呼的，是明月周围的数百个如星辰闪耀的羽人！

第三十一章 白荆不凋

天边数百道流光从倒塌的圣像之后振起，雪凌澜带着丧流港所有至羽和傅羽匆匆赶来。那些羽人在天空中扑扇着双翼，眼中充满愤怒之色。他们是在空中飞翔的明月之子，同样也是挥动翅膀的死神，这些久经训练的羽人不断调整着阵形，在一片接连不断的弓弦绷紧声之后，胆敢上前的持枪之人全被射成了刺猬。

"我乃苒山星侍之首，煌羽翼云垂，奉翊朝公主雪凌澜之命，助影龙号一臂之力！"像之前罗砚伦在船上所说的，翼云垂同样也在空中放出豪言，他身边高悬着如月华般美丽的羽族公主雪凌澜，此时的她同样擎着弓弩，在诸多羽人战士之中格外飒爽。

两个羽人带着一个浑身是血的人飞近，轻轻落在重伤的罗砚伦身前，血人没有回头。罗砚伦微微勾了勾嘴角。

"小崽子，你怎么才来？"他想说出这句话，但如今已经说不出话来了。

魏江河双眼发红，怒目圆睁，护在罗砚伦的身前，他不愿回头去看如此虚弱的老大，但也绝不会让人族的狼崽子再妄进一步。

雪凌澜遥遥看着罗砚伦，那个一贯飞扬跋扈的北海之王，也会有如此脆弱的一面啊，疾飞而来时，看着人族的海军将枪矛不断地在罗砚伦的身上穿刺，就仿佛刺在自己的身上一样难受。

他是北海最臭名昭著的海盗啊。

他杀人无数，无情无义，手中不知沾染着多少同样凶恶之人的鲜血。

他在你最危难的时候，还依然痛打落水狗一般奚落你，像对待囚犯一样折磨你，他让你众叛亲离，孤身一人。

但就是这样的人，现如今为了救你，身上插了八杆枪，背后背了不知多少根箭。

现在，他就要死了。

你却只能高高地飞翔在空中，看着他陷入重围，看着他九死一生，看着他彻底倒下。

曾经想过多少次的画面，你在心里咒骂他，在暗地里愤恨那么多次，现如今终于成真了。

可是你，为何却又哭了呢？

魏江河抽刀切断罗砚伦身上的八杆长枪，一向乐观的他此刻丝毫笑不出来。他绷着脸，看向那些依然围在附近的人族海军，恨不得立刻冲上前把这些人都剁碎。而那些海军也不敢上前，有那些凌空的羽人做掩护，现在上前无异于送死。

看到羽人突然杀到，胜券在握的陆擎不禁愣住了。在他的计划中，这五百傅羽本就是诱饵，他早早在丧流港下埋下了暗月星石。他以为，越是血统纯正的羽人，受暗月的影响也就越重，即便是身为煌羽的雪凌澜也无法摆脱暗月的影响。但他没有料到，暗月对雪凌澜的影响竟如此小，而李向晚的变节，让魏江河成功拔除了丧流之底的暗月星石。

这场丧流之谋，现如今彻底崩盘。陆擎恼羞成怒，一挥手，人族的羽箭向空中飞去，但羽人可是真正用弓箭的好手，他们矫健的身影在天空中飞动，没有任何箭能够命中他们。陆擎只能眼睁睁地看着羽人们将重伤的罗砚伦救回影龙号。

"投降吧。"陆擎冷冷的声音从旗舰上传出，心底相比之前有些慌神。面对当下人羽对峙的景象，他开始有些犹豫。这样的战局是他不想看到的，一旦真正打起来，这些翊朝的羽人鱼死网破，即便能够战胜他们，自己恐怕也要付出非常大的代价。他的言辞不像之前那样有恃无恐了。"雪氏公主，何必让你的人受跟你一样的苦呢？"

罗砚伦鲜血淋漓，被扶到雪凌澜的身前，雪凌澜抱着罗砚伦血肉模糊的躯体，身体不住地颤抖，上次被她这么抱着的人，还是她曾经的舵手月信川。

"你投降之后，余下的这些人我都不杀，并且与影龙号的一切过往都不追究。"陆擎看着远处虚弱的罗砚伦恶鬼般的双眼，继续沉声说道，"另外之前与影龙谈妥的一切我都应诺，报酬我早准备好了，我只要你，翊朝公主。"

经历了这么多起伏，雪凌澜还是在失去。罗砚伦已经无法做出选择了，所有人的命运都掌握在她一个人的手里。再打下去，可能所有人都会死，若只牺牲自己，那么至少可能换回身后这些羽人的命，也有机会抢救罗砚伦。翼云垂持弓站在她身边，他的眼神已经视死如归，苒山失陷的时候，这些忠诚的星侍，早就期待着有这么一天了吧？在那昏暗的山洞中踟蹰了那么久，现在，就是报仇雪恨的时刻啊。

雪凌澜不舍的目光扫过每一个战士，无论是自由翱翔的羽人，还是骁勇善战的影龙海盗团，如今都全身是血。武士追逐荣耀而生，但这些荣耀，却不过是那些当权者玩弄权术的手段。她曾应允陆宇，不让苒山再次成为战场，难道这一转身，就要将这些最后的战士送上杀场？

"我想让他们活下去。"雪凌澜对陆擎说道，向着前方走了一步，挡在所有人的面前。听到这句话之后，就连翼云垂眼中的光都黯淡了下去。

陆擎满意地笑了，冲着雪凌澜点了点头，示意周围擎弓的士兵们放下戒备。那些警惕的人族海军极不情愿地放下了手中的弓弩。

看到告死鸟这样的阵势，好像真是要休战的意思，但雪凌澜看到眼前的这一刻之后，也冲陆擎莞尔一笑，随即话锋一转：

"但是一想到如果投降，这些羽人最终还是会成为奴隶，向往天空的羽人们，又怎么能够忍受得了脚上的桎梏呢？这是比让他们死还要难受的事情。我之前没有明白这一点，苟活于乱世，即便如此也没留下多少东西。与其苟延残喘，倒不如光明磊落跟你斗到底，你费尽心思想要生擒我，其实我生或死又如何呢？陆擎统帅，你真是低估我们羽人了。"

雪凌澜拔出月色长剑，最后望了一眼身后的同伴们，他们的眼中燃起了战斗之火，在此刻，没有任何一个人想要活下来。

"接下来的一切，不是为了荣耀，而是为了你们自己。"雪凌澜大声说着，声音响彻八方，"白荆花永不落幕！为影龙而战！为羽族而战！为王朝而战！"

战士的呐喊声震天而来，让川合号上的陆擎微微皱了皱眉。伴随着雪凌澜的宣言，当下羽人士气正盛，这一仗难免不太好打。陆擎心中权衡，退让一步，早点回到戟月港更加稳妥，若到时碧海云北上，自己再把戟月港丢掉，那可就是大麻烦了。他想招呼自己的大副，放弃丧流港，主力舰队暂时退出峡湾，返回戟月港重新布局。不过现在旗舰过于深入，想要离开势必接近影龙号，那个奄奄一息的北王还有一战之力吗？陆擎心里思虑着，最终还是计划呼叫侧舰掩护。

"白荆花永不落幕。"他正这么想着，身后却也响起了这样的呐喊，陆擎眉心一跳，紧接着，一个人影从背后贴了上来。

谁都没有看清楚那人是怎么靠近的，只觉得一阵清凉的微风扫过，一柄青灰色的刀已经逼在了陆擎的脖子上。

一张年轻人的脸从背后露出来，是之前那个胆小的修船工。大副钱率烈试图救下陆擎，但年轻人的眼中丝毫没有慌乱，刀锋紧紧贴住陆擎的脖子，让所有人都不敢上前。

"小子，你把刀放下来，这事我们有得谈。"钱率烈大声吼道，"威胁主帅，你是活得不耐烦了？"

"我不是什么小子，论名号，你没有跟我讲话的资格。"年轻人低声说道，挟着陆擎走到甲板的边缘，与影龙号相望。月光洒在他的脸上，他整个人如同一位坚毅的将军坐镇中军。

"你记住，现在要杀你的，是兰沚月氏子弟、白荆花舰队最出色的航海士、白荆之舵，月信川！"他的语气中是绝对的冷峻，自那次审判之后，他已经变得不再那么骄傲自信，他不再背负月氏族人的性命，他唯一背负着的，就是赐予他封号的那个人，羽族公主雪凌澜，他要守护她，就算是为她而死。

"月信川！"雪凌澜的眼里焕发出光彩，她远远地望着站在陆擎身边的那个人，涌出热泪。那是被她亲手放弃的人啊，那日他坠落海面的那一刻，她原本以为，自己永远失去了白荆之舵，但那个曾经在滔天巨浪中支配大海的人，而今却再次站在了她的面前。

在雪凌澜宿命的交叉处，只有杀了陆擎，才能让公主逃离险境，所以他孤身一人潜入陆擎的军中，以一己之力面对数千名海军，即便他可能马上就要死了，但他毫无畏惧！

月信川的刀挟制着陆擎,但后者并不畏惧,甚至还笑出了声,好像被胁迫的人并不是他。陆擎站在那里,泰然自若地道:"月信川,你很勇敢,也很聪明,我的手下居然一直都没有发现你。你杀我是想保护雪凌澜吧?可你现在杀了我,她就真的要死了。"

"姓陆的,我在这里隐蔽了这么久,杀你的机会有的是,但我选择现在出手,是为了让你死在雪氏公主眼前。"月信川紧紧地按住陆擎,刀锋已经嵌进了他的脖子中,血顺着刀刃流下来滴在甲板上。月信川已经不是之前那个神采飞扬毫无顾虑的舵手了,他是个负罪者,所以必须亲自来偿还这一切。

陆擎露出冷笑,耐心地说道:"你可要想好了,你在做的事情,很可能害死你这里所有的盟友。我只要雪凌澜,并不想让你们全部人在这里送葬,而皇帝也不会杀死雪凌澜,她还有用。"话虽这么说,陆擎心里还是有着一丝恐惧。出身贫苦,在战场上摸爬滚打十多年才拥有今天的位置,这一战如果真的殉国,那他之前受过的所有难就都白费了。他不是羽末省,他不为任何旁人而战,也不想为任何人而死。

月信川丝毫没有被陆擎影响,他大喝一声,提着陆擎的衣领,一下就把他丢向了船外,翼云垂早已注意到月信川的动作,一个滑翔,稳稳接住了陆擎,将他抛到近处的影龙号上。人族海军瞬间围住了月信川,锋利的刀锋映得月信川的脸发亮,数名羽人飞来营救,但已经晚了,刹那间就有数把长刀砍在他的身上,将他一下砍倒在地。月信川猛地用刀架住所有兵刃,强忍着疼痛从地上站了起来。

他这是,用自己的命,来换陆擎的命!

月信川坦然地面对这一切,他看着把他团团包围的敌人,再一次露出了他那不可一世的神色。雪凌澜远远地望着,好像又看到了风暴中心,那个敢与大海争斗的白荆之舵。那日他在狂风暴雨中放出的豪言,不知过了多少年,依然在她的耳畔回响。

"你所谓的一千人族海军的怒火,由我白荆之舵月信川来挡!"

不,月信川不是为了换命,他在人群之中放声大笑,千万人都能听到他那嚣张的吼声。

"我是白荆之舵月信川!我要带着您,翊王朝公主雪凌澜,行遍大海。我要亲自为您掌舵,让白荆花的大旗插在大海的每一处!"

那天他流着泪说出这句话,声声带血,而今他又一次当众为她站了出来。

又一把刀穿胸而过,月信川看着远处那抹皎洁的光,她流着泪,却那么美。

"我是白荆之舵,但我同样也是兰沚月氏最好的造船工匠,这些羽族的船只,皆出自兰沚,所以没人比我更清楚这些船的构造,我能创造它们,也能悄无声息地毁灭它们!"月信川对眼下千名人族海军怒目而视,他的眼睛扫过的地方,人族武士的武器竟然开始颤抖起来。不,那不是武器在颤抖,而是船体在颤抖。巨大的战舰开始摇晃,船体快速分崩离析!

那些船的底部,长满了石头状的花朵,那些灰白色的小花附着在木头的表面,却像吸血的蚂蟥一样将船板腐蚀殆尽。那不是普通的花,是花梨峪的崖壁上附着的菌类花梨,既能腐蚀岩石,同样也能腐蚀掉这些造船的兰槎木!在月家的历史中,那曾经让大片大片的兰槎木枯死的疫病,正是花梨啊,所以月家才会相隔万里被传唤到茝山,治理当年的花梨之灾。月信川选择从花梨峪登岛,就是为了收集那里的花梨,他在新月滩涂奉命修理船舵的时候,便在船底植上花梨,经过几个对时的疯狂生长,终于让船体彻底崩坏!

现在,到了终结的时候。月信川站在即将崩裂的大船上,船板裂开的大缝让无数人族海军坠落下去，他们的眼里只有惊恐。经过腾蛇的影响，那汹涌的潮水之下，鬼知道有什么东西在等待着他们。

看到这一切，受缚于影龙号的陆擎颤抖着，惊恐的人族海军不断地从倾覆的船骸上坠入海里，那些贪吃的凶猛鱼类也在大肆地捕杀猎物。刀与箭在大海里失去了功效，只能任由那些疯狂的畜生啃食身上的血肉，士兵的哀号遍布大海，但无济于事，没有任何人会救他们。他们曾经鲜血淋漓的双手，如今被衔在海洋生物的大喙里，牙齿咬碎了他们的颅骨，让脑浆与大海混杂在一起。

"诡计！"陆擎的指甲深陷手心，血液滴到甲板上，也无法平息他心中的愤慨，"你们羽人用这样的诡计，跟那些海上的匪寇有什么区别？"

"你背信弃义杀死苒山那些手无寸铁的羽族平民时，又何曾反思过自己？"雪凌澜降临在他面前，对他没有丝毫同情，"你告死鸟部众三千海军，以多欺少就是赢得光荣了吗？倘若你们任何一人对上我身边的影龙，又有几成胜算呢？"

陆擎抬起头来，撞上了罗砚伦那张如死人般的脸，他不说话，也说不出话，但他睥睨的眼神让陆擎明白，自己已经输了，输得彻彻底底，输得窝窝囊囊，输得众叛亲离。

陆擎不再说话，他闭上双眼，任凭人族海军的哀号声在耳中不断地回荡。而雪凌澜站在影龙号的船头上，看着巨大的川合号像倾覆的城墙一般。

月信川面对着影龙号上那处虚弱的白点，那人点了点头，他便会意，站在将倾的船头之上，嘹亮的声音再次响起：

"我以白荆花王朝的名义，命诸位海上的勇士放下武器，我主雪凌澜为你们准备了船只，将你们送回故土，苒山是鲛人的圣地，而今已经不能承受更多的无辜伤亡了。"

一片尘嚣声中,他听到了大片兵器坠落的声音,那是战争结束的声音,也是胜利者欢呼的声音,在茚山之战的最后关头,白荆花终于重新在茚山的各个角落盛开起来。月信川随着大船一同落入海中,失血过多让他陷入颓靡,但恍惚中他看到了明月的影子,巨大的羽翼将他包裹起来,他躺在温暖的怀抱中,好像掉入一片温润的玉海。

他没有睁开眼睛,但有花香传了过来,他知道那是谁,口中轻诵出那人的名字。

"剩下的事情,就交给我吧。"那人说道。

好像很久很久之前,在风暴之中,他说给那人的话。

剩下的事情,就交给我吧。我只要你活下去,可以跟我一起,去更大的海里航行。

尾声

　　纷乱的战争结束了，如今的苒山被一片夜幕笼罩着，天边已泛起鱼肚白。万物初醒，新月状的岛屿蒙着一层晨曦的雾气，弥散在丧流港中的血色也已经被海潮吞没。到处是船的残骸，陆擎的告死鸟大旗淹没其中，唯一还在迎风招展的，是那面嚣张的影龙旗，目睹着丧流港上权力的更迭。苒山标志性的隐圣雕像永远地沉没在丧流港的湾流之中，让人惋惜，高耸的残骸宛若一座新的岛屿，或许很多年之后，它还会静静地躺在这里，诉说着曾经发生的传奇。

　　数百名坠入海中的人羽联军，在丧流港总指挥李向晚的搜救下，幸存者被从海中打捞上来，而那些原属于苒山本部的羽族降军，由翼云垂统一整编，也恢复了翊朝军籍。所有纷乱止步于月信川的奇袭，近千人族海军的投降，告死鸟联军统帅陆擎被生擒，为这场围剿之战暂时画下句点。

　　雪凌澜搀扶着重伤的罗砚伦，站在困兽般的陆擎面前。他被两个羽人紧紧地缚住，抬起头来目光落到雪凌澜腰间那柄月色长剑上，对着缓行而至的两人，威严尽失的脸上浮现出自嘲的笑容。

"可惜，可惜啊，机关算尽，终究是差了一步。"陆擎直立起腰来，平视着羽族公主和北海之王，两个羽人想要再把他按下去，但这次陆擎却格外执拗，始终不肯屈服，"要杀便杀，不要废话。"

"一辈子活得颤颤巍巍，临死倒硬气起来了。"罗砚伦不屑地哼了一声，用那双沾满血的手拍了拍陆擎的肩，"是该觉得你豪爽，还是窝囊？"

"我陆氏的人杰，一路过关斩将，据守苒山，未尝一败。今次一役，是天要绝我，你们这些人，不过是运气好罢了。"陆擎表情阴狠，看着眼前重伤的罗砚伦，笑道，"我若是有心杀你，你早就是一具死尸了。"

"但你更想留着我们的命，好去装点你的战功。"雪凌澜厌恶地道，"陆擎，你心里的贪念，让你迫不及待想要把我们全部俘虏，却反让我们擒下了你。"

然而陆擎摇了摇头，似乎根本不理会雪凌澜的话，其实早在看到那把月色长剑的时候，他的心里就已经乱了。他从未想过，原以为他已将陆宇置身于战事之外了，却终究还是让他受了牵连。雪凌澜为何会拿到那柄剑？为何会带着那些星侍加入战场，他又怎会不清楚？

"我的弟弟，他是怎么死的？"陆擎的话语有些颤抖，一提到这个人，他甚至避免去看雪凌澜的眼睛，害怕真的从她嘴里听到陆宇的死讯。问出这句话后他又有些后悔，对于那个隐于竹海的弟弟，他始终饱含着亏欠之心，嘴上说着不会关心，但在战场之上看到那柄剑还是会感受到痛苦啊。

"人族的平关将，告死鸟的手足兄弟陆宇已经死了。"雪凌澜一字一顿，每句话都像铁锤重重敲击着陆擎的心脏，"但他不是死在我们的手里，而是死在夜凫苒山的路上，是你亲手杀了他。"

"不是，不是我！"一直保持着冷静的陆擎听到这里，突然情绪上涌，声嘶力竭，"为什么所有人都觉得，是我害了自己的亲弟弟？"

"事实即是如此，你为了满足私欲将他放逐，而陆宇之所以还守在那里，不过是为了兄弟情分，他是个守誓的人，宁愿为了你最后一次拔剑，但你执迷不悟，我真为他的愚忠觉得无趣！"罗砚伦恶狠狠地道。

"那如果你是我，你会怎么做？"陆擎气极反笑，反问罗砚伦，"你是影龙号的船长，从来都在大海上漂泊，居无定所，无拘无束。你根本不懂，身居高位、如履薄冰是怎样的感觉。没受过饿吧，没经历过穷吧？你是个海盗，没钱了可以去偷去抢，但我们是军人，我们是人皇亲封的海上双子将星。我的身上印着五色海潮风云图，我就得为我手下这些人的生死考虑！他们都像我一样挨过饿受过穷，所以才来当这该死的海军，谁无缘无故就想来打仗？你们都说我茹毛饮血，都说我贪心不足，但我若是淡泊名利、有情有义，谁来扬我陆氏的威名，谁来养我告死鸟麾下这千余名人族的将士？"

雪凌澜听着这个末路的枭雄说着最后的话，心里同样波澜四起。孰是孰非，孰好孰坏又怎是三言两语就能说得清楚的呢？成王败寇始终是王朝的更迭中最有力的一条论证，唯有历史可以辩驳一场战争的好坏。

战争不分善恶，只是立场不同。但凡战争起了，就都是坏的。

真正分善恶的，是人。雪凌澜始终认为，自己只要是站在善的这一方，那便无可畏惧。

即便她很久很久之后，也经历了无数生命的逝去，但她走的路最终也将被人认为是正确的。

雪凌澜将手中的宝剑递了过去，陆擎接过之后，轻轻抚摸着镂空的剑鞘，指尖触及那冰凉的表面，剑锋上似乎还传来一声竹海的风声。

"我们没有杀陆宇,他还活着。"雪凌澜叹了一口气,重新看着已经穷途末路的陆擎。听到这个消息之后,陆擎并未表现出一丝高兴,而只是松了一口气,失神地望着宝剑非杀。

——"这是哥哥送你的宝剑,喜欢吗?"陆擎骑在马上,对着一身戎装的陆宇说道。

陆宇点点头,"锵"的一声将剑抽出,剑锋发出欢愉的震响,像是找到了真正的主人。

"为天启城主打完这一仗,我们就回故乡吧,给家里的坟上炷香,跟他们说说,我们兄弟二人没有给陆家丢脸。"陆宇说道。

"不着急,我们会走得更远的,我们继续打下去,他们会更为我们高兴的。"陆擎望着远方的天空,脸上扬起一丝朝气蓬勃的微笑,打马而去。

"哥哥去哪儿,我就去哪儿。我就用你送我的剑来保护你。"陆宇大声喊着,也策马追了上去。

那年,陆擎十六岁,陆宇十五岁。

十九年过去了,陆擎重新擎着这柄剑,却是另一副心境。

"莳山人族驻军主帅告死鸟陆擎,我雪氏凌澜以翊王朝之名,宣判你叛国之罪名,赐你非杀剑,了结过去!"

陆擎提起剑来,抬头审视着身边这些人,罗砚伦、雪凌澜、月信川、翼云垂、李向晚……没有任何一个人是以胜利者的身份在观望着他,反而都是表情肃穆。即便狂如罗砚伦,此刻脸上也没有一丝嘲弄。陆擎手中的剑似乎有千斤重,他脱掉了身上的青紫色大氅,将它耐心地叠起来,就像他之前每次脱掉这身衣服之时做的那样——将五色海潮风云图铺得板板正正。他是兴朝官员,必须死得体面一些,不能像那些贫民窟中的庶民,死的时候衣冠不整。

他拔出剑来，喟然长叹。

"英雄未名，名之长存；英雄无所，死得其所！"

说罢，陆擎提剑自刎于众人面前。脖颈中的血浇灌在一旁的青紫色大氅上，将雀尾流苏染成朝霞的颜色。

此时黎明的光割裂了鱼肚，瞬间惊起万道金辉，阳光重新将丧流港镀上一层金边，而苒山也在最后的战乱中归于平静。

胜利的众人，迎着扑面而来的朝阳，影龙和白荆花风旗在海风中共同招展，罗砚伦与雪凌澜互相搀扶着，迎接只属于他们的伟大胜利。

独角兽书系

九州系列
唐缺
《九州·茧语》
《九州·天空城》
潘海天
《九州·铁浮图》
《九州·白雀神龟》
《九州·死者夜谈》
《九州·地火环城》
遥控
《九州·无星之夜》
水泡
《九州·龙之寂》系列
小青
《九州·大端梦华录》系列
塔巴塔巴
《九州·澜州战争》
苏离弦
《九州·浩荡雪》

新九州系列
水泡
《九州·舞叶组》
裴多
《九州·炽血王座》
麟寒
《九州·荆棘之海》系列
荆泮晓
《九州·狂舞》
秋风清
《九州·乱离之城》
因可觅
《九州·月见之章》系列
沉水
《九州·荣耀之旅》系列

◎选题策划 / 邹　禾　　◎装帧设计 / 谢颖设计工作室

独角兽书系公众号
weibo.com/tianjiankt

独角兽编辑部微信
Little　Unicorn

新九州·荆棘之海

第一卷

SEA OF THORNS